U0531573

特殊罪案调查组 2

证据虽一时失声，但不会永久沉默

刑事科学
技术室
痕迹检验师
九滴水 著

民主与建设出版社 博集天卷
·北京·

鄧查司의
刑裁犯罪案

目 录
Contents

第一案
油桶封尸　　　　　　＿001

"本案是一起系列杀人案，每个点，代表一个案发地！凶手杀完人后，将尸体装入油桶中抛尸路边，作案对象均为男性。从1991年6月至1996年7月，凶手横跨九个省市作案九起。"

第二案
灭顶贼帮　　　　　　＿135

"算上狗五，贼帮连续三年总共失踪了六名扒手，都是活不见人、死不见尸。"

第一案
油桶封尸

"本案是一起系列杀人案,每个点,代表一个案发地!凶手杀完人后,将尸体装入油桶中抛尸路边,作案对象均为男性。从1991年6月至1996年7月,凶手横跨九个省市作案九起。"

一▶

天刚蒙蒙亮，面色憔悴的隗国安已经蹲坐在售楼部前，一口一口地抽着闷烟。他右手紧紧地攥着一张圆形纸片，手心流出的汗渍把纸片上的数字浸染得无法辨认。好在他前面的妇女一直念叨着8号，他才知晓手里的顺序是9号。

隗国安今年五十有四，老婆祁梅小他4岁，没有稳定工作，在他们结婚的头十年，家里所有开销，全靠他一人勉强支撑。雪上加霜的是，两人的父母陆续患上了重病，打从他改行当了警察，便开始不断地连轴值班，可以说，在家里头几乎见不到他的影子。而妻子祁梅为了在医院照顾四老，也时常有家不归，说是家，其实对夫妻俩来说，更像个摆设。聚少离多的生活，导致隗国安三十多岁才有了儿子隗阳。

在派出所做了一辈子民警，隗国安经常嘲笑自己碌碌无为，唯独这个儿子是他人生的骄傲。

六年前，隗阳以绝对的高分考进了一所名列前茅的985院校，四年后，他回到省城，在一家世界五百强企业工作，随他而来的还有他的大学同学兼女友林晓晓。大学期间，两人已经有了四年的感情基础，工作稳定后，隗阳自然而然地就有了先成家再立业的打算。

既然父母健在，那么儿子成家的前提必须要有个自己的小窝，但省城动辄几万元一平方米的房价让隗国安无力承担，他也劝过儿子，希望儿子能趁年轻多打拼一番事业，感情稳定的情况下，婚姻大事也不急于一时。

隗阳生在这个家庭，怎么会不知道父母的难处？之后也就没听他提起，直到有一天，隗国安发现妻子在卧室独自抹泪，他这才知道儿子的处境……

大年二十八，隗阳打来电话，说大年三十加班，要初六以后才能回家团聚。

祁梅寻思距离省城也不过百十公里，为了让儿子在年关吃到"家的味道"，她精心准备了最拿手的豆圆和炸鱼，亲自给儿子送了过去。可刚走到儿子租住的小区，她就撞见了这辈子永远无法释怀的一幕——

单元楼前，隗阳卑躬屈膝，林晓晓站在他身边不停安慰着，另一位表情严肃的中年妇女则双手掐腰地说道："隗阳，我也知道你是个上进的孩子，但也希望你能理解作为母亲的苦衷。我含辛茹苦将晓晓养大，付出毕生心血，她本来可以在北京有一份体面的生活，但为了你，她毅然决然来到这座毫无发展的城市。阿姨也不阻止你们谈恋爱，可作为过来人，阿姨还是要把丑话说在前面。婚姻是爱情的坟墓，没有经济基础的婚姻不会长久，阿姨我就是一个活生生的例子！我不会拿晓晓的青春去赌你的未来是否成功，如果你真爱晓晓，就要想尽一切办法给她一个家，而不是让她一辈子租住在这堆满垃圾的破小区里！还有一句话，阿姨不知道说出来到底对不对，近的咱不说，就算百万年前的远古社会，也只有强者才配有交配权！"

祁梅认出她就是林晓晓的母亲楚丽，在儿子的手机里，祁梅见过未来亲家的照片，也听说过这位女强人的种种事迹。

楚丽早年离异，独自一人把林晓晓带大。虽说家里没男人，但她凭着一股不服输的劲儿，给女儿撑起了一个未来。两人素未谋面，但祁梅却打心眼里佩服这个女人，她也曾多次想拜访一下亲家母，但都被儿子以各种理由拒绝。

此情此景就在眼前，祁梅哪儿能猜不出？儿子的闪烁其词，无非因为没有房子，女友的母亲对他万分不满，所以不敢让两方家长碰面，怕引发矛盾罢了。

都是为人父母，换位思考，祁梅完全能体会楚丽的心情。可看着脸憋得通红的隗阳，她也感到万分难堪！她低头，看着竹筐中摆得整整齐齐的豆圆和炸鱼，突然觉得，这些精心烹饪的食材是那么廉价，虽然用尽心思，可在亲家母面前，房子才是儿子抬起头的底气。

她曾在书上看过这么一句话："父母的高度决定子女的高度！"偏偏她和丈夫都是平凡家庭出身，可怜儿子虽然优秀，但对于儿子的未来，他们却帮不上任何忙。祁梅也没办法责怪隗国安，她没有收入，赡养四老已挤干了丈夫的全部收入。若不是为了多拿点加班工资，隗国安也不会一辈子趴在派出所不挪窝了。可几百万的房价，每天都在以惊人的速度上涨，他俩就算不吃不喝，也赶不上房价上涨的速度，这样下去，儿子永远不会有一个安身立命的地方。靠着一个月仅一万元的薪水，就算儿子再省吃俭用，没个几十年，也攒不到首付。

祁梅没敢走过去，带着东西回了家。可是她却不停地想着儿子无能为力的表情，大年三十的晚上，她对着满桌残羹冷炙泣不成声……

隗国安逼着祁梅道出实情，他这才知道，儿子要买房，并不是想给拮据的家庭雪上加霜。为了留住爱人，儿子已无路可走，他只能把最后的希望寄托到父母身上。

屋外爆竹连连，到处充满喜庆的节日气氛，可隗国安却把自己关在屋中，彻夜未眠。

回头看看这些年，不管在谁面前，儿子都是他引以为傲的资本。他下定了决心，房子一定要买，不管怎样，他也要让儿子抬头挺胸一次！

早上7点，在售楼部门前蹲了一夜的隗国安，拨通了儿子的手机，电话那边声音嘈杂，时不时还会传来公交车报站的声响，他看了下时间，推算儿子应该刚上早班车。

隗阳有些惊讶，父亲最近被调进了什么专案组，从那以后，就经常神龙见首不见尾，这个时间来电，很是少见。"爸，你怎么这个时候给我打电话？"

"你在八里庙站下，然后来漉澜山售楼部一趟。"

隗阳狐疑。"爸，我这着急上班呢，去那儿干什么？"

隗国安不快地命令道："臭小子别废话，我手机快没电了，你抓紧点时间，9点钟就开盘，赶紧过来！"

话还没说完，隗国安那部充话费送的手机就自动熄了屏。他捏了捏手中的号牌,像个参加面试的学生,紧张又兴奋地向前张望。

晟地滟澜山是帝铂集团旗下的楼盘,地理位置优越,还是重点学区,房源十分抢手。他翻遍了所有楼盘信息,也只有这个盘可以打出五星好评。要是按正常渠道,他绝对拿不到号头,好在有嬴亮的师兄韩阳出面协调,他才能如愿以偿,可以说隗国安对韩阳是感恩戴德也不为过了!

半小时后,隗阳背着单肩包一路小跑着挤进人群。隗国安站在台阶上踮起脚四处张望,当望见一身黑色运动装的儿子时,他卖力地挥动起双手。

"这里,这里!"

隗阳寻声跑了过来,喘着气说:"爸,你在这儿干什么?"

隗国安把手一背,故意把号牌藏在身后。"嗯!我儿子最近瞧着精神了不少!是不是又加薪了?"

父子俩感情一直很好,隗阳笑着挠头。"还行,手头的项目做完,估计会升一级!不过薪水也加不了多少!"

隗国安眼神柔和了许多。"晓晓……最近怎么样?"

"也还行。爸,你和妈照顾好自己身体就行,不用担心我们,其实结婚的事,我俩准备再往后放一放!"隗阳搓搓手,脸上有几分尴尬。

隗国安立马打断:"不能放,绝对不能放!咱不能让人丫头等太久不是?你看这是什么?"说着他把那张已褪色的号牌塞进儿子手里。

"这个是?"卡片做得有些粗糙,隗阳似乎猜到了是什么,但又不敢确定。

隗国安竖起大拇哥朝着身后指了指:"滟澜山小区的号头,第9号!"

隗阳大惊失色:"不是,爸!你手里拿的真是滟澜山的号头?这可是……可是有钱都搞不到啊!这还很靠前呢!"

隗国安左右看看,附在儿子耳边小声说:"千真万确,我可是专门托人从总公司找的关系,要不然以这个盘的位置,我就是排一年也排不到!"

看着父亲一脸认真,隗阳依旧将信将疑:"爸,你没拿我寻开心吧?咱家哪儿来的首付钱?"

隗国安咂了一下舌:"这你就别管了,我好不容易从专案组请几天假,特意回来给你办这个事,我哪儿有工夫瞎扯,我问你,爸给你选的楼盘满意不?"

隗阳连连点头。"满意，能不满意吗？省城的黄金地段，我和晓晓都来看过好几次了！"

隗国安笑嘻嘻道："那就行了，我那个熟人还给我们打了个折！总价便宜了十多万呢！我相中了一套90平方米的，三楼东户，采光极佳，以后我的胖孙子啊，绝对不会缺钙！"

听着父亲滔滔不绝，隗阳把他拉到一边："爸，我和晓晓现在手头还没有多少余钱，这首付怎么也得八九十万吧……"

隗国安拍拍儿子的肩，"这个不用你操心，咱先把房子定下来。一个月后我就把首付给你补齐。剩下的房款用你和晓晓的公积金也差不多能应付，这房产证就写你和晓晓的名字，就这么定了。"

隗阳有些不可思议："爸，你从哪儿弄这么多钱？那是八九十万，不是八九十元，你一个公务员哪儿来那么多钱……"

"你放心，你老爸是警察，知道什么该做什么不该做。老爸也不瞒你了，最近有个大买主看上了老爸的画，他准备把我的画都包圆了，钱的事不是问题，你就放心地花吧！"

听到这里，隗阳瞬间卸下了心理负担，他一把抱住父亲，兴奋地喊道："谢谢老爸！谢谢老爸！"

开了后门的结果就是万事顺利，隗阳如愿选到了心仪的楼层。可就在售楼小姐打印合同的间隙，吕瀚海扶着门框，气喘吁吁走进了售楼部。

"老鬼，我可算找到你了！你手机怎么又关机了？"

隗国安一脸不悦地说："当着孩子的面，能不能不要喊我外号？"

隗阳很识大体，发现是父亲的同事，他主动伸出了右手："叔，您好！"

吕瀚海笑眯眯地迎了上去，握着手就胡诌上了。"乖乖，大侄子真是一表人才，跟他爸比，简直是青出于蓝而胜于蓝啊！"

"别扯那些没用的！"隗国安一把将他薅到一边，小声道，"找我干吗？又来活儿了？"

吕瀚海有些无奈。"不然呢？我用这么着急吗？人都到齐了，就差您老先生一个人了！"

隗国安有些烦躁地问："又是什么案子？"

吕瀚海两手一摊，"我就一司机，你问我就是问错了人了。不过展护卫可是下了口谕，让你立刻回专案组，估计吧，怎么也得是个大案子！"

隗国安捶了吕瀚海一记，不爽道："再大的案子也要等我把这桩事办完！我昨天在这儿猫了一整夜，就是为了给孩子买套房！总得让我看着事情办成吧！"

吕瀚海怎么会不知道给儿子买房是头等大事？他也是一乐。"老鬼爷们儿，我精神上支持你，什么案子不案子的，大侄子的事最重要，我就权当展护卫在放屁，你忙你的，不碍事，我在一边候着，一会儿车开快点就行。"

"隗先生，您的手续办好了，请这边刷卡！"售楼人员朝他们走了过来。

吕瀚海戳了一下身边闷闷不乐的隗国安。"老鬼，是不是找你的！"

他一抬头，对方已把无线 POS 机拿到了跟前。"先刷 10 万定金，麻烦一下，您的卡。"

隗国安从贴身口袋中取出银行卡，递给对方。售楼小姐操作娴熟，三下两下，就打出两张 POS 单。其中一张由购房者留存，另外一张签名后交给房产公司入账。

手续办妥，隗国安把缠得严严实实的资料袋递给儿子，这才出门上了吕瀚海的帕萨特。

他把座椅调到最低，一个"葛优躺"靠在了椅背上，舒坦地伸直腰板："唉！终于了结了一桩心事！"

吕瀚海把着方向盘，笑道："你们搞艺术的是不是都喜欢给自己起个艺名！"

隗国安突然有些紧张。"艺名？什么艺名？"

"我刚刚看你在 POS 单上签的是隗磊！傀儡，这个名字不错！"

隗国安哈哈一笑："你的眼还真尖！"

吕瀚海瞥他一眼："我说老鬼，我可没有故意窥探你的隐私！不过话又说回来，这也不算啥隐私，你的字写那么大，眼不瞎的都能看到！"

相处了这么久，隗国安完全相信吕瀚海不是故意的，于是拿出早就掰好的说辞："隗磊是我远方堂兄，你大侄子要买房，我就从他那儿借了点！"

吕瀚海笑着说："稀罕了，借钱我见的多了，能把银行卡都借出去的，我还是头一回见！你们这亲戚感情够好啊！"

隗国安说："这年头关系好，除了老婆不能借，就没啥不能借的！"

吕瀚海一乐，来了劲儿。"哎，你别说，我还真听说过借老婆的！"

"快说来听听，怎么个借法！"

"这说来可就话长了，我记得最少该有十多年了，要说那也真是一桩奇谈……"

二

长达三小时的车程，在吕瀚海胡吹乱嗙中很快结束。

帕萨特刚停稳，隗国安就一路小跑直奔会议室。推开厚重的隔音门，一股热浪袭面而来，他看向投影仪……看来这玩意儿已运行了很长时间。

"展队，我这手机突然没电了，不是故意关机的……"隗国安满脸赔笑。

展峰举手打断他，"没关系，这次是现存案件，没那么强的时效性。鬼叔你坐下，我们开始吧！"

隗国安歉意地冲大家点点头，找了个靠桌角的位置坐了下来！

"鬼叔，你不在的时候，我和思琪办理了交接手续，专案组已确定接手这起案件，你有没有问题？"展峰又看看隗国安。

隗国安心事已了，现在做什么都爽快，当即笑道："没问题，我绝对服从组织安排！"

"行，那我们现在开始。"展峰让莫思琪把全国地图打在投影幕布上。

地图被放大后，九个蓝色光点在上面不停地闪烁。

"本案是一起系列杀人案，每个点，代表一个案发地！凶手杀完人后，将尸体装入油桶中抛尸路边，作案对象均为男性。从1991年6月至1996年7月，凶手横跨九个省市作案九起。"

莫思琪介绍说："本案案发后没有及时并案侦查，原因有二：一是由于当年条件落后，消息闭塞；二是受害人的身份迟迟无法核实。而且当年案发后，无人报警，派出所也未收到任何失踪人口的消息，尸体被发现后，警方用尽千方百计，都核实不了死者的身份。"

"后期是通过全国 Y 库比对上的吗？"展峰已有了答案。

"没错。起先，办案单位只能将死者面部照片、生物检材逐级报送至公安部物证中心，后来 DNA 技术与人脸识别技术趋于成熟，大部分死者的身份才依靠 Y 基因[1]得以核实，就算是这样，至今还有一人的尸源仍未查清。"

隗国安很是迷惑："我有点闹不明白，如果一起两起没有报案还能理解，怎么可能发生了九起都没有报警记录？"

司徒蓝嫣举手说："这个案子我提前看过卷宗，因为死者身份都很特殊！"

"身份？什么身份？"

"被核实的八个人，均有盗窃前科！"

隗国安皱眉沉吟起来："专杀小偷？有意思，难不成凶手看武侠小说看多了，在替天行道？"

司徒蓝嫣点点头："对系列杀人案，国外有很多可以参照的案例。国外专家研究认为，系列杀人可分四种类型，本案嫌疑人在长达五年的时间里，使用相同的作案手段，侵害明确的作案目标，属于典型的使命型。这类凶犯坚信，在他们的一生中，担负着消灭某类人群的使命。"

"还有这种科学解释？"隗国安有些惊讶，心理学不是他的领域，这个概念多少让他觉得新鲜。

"犯罪行为是犯罪心理的外化，每种犯罪心理都不可能无缘无故地形成，它或多或少都与社会、家庭、学校、人格创伤等因素有关。凶手专门针对有盗窃前科的人员下手，具有很明显的报复性。我推测，他的动机有可能来自某种社会矛盾，而这种矛盾并未得到公正地解决，长期压抑的心理积怨是导致案件

---

[1] 性染色体包括 X、Y，男性是 XY，女性是 XX，Y-DNA 是父系遗传基因。Y-DNA 鉴定只是亲子鉴定技术中的一种，通过这一检测，可以确定留在犯罪现场的人类遗传物质是来自男性还是女性；如果是来自男性，可以进一步确定其家族姓氏。

发生的关键！"

司徒蓝嫣说话期间，隗国安也迅速翻完了卷宗，他小声嘀咕了句："原来这群货都是油耗子！"

"鬼叔，您刚才说什么？"司徒蓝嫣看向他。

隗国安干笑两声："不好意思啊！蓝嫣，我不是故意打断的，只是刚才翻看卷宗时，发现死者的前科都是盗窃柴油，一不小心说秃噜了嘴，你继续，我都听着呢！"

司徒蓝嫣灿烂一笑。"没关系的鬼叔，我说的都是理论性的，实践经验还是您最丰富。这么说，您是不是以前接触过油耗子？扫一眼就知道他们怎么回事了？"

隗国安放下卷宗，喝了口茶，这才老神在在地说道："我当片警那会儿，辖区有个停车场，曾经接到过货车柴油被盗的报警。这帮人吧，一到晚上就开着小轿车悄悄接近目标，趁司机熟睡，他们就撬开油箱盖，用便携式抽油机将油箱抽干！要是熟练工下手，几分钟就能抽走好几百升！因他们都是在夜间作案，所以司机都戏称他们为油耗子。"

司徒蓝嫣想了想："原来是这么回事，倒是挺贴切的。"

隗国安突然想起什么："哎？刚才你不是说，作案动机来自某种社会矛盾吗？你们说，这事，会不会是货车司机干的？"

"可能性很大！案发地分布多个省市，凶手必须驾车才可完成如此远距离的抛尸行为。装尸油桶尺寸较大，轿车无法承载，符合条件的只有货车！"展峰展示了一下装尸的油桶，看向隗国安，"鬼叔真是一语中的，看来廉颇未老啊！"

进组这么久，隗国安还是第一次主动分析案情，展峰这话里有话，隗国安哪里会不明白，立马笑着打起哈哈。

"哈哈哈，好说好说，光看卷宗就有了眉目，看来是个好兆头啊！"

三 ▶

每月 8 号是乐购超市雷打不动的折扣日，到这一天，超市会被挤得水泄不通。展峰最不喜欢凑热闹，他之所以此时来购物，完全是因为距离出勤的时间就剩下不到 24 小时，他逼不得已，只能硬着头皮挤进人群！

展峰走到货柜前，把货架上仅剩的六大包成人纸尿布放进购物车。他还想买些熟食当晚餐，可当看到人头攒动的情形，他立刻放弃了这个念头。等待结账的人群把他远远甩在后面，排队的他只能掏出耳机，无限循环一首李宗盛的《爱的代价》。

展峰记得，第一次听这首歌时，还是在十五年前某个雨夜。那时刚从警校毕业的他，独自一人走在幽深的弄堂里，长期对尼古丁的依赖，让他不自主地走到了一家小店旁边，想要买一包烟。

货柜里侧的，是一位身穿校服的高中生。做生意的家庭都是这样，他上学时也常为母亲搭把手炒炒海鲜。

玻璃柜中整齐摆放着各式烟卷，他扫视一眼，用手指在柜面上戳了戳："来包红双喜。"他的动作幅度很大，可对方却没有任何反应。伸头瞧了瞧，他发现男孩正沉醉在磁带随身听里。

他用手在男孩面前挥了挥，示意要买一包香烟。男孩迅速拔掉耳机："不好意思老板，您要哪一种？"

"红双喜，一包。"

弄堂内人迹寥寥，随身听歌声微弱，传出的那几句歌词却瞬间戳中了他的心……

> 还记得年少时的梦吗 / 像朵永远不凋零的花 / 陪我经过那风吹雨打 / 看世事无常 / 看沧桑变化 / 那些为爱所付出的代价 / 是永远都难忘的啊 / 所有真心的痴心的话 / 永在我心中 / 虽然已没有她……也许我偶尔还是会想她 / 偶尔难免会惦记着她 / 就当她是个老朋友吧 / 也让我心疼 / 也让我牵挂……

"您好，7 元！"

"老板，7 元！"

"老板？"

展峰发了呆，男孩一再呼唤，他才回过神。付完钱，他指了指随身听："麻烦问下，什么歌？"

"李宗盛的《爱的代价》，"少年说，"挺好听的。"

从那天开始，这首歌便陪着展峰无限循环了十五年。

…………

也不知听了多久，排在他前面的顾客相继走出了超市，直到收银员开口叫人，他才意识到，已经排到他了……

走出感应区，饥肠辘辘的展峰下意识地加快了脚步，来到电梯门前，他突然被一个熟悉的声音叫住了！展峰回过头，看见身穿百褶裙，一副青春靓丽模样的唐紫倩走了过来。她好奇地盯着那几包成人尿不湿："买这么多，家里有老人要照顾？"

展峰完全没料到会在这里碰到她，一时间竟不知该如何回答。

见气氛很是尴尬，唐紫倩识趣地岔开话题："买这么多不好拿，我来帮你！"说着她把手包甩上肩，很自然地拿过两包，"还挺沉，你的车停在哪里？"

展峰硬着头皮道："地下车库！"

唐紫倩立马往前走。"走，我帮你拎过去！"

一切发生得太快，以至于唐紫倩都走远了好几米，他还没有反应过来。

"站着干吗？走？！"

"哦，来了！"展峰只好定了定神，一路把她带到了自己的吉姆尼前。

"好漂亮的小越野！"唐紫倩看见车子眼睛一亮，"咦？改过？"

"自己改的，"展峰打开后备厢，"来，把东西给我就行。"

"我说……你这后备厢里面装得满满当当的都是些什么？"在展峰面前，唐紫倩侧头看了一下敞开口的塑料袋，立刻眉头皱成个川字，"怎么都是挂面和方便面，你天天就吃这个？"

"咕咕咕……"一提到吃，展峰的肚子突然不争气地叫了起来。

唐紫倩忽闪着眼睛，扑哧一笑："你是不是饿了？"

展峰正好转移话题，老实地回答："嗯，中午没来得及吃饭。"

"刚好，我也没吃，我请客！想吃啥？"唐紫倩笑容满面地看着他关上后备厢。

展峰觉得总算逃过一番解释，心情放松下来，微微笑道："看在你帮我拿东西的分儿上，这顿饭应该我请才对，你想吃啥？"

谁请客对唐紫倩来说都无所谓，关键是和展峰单独在一起，这才是她最想要的结果。生怕展峰反悔似的，她拉开车门一头钻进副驾驶，系上安全带，对窗外的展峰说："我随便啊，你带我去哪儿我就去哪儿。"唐紫倩说完，目光闪烁地盯着展峰的脸，似乎不想错过他任何一丝表情。

展峰沉思片刻："我知道有家苍蝇馆子味道很不错，就是卫生条件差了点，你介意吗？"

唐紫倩摇摇头："不介意，你吃什么，我就跟着吃什么，我都听你的！"

展峰可不是个木头疙瘩，他心里对唐紫倩最多只有些好感，距离男女朋友还差十万八千里，虽然能感觉到唐紫倩的目光有些灼热，但展峰并没有打算给多余的回应。

吉姆尼的越野性能很棒，在高低不平的柏油路上行驶，丝毫感觉不到丁点颠簸。

车窗外路灯逐渐变得稀少，展峰瞥了一眼还在听广播的唐紫倩，看她好奇地望着路边，展峰微微一笑，心道："看来心思倒是挺单纯的……"

望着远处闪烁的 LED 灯牌，唐紫倩问道："是那家许氏餐馆吗？"

展峰放慢了车速。"对，就是那家！"

"真偏僻，可门口停了这么多车！看来味道一定很好！"唐紫倩评价道。

"没错，通常这个点很难订到位置。"

"没关系，我们可以等一会儿！"唐紫倩看看展峰，她不介意在车里多待会儿。

展峰把车停稳，解开安全带。"不用等，餐馆有个不对外的包间，我们可以在那儿吃。"

"你和老板很熟？"

"几十年的老交情了。"

推开车门,一股浓重的油烟味就扑鼻而来,展峰有些担心唐紫倩无法适应这种环境,他用询问的目光看了对方一眼。出乎他意料的是,唐紫倩的脸上竟流露出发自内心的愉悦表情。

站在门口招呼客人的男子发现了他们,笑着迎上来。"峰子!"

"许叔!"展峰挥手示意。

"你可好久没来了!"

"最近有些忙!"两人快速地拥抱了一下。

"上次和你妈通了个电话,说你又回去上班了?"

"是,回去好几个月了。"

"就是,早该回去了,你瞧瞧我,自从你婶去世后,我都忙得跟孙子似的,你有那么好的工作,不上班可惜了。"

两人寒暄时,唐紫倩一直站在旁边没有出声,直到展峰拍拍肚子道明来意时,许叔这才发现还有一个人。

他朝唐紫倩瞅了一眼,小声问:"这是……女朋友?"

"不,普通朋友。"展峰有些无奈地笑笑。

许叔颇有深意地"哦"了一声。展峰生怕他在这个问题上纠缠下去,连忙问:"后堂还有什么菜?"

"吃辣吗?"

"可以!"

"我又没问你,我说人家小姑娘!"

唐紫倩是展峰的常客,她的口味展峰当然知晓。"她也吃辣,正常放就行!"

许叔神秘一笑。"人家的口味都知道得一清二楚,还普通朋友呢!行,那我就看着安排了,去楼上等着吧,一会儿就好!"

有些事着实是越描越黑,尤其像他这种大龄未婚青年,很难一两句话解释清楚,展峰放弃解释,招呼唐紫倩上了二楼,许叔动作麻利地端了三个热菜和一碗清汤挂面。唐紫倩看着那碗没有油花的清水面:"你口味这么清淡?"

展峰解释说:"也不是,我晚上习惯吃这个。睡觉会舒服一点。"

"这面除了清汤什么都没有，难不成是秘制的？不行，我要尝尝！"唐紫倩舀了一勺面汤送进口中，"咦——就是白水煮面！连盐都没放！这怎么吃？"

展峰从口袋中掏出个纸包，打开后，是一小撮盐巴，他捏了些放入碗中。"要等盐化开，面才可以吃。"他说。

"为什么要这样？"唐紫倩无语地问。

唐紫倩的问话在展峰脑海里不停地重复。

"为什么要这样？"

"为什么要这样？"

"为什么要这样？"

…………

这句话仿佛是打开时光机的钥匙，让展峰又回到多年前的那一幕。

盛夏夜晚虫鸣四起，微弱的烛光在四合院中摇摇曳曳，展峰聚拢双手护住烛光，稍有微风就可能吹灭脆弱的光芒。就算是根火柴，对眼前这个破败不堪的家庭来说，也是一笔不大不小的开支。

烛光下，他把书提前翻到了今天刚学的位置，他的对面，还有一本课本，牛皮纸封皮上，用楷书工整地写着"代数""林婉"。为了省时间，展峰拿出红笔，在课本上画出了需要讲解的知识点，不一会儿，他身后的脚步声逐渐清晰，生得十分俊俏的女孩从黑暗中走出，她把一碗清水面放在展峰面前："家里就这个，你凑合吃一点吧。"

那天下午有一节体育课，由于运动过量，晚上他刚翻开书本，便饥饿难耐。林婉听到了展峰肚子里发出的咕咕声，她连忙去厨房给他下了一碗清水面。在林婉的一再坚持下，展峰不好推辞，夹起一撮面条送入口中。而就在此时，展峰突然如时间静止般停住了动作。

"怎么了？"林婉问。

"你好像忘记放盐了。"

"哦对，我们家都是先煮面，后放盐！"林婉说完从围裙中掏出一小袋盐巴，接着她捏了几粒粗盐，撒在碗中。

"等盐化开，面才可以吃。"她说。

"为什么要这样？"他不解地问……

回忆与现实在此刻突然重合，又回到了唐紫倩刚提出的那个问题……

"林婉"和展峰异口同声地说："因为这样可以省盐！"

四

晚饭过后，餐馆里已没有几个食客。许叔点了支烟，靠在门口小憩，展峰从他身后走了过来。

"吃完了？"许叔挥去面前的烟雾。

"吃完了。"展峰点点头。

"你朋友呢？"

"在楼上喝茶。"

许叔欲言又止地看了看他，把烟扔在地上，踩灭了。展峰见他这样，心里有数，果然，许叔指了指饭店旁边的弄堂。"那边没人，咱们去那里说。"

展峰跟在他身后，到了弄堂里，许叔停下脚步。"林婉有消息了吗？"

"还没有。"

"这都二十多年了，她一个小丫头，能躲到哪里去？"许叔回过头看他。

一听到"林婉"，展峰的心情就无比沉重："从我开始做警察到现在，我就一直在找她，这么多年过去了，她还是杳无音信。"

许叔的眼神黯淡下来，"你说……我是说假如……林婉会不会已经……"

展峰明白他的意思，"就算死了，最起码也要有具尸首吧！"

许叔叹口气道："唉！你婶在世的时候，最惦记的就是她。"

"我知道，当年要不是你和婶子帮忙，林婉可能连学费都交不起。"

许叔扔掉烟头，狠狠地啐了口唾沫："话又说回来，就算林婉杀了人，我觉得也情有可原，那个王八蛋简直畜生不如！"

展峰的目光在夜色里闪闪发亮。"其实我也很想搞清楚，那天晚上到底发生了什么！"

许叔不是滋味地缓缓抬头看看展峰，"峰子，你现在是警察，叔能不能问你一个问题？"

"什么问题？"

"我觉得恶人就是罪该万死！林婉虽然杀了人，可她也是被逼无奈的，你说，这件事她到底错在哪里？那个人不该死吗？落到你们警察手里，林婉到头来还是要判死刑。"

这个问题也让展峰手足无措，他的内心同样焦灼。如果纯粹从他自己的角度来考虑，他是很想知道林婉的下落的，可面对现实，他更希望林婉永远不要再出现在他面前。也许没有消息，才是最好的消息。

看着食客三三两两结伴而出，许叔又折回店里忙了起来。想起唐紫倩还在二楼，展峰上了楼，可是让他感到疑惑的是，包间里并没有人。只是餐桌上有一张铺开的餐巾纸，上面写着："有事先走，谢谢款待！"展峰怎么琢磨怎么觉得这句话说得有些过于生分，本想打个电话问一问，是否是自己招待不周，可翻开通讯录，他才恍然意识到，他压根儿就没有唐紫倩的号码。由于那些悲伤的过去，展峰的社交面很窄，工作以外，他一般不会主动索要别人的联系方式。他站在那里盯着手机，有些愣怔。他为什么会在潜意识里认为自己有她的号码？这种既熟悉又陌生的错觉，似乎已不止一次发生在他与唐紫倩之间。这个世界上，真的有人与人完全陌生，却似曾相识的情况吗？

吉姆尼在康安家园的小路上颠簸，回到住处一打开房门，展峰又闻到一股难以忍受的骚臭味。

打开灯，一楼卧室的门虚掩着，屋内传来微弱的呼吸声。展峰走到门口，弯腰将大包的东西放在门外，就在他准备起身离开时，一只手突然从门缝中伸出，包裹被用力拽了进去。

门内响起愤怒如野兽一般的咆哮，夹杂着一点哭泣的声音。

"我讨厌这种味道，为什么，我为什么会变成现在这个样子？都是因为他们，是他们害了我，我杀了他们，有什么不对？你说，到底有什么不对？"

屋里，浸满尿液的西装裤扔在地上。高天宇舔着干裂的嘴唇在屋内来回踱步,此时的他,下身只包裹着一条尿不湿。

展峰皱起眉头,"我觉得,你最好还是安静一点,有人听见对你不好。"

高天宇一拳打在木门上,"差一点,就差一点我就能过上正常人的生活,为什么你们要逼我,我现在像条狗一样被拴在这栋房子里,这不是我想要的生活,我清除那些人渣有什么错?法律?呵呵呵,我知道你又要说这两个字了……"

高天宇背对着门缝站在漏进来的光芒里,微微侧头,眼里露出狼一般的凶光。

"展峰,别跟我说什么法律!法律永远做不到真正的公平,在我的世界里,公平就是以牙还牙!"

听了这番话,展峰又想起了林婉,他没有反驳高天宇的话,而是在门口安静地站了片刻。

"如果你认为自己是对的,你随时可以离开。你清楚,我手里现在还没有可以定你罪的证据。如果你告诉我的那些经历是真的,那些人曾经那样对待你,我不会逼你留下……"

"可我要你抓到那个站在幕后的人。"高天宇恶狠狠地说,"我要抓住他,杀了他。就像他害死了那些警察一样,我要撕裂他。"

"……前提是,我能抓到他。"展峰冷冷地提醒。

"是我跟你,没有我,你抓不到他。"门缝里的高天宇强调。

"没错,是我们。"展峰迟疑片刻,最后还是附和了高天宇。

展峰抬起眼,发现高天宇突然把脸贴在门缝,他朝他伸出猩红的舌头,沙哑地对他说:"展峰,我发现,你开始变了……"

五

如果说有什么东西能让吕瀚海起大早赶到专案中心,除了钱,那就只剩下食堂的免费早餐了。

二十个鸡蛋加一碗卤煮,这是他每天的必点"曲目"。酒足饭饱后,吕瀚海揉着肚子,站在门口等他的老搭档隗国安。闲来无事,他四处瞅了瞅,围墙上"公平正义"四个大字引起了他的注意。

"道九,想什么呢?"隗国安走了过来。

"我能想什么。"

"嘿!我可都注意你老半天了。"

吕瀚海本想打个哈哈,可转念一想,距离发车时间还有个把小时,闲着也是闲着,于是他问:"哎,我说老鬼,你年纪大,走的路比我过的桥都多,你觉得这世上有没有绝对的公平正义?"

隗国安被问得语塞,他哪儿能想到,平时嬉皮笑脸的吕瀚海,能问出这么有深度的问题。一时之间他不知该如何回答,反而几天前的那一幕,在他脑海中突然被再度勾起。

…………

深夜里,美术学院的教学楼内隗国安拨通了那个电话。

"类似的十几幅画都微信发给你了,你不是想要其中的六幅吗?我想好了,我可以把它们都卖给你,但是我急需用钱,要加价!"

"哦?你要加多少?"对方的声音听起来颇有兴趣。

"每张加5万,一共90万。我也不是想狮子大开口,就是孩子要结婚,买房就得这个价。"

对方沉吟片刻,"可以,怎么交易?"

"先付10万订金,验完货后再付余款。钱还是打到隗磊的那张卡上!"

"没问题!"

挂断电话,隗国安却感觉有些忐忑,他知道这是一步险棋,如果这些画里的秘密被发现,他就是跳进黄河也洗不清了,可他别无选择,为了儿子跟女友不劳燕分飞,他也只能铤而走险。

…………

"喂，老鬼，想什么呢？"吕瀚海的嚷嚷声惊醒了他。

"没，没什么！"他表情不自然地随口敷衍。

"得得得，不难为你了，就你那学历，解释这么深奥的问题，确实有些难度！"吕瀚海说着，从他手里抢走烟卷，"抠门，两个人才掏一支！"

隗国安无语。"说我抠，你哪回买过烟？"

吕瀚海已经美滋滋地点上了。"谁让你是正规编制，干一样的活儿，你一个月的工资是我的两倍还拐弯，你不买谁买？"

隗国安好笑道："少跟我哭穷，你额外的奖金也不少。"

吕瀚海不以为然。"我这是辛苦钱，你那可是旱涝保收！"

两人叼着烟卷，你一言我一语走到外勤车前，才发现其他人早已坐在车上了。吕瀚海连忙丢掉烟卷，提前半小时把车开出了专案中心。

按照案发时间顺序，他们的第一站是ZJ省的闪洲市。

出发前一天，展峰通过公安部与当地市局取得了联系，本案由分管刑侦的大队长古军负责接待，案件相关的物证，都已准备就绪。

碰面后，古军把专案组领进物证室，在一个专门的保管柜中，展峰取到了油桶、衣物、绳索、柴油等一系列物证。办理完交接手续，展峰说："能不能请古队给带个路，我们想去案发现场实地看一看。"

"咱们可是心有灵犀了。"古军笑道，"我都升到了大队长，这心里却始终放不下这起没破的案子，就算你不说，我也会提出一起去现场再看一次。"

吕瀚海被丢在了市局的营房里休息，古军亲自驾车，载着专案组四人驶往案发现场。

古大队一边开车一边说："我们市地处南方，是国内重要的水陆交通枢纽，大部分货物都走水运，除非外来车辆，否则很少会有人走公路。咱们要去的那条省道，一天也跑不了几辆车。"

专案组除了吕瀚海外，最喜欢唠嗑的人莫过于隗国安了，其他人还没开口，他主动接过了话："古队，能不能说一下当年案发时的情况？"

古军叹气道："唉！我上班三十多年了，经手了无数个案子，唯独这起案子成了我的心病啊！"

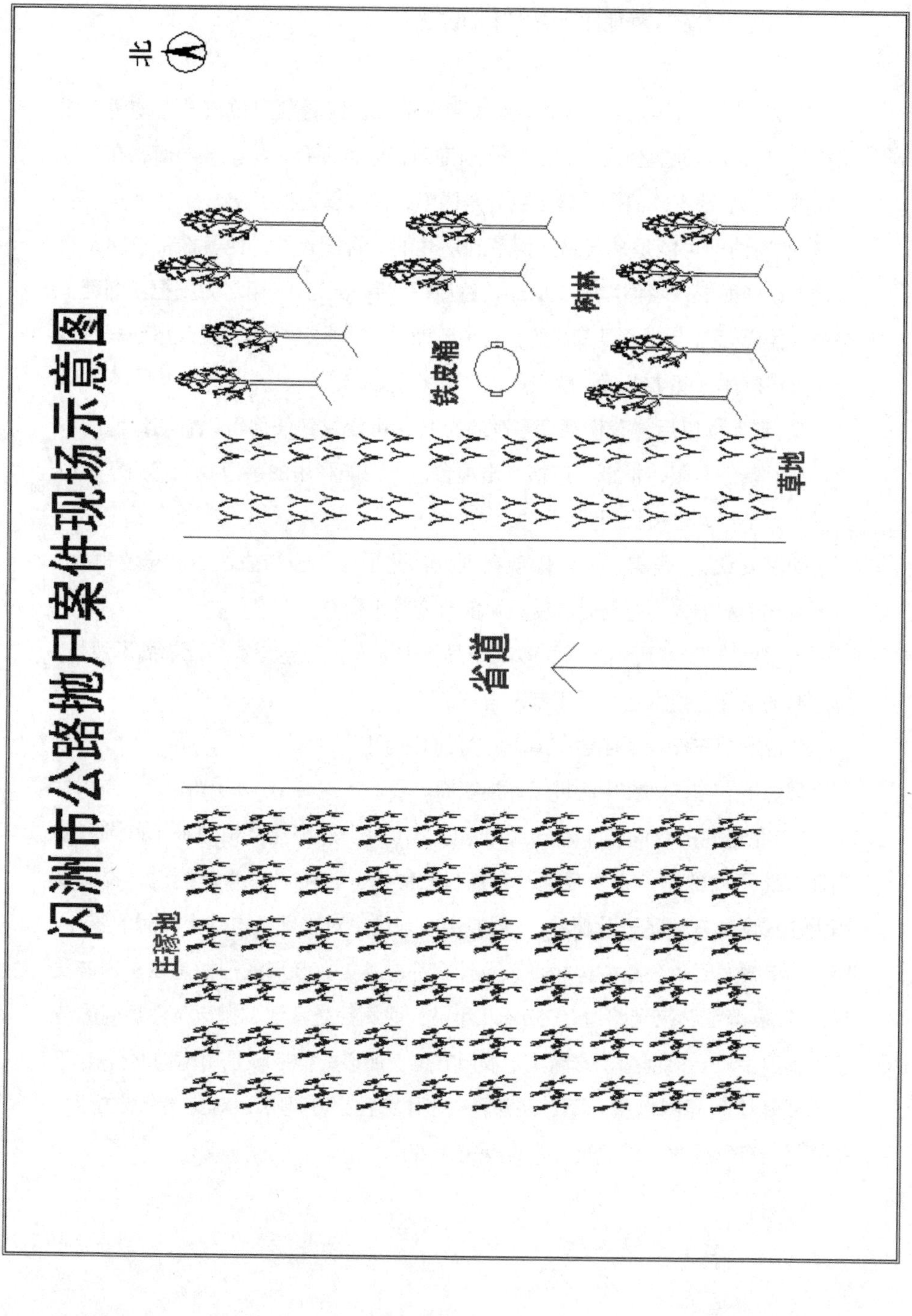

第一案　油桶封尸　021

闪洲市公路抛尸案件现场示意图

车厢内，大家安静地倾听着古军的讲述。

"1991年6月16日，早上7点我刚到单位，就看到有位放羊老伯蹲在派出所门口。我看他脸色发青，急忙上前询问，他告诉我，早上放羊时，在草地里发现了一个铁皮柴油桶，桶上到处是凹陷，像被撞过很多次。

"他猜油桶可能是从公路上滚落到这儿的。看没人要，他就准备拉回家卖点钱。铁桶很沉，老伯以为里面还装着油，就欣喜若狂，用尽力气把油桶翻了个个。他说桶盖上拧了很多铁丝，老伯砸断铁丝，掀开桶盖，发现里面居然是一具男性尸体，吓个半死，就赶紧过来报案了。

"赶到现场以后，我们搜遍了死者全身，可没找到任何可以查明尸源的线索。那时条件有限，报纸、广播、电视台，一切能利用的手段我们都用了，可忙活了大半年，也没找到线索。"

隗国安说："确实，哪儿像现在到处都是监控。当年查线索，全靠群众，只要有一个知情人不愿配合，就有可能改变整个侦查方向。"

古军感慨道："可不是嘛！本案一没目击证人，二连死者是谁都搞不清楚。以那时的条件，根本连个抓手都没有。"

他说着把车停在了应急车道上："我们到了！"

展峰下了车，站在中心现场环视四周。

"南北走向的双向四车道，水泥路面，可见少许坑洼及柏油补丁痕迹。跟高速公路不同的是，省道限速，车辆行驶缓慢，路中没有修建护栏。省道以西为庄稼地，东侧是一片树林。"展峰走向东边，对比平板电脑上当时的照片，"1991年案发时，公路两旁除了杂草什么都看不见。装尸的油桶是在东侧被发现的。"展峰继续来到路边，"二十八年前，两侧都是荒地，抛尸条件相同的情况下，凶手只会根据行车方向决定抛尸方位。所以，他应该是由南向北行驶。"

展峰让嬴亮测量了一下，路边防撞护栏高约80厘米，对比当年方位照，护栏材质有所变化，但高度差不多保持不变。

"护栏的顶部并没有脱漆痕迹,"展峰注意到原始现场局部照[1]上的细节,"抛尸时,装尸的油桶未与护栏发生接触。"

"死者重78公斤,空桶重21公斤,两者加在一起,接近200斤,能把这么重的东西,抓举到80厘米的高度,没有一定的体力,绝对做不到。"司徒蓝嫣说着来到展峰身边。

走到护栏跟前,展峰仔细观察了一下东侧的地形,坡度很陡,几乎垂直于地面,这或许也是要将护栏修得如此之高的原因。

"假设以抛尸处为A点,垂直于地面处为B点,发现尸体处为C点,将三点相连,可画出一个模糊的直角三角形。"展峰迅速用手在现场照片上画出三角形,"参照当年测量的数值:AB高约为3.1米,BC长约为6.7米。"

展峰回头对赢亮招招手。"你从车上找一件重物,用全力扔出去。"

赢亮二话没说,举起5公斤的车载灭火器,扔出近8米远。要知道,赢亮除了吃饭睡觉,所有时间都泡在健身房里,连吕瀚海给他起的外号都叫"肌肉亮",他上肢肌群的爆发力非一般人可以比拟,然而与柴油桶重量相差二十倍的灭火器也只能丢出这么远。

展峰沉吟片刻问:"100公斤的东西能举起来这样扔吗?"

"恐怕办不到。"赢亮坦言。

展峰在平板电脑上列出了一个物理学模型。他把凶手的抛尸动作,拟化成一个类似于标枪的抛射体运动。这样就可以引用力学、空气动力学以及运动生理学的理论进行分析。据抛物线方程,可以推导出抛射体(柴油桶)的射程(BC长)。即$\frac{V^2}{g}\sin2a$。公式中重力加速度(g)是一个常数,所以柴油桶飞行的距离(BC)主要取决于油桶出手时的初速度(V)和出手角度(a)。

---

[1] 如今,拍摄犯罪现场照片时,必须包含四种:方位照、概貌照、重点照、细目照。方位照,要反映出现场的具体方位,即中心现场与外围建筑物的方位关系;概貌照,要能从照片中反映出现场的全部概貌,而且要求照片放大后,可看清每一个物证;重点照,就是对现场重点部位,如凶器放置地、尸体发现地、血迹流淌地等,这些部位都需要重点拍照记录;细目照,对于现场细节、肉眼难辨别的细小痕迹、微量物证,需要使用特制的细目镜头拍照取证。在20世纪90年代初,勘查现场使用的多为胶卷相机,不具备拍摄细目的条件。那时候对重点部位拍摄的照片,也被称为"局部照"。

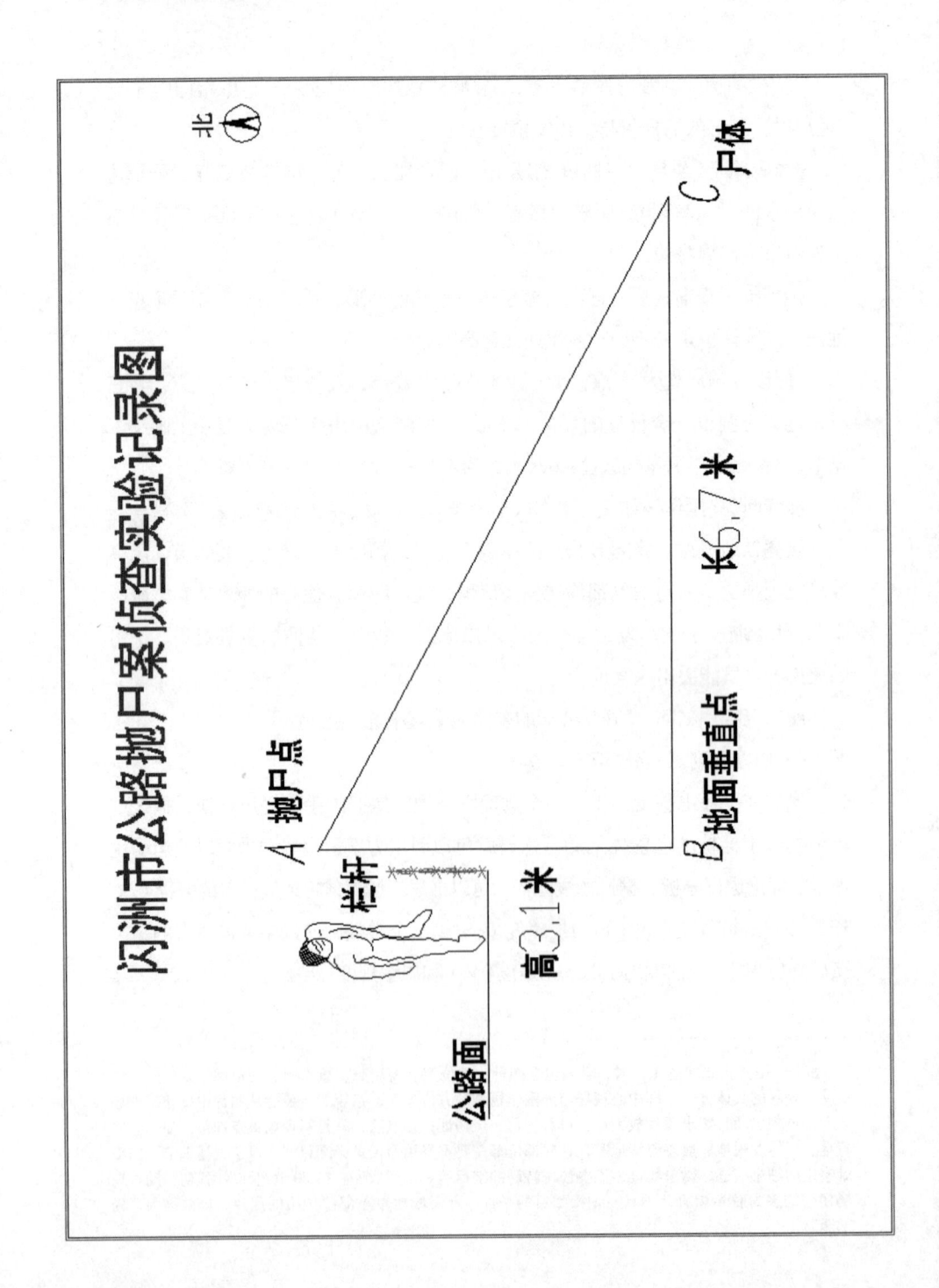

闪洲市公路抛尸案侦查实验记录图

北

A 抛尸点
B 地面垂直点
C 尸体
长6.7米
高3.1米
栏杆
公路面

从公式中可以得知，如果抛射角度不变，初速度 V 越大，BC 就越远。人体肌肉发力时，必须作用在柴油桶的运动方向上，只有使力作用的距离长、时间短，才能提升油桶的出手速度。这就要求，凶手的体力不光要好，还要有一定的臂长，而臂长又和身高成正比，相同条件下，出手点越高，投掷距离也就越远。

已知本案的抛掷距离（直角三角形 BC 边的边长），展峰只要再测出地斜角的角度（直角三角形底角），就可以算出油桶的出手高度 H，用 H 减去公路至地面的垂直距离 3.1 米，算出的结果便是凶手的大致身高。

分析完出手速度 V，再看出手角度 a。

公式带入的是 $\sin 2a$。那么角度 a 是不是越大就越好？答案当然是否定的。参照 sin 值对照表[1]，从表中可以很容易地看出，$\sin 2a$ 要想为最大值，那么角 $2a$ 的度数以接近 90° 最佳，这样一来，出手角度要保持在 45° 左右，才能得到最远的抛距。

为了求证物理模型的准确性，展峰决定做一次侦查实验。他从市局特警支队抽调身高在一米八五至一米九零、身体素质过硬的特战民警参与其中。经多番抛掷实验，展峰摇头。"助跑投掷不太可能实现。"

"这是怎么确定的？"古军好奇地问。

"理由有三：一是抛尸点发生在公路旁，并未安装路灯，助跑存在一定的危险性；二是在助跑的过程中，会在地面留下堆土痕迹，现场并未发现；三是助跑时，可增加出手速度，这样抛掷距离，会远大于实际测算距离。"

展峰继续讲解说："排除了这个重要干扰因素，得出的结论与实际就不会有太大偏差，可以算出凶手的身高范围……"

又是一番计算，最终展峰给出凶手的身高范围在一米八五至一米九零之间，最多不会超过一米九五。

古军作为当年的办案民警，也曾提出过嫌疑人身高可能在一米八以上，但那都是经验之谈，像展峰这样又是列公式又是做实验，完全科学地得到结果，

---

[1] $\sin 0°=0$；$\sin 30°=1/2$；$\sin 45°=\sqrt{2}/2$；$\sin 60°=\sqrt{3}/2$；$\sin 90°=1$；$\sin 120°=\sqrt{3}/2$；$\sin 135°=\sqrt{2}/2$；$\sin 150°=1/2$；$\sin 180°=0$；$\sin 210°=-1/2$；$\sin 225°=-\sqrt{2}/2$；$\sin 240°=-\sqrt{3}/2$；$\sin 270°=-1$；$\sin 300°=-\sqrt{3}/2$；$\sin 315°=-\sqrt{2}/2$；$\sin 330°=-1/2$；$\sin 360°=0$。

他还真是第一次见。

"厉害啊！"古军忍不住说。

随着科技发展及民警个人学识提高，公安局的执法办案部门，正迎来一场颠覆性的变革，以古军为代表的老一辈经验派，正在逐步被年轻的实力派所取代。技侦、网侦、大数据、物联网，已成为侦查办案的核心手段，而熟练运用这些技术的，正是展峰、嬴亮这个年龄段的新生力量。

六

返回市局，展峰开始了第一步工作：虚拟解剖。

外部电源连接完毕，他将尸检报告上的数据输入系统，在调整好相应的"尸体模版"后，"解剖"正式开始。

AI 波波的语声记录也在同步进行。

第一名死者叫邢旭，男，1970 年 6 月出生，被害时 21 岁。尸长 168 厘米，短发，面部完好，上身穿白色 T 恤，下身着黑色短裤，内有蓝色四角内裤，赤脚，未见鞋帽。口袋中无随身财物及身份证件。

尸体被发现时，面部朝下，轻度腐败，有少量蛆虫附着，尸斑[1]沉于下肢部位，暗紫红色，指压轻度褪色，从尸体状态来看，死者被装入油桶时，关节弯曲度尚可，未产生尸僵[2]。怀疑刚死不久后，就被塞进了油桶中。

颅骨完好，硬脑膜及蛛网膜下腔也未发现出血点，可排除钝器击打致

---

[1] 由于人死后血液循环停止，心血管内的血液缺乏动力而沿着血管网坠积于尸体低下部位，出现尸体高位血管空虚、尸体低下位血管充血的结果。尸体低下部位的毛细血管及小静脉内充满血液，透过皮肤呈现出暗红色到暗紫红色斑痕，这些斑痕开始是云雾状、条块状，最后逐渐形成片状，即为尸斑。

[2] 尸僵是死亡经过一段时间，肌肉逐渐变得强硬僵直，轻度收缩，而使各关节固定的现象。如口不能开，颈不能弯，四肢不能屈等。尸僵在死后 10 分钟至 7 小时开始出现。其发展顺序有下行次序（下降型）和上行次序（上升型），前者由咬肌、颈肌开始，其次为颜面肌，以后为躯干、上下肢；后者由下肢开始，逐渐向上发展。尸僵经过 24～48 小时或更长时间开始缓解，到 3～7 天完全缓解。消失的顺序常与发生的顺序相同。它的出现、消失和强度，受温度、肌肉发达程度和死因等各种因素的影响。尸僵是早期尸体现象之一，虽只在一处（如下颌）出现，即能确定死亡。

死的可能，喉腔声门未见水肿，舌骨、甲状软骨均完整，亦可以排除扼死可能。

眼球、眼睑有点状出血；气管、支气管见内有血性泡沫[1]，无异物；心包液体清亮，心脏大小外观未见异常，心脏瓣膜见出血点，心腔内血液呈流动状。

肝脏、肾脏呈淤血状；腹腔内各器官未见异常；胃内有少许食糜，黏膜完整无充血。肺叶间胸膜下有溺死斑[2]。常规毒物检验未检出一氧化碳、酒精、氢化物、安眠药、毒鼠强。

综合判断，为机械性窒息死亡[3]。

分析尸温，得出准确死亡时间为当日凌晨1时许[4]。

尸体发现之初，是被凶手从腰部对折强行塞入桶内。取出尸体。可见尸表及衣物附着大量橘黄色油状物，经检测为柴油，该样本标记为1号，已提取保存。

柴油桶为300升非标准规格，外沿高1100毫米，内沿高1060毫米，直径600毫米，为方便搬运，上下盖周围各有20毫米高的棱边；油桶上盖边缘被人为剪开，凶手在高出的棱边上，钻出十个直径为4毫米的小孔；孔间距极

---

[1] 溺亡时不自主呼吸、呛咳，溺液进入呼吸系统，刺激呼吸道黏膜分泌大量黏液，加上肺泡腔内压力增大，血管破裂，溺液、黏液、血液混合，从而形成泡沫。
[2] 溺死者肺部往往呈浅灰色夹杂着淡红色斑块，即溺死斑。浅灰色是肺泡缺血区，淡红色则为出血区。溺死斑是由肺内压突然增高，肺泡壁破裂出血并溶血所形成的，多见于肺叶内及肺下叶。由于死后入水无肺内压突然增高这一过程，所以不会形成溺死斑。由此可见，溺死斑仅见于新鲜溺死尸体，死亡时间较长则不明显。
[3] 机械性窒息，是指因机械性暴力作用引起的呼吸障碍所导致的窒息。由于机械作用阻碍人体呼吸，致使体内缺氧，二氧化碳蓄积而引起的生理功能障碍。引致机械性窒息的方式很多，如缢颈、勒颈、扼颈、闷压口鼻或压迫胸腹部，以及异物或溺液进入呼吸道等。机械性窒息死亡最明显的表象是：尸斑出现早而显著，呈暗紫红色；尸冷缓慢；颜面发绀，肿胀；面部皮肤和眼结合膜点状出血；口唇、指（趾）甲紫绀；流涎，大小便和精液排出。内部征象的主要特点是：血液呈暗红色流动状；右心及肝、肾等内脏淤血；肺淤血和肺气肿；内脏器官的浆膜和黏膜下点状出血。
[4] 死亡时间的推断是法医学研究的重要课题之一。死亡时间的推断可以根据尸体温度、尸斑、尸僵、眼部变化、血液肌肉超生反应等进行。目前应用最广泛和最可靠的方法仍是尸温推断法，尤其是死亡时间在24小时以内的尸体。测量尸温的常用方法有测肛温、肝温和耳温等，经过大量的研究证明，死亡时间在0～4小时内以肛温的测量比较准确，在4～24小时内以肝温的测量比较准确。

为精准，长60毫米；每个孔内都被穿入了内径2毫米的钢丝。抛尸时，凶手会用管钳将钢丝拧紧，封紧桶盖。

解剖完毕，展峰抬起头来，缓步向后靠去。他倚在冰冷的车壁上，不知不觉地陷入了沉思……

七

市局招待所内。

吕瀚海正坐在床头嗑着瓜子，隗国安则倚在沙发上摆弄工夫茶。吕瀚海对自己的定位相当准确，他的本职工作就是一司机，让他干额外的工作也行，必须给钱，不给钱坚决不多做一点事情。而习惯了碌碌无为的隗国安，则无论发生什么案件，都是一副坦然自若的样子，作为半路出家的刑事相貌学专家，也着实不是案件的所有环节都需要他出场。考虑到他一把年纪，他还是喜欢抽空享受"佛系"生活。

墙壁上的液晶电视里，正在播放一档综艺节目叫《××有新人》。上半场，吕瀚海还看得津津有味，可到了下半场，一对自称××大学的博士夫妻上场后，他大骂了一声就再没看下去的欲望。

隗国安将紫砂壶中的茶水倒入杯中，好奇道："怎么看个电视都那么大气性！"

"没办法，傻子太多。"说着吕瀚海把瓜子壳一丢，毫不见外地端起茶杯一饮而尽，"嗯，不错！好茶！"

"你个小兔崽子，我泡了半天的茶呢！"隗国安生气地说。

"哎哎哎，我说老鬼，注意说话的态度，还说我，我看你气性也不小！不就一杯茶吗？再泡一壶就是！"

"小罐茶，贵得很，我就带了一罐！"

"你呀你，真是抠门到家了！"

隗国安愤愤地拿起木勺把茶渣归拢归拢，准备再用一泡。脾气相投的两人闲来无事最喜欢打打嘴仗，就在吕瀚海刚想把战斗升级找找乐子时，一个电话打破了他所有的好心情。

号码呼入时，手机已自动识别出对方是友邦家和医院的固定电话。通话内容总结起来就两个字：续费。吕瀚海脸上古井无波，可心里却掀起了滔天狂澜。

隗国安也敏锐地察觉到了异样，他还没来得及问明缘由，六神无主的吕瀚海已经冲出了门外。他还是第一次见吕瀚海如此紧张，就在他左思右想要不要追出门时，展峰打来电话，让他在十分钟内到市局会议室集合。隗国安转念一想："道九是展队的人，如果真出了什么事，展队不会不知情，既然他还能通知开会，就说明不是大事。"

想通了的隗国安折回卫生间，用发胶将仅剩的几根头发理了理，走出了房间。

该案的第一次专案会就在市局的秘密会议室召开，展峰把"虚拟解剖"的情况分五点做了简单的介绍。

"第一点，当年的法医在邢旭的口鼻内提取到大量柴油，而气管腔溺液量较少，解剖至胃部，没有发现溺液，死者溺亡时应该是头部向下，受重力的影响，柴油无法进入气管腔及胃内，才会出现这样的情况。"

展峰出示了尸体照片，青灰色的尸体躺在解剖台上，尸表的痕迹清晰可见。

"第二点与第一点相互印证，死者脚踝、双手手腕有三道勒痕并伴有皮下出血，他曾被人拴住脚踝倒吊过，从测量勒痕的宽度得出，凶手使用的是5毫米规格的尼龙绳。

"第三点，死者的气管腔内没见异物，可能是吸入柴油后，因为重力又倒流了出来。装尸油桶里，只提取到少量柴油，杀人跟抛尸使用的可能不是同一个油桶。"

"第四点，"展峰放大尸斑部分，"暗紫红色尸斑，跟机械性窒息死亡相同，体内氧利用不足，血液中含有较多的氧合血红蛋白，透过皮肤就呈现出鲜红色尸斑，死亡时间久一些以后，就会变成比较深的暗紫红色，准确的死因是干性溺死。

"第五点，大家可以注意到，尸体无明显体外伤，在溺死过程中，死者没进行反抗。与此同时，又伴有表皮出血、血性泡沫等生前反应。他很可能是在昏迷的状态下被杀的。常规毒物检验，没有发现其体内含有致昏、致迷类药物，排除这类原因的话，他之所以昏迷只可能是外力作用。常见的做法，就是击打脑干和颈椎。"

"综上所述，我用动画重建了作案过程。"说完展峰把一段模拟动画打在了投影仪上。

画面中，被标注成"凶手"的模型人正在用绳索捆住另一个标注为"邢旭"的模型人。当"邢旭"手脚被完全捆绑后，"凶手"将其倒吊起来。

"邢旭"的上半身很快没入油桶之中，待"邢旭"完全没有了生命体征，"凶手"又将尸体装入事先准备好的"钢丝油桶"，桶盖被管钳拧紧后，油桶连同尸体被扔到了公路边。

动画播完，嬴亮第一个举手示意："在格斗术中，击打脑干和颈椎是可以使人昏迷，但力道稍微把握不稳，就有可能一击致命。以我多年的实战经验，这种力道极难掌控，若不经过专业训练，也就两个结果，要么下手轻，被害人呼叫反抗，要么下手重，直接就劈死了对方。"

隗国安意会："亮子，你的意思是说，凶手还练过格斗？"

嬴亮摇摇头："现如今的格斗技术还是以健体强身为主，实战性很弱，不管多系统的训练，都不会用到这一招的。"

"那你的意思是？"

嬴亮想了想，笃定道："凶手会功夫！"

"功夫？"

"对，我的格斗教练告诉我，功夫创立之初，练习的就是杀人技，既分高下也决生死，凶手能把力道拿捏得如此精准，这人绝对有习武的经历！"

隗国安缓缓点头。"习武之人要冬练三九、夏练三伏，没有一定的毅力，很难坚持下来。难怪他能把油桶扔那么远！"

司徒蓝嫣轻咳一声，吸引了众人的注意力："鬼叔的话倒是提醒了我。从心理学上分析，一个人的外在行为，其实是内在心理的展现。每个人在做任何事之前都有他的动机。单就习武这件事来看，我觉得他的动机可能有两种，第一是被动性，来自父母或外界的引导；第二是主动性，为了达成自身的某种诉求。凶手专门为了作案去习武的可能性很小，而且临时学习不能保证起效。那么他习武的真正诱因应该是来自外界。本案发生在1991年，若是刚成年就作案，那他可能生于20世纪70年代，甚至更早。"

"20世纪70年代？这能推断出什么？"嬴亮越听越糊涂，不过也不怪他，心理学相关的知识比较庞杂，往往跟社会学、历史学、人类学交叉，不是嬴亮这样单线条的人能够搞得清楚的。

"1966～1976年这十年间，全国正在经历一场变革。在那个历史背景下，他还能一门心思地习武，说明他的生活环境较为封闭，与外界交流存在屏障。"司徒蓝嫣起身，摊开九张油桶照片，油桶均被打开，里面露出受害人的尸体，"我翻看了九起案件的卷宗，凶手把尸体装入油桶后进行抛尸，作案手段干净利落，极少在现场留下物证，可见他有典型的反社会人格障碍。这个类型的心理障碍是一种持续的行为模式，主要表现为：对他人权利的蔑视和侵害，具有高度攻击性，相对缺乏羞惭感与道德感。这种人不会把杀人行为看成罪恶，他们心里反而会认为，所有被害者其实才是罪恶的化身。"

"处刑人……"爱看欧美剧的嬴亮喃喃地说出一个时髦的词。

"不错，他应该是觉得自己在对坏人处刑。九个人都被吊起活活溺死，作案手段有强烈的仪式感。仪式感是人表达内心情感最直接的方式，它会让看似普通的事情变得不寻常。他杀人时的仪式感，其实就是内心犯罪动机的一种固化和升华。固化，来自他内心对这些人做的坏事的仇恨；而升华，则是他给杀人行为套上的一层华丽外衣。"司徒蓝嫣俏丽的脸上似乎笼罩了一层浅浅的阴霾，双眸中闪烁着兴味盎然的光。

"他在狩猎这个类型的人？"展峰问道。

"对，一旦有了犯罪冲动，凶手所针对的就是某个特定群体中的不特定人。也就是说，被害的九人，极有可能在生活中跟凶手无任何交集，杀他们，完全是凶手的一种情感宣泄。这个人，应该是个性格孤僻内向的人。"

"可以做出侧写吗？"展峰看向司徒蓝嫣，后者点了点头。

"孤僻、内向的性格，又与童年的经历有很大关系。20世纪70年代之前，计划生育尚未实行，按照中国人多生孩子多条出路的传统观念，那时的家庭几乎都会要三四个孩子。如果他在童年有兄弟姐妹的陪伴，绝对不会出现孤僻的性格。我怀疑，他可能是家中的独子。"

"那可真少见。"隗国安说，"一般至少生两个吧！"

"可能是穷，也可能缺少再次生育的条件。比如说，父母无生育能力、单亲、被寄养、失去双亲……结合凶手的性格特征，我更偏向于他可能生活在一个不健全的家庭中。"

八

自从进了组，司徒蓝嫣的侧写能力就有了质的飞越，她这番分析得到了所有人的认可。

展峰调出现场照片，投影后说道："尸体被整个塞入油桶中。完成这一步的前提是，关节灵活，还没有产生尸僵；尸斑沉积于下肢部位，这是由于油桶滚落时，倾斜于地面，使下肢处于低位，血管中的血液因重力向下渗透所形成。结合这两点，不难看出，凶手这边杀完人，那边就选择抛尸。"

"展队，你的意思是说，他是在现场附近作案？"嬴亮问。

"要满足公路杀人的条件，那他必须要有一辆车。"司徒蓝嫣很快接上。

嬴亮看向师姐，目光有些仰慕之意："能吊起死者，这个车还要足够大！"

隗国安摸摸光头，"光大还不行，为了不引起来往车辆的注意，还要有一定的封闭性。"

突然，三人互相看看，异口同声地说道："厢式货车！"

"没错，我查询了相关资料，1991 年前后，常见的厢式货车主要有四种。"展峰用投影展示出四种不同规格的车辆：一、载重量为 1.5 吨的。车厢尺寸为长 4.2 米，宽 1.8 米，高 1.75 米。二、载重量为 2 吨的。车厢尺寸为长 4.2 米，宽 1.8 米，高 1.85 米。三、载重量为 3 吨的。车厢尺寸为长 5.8 米，宽 2.1 米，高 2.2 米。四、载重量为 5 吨的。车厢尺寸为长 7.4 米，宽 2.2 米，高 2.2 米。

"死者身高一米六八，算上吊绳的放余量，那么货车的厢体高度最少要在 2

米以上,也就是说,凶手驾驶的厢式货车最低载重为3吨。"

画面上,四辆车去掉两辆,放大其中载重量为3吨和5吨的。

嬴亮看着两辆车:"能横跨九省作案,不用猜都知道,这家伙是个司机。"

隗国安补充道:"能跑这么多地方,说明还是个长途司机。据我所知,为了增加运输利润,保证24小时营运,一辆货车通常都要配备两个或两个以上驾驶员,难不成,本案凶手还不止一个?"

"单看一起,还不好下结论,只有把全部现场勘查完,或许才会有定论。"展峰做出结语。

九

专案会持续了两个多小时,隗国安返回宾馆时,吕瀚海的房间仍是冷烟冒凉气,鬼都没有一个。他掏出手机拨打对方的电话,出乎意料的是,听筒中传出的却是"您拨打的电话已关机"。

"道九今天有些不对劲啊!不好,出大事了!"有些不祥的预感,隗国安收起房卡转头走向电梯间。

就在他焦急地按着向下按钮时,吕瀚海竟从对面电梯里摇摇晃晃地走了出来。

"哎,老鬼,你去哪里?"吕瀚海抬头打了个招呼。

隗国安猛地一转身,惊讶道:"道九?你一下午去哪儿了?"

吕瀚海用搭在肩膀上的毛巾擦了擦仍有些湿漉漉的头发:"出市局大门往右拐,有家中医馆,好像叫什么宝芝林,那里的老师傅手法真不错!"

"什么?敢情这老半天,你理疗去了?"隗国安嘴角抽搐。

"还顺便做了中医推拿,松松骨!"吕瀚海伸了个懒腰。

隗国安有些不悦起来。"哎,我说道九,你可真不够意思,出去潇洒也不带着我!"

吕瀚海掏出棉签塞入耳朵,边走边搅,时不时还露出享受的表情:"你这个抠门鬼,现在说我不够意思,下午泡茶只泡一杯你咋不说?"

"哎,道九,你要说这事,咱还真得说道说道,泡茶前,我是不是问你喝不喝？你说不喝。泡完后你二话不说，端起来就给一口闷了，我说啥了？是不是啥都没说？咱要讲道理嘛，对不对！"

出去浪了一圈的吕瀚海似乎心情不错，他一把搂过隗国安。"你瞧瞧，你瞧瞧，我是跟你开玩笑的，咱俩谁跟谁，走，晚上啤酒小龙虾我请，你敞开了吃，敞开了喝，咱俩干他个不醉不归！"

隗国安太了解吕瀚海的性格了，在吕瀚海那里，请客和买单是两码事。

"还不醉不归，我看你就是欠展队收拾，不去。"

"实不相瞒，你们的老大展峰，对我来说，最多就是个五品带刀护卫，我收拾他还差不多！"

隗国安见他又要开始满嘴跑火车，没好气地摆摆手。"得得得，不跟你瞎掰扯了。下午刚开完专案会，展队让我通知你明早8点准时出发去第二个现场，你赶紧回房休息去吧！"说完，隗国安也不管他听没听进去，掏出房卡，刷开了自己的房门。

咣当一声，关门声把吕瀚海吓了个激灵。他抬起头，脸上哪里还有刚才的谈笑风生，早已经换成了肃穆的表情，他捏捏手，渗出的汗早就把手心打湿了。

吕瀚海看了一眼走廊上的视频监控。在监控传输的另一头，一位中年男子正与他隔屏对视，看着一分为九的液晶显示器上吕瀚海难看的脸色，男子脸上露出了满意的笑容。

十

第二天一早，吕瀚海把一箱红牛扔进了驾驶室。见展峰从大楼内走出，他掏出发票几步迎了上去。"来，给我签个字。"

展峰并不关心发票的内容，他大致看了一眼金额，提笔在空白处签上了"同意"。

发票被转到司徒蓝嫣手里。嬴亮伸头一看，顿时孞了毛。

"买一箱红牛，你开400元的票？我给你按零售价6元一瓶，一箱24瓶，最多144元，剩下的200多元去哪里了？"

吕瀚海阴阳怪气地回道："哟哟哟，你们瞅瞅，皇上不急，太监还急了嘿！"

嬴亮暴跳如雷。"有种你再说一遍？"

吕瀚海把车钥匙往地上一扔，脖子抻得老长："来，肌肉亮，有种就往头上干，最好把我打住院，我看这大巴车谁开！"

"你……王八蛋。"

"哎呀，好了好了，都自家兄弟，吵什么吵！"隗国安走向前劝道，"道九，不是我说你，不就200的事嘛，你和亮子解释一下不就完了！再说了，咱这专案经费也要花得明明白白不是！"

吕瀚海哪里看不出，隗国安看似在拉架，实际上他也很关心这钱的去向，他在心里暗骂一句"老狐狸"，提高嗓门道："老鬼，我问你，昨天在宾馆走廊，是谁怪我没带他去洗桑拿来着？是不是你？说，是不是你？"

"我问经费的事，你和我掰扯这个干吗？"隗国安心道，好家伙，怎么这锅就变成我的了？这小子真精得跟猴似的。

"当然要掰扯，专案组就我一个司机，一路上给你们当牛做马，骨头都快散架了，我趁你们开会的工夫，去做个中医推拿，这不过分吧？再说了，我要是休息好，咱这办案进度也能快马加鞭不是？说白了我这也是为了组织服务，这钱就是算到专案经费上，也能说得过去吧？"

就在两人争得面红耳赤之际，展峰开了口："这张发票算在我个人头上，不走专案经费。"

司徒蓝嫣也笑了，补了一句："不光是这张，之前九爷你开的所有发票，其实都是展队个人掏的腰包。"

吕瀚海听后大吃一惊，有些恨铁不成钢地一把把展峰拉到旁边，小声嘀咕："你个木头疙瘩，有便宜不占是浑蛋，专案组账面上不有的是钱？你自己掏什么钱啊？"

展峰淡淡地瞥着他。"要不要我再给你背一遍法条？"

"背你个头啊！我看你这辈子就是朽木不可雕也！"见他油盐不进，吕瀚海摆摆手,"唉,算了算了,钱从我工资里扣!"

被隗国安提前拉上车的嬴亮,透过车窗愤愤地看着,咬牙道:"你看道九贼眉鼠眼那样儿,展队为什么非得用这么个人,他俩绝对有事!"

隗国安用胳膊肘戳了他一下,"瞎说什么,道九不说,展队的为人你还不放心?"

嬴亮冷笑一声,"知人知面不知心,有些事怕是说不定。"

十一

接下来的十多天,吕瀚海几乎就没下过车,他不是去案发现场,就是在去案发现场的路上。八个现场跑完,他觉得自己简直像刚渡完劫一般痛苦。在他的以死相逼之下,展峰也觉得好像有点过分操劳,有必要放两天假,让大家适当调整一下。

接近半个月的高强度工作确实让人吃不消,尤其是整日倚老卖老的隗国安,似乎拿定主意要跟工作保持距离,这不,好容易有了两天假期,隗国安的手机又习惯性进入了关机状态。

换了自己的车,离开专案中心的司徒蓝嫣并未着急回家,她怀着急切的心情来到了院墙外的菜鸟驿站,她的几个巨型包裹已在这里寄存了好几天,电话都快被驿站工作人员给打爆了。

她的座驾是一辆新款的途昂,巨型SUV!不到一米七的她开这么大的车,总是会引起好奇,然而并没有人知道,她买车的真实目的,是为了满足她某个不为人知的癖好。

她十分熟悉驿站的收费程序,在扫码支付了寄存费后,司徒蓝嫣站在一旁犯了难:"怎么把四个快递塞进车里呢?对了,还得从车里弄回家,要不要找人搬进去……"

"老板,取个快递!"正在这时,一道熟悉的声音从门外传来。

转身看到嬴亮,司徒蓝嫣才想起专案中心是军事禁区,快递小哥根本送不进去,所有人的包裹都只能暂存到驿站中。平时为了不撞见熟人,有了大件,她都是天擦黑才来取。

"哎，师姐，你也在这儿？"

司徒蓝嫣有些尴尬地把刚举起的包裹缓缓放下。"嗯，是，好巧啊，好巧！"

"我看你的车停在门外，就猜到你可能在这里了，要不要帮忙？"嬴亮热情地走过来。

"不，不，不用了，我也没什么东西要搬！"司徒蓝嫣干笑，她倒是需要人手，但也不想让嬴亮发现她的秘密。

"喂，司徒蓝嫣，你的件要抓紧时间搬走，我们一会儿有货要进来！"快递小妹一句吆喝，让她瞬间想找个地缝钻进去！

嬴亮歪着头，逐一扫过贴在包裹上的单据："师姐，这几个大件都是你的，你能搬得动吗？"

她一会儿点点头，一会儿又摇摇头，表情复杂地说："我想……应该……"

"嘿，你跟我甭客气，我来帮你！"嬴亮说着，扛起一个方形包裹就往外走，"我都觉得沉，你一个女生，怎么可能搬得动！"

"谢……谢谢啊师弟！"司徒蓝嫣立马跟了上去。

"跟我别说谢，以后这种事，直接给我打电话就成！"

"唉，好。注意，注意，轻拿轻放，轻拿轻放！"司徒蓝嫣伸手护着包裹。

嬴亮擦了把汗，看着放上车的包裹。"我说师姐，你这买的都是啥？家具吗？怎么这么沉啊？"

司徒蓝嫣只好顺着说："对，对，对，家具！"

"还是个金属制品，什么家具这么新潮？"

"嗯……那个……"

"不方便就别说，我就不问了，反正女生都喜欢一些奇奇怪怪的东西！我们男生搞不懂。"

"呃……也对……"司徒蓝嫣哭笑不得，不过她这堆东西的确"奇奇怪怪"，嬴亮说的也没什么错。

五分钟不到，几个包裹被整齐地塞入了后备厢，嬴亮很自来熟地拉开车门，坐进了副驾驶。司徒蓝嫣顿时一阵无语，她吞吞吐吐地问道："师弟……你没有别的事了吗？"

嬴亮很热情地回道："不忙不忙！这么多东西，我弄上去都费劲，我要是不跟着，凭你一个人，根本就弄不下车！"

"那……那好吧……就麻烦你了。"她硬着头皮拉上车门，脚踩离合器发动了汽车！

一路上，嬴亮总是见缝插针地寻找话题，看着司徒蓝嫣的眼睛雪亮，他显然很希望跟她有点什么发展。不过事实证明，这小子确实很不会聊天，光会跟女孩子说他自己感兴趣的事情，完全没啥情商可言。司徒蓝嫣尴笑着听他从足球聊到篮球，又从篮球聊到搏击，最后从搏击直接过渡到了"吃鸡"！对于这些认知为零的领域，司徒蓝嫣是想聊也没办法聊，除了"嗯""对""不错""厉害"，再也搜刮不出任何能搭上腔的词了。

把车停进家门口的车位，司徒蓝嫣的耳边终于有了一丝清静，她指着前方没有几步远的独栋公寓说道："我就住在一楼，很近，你要有事你先去忙，我自己能行！"

"没事，反正我除了健身房也没别的地方可去。"嬴亮一把将最大的包裹扛起，"师姐，前面带路，我帮你把东西送进屋！"

"唉！师弟可真是个实在人。"她心里这样想，却笑眯眯地回道："好嘞，那就辛苦师弟了！"行吧……这家伙，壮劳力一个，不用白不用。可她却没想到，别看嬴亮是个肌肉男，他心里的弯弯绕可多得很，精通追踪技术的他，想搞明白自己心仪的师姐什么情况，简直不要太轻而易举。

展峰宣布放假时，他就跟着司徒蓝嫣一前一后走出大院，出门时他看见司徒蓝嫣并没有把车开上主干道，于是就多留了个心眼跟了上去。站在远处，他瞅见司徒蓝嫣把车停在菜鸟驿站门口，就猜出对方在取快递。可就在他准备步行去健身时，他又看见司徒蓝嫣两手空空从驿站走了出来，这次她把后备厢打开，接着，又放倒了第二排座位。要知道，司徒蓝嫣驾驶的可是车长5.03米，素有小坦克之称的大众途昂，要是把第二排放倒，拉个双人床都绰绰有余。

看来师姐买的是个大件！赢亮顿时跃跃欲试，平时师姐人美心灵，他老有一种跟不上的感觉，这下可算等到了他表现的机会。

就在他加快脚步准备上前帮忙时，他转念一想，又停了下来。因为他想看看，司徒蓝嫣会不会打电话喊人，倘若这个时候还没有人英雄救美，那只能说明一个问题，她身边并没有亲近的护花使者，换句话说，她绝对还是单身。

赢亮可不喜欢夺人之美，他对司徒蓝嫣有好感是一码事，从人家男朋友手里抢女人又是另外一码事，他喜欢一个人，可是半点都舍不得人家难受的，所以他绝对不会在司徒蓝嫣面前上演什么爱慕者跟男朋友的修罗场。想到这儿，赢亮悄悄地躲进墙角，观察了好一会儿，看着驿站里束手无策的司徒蓝嫣，他心里暗自窃喜，这下他终于知道师姐是名花无主的状态了。

赢亮借故去驿站寻找包裹，实际就是执行故意搭讪！接着他又以"好人做到底"的名义，就这么摸到了司徒蓝嫣的住处！当然他这么做，并不是有什么非分之想，他不过是要进一步确定，师姐的住处是否有异性逗留的痕迹。毕竟年代开放了，女性现在都习惯独立自主，刚才不找人帮忙，可能是因为司徒蓝嫣不习惯求人，但谁能保证她真的没有男朋友呢？还得多方确认才行。

放下第一件包裹，他假借喘气的工夫，仔细观望着屋内的各种摆设。这是一间约50平方米的两室一厅，房门朝南，靠门的位置有一个木制鞋柜，他注意到鞋架上整齐摆放着几双女鞋，让他欣慰的是入户的拖鞋就一双，是女款。进门往北是客餐厅，餐桌上也只有一人的碗筷。室内的东北角是一间开放式厨房，而西北、西南则是两间卧室，环视一周，他并没有发现第二个人的生活轨迹，一颗悬着的心终于落定下来！

搬完最后一件，他还想磨蹭一会儿，"师姐，我有些口渴，你家有水吗？"

"没有！"司徒蓝嫣一口回绝！

"自来水也行啊……"他话还没说完，司徒蓝嫣就把他推出门去，"嘭"的一声关上了房门！

"师弟，我今天身体有些不舒服，谢谢你，改天请你吃饭！"话音从门的那边传了过来。

好歹有了个台阶下，赢亮连忙回应："好嘞！师姐，那我就先走了啊！"

满肚子算盘的他当然看出了师姐的异样，为了一探究竟，他并没有着急离开。

没过多久，他发现司徒蓝嫣从屋内拉上了所有的窗帘。

"大白天的这是做什么？"回想着刚才师姐过激的举动，他突然有了一种不祥的预感，为了搞清楚状况，他干脆走近了一些，透过没有完全拉实的窗帘缝隙，他总算看清了屋内的情况。跟他想象中的完全相反，屋内并没有第二个人，只不过让他难以想象的是，平常看起来温文尔雅的师姐，这个时候竟头戴鬼头面罩，手握伐木锯，完全一副变态杀人狂的模样！

十二

假期结束，专案组"众神"纷纷归位。只有展峰一直在坚守岗位，倒不是他不愿休息，只是一想到家里的高天宇一会儿神鬼莫测，一会儿暴走的状态，他就难免觉得，还是蹲在中心比较清静。跟高天宇待在一起，本身就过于危险。

两天内，展峰把另外七具尸体全部进行了虚拟解剖，当其他组员赶到时，他还在用激光尺测量装尸油桶的各种数据。

专案组的工作模式，是由展峰分发任务、组员完成任务，所以几人上班第一件事就要与展峰碰面。然而中心里边弯弯绕绕，多数地方又屏蔽手机信号，要想找人，只能先去内勤室寻求莫思琪帮忙。

中心里的工作人员必须持证上岗，每张证件内都安装了一个绑定身份的芯片，莫思琪可以通过后台电脑，看到每个人的实时位置及行走轨迹，当然，保密区除外。

莫思琪笑道："找到了，在6号物证室！"说着把视频巡查系统打开，画面里，九个柴油桶依次排开，展峰手持平板电脑正在记录。

得知展峰的位置，司徒蓝嫣率先走出内勤室，隗国安道了声谢，紧接着也走了出去，倒是赢亮跟没了魂似的，站在那里，也不知在想什么。

隗国安发现嬴亮没跟上,回头道:"亮子,你还在发什么愣,干活了。"

"哦,来了鬼叔!"

"你小子放假这两天干什么呢,怎么魂不守舍的?"隗国安看看嬴亮,奇怪地问道。

"没什么!"嬴亮面色难看地摇摇头。

"没什么?你就是属显示器的,心里有没有事都挂在脸上,到底发生了什么事,快跟叔说说。"

嬴亮有些吞吞吐吐,不知该从何说起。

"乖乖,长本事了,咱俩可有过命的交情,连我都不信了?"

两人来自同一个省,一起侦办过多起大案,嬴亮对隗国安的为人也相当信任,只是这涉及男女间的事,他确实不知该从哪儿开口。可是他转念一想,隗国安跟自己父亲年纪相当,又常年扎根基层,有些怪事说不定还真能说出个一二三来。

嬴亮是那种心里搁不住事的人,要不找个人好好聊聊,他都不知以后该如何面对师姐,经过一番思想斗争,他决定还是向隗国安透露点内容,只不过这个故事的主角绝对不能是她。

嬴亮小声说:"鬼叔,我告诉你,你可千万要替我保密。"

"我,你还不相信,放心,打死也不说。"隗国安用手在嘴上一划拉。

嬴亮郁闷道:"我认识了一个女孩,从外表看还挺正常的,不过这几天我发现,她好像有些变态的癖好!"

"你小子咋这么花心,你师姐不是挺好的吗,你怎么又去勾搭别的丫头了?"隗国安难以置信地看着嬴亮,工作忙成这样,没想到这小子还能喜欢上别人!

"这不重要,你给我分析分析,要不然我心里过不去这个坎!"

隗国安有些头疼。"实话告诉我,你俩是不是滚床单了?"

嬴亮举起三根手指。"对天发誓,绝对没有!"

"那,你所谓变态的癖好是指什么?"

"我不小心看到她一个人在家里,又是戴鬼头面具,又是拉电锯的,那造型看得我鸡皮疙瘩都起来了!"

"嘿,我当什么事呢!"隗国安乐了。

"难不成你遇到过类似的情况?"嬴亮蒙头蒙脑地问。

"你叔我在派出所干了一辈子,什么奇葩事没经历过。"

"快跟我说说!"嬴亮有些激动。

隗国安捋了捋胡子:"五年前我当班接了一起报警,有人从五楼高坠死亡,到了现场一看,那人居然穿着一身盔甲,我当时就很纳闷,这是玩的哪一出?后来经技术队勘查后得知,这个高坠者十分迷恋钢铁侠,花重金给自己打造了一身盔甲,他自己以为能飞,就呼哧一下跳了下去!"

"鬼叔,我好像明白了你的意思!"嬴亮心里头顿时一松。

"明白就行,有首歌唱得好,女孩的心思你别猜,你猜来猜去也猜不明白……也许人家只是好奇,自己在家闲着没事玩玩呢?我觉得只要不做违法的事,都可以接受嘛!"

嬴亮仔细一想,确实是这么个理儿,那天师姐模仿的是《得州电锯杀人狂》托马斯·休威特的模样,她本身就有出国留学的经历,痴迷于国外的影视剧,也能解释得过去。

喜欢某个角色,cosplay(角色扮演)一下也无可非议。只不过多数人都偏向于正义一方,但也不能说喜欢反派有多另类,况且,人为了解压,什么事情做不出来呢?

十三

"师弟,你和鬼叔去哪儿了,怎么这么久才过来?"已经找到展峰的司徒蓝嫣奇怪地问。

经一番疏导,嬴亮再次面对司徒蓝嫣,心里已经确定她就是在玩cosplay了。"和鬼叔闲聊了两句,别的没啥!展队,我们接下来要做什么?"

展峰把平板电脑上的数值导入数据库:"九个现场的装尸油桶我都做了详细的测量,不管是从外观、尺寸,还是从工艺上看,油桶均出自同一厂家!抛尸前，凶手对油桶进行了改造，每个桶的棱边都被打上了孔洞，间隔正好是60毫米，甚至连铁丝的拧向都完全一致。之前我们认为，本案存在多人协作的可能，就目前来看，大量烦琐、复杂的准备工作，均由一人完成，符合单人作案的特点。"

司徒蓝嫣看着数值沉吟道："柴油桶新旧不一，不是在同一时期购入，而九个桶的孔洞间距竟然完全一致。此外，凶手每次在封盖时，都会把铁丝顺时针拧动九圈。从这个细节不难看出，他做事格外细致，我怀疑他可能还患有焦虑性障碍，也就是我们常说的强迫症。"

"这个强迫症对找出凶手有用吗？"嬴亮觉得自己误会了师姐，又开始他的捧哏大业，没话找话了。

"它是一种反复的心理暗示，科学证明，此症状的形成与患者的生活环境有很大关系。凶手从小习武，居住环境较为封闭，如果出现错误引导，很容易引起后天疾病。"

司徒蓝嫣继续说："习武都讲究师承，我怀疑他师父的性格也很内向。"

"你这么说，我好像已经get（接收）到了画面。武侠小说里常有这种桥段，师父教你一个招式，然后让徒弟自己去悟，悟对了，师父就会觉得徒弟有慧根，悟不出来，就直接pass（开除）走人，师姐你说的是不是这种？"说到功夫嬴亮就有话了，他很喜欢功夫片和武侠小说，自然懂得很多。

司徒蓝嫣比个拇指。"解释得通俗易懂！"

"我认同你的观点，凶手确实有严重的强迫症。"说着，展峰把九个油桶全部放倒，在桶的底部，众人发现了几处爬满铁锈的打磨痕迹。

嬴亮好奇地问："这个是什么？"

"那个年代，因技术、设备落后，民营小作坊并不常见，柴油桶大多产自国营企业。我查了资料，这种铁皮桶除装柴油外，还可以盛装其他化工原料，属于特殊商品范畴。铁皮桶在出厂时，需要打下生产码，类似现在的车架号。只要有编码，就能按图索骥找到生产厂家。"

"好一招反侦查手段。"嬴亮感慨道。

"不错，凶手为了切断这条线索，特意把桶底的编码给打磨掉了。他是用四寸平口细齿锉刀，沿着号码边缘进行打磨。我测量了九个打磨痕迹的长宽，数据几乎一模一样。"

"这强迫症看来很厉害。"司徒蓝嫣说。

隗国安问："被锉的编码有没有办法恢复？"

展峰摇头。"如果是刚锉不久，可以利用金属面对化学试剂反应速率的不同，来显现号码，可是本案年代太过久远，打磨痕迹已完全锈死，处理出来的可能性为零[1]。"

隗国安咝咝吸气："难不成就一点办法也没有了？"

"有，不过只能得出一个范围，并不能直接确定厂家。"展峰又给了大家一线希望。

隗国安忙说："有总比没有强，展队，什么方法？快说来听听！"

"两天前，我联系了一位痕迹学老前辈，他对此颇有研究，他告诉我，过去的油桶编码，与身份证号码有些类似，有一定的规律可循[2]。"

"油桶在生产的过程中，因厂家不同，编号的位置、长短也均各异。但有一点，正规厂家都是按照同一个编码规律进行打码，和身份证号有些类似，油桶编码没有位数限制，通常前八位是生产日期，遇单日需加'0'补齐，如某桶是1991年1月1日生产，那么前八位数就要写成'19910101'，中间三位或者四位是行政区号，最后几位是厂家代码。因各地区号与厂家代码均不相同，所以不同产地的油桶，编号也是长短不一。早年打码机种类稀少，同一领域使用的型号几乎相同，如此一来，数字编码的间距基本保持一致。"

---

[1] 以汽车车辆识别号码为例。车辆识别号码，简称VIN，是一组由17个英数组成，用于汽车上的一组独一无二的号码，可以识别汽车的生产商、引擎、底盘序号及其他性能等资料。为避免与数字的1、0混淆，英文字母I、O、Q、Z、U均不会被使用。车架号在锉的过程中，会改变金属内部结构的物理特性，因此，在利用化学试剂进行腐蚀时，会与其他未锉号的地方产生不同的腐蚀速率，在腐蚀的过程中，可以显示出被打磨掉的号码。但此方法有一定的时效性，对于时间较长，锈迹严重的打磨痕迹，使用该方法并无效果。

[2] 身份证号码由18位数字构成，固定位置上的数字都有它固定的含义，如1~2位为省级行政区代码，3~6位为市、县级行政区代码，7~10位为出生年份，11~12位为出生月份，13~14位为出生日，15~16位为派出所辖区分派代码，17位为性别代码，而第18位为校验码。

"凶手有强迫症，在打磨编号时，几乎贴着数字，那么，我们就可以利用痕迹的长度，反推编号是由几位数字构成。"司徒蓝嫣眼睛一亮。

嬴亮不解："可我觉得，就算知道了位数，好像也没有什么用处！"

"我起初也是这么觉得。但我在测量时，出现了一个特殊情况！"说完展峰打开电脑，把九条打磨痕迹整齐地排列在一起，随着图片的一次次叠加，痕迹几乎完全重合，紧接着，在痕迹上方的对应位置，从右至左不停地有数字出现，当第十三个数字跳出时，间距刚好在痕迹长度覆盖之内。

"大家也看见了，打磨痕迹只能容纳十三位数字。按照打码规律，去掉前八位生产日期，那么只剩下五个数字，如果中间行政区号是四位，那么厂家代码就只剩下一位数。据我所知，全国上下都没有用一位数做代码的厂家。

"既然区号不是四位，二选一，那就一定是三位。因此编码也仅有一种排列方式：前八位是生产日期，中间三位为行政区号，后两位是厂家代码。我们国家行政区号是三位的，只有十个城市，分别是010、020、021、022、023、024、025、027、028、029，如果放在1991年，还可以排除几个[1]。"

说到这里，展峰笑了笑："那时候，一个市生产柴油桶的厂家没有几个，而代码为两位数的会更少，虽筛选起来要费些工夫，但也算是有个抓手了！"

十四

油桶分析完毕，展峰告诉大家，本案的九名受害人，其中八人已进行了虚拟解剖，至今仍有一名死者身份不详。依照《公安机关办理刑事案件程序规定》，未查明尸源的遗体，可根据侦办情况先行解剖，在无人认领的前提下，暂时不适宜火化。也就是说，不出意外，这具尸体还在当地殡仪馆冷藏。经再三思量，展峰觉得有必要对这具冻了几十年的尸体重新检验。

前几天在跑现场时，展峰就跟当地市局有过一次对接，之所以没有顺带尸

---

[1] 如重庆市是在1997年才启用"023"的区号。

检，完全是因为时间紧、任务太重。常年冷藏的尸体必须化冻后才可检验，这个过程中，稍有不慎就会造成二次损害。因此，展峰必须根据尸体保存的情况，制订解冻方案。如果在解冻时，发现有明显损伤，需紧急降温，重新冷冻。这种反复操作是一个极为漫长的过程，少则一两日，多则四五日都有可能。在跑完现场前，他不可能把时间全耗在这个上面。况且现在交通很便利，单程也不过区区四个小时，有吕瀚海在，他并不担心。

对待尸体，展峰一直都很谨慎，他很担心提前电话沟通，市局反而会好心办坏事。毕竟专案组是公安部垂直领导，各地市局都极为重视。可有些时候，太过重视反而不是好事。然而让他始料未及的是，再次来到这里与当年的办案民警孙明对接时，孙明竟脱下警帽长叹了一声。

展峰眼皮直跳："孙警官，难道发生了什么变故？"

孙明摇头说："这事还要从头说起。案发时，咱们技术科的法医第一时间对尸体进行了解剖。主刀的是一位老前辈，有丰富的经验。他前后做了四次尸检，只要尸体上能找到的线索，几乎无一遗漏。可遗憾的是，我们试遍了所有办法，都没能查出尸源。于是尸体只能暂存在殡仪馆。但后来，发生了一件让我们意想不到的事。"

展峰迷惑道："什么事？"

"殡仪馆报警，尸体被盗了。"

隗国安难以置信地大声道："什么？尸体被盗？谁要一具尸体做什么？"

孙明无奈地摇摇头。"我们到现在也没整明白。解剖过的尸体偷去有什么意思？"

司徒蓝嫣迅速推理。"盗尸者绝对是位重要知情人。"

"我们也是这样怀疑。"

嬴亮问道："那盗尸案有头绪没有？"

"不是我们办案不力，当年殡仪馆没装监控，负责看夜的只有一个人，就连殡仪馆自己都说不清尸体是何时被盗的。"孙明摊手，无奈地摇头。

展峰想了想，问道："那他们是怎么发现的？"

"尸体被解剖后，暂存在14号柜中，之后很长一段时间，柜子都没有被打开过。柜门上的标签纸不知何时脱落。没过多久,工作人员就淡忘了这件事。

"报案人叫刘敏,刚上班不久。她看 14 号柜内没有尸体,以为是个空柜,就把新运来的尸体放了进去。那时没有电脑,台账都是手写,殡仪馆年底核对台账时,发现 14 号柜有一具尸体没有火化信息。后来查询火化证存根,他们才知道有一具尸体被盗。发现的时候已经太晚了,所有证据也都灭失了。"

隗国安一拍大腿。"这是殡仪馆的失职啊!"

"没错。因为是命案受害人,民政局的领导十分重视,当年与此事有关联的所有工作人员都被解聘了。我们查过记录,短短五个月,一共有 47 具尸体曾存入过 14 号柜。"

隗国安一声叹息:"没有监控,没有目击证人,现场又被破坏得如此严重,别说是二十年前,就算是放到现在也很难侦破啊!看来这事麻烦了。"

十五

听完孙明的复述,展峰把盗尸案的卷宗调出,仔细翻阅了一遍。

事发殡仪馆就建在龙阳山脚下,开放式,无围墙,自北向南共三排六栋建筑:第一排为东西走向的焚尸间;第二排是一栋三层行政楼,尸体登记、办理火化证、人员办公都在此处;第三排为南北排列的遗体告别厅,按面积从大至小,分别命名为松鹤堂、怀远堂、告思堂;厅西侧是一间厂房式建筑,这里就是失窃地——尸体冷藏间。

尸体冷藏间南北长,东西窄,面积约 300 平方米,内置冷柜八组,每组可冷藏尸体 16 具,有东、西、南三个进出口。

东口,为双开铁门,与遗体告别厅相连。通常殡仪馆火化都是在早上,所以该出口过了中午,就会被锁死。

南口,为铁皮防盗门,从该门进入是遗体化妆间。化妆间与冷藏室相通,参加遗体告别的尸体,从冷柜取出后,需经化妆师美容,才会推入告别大厅。因此,这扇门只有化妆师可以打开,与东口一样,只要没有出殡事宜,门也会被锁死。

特殊罪案调查组2　048

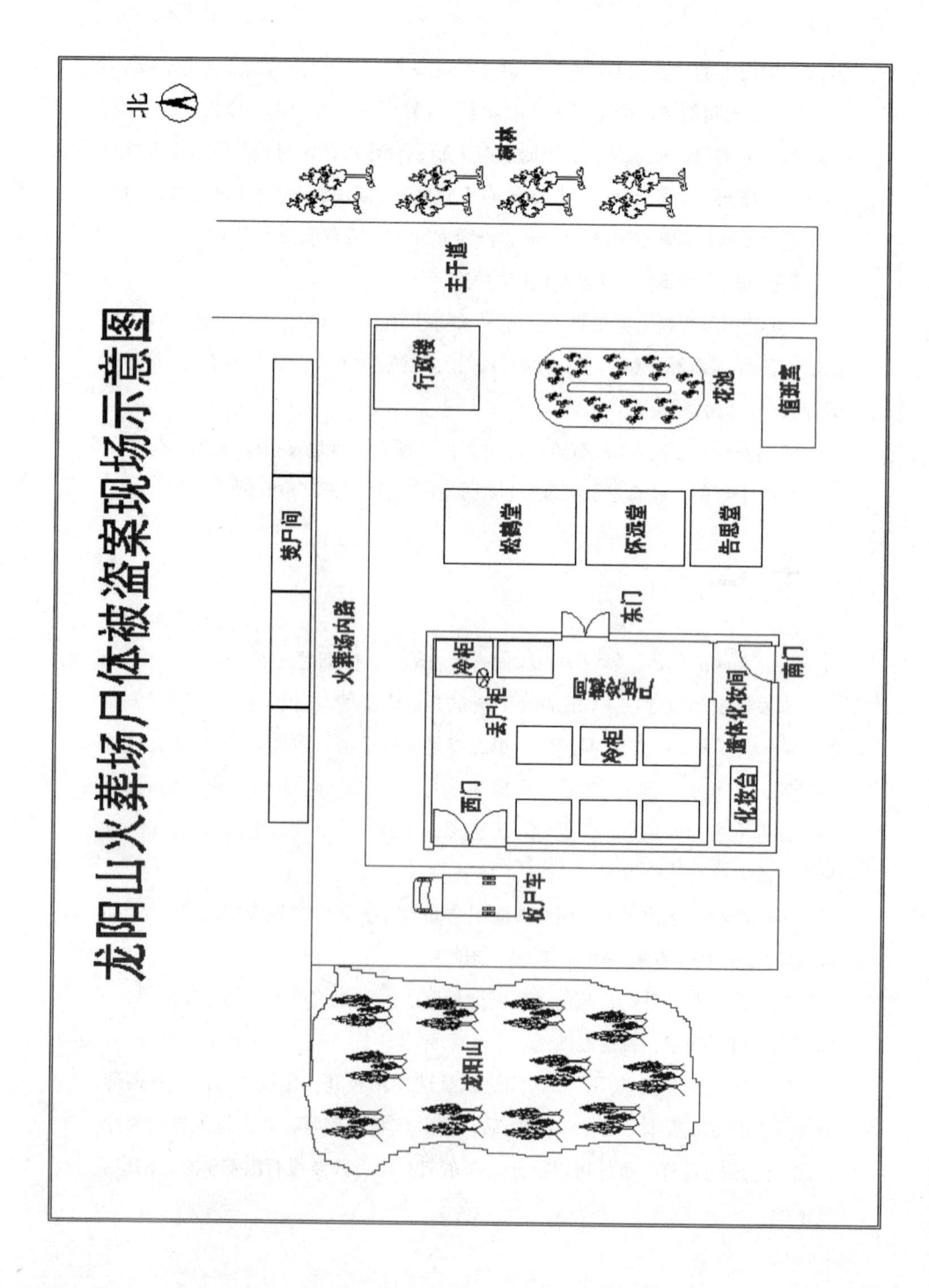

龙阳山火葬场尸体被盗案现场示意图

西口，安装的是双开大铁门，高 4.5 米，宽 3.2 米，是三个门中最大的一扇。门口有一条宽约 3 米，呈南北走向的水泥路，路旁就是龙阳山。这个口之所以留在山脚的背阴处，是因为它是运送尸体的唯一进出口。每天收尸车拉到尸体，会直接开到西门口，值班人员在做完登记后，把尸体卸下，送入冷藏柜中。按照中国人的习俗，人死后三日才会出殡，所以通常每具尸体都会在冷柜中暂存 2～3 天。

展峰在查阅收尸记录时发现，该殡仪馆每日的收尸量约在 6～10 具，最多的一天，共收了 15 具。

工作人员陈军（已解聘）的口供上说：殡仪馆从早到晚都有收尸车进进出出，冷藏间的后门（西门）很重，不费大力气根本推不开，门上装的是老式插销锁，因室内环境潮湿，经常被锈死，为了运尸方便，后门几乎不锁。

中国人对死亡有着莫名的恐惧，别说在夜里，就算是在白天，也不会有人想着去殡仪馆瞎溜达。出于经费考虑，殡仪馆从建馆之初就只有一人守夜。守夜人名叫曹大毛，三十出头，SD 省和阳市苗牙子村人，早年随母讨饭流浪至此，后走投无路，经人介绍在馆内当起了守夜人。案发时，警方推断，尸体是在夜间被盗。因此，曹大毛负主要责任，事发后该人已被辞退。

展峰翻阅曹大毛的口供，其中一句话引起了他的注意，当民警问起最近一段时间有没有发生异常情况时，曹大毛回答："好像，没有什么印象。"展峰把笔录递给司徒蓝嫣。"你读一下，我觉得这个曹大毛有问题。"

司徒蓝嫣通读几遍笔录后，看向展峰。"在回答关键问题时，曹大毛用了'好像''可能''也许'等模糊字眼，这是一种内心不确定的表现。"

"他是不是有可能知道某些情况，只是没有如实告知？"

"有很大的可能，当时这件事直接影响到他的工作，但现在过去了几十年，该放下的思想包袱或许早已放下了。"司徒蓝嫣建议道，"我看，我们有必要再见一见这位守夜人。"

曹大毛被辞退后，回到了户籍地 SD 省和阳市，在当地县殡仪馆工作至今。如今他已年过花甲，在顾台县殡仪馆从事的是保安兼守夜人的工作，也算是重操旧业了。

从他那件已洗得褪色的保安制服不难看出，他还在贫困线上挣扎。专案组没给他任何心理准备，直接把他堵在了保安室里面。专案组说明来意之后，没想到这个曹大毛竟吓得浑身颤抖，不知所措。

展峰掏出1000元现金放在他的面前。"不用害怕，我们此次前来，只是想问你一些事情，如果你能提供有价值的线索，这些钱就归你！"

自打钱被掏出的那一刻，曹大毛的目光就一直在上面打转，他的喉结不停地蠕动，半天才说道："各位领导，你们想知道什么？"

"关于二十多年前的盗尸案！"

"二十多年前？盗尸案？"曹大毛浑身一抖。

嬴亮上前一步。"你就是因为这件事被解聘的，你不会不记得吧？"

曹大毛哼了一声："我怎么可能不记得，我就是死，都不会忘记这件事。"

"实不相瞒，我们正在查这起案子，有些情况找你核实。"展峰说道，示意曹大毛坐下说话。

曹大毛掏出一支渡江点燃，情绪安定下来："你们想知道什么？"

展峰问："那天尸体是怎么丢的？"

曹大毛沉吟片刻，摇头道："实话实说，我真不确定。"

嬴亮不快地说："不知道就是不知道，什么叫不确定？"

曹大毛把烟屁股塞进半截易拉罐中，长舒一口气："既然都到了这份儿上了，我也没什么好隐瞒的，当年我确实没说实话。"

展峰平心静气地说："现在说也不晚！"

曹大毛点点头，开始讲述起他的故事……

"我父亲死得早。家里兄弟姊妹虽然多，但中用的没有几个。俗话说，嫁出去的闺女泼出去的水，三个姐出嫁后，就剩我和母亲相依为命。由于家中没有顶事的男丁，村里的老光棍闲来没事就欺负我们娘儿俩，母亲一气之下，就带着我外出谋生路。

"想想那十来年，过得是真苦。全国经济都不好，很多人是吃了上顿没下顿。我给人扛麻包时,认识了一个工友,他告诉我,有个来钱快的活儿,问我愿不愿意去。我一打听才知道,是帮殡仪馆扛尸。

"起先我还比较瘆得慌,可回头一想,饭都快吃不上了,哪儿还能管那么多。20 世纪 80 年代末,正好赶上殡葬改革,殡仪馆急缺人手,我报到的第一天,就被拉上了灵车。

"早前没有水泥路,收尸全靠两条腿,体力不行,干不来这个活儿。可那时候人都比较迷信,就算开再高的价,也没几个年轻人愿意去吃死人饭。像我这种傻乎乎自投罗网的,掰着指头数,也就我一个。

"带我的师傅叫管建军,我喜欢喊他老管。他五十多岁,当过兵,也打过仗,他告诉我没事,他身上阳气重,就算发生了啥,他也能给我扛过去。我从小就崇拜当兵的,跟他干,我心里踏实。

"回到家,我手里握着 3 元钱(大约相当于现在 200 元钱的购买力),心里想着这十多年在外漂泊的心酸。这时,恰巧母亲挎着竹筐从门外走来,筐里除了干粪什么都没有。

"我是家里唯一的男丁,快 30 岁了,一无所成,成家立业不敢想,可给母亲养老送终是我的责任。我觉得老管有一句话说得对,有钱能使鬼推磨,没钱神仙都难过。与其被饿死,还不如做个饱死鬼。想通了,第二天一早我就去殡仪馆找老管趴活(扛尸体)。

"和老管搭伙干了四年,我怎么也没想到,有一天会亲自给他收尸。他家里人说他是突发脑溢血,没抢救过来,他老说他命硬,可最终还是没逃过一劫。

"他们说干我们这行短命,会损了阳寿。他们还说,自古至今中国人都讲究入土为安,我们把人家的尸体给烧了,定会惹来灾祸。

"有老管在,我还对此嗤之以鼻,可后来他都被克死了,我是说什么也不愿意再做收尸的活儿。跟殡仪馆领导软磨硬泡后,就让我当了一名守夜人。

"咱中国人始终还是觉得殡仪馆是个不祥之地,除非逼不得已,不然谁愿意来啊。白天都看不到一个人,更别说晚上。我强烈要求招两个守夜人,馆长告诉我,能干就干,不能干就滚蛋。因为这事,我和馆长闹得很不愉快,说真的，要不是我母亲生病，每天都要花钱，我真就拍拍屁股不干了，可后来一想，我是拉屎拉到裤裆里——跟狗赌气呢，一个人就一个人，工资虽不高，那也比起早贪黑的工人强。

"殡仪馆建在山脚下，一盏路灯都没有，到了晚上一片漆黑，扔棍子都打不到人，我值班的屋就给装了一盏50瓦的灯泡，干了段时间，我自己都觉得心里瘆得慌。

"值班规章要求晚上必须巡视。头几个月，我还拎着煤油灯出去转悠转悠，可后来一琢磨，殡仪馆里除了花圈、纸钱，啥也没有，就算有小偷晚上敢来这里，他又能偷啥？难不成偷个死人回去？

"自打那以后，只要馆长他们下班，我就去墓地拎两瓶供酒，喝晕了就睡。这样的日子过了很久，也没出过啥事。直到有天晚上我从墓地回来，看到一个男的在殡仪馆里鬼鬼祟祟，我悄悄走到他身后，一把把他摁住，问他是做什么的。

"他告诉我说，他是外地人，跟别人干架，被人追到了山里，见这边亮着光，就跑了过来。听他这么一说，我才发现他身上有刀伤，我看他样子狼狈，就把他带进小屋，用孝布帮他简单地包扎了一下。

"他告诉我他姓黄，叫黄虎，北方人，家里兄弟姊妹多，吃不上饭，很小就出来闯社会，闯了很多年，也没混出个名堂。今晚被砍是因为他老大让他去顶个锅，他不肯，于是就和他老大闹翻，干了起来。

"我一听，他的经历比我还惨，于是就动了恻隐之心，留他住下来躲几天。白天我把他锁屋里，晚上值班时，我俩就一起去墓地拎供酒，天天喝得昏天暗地。黄虎酒量很好，每次都是我喝得晕头转向，他还跟没事人似的。人都说酒品如人品，从他喝酒从不耍赖这一点来说，我觉得他是个相当够意思的人。

"他在我那儿待了快一个星期，身上的伤痊愈后，我俩喝了最后一顿酒。那晚我喝得五迷三道，黄虎告诉我，他要趁着天黑跑路，他怕时间长了他老大会找过来。

"天下没有不散的筵席，虽说有他，我晚上不再无聊，可我也不能把人家圈在这里不是？想着以后晚上又是孤家寡人，心情郁闷的我又闷了一瓶。一觉睡到天亮，睁眼时，黄虎已没了人影。

"半年后，殡仪馆来了很多警察，说是冷柜里丢了一具尸体，而这具尸体还是一起命案的被害人。

"我当时就有点蒙，谁没事偷尸体做什么，当警察找我问话时，我心里也在怀疑是不是黄虎干的，可一想黄虎为人不错，如果真是他干的，那天晚上就能下手，干吗要等一个星期。况且他没事偷一具尸体干啥，这不闲的吗？因为太多不确定，警察给我做笔录时，我就没说这事。我认为尸体没了，有可能和馆长有关系。"

听到这里，展峰奇怪道："为什么会怀疑馆长？"

曹大毛咧开黄牙笑了："你们不知道，当年虽施行了殡改，可还有人钻窟窿打洞想土葬，平头老百姓，偷埋也就埋了，可有正经工作的，需要火化证办各种手续。据说只要认识馆长，就能找尸体顶包开个火化证出来。

"殡仪馆经常会收到一些被遗弃的、拾荒的、要饭的，常年找不到下家的尸体。按规定，此类尸体在冷藏一段时间后，就要集体火化，只留存骨灰。如果有谁需要火化证就可以操作。我一度怀疑，被盗尸体就是被顶包了。而且没有馆长点头，谁都不敢干这个事。

"怀疑归怀疑，我也没把事给捅出去，人在屋檐下不得不低头，可我没想到的是，馆长恩将仇报，把屎盆子都扣到了我的头上。

"我就一守夜的，冷藏室的大门钥匙我又没有，常年不锁也是历史遗留问题，跟我有什么关系，可无论我怎么解释，馆长就一口咬定，这个黑锅必须让我背。我心想，既然你不仁，也别怪我不义，临走前我跑到民政局，实名举报馆长倒卖火化证。举报完了，我就带老母亲回到了老家。到了今天，我还是觉得，尸体被盗要么跟黄虎有关，要么就是馆长捣的鬼。"

展峰跟隗国安说了两句话，隗国安拿出了绘画工具，问曹大毛："黄虎长什么样子，你还能回忆起来吗？"

"他跟我在一起住了七天，他的长相我还有些印象。"

侦办陈年旧案与侦办现发案件，最重要的区别就在于能否挖掘出更多的细节。黄虎这条线索是首次浮现，说不定，它就能成为破案的关键。"

隗国安不敢怠慢，把曹大毛带进了一个房间，经过足足两个小时的询问、回忆、修改，他终于画出了一幅黄虎的肖像画。

虽说曹大毛一口咬定，这幅画与黄虎几乎一模一样，可隗国安心里还是没有底，因为人的长相会随着年龄的增加而改变，时隔这么多年，谁也不好说黄虎最终会是个什么样子。而这幅画究竟能起到什么作用他也不清楚。可他觉得，既然是展峰让他画的，那就一定有画的道理。

大伙让曹大毛去休息，专案组众人聚在房间里，面对那张肖像画。

展峰看着肖像画。"馆长用尸体顶包的可能性几乎不存在，毕竟是关乎命案，作为一馆之长，不会不清楚其中的利害关系。"

"黄虎的一些说辞根本站不住脚。他说是被人逼进了山里，可曹大毛后来并没有看到有谁追过来。殡仪馆建在深山老林里，距离市区还有段距离，不管有多大的仇怨，都不可能在那里约架，除非另有目的。"司徒蓝嫣对展峰的说法进行补充推论。

"他为什么没有马上下手？我的看法是冷藏室有一百多口冰棺，逐个拉开确认，需要大把时间。找到尸体后，如何顺利地运出去，也需要考虑周全。"展峰道，"黄虎应该就是那个盗尸者。"

"偷尸体图什么呢？莫非是嫌疑人？"嬴亮灵机一动。

"绝对不是。按时间顺序，该死者是第六个被害，如果是为了掩盖罪行，也不至于等到案发后好几年才下手，九起案件仅有一起的尸体被盗，纯属个例。"展峰马上否定了这个猜想。

"莫非是受害人家属亲朋？如果是这样，为什么不报案？他们在担心什么？"司徒蓝嫣也陷入沉思。

"是不是知情人？这个人必然也是个油耗子，干的都是偷鸡摸狗的勾当，为了防止揪出萝卜带出泥，自吃哑巴亏，把尸体偷走安葬，好像也能说得通。"嬴亮又有了一个猜测。

"黄虎这条线索，暂时放上一放。我们先回中心。"一时寻不出头绪，展峰很快做出了决定。

十六

在返回中心的路上，展峰用笔又画掉了一条工作计划。看着本就不多的线索，他感觉到了前所未有的压力。

作为组长的他可以说是整个专案组的核心，他的情绪直接影响着每一位组员，他虽在刻意控制，但他偶尔肃穆的表情，还是让其他人觉察到这桩看似明朗的案件，真正要破获的难度绝非一般。

车厢内四人相视无语，司徒蓝嫣停下笔，最终放弃了对盗尸者的心理侧写，目前而言，这些侧写对凶手侦破并没有直接的指引作用。她托着下巴望向窗外，路旁的指示牌写着距离最近的服务区还有 10 公里。百无聊赖的她把目光挪向隗国安。"鬼叔？能不能跟我说说，油耗子到底都是些什么样子的人？"

隗国安最为健谈，一路上他本想讲几个段子，活跃活跃气氛，可看大家都绷着脸，他只能很识趣地闭口无言，终于等到司徒蓝嫣主动起了个话头，他当然不会放过这个解闷的机会，笑眯眯地说："你们年纪都小，没有经历过那个资源短缺的年代。20 世纪 80 年代初到 90 年代末，煤炭、柴油这些都是极为稀罕的东西。那时候无论工业、运输、农耕都离不开柴油，像你们小时候见过的拖拉机、收割机，还有河里的货船，都是柴油驱动。市场有了需求，那么就会有人铤而走险，那些专门以盗窃柴油为生的人，就被戏称为油耗子。我也是办理过类似的案子，才摸清了里面的道道。"

隗国安手指一闪而过的服务区指示牌："油耗子最活跃的地方，是省道服务区，到了夜里，货车司机们停车歇脚，油耗子会趁着这个时机撬开油箱盖，把柴油抽走。他们还会拉帮结派，按照路段划分地盘，一些经常跑长途的司机都会备几个小号油桶，到了某个油帮的势力范围，司机要主动上交几十升柴油买个平安，只要油耗子收了油，那么在这个路段，就不会有人再为难你，否则油箱就有被抽干的风险。"

嬴亮咂舌道："油耗子们这么猖狂，难道当地警方不管吗？"

隗国安有些无奈。"怎么可能不管，别的地方我不清楚，我们派出所就曾多次出警围剿过，可根本没什么用。司机们担心油耗子会报复，不愿意配合公安机关取证，这是其一。

"其二，做长途买卖的老板最讲究的是效率，多跑一趟车就能多赚一趟钱，他们不愿意把时间浪费在油耗子身上。通常司机出车前都会事先打听好，行程会途经几个油帮，交出的贡油也会算在成本之内。

"其三，绝大多数服务区的老板都会与油帮勾结，形成利益共同体。油耗子收入高，会常年拉动服务区的消费，相对于货车司机，油耗子们的出手更为阔绰。对无良商家来说，油耗子是铁打的营盘，而货车司机只是流水的兵。服务区不配合，司机忙着跑货，运输老板觉得无所谓，只有警察是一厢情愿，你们说恶不恶心？"

司徒蓝嫣的思维比较跳跃，她立刻联想到本案情节："鬼叔，有一点我弄不明白，既然你说三者之间达成了利益平衡，那为何凶手还要杀人？"

隗国安一拍大腿。"对呀，我怎么没想到这个问题，研究犯罪心理的就是不一样！"

两人一唱一和，彻底把赢亮给整蒙了。"你们在说什么？什么没想到？"

隗国安安抚道："亮子别急，我慢慢跟你解释。不知你们是不是清楚，长途货车司机可分为两类：一类是给老板送货，司机与老板为雇佣关系，贡油的成本是老板掏腰包；另一类是自己买车拉货，自负盈亏，每多出一笔费用，利润就会减少一些。不管油耗子的胃口有多大，第一类司机的收入基本不受影响，而矛盾相对突出的就是后者。"

赢亮大悟。"哦！我明白了，鬼叔，你的意思是说，凶手可能是用自己的车跑运输，由于油耗子剥夺了他的利润空间，所以才产生了杀人动机？"

"恰恰相反。"几人刚得出的推论，被展峰冷不丁的一句话直接推翻。

隗国安蒙了。"恰恰相反？展队你的意思是？"

展峰胸有成竹地说："20世纪90年代因技术原因，柴油提纯受限，所以加油站经常断货，为了保证货运需求，那时的司机都有一个习惯，就是在车上多准备一些柴油以备不时之需。可以肯定的是，凶手杀人用的柴油，就是备用油。"

说着，他从平板电脑内调出了一份报告："这是九起案件中柴油样本的检测结论，经成分分析，是轮胎油。"

嬴亮问："轮胎油？那是什么油？"

"一种以废旧轮胎为原料制成的柴油。"

展峰简单解释说："把轮胎投到高温常压裂解釜中，加入催化剂，对轮胎进行催化裂解和净化提取，在此过程中可以蒸馏油蒸气并分解出油分，当油分冷凝成混合油后，再经沉淀、过滤等一系列化学处理，就可得到粗油，把这种油按照比例兑入柴油中，得到的就是轮胎油。"

"旧轮胎还能这么用啊！长知识了！"

"这种柴油价格较低，燃烧时容易积碳，会对发动机造成很大的伤害。如果货车属于私人财产，他不可能傻到自己坑自己。只有那种给老板开车的司机，才会为了吃回扣去加轮胎油。"

展峰把报告放大，直到看清数字："九份柴油样本，成分基本相同，杂质率高达11.3%，为小作坊生产。凶手这么多年都从一个地方买油，也算是老客户，如果咱们能找到这个作坊，兴许就能发现破案的捷径！"

嬴亮试探性地问了句："展队，咱现在还能找到吗？"

"暂时还不行！"

隗国安挠了挠发亮的头皮，有些想不通："既然是给老板开车，那他犯得上跟油耗子较那么大的劲吗？一下子杀九人！"

展峰朝窗外飞速后掠的行道树看去："也许，凶手杀人另有隐情也说不定。"

十七

按照展峰的经验，如果一起陈年旧案，能在尸体上发现新的线索，那么侦办难度会大大降低。这也是他要重新检验那具冷藏尸体的原因。在见到尸体前，他曾想过无数种可能，诸如保存不当、发生损毁或高度腐败之类的问题，可他千算万算也没料到，尸体竟然会被盗，一条极为有利的线索，就这样被切断了。

外勤车驶入专案中心时已是下午6点，中心的行政人员都聚在出口处排队打卡，而对专案组来说，"只有上班，没有下班"已是常态。

下了车，一行人跟在展峰身后，来到了足迹检验室。

展峰操作电脑，把多枚残缺鞋印一一调出："这是在3、4、5、6、8、9号现场提取的，鞋印均不完整，我用软件把鞋底花纹剪切后，进行重组，得到了一枚相对完整的鞋印，通过花纹可以看出，凶手对一种鞋子情有独钟。

"连做九起案子，他穿的都是一双42码高帮牛筋底劳保鞋，这种鞋价格不高，耐磨，防水，一双鞋可以穿很久，然而它却有个弊端。"

嬴亮问："什么弊端？"

展峰说："牛筋底的学名苯乙烯-丁二烯-苯乙烯嵌段共聚物，俗称热塑弹性橡胶底。我们如今在市面上销售的品种，都是经过多次改良后的优质品。但20世纪90年代工艺不成熟，制作出的牛筋底僵硬、厚重，不利于长时间行走。"

展峰展示了一下这种鞋子的模样："穿这种鞋子，很难把控离合、刹车与油门的力度，长时间驾驶，还会产生严重的疲劳感。另外，凶手集中在六、七、八三个月作案，按时间看正好是夏季，气温较高，正常人都不会选择这种捂脚的鞋子，何况他还是货车司机。"

隗国安思索道："按年龄推算，他差不多与我是同龄人。我们那会儿衣服款式不多，小青年穿衣审美都来自电影、电视，哪部影视剧火了，你就瞧好吧，大街小巷尽是一模一样的打扮。20世纪八九十年代，有一部电影我印象最深刻，叫《第一滴血》，主演史泰龙的那身穿搭，大头皮鞋、迷彩长裤、无袖背心，在当时相当风靡，你们说凶手会不会是在模仿他？"

"纽约的心理学家查坦德和巴奇曾写过一篇名为《变色龙效应：感知——行为联系与社交互动》的论文，整篇文章都在研究一种无意识模仿他人的心理现象，名为变色龙效应。"司徒蓝嫣抬手调出史泰龙在《第一滴血》中的装扮，"通常，人们都是对自己喜欢或崇拜的人进行模仿。前期的模仿是有意识的，而后期的模仿才是无意识的。它是一个递增的心理变化。纵观整个案件，有几个地方可以从心理学上做进一步剖析。

"首先是穿着。九起案子，有六起现场留下了牛筋底鞋印。在完全不利于驾驶的前提下，穿这种鞋子，说明凶手有执念。我同意鬼叔的看法，穿着模仿是有意识的初级心态，为的是从外表上取得内心的认可。在信息相对不开放的20世纪90年代，影视剧确实是与外界文化交流的唯一途径。

"其次是作案时间。凶手作案前先把被害人击晕，后驾车带离，将其杀害。从作案难度看，夏天穿着较少，更易得手。但我认为，这绝不是他选择夏季作案的主要原因。凡事都有两面性，万一被害人反抗，穿衣少更不利于控制。另外，凶手会功夫，在春季、秋季作案难度其实都差不多。我觉得，他之所以选择夏季，其实是从有意识模仿到无意识模仿的一种心理过渡加深，因为只有在夏季，才可以从衣着上更加接近被模仿对象。

"第三，潜意识。《第一滴血》这部电影我也看过，讲述的是越战退役军人约翰·兰博的故事。电影中，他居住在俄勒冈州的小镇里，其间他不但饱受警长的欺凌，后来还被诬告陷害，结果他逃入荒野丛林，以游击战术对付警方及国民警卫队。整部电影，其实想表达的是一种降维式的压迫反抗。约翰·兰博是一名退伍的陆战队员，熟悉各种格斗技巧，电影中的反派警察，被手无寸铁的史泰龙诱入丛林，一个个干掉，它的最大看点就是，让观众体验了一把降维攻击的恐怖。

"本案中凶手会功夫，他也是赤手空拳把被害人带到公路旁杀害，这么看，其实两者之间有很强的相似性。如果说，鬼叔把其类比电影只是猜测，可经过我的心理剖析，我觉得，凶手确实存在模仿约翰·兰博的可能。"

"师姐好厉害啊！"嬴亮抬起手，正想鼓掌，突然发现屋里别人都没有这个意思，又尴尬地放下了手。

有了理论支撑，隗国安执笔画出了他想象中的凶手着装，嬴亮歪头一看，分明就是电影海报的素描版。就在嬴亮准备夸赞一番时，隗国安却放下笔，面露疑色。司徒蓝嫣注意到隗国安的表情。"鬼叔，有什么问题吗？"

"我突然又想到一个细节。"

"什么细节？"

隗国安抬起脸。"你们有没有考虑过，凶手的驾驶技术是跟谁学的？"

嬴亮不解："鬼叔，你纠结这个干吗？这与案件有什么关系？"

"不一定没有关系。那个年代，学车可不像现在这么方便。我年轻时，全市也就一所驾校，还常年被国企垄断。退一万步来说，就算你能报上名，也不一定能交得起学费，那会儿普通工人月工资也就几十元，可学次车要花一两千，大货车会更贵。平头老百姓想学驾驶，一般要先找个师父跟班练手，等技术熟练后才会去考驾照。有了这门技术，就等于捧了个铁饭碗。非亲非故，没人愿意把时间浪费在带徒弟上。当然，还有一种学驾驶的捷径。"

"什么捷径？"

"参军。"隗国安道。

嬴亮一惊："鬼叔，你是怀疑凶手当过兵？"

隗国安摇摇头。"那个年代当兵都会给安置工作，他不会闲到去给老板跑车。"

"那鬼叔的意思是？"

隗国安看向司徒蓝嫣。"你之前不是说，凶手出生在一个不健全的家庭，且童年无人陪伴吗？"

"我是这样说过，没错。"

隗国安把手一背，在屋内来回踱步，许久回头看着众人："你们说……有没有这样一种可能。他的父亲是当兵的，由于入伍，家庭没有了继续生育的条件，等其退伍后，妻子又过了生育年龄。而他的驾驶技术，其实就是从父亲那里学的？"

十八

天际已看不到余晖，薄薄的黑纱渐渐笼罩大地，四周的景物开始变得混浊。吕瀚海三步一回头，怀着忐忑的心情走在一条鱼肠小路上。他的身上除了几十元零钱，没带手机，以至于路该往哪里走，连他自己都不清楚。小路两旁到处是空无一人的破旧房屋，吕瀚海每经过一扇大门，都会伸头往里面望一望，有时他还会试探性地问一句："有没有人？"直到屋内没有回应，他才会再迈开步子走向下一家。

他接到会面的消息时，专案组还没有散会，他试图解释见面时机不成熟，但对方仍坚持立刻见面。无奈之下，他也只好硬着头皮只身前往。

一路上他一直掐算着时间，从中心到这里，有一个半小时的车程，一来一回，最少需要三个小时。如果其间专案组不用车，他还好糊弄过去，可一旦展峰联系不到他，这三个小时，他真不知道要怎么解释。

著名恐怖小说作家洛夫克拉夫特曾说过，人类最古老又强烈的情感就是恐惧，而恐惧根源来自未知。

对吕瀚海来说，他此刻无疑正经受着专案组与"那边"带来的双重未知恐惧。

终于站在道路尽头，望着丁字路口南北两条截然相反的路，吕瀚海已彻底摸不清方向。就在这时，远处河面上突然传出了三短一长的汽笛声，久经沙场的他明白了其中的意思，他再次环顾四周，确定无人尾随后，快步跑向了路口南边的第三间瓦房。

"你这速度可够慢的！"伸手不见五指的堂屋里，有人开了口。

对方的声音很陌生，吕瀚海确定再没有第三个人，才谨慎地问："你是谁？"

"呵呵，看来老大并没有选错人，从进门那一刻开始你就一直在观察，不愧是常年混迹江湖的九爷。"

虽说对方没有正面回答问题，但吕瀚海已经知道了，他也是"那边"的人。

"我不知道你到底懂不懂规矩，我跟你们老大有过约定，专案期间不会面，我已经出来快两个小时，万一行踪暴露，你知道意味着什么吗？"

"九爷息怒，我知道这件事我做得鲁莽，但我也是不得已而为之，有些话我必须跟你当面讲清，这也是老大的意思。"

吕瀚海怒形于色："既然是合作，就别拿我当傻子耍，几星期前你们故意断了我师父的医药费，现在又搞这一出，我不知道你们葫芦里到底卖的什么药，我也不想搞清楚。不过有一点，我必须在此说明，我的命可以随时不要，但我师父若有个三长两短，别怪我道九翻脸不认人！"

"我知道九爷是个重情重义的人，不过既然你是花我们的钱续你师父的命，那我觉得，咱们还是有谈判的基础的，不是吗？"

对方语气已然变得冰冷，吕瀚海也不想再纠缠下去，双方都是各怀鬼胎，只是还没到撕破脸的那一步。"行，不扯这么多了，抓紧时间，你们想知道什么？"

"我们不想知道什么，我来只是告诉你，老板很关心现在这起案件，如果专案组遇到困难，我们会全力以赴提供帮助。"

吕瀚海难以置信。"你说什么？我没听错吧！"

"你没有听错！"对方一字一顿，"这起案件如果需要，我们会全力提供帮助！"

"你们老板是不是精神分裂了，这到底要玩哪一出？"

"我不知道，这是老板的意思！"对方的声音听起来也真的有点迷惑之意。

"得得得，这年头，拿人钱财，替人消灾，你们想怎么样就怎么样，谁让你们是金主！"吕瀚海知道不是跟专案组为难，当即答应下来。

"九爷是聪明人，我很喜欢和聪明人打交道！"那人呵呵一笑。

"别给我扣高帽子，我是什么人，你们比我还了解。"

"那好，咱废话不多说，老板派我来对接这起案子，就是不想节外生枝。"

"明白，我不会对任何人提起，包括你老板的其他手下！"吕瀚海点点头。

"就是这个意思。"

"我怎么联系你？"

"随后九爷的手机会收到一笔话费……"

"不用说了，我懂，又是代码，中国移动要是知道你们天天这么玩，估计肺都能气炸！"

吕瀚海说完见对方不说话，他又问："还有其他的事没？"

"暂时没了！"

就在吕瀚海要转身离开时，对方突然补了一句："九爷，记住了，我叫刀疤！"

十九

　　鞋印分析完毕，本案还有一条最直接的线索没有跟进，那就是油桶编码。虽然展峰根据痕迹推测出了油桶的产地范围，可近十座城市逐一排查，也绝不是一件容易的事。时隔那么多年，工厂倒闭，人员变迁，到底能不能找到蛛丝马迹，全是未知数。

　　嬴亮向公安部申请了最高级别的协查函，他在函中明确表示，希望各地情报部门能不惜一切代价，找到相关线索。为了确保万无一失，协查函发出后，他又逐一跟进。为了能第一时间得到反馈，他甚至做好了在办公室打持久战的准备。

　　第二天傍晚，中心人去楼空，一宿没睡的嬴亮搓了搓脸颊，已经有些吃不消。给展峰发了条请假短信后，他背起双肩包离开了大院。站在围墙外，嬴亮朝左望去，然而让他没想到的是，视线尽头竟出现了一个熟悉的身影。见对方神色慌张，嬴亮突然没了困意。他伸手拦下一辆出租车，让司机尾随其后。可不巧的是，接连堵了几个红绿灯，对方的车已消失在了公路上。司机有些不好意思地回头："小哥，跟丢了，接下来你要去哪儿？"

　　嬴亮从背包掏出电脑："您先往前开，我一会儿告诉你路线。"

　　司机透过后视镜，见嬴亮在不停地敲击键盘，那熟练的动作，像极了电影里的詹姆斯·邦德。"这小哥不会是特工吧？"司机顺嘴嘀咕道。

　　此时的嬴亮已进入了交管系统，检索车牌轨迹，很快锁定了对方的行车路线。"师傅，麻烦下立交桥往大坪坝方向走！"

　　"大坪坝？那可是在市郊，距离咱们这有五十多公里呢！"司机惊讶道。

　　"只要把我送到地方，钱不是问题！"

　　"小哥，跟您说实话吧，这不是钱不钱的事，大坪坝那地方，扔棍子都打不到人。眼瞅着天就要黑了，你这又是追人，又是追车的，我万一有个三长两短，我一家老小咋办？实在不行，我给您带到路口，您再想想别的办法？"

　　"师傅，合着您是把我当坏人了！您看这是什么？"嬴亮从兜里掏出了警官证。

司机反复确认之后，心里更没谱了："警察小哥，你不会是去追坏人的吧，你一个人太危险了，要不要跟上面联系联系，多派几个人手？"

嬴亮被搞得有些不耐烦："师傅，您就放心大胆地开，回来的钱我都给您报了，我可以向您保证，此行绝对安全，而且我也不是追击嫌犯！"

司机总算点了头。"您要是这么说，我可就把心放肚子里了。"

费了半天口舌，有些乏力的嬴亮靠在椅背上泛起了嘀咕："她跑这么远，到底要干什么？"

二十

沿着大坪坝指示牌正北行驶5公里，是一处名为高皇的村庄，因为临近大都市，这里的青年一到务工年龄，都会选择外出闯荡。这不，夕阳还未完全落下，村里已见不到半个人影了。

被嬴亮追踪的车子停在了村东头的院子前，从围墙上隐约现出的"严禁烟火"几个油漆字推测，这里早年是个小型工厂。布满锈迹的铁门被对方推开，门轴并未发出刺耳的摩擦声，显然，那人并不是第一次来这里。

车行驶到了院中，大门重新锁死，四周的气氛安静得有些诡异。嬴亮猫着腰走到门前，透过门缝，他发现对方正从后备厢中扛出一个麻袋。见对方没有发现自己，他把门略微推开了一指宽的缝隙，就在他想一探究竟时，突然，一双人脚从编织袋里露了出来。

他是好奇跟了过来，可哪里会想到眼前竟然出现了这么一幕，他的心跳陡然加快，几乎能听到扑通的跳动声。

"难道袋子里装的是个人，怎么可能？"受过专业训练的他，只用了几次呼吸就调整了状态，他把身体贴近围墙，一边向前挪动，一边寻找攀登点。

没过多久，院内传来了金属门的撞击声，看来对方已进入室内，此刻是侵入的最佳时机。只见他后撤3米，一个健步冲上，双手轻松扒住了院墙边缘。嬴亮深吸一口气，气运丹田，随着他的双臂缓缓用力，视线也逐渐越过了院墙。

院内布局很简单,只有一间厂房,高约 4 米,砖混结构,平顶,目测不到 200 平方米,其造型有如方盒,是 20 世纪八九十年代最为流行的建筑风格。

嬴亮仔细观察,在确定院内并未饲养犬类后,他一个纵身跳了进去。

厂房南北墙上分别留有两扇玻璃窗,虽已关严,但屋内的动静,他还是隐约可以听到一些。

…………

十分钟前,那人扛着编织袋进了厂房,这里曾是一间小型的食品加工厂,废弃之后就被低价购置了产权。屋子呈东西走向,房门朝东,产权证上注明的总建筑面积为 198 平方米。进门是占地 100 平方米的厂区,最西边有南北两个并排房间,北间占地 30 平方米,曾是会计室,南间经理室被改造后,比北间足足大了一倍。

此时会计室的门锁已锈死,而隔壁的经理室却焕然一新。拧开门锁,和门外空无一物的萧条景象相比,屋内可就丰富多彩太多了。抬头望去,首先引起注意的就是挂在墙上的一排肖像画。这种排列,在学校图书馆随处可见,然而不同的是,图书馆里挂的都是牛顿、爱因斯坦,可这里挂的头像却着实让人匪夷所思。

好在每幅头像下方,都标注了中文,由左至右分别是:艾德·盖恩(美国人皮杀人狂)、杰夫瑞·莱昂内尔·达莫(同性恋食人狂魔)、查尔斯·曼森(曼森家族头目)、约翰·韦恩·盖西(杀人小丑)、泰德·邦迪(优等生杀手)、理查德·拉米雷斯(恶魔的信徒)、谢尔盖·特卡奇(乌克兰野兽杀人狂)。

一个个让人不寒而栗的头衔,不论谁看见都会倒吸一口冷气,除非是有什么特殊癖好,否则绝对不会有人把这些头像堂而皇之地挂在屋内。最要命的是,诡异的还不只如此,在这间 60 多平方米的经理室里,竟挂满了各种刑具,有常见的皮鞭、脚镣、指夹锁、锁骨链、绞刑绳,还有不常见的老虎凳、木驴椅、开颅锯等等。

很难想象,现代文明发展至今,竟然还有如此堪称人间炼狱的地方。

天色逐渐昏暗，屋顶悬挂的灯泡被"啪嗒"一声拉亮，嬴亮眯起眼睛，透过黄豆大小的孔洞看了进去。被那人的身体挡住了大部分视线，他只能勉强看到有个人被高高挂起，就在嬴亮还在揣测对方的意图时，挂起的那人突然间就被按进了水桶。职业敏感性让他根本顾不上那么多，慌乱中，他直接用身体把窗户撞开。碎裂的玻璃，把他的右臂划开了半指长的伤口，他没有时间感受疼痛，直接跳上窗沿冲着屋内喊道："师姐，你疯了吗？你知不知道你在干什么？你是在杀人！"

没错，嬴亮一路跟踪的并不是别人，正是他的师姐司徒蓝嫣！

受到惊吓的司徒蓝嫣提起一把铁锤，瞬间退到墙角，当看清对方是嬴亮时，她疑惑地问："你……你是怎么找到这个地方的？"

嬴亮没有理会，几步跨到水桶前，一把拽住了那人的双脚，想把这人拽出来。可就在接触的一瞬间，他从触觉上察觉到了异样："哎，怎么会这么软呢？"不管三七二十一，他用蛮力一把把那人从桶中拽出，这时他才看清，桶里装的原来不是人，而是一具等比例的男性硅胶娃娃。

他一脸蒙地朝司徒蓝嫣抬起头："师姐，这是什么鬼？"

"既然被你发现了，我也没有什么好隐瞒的，这里其实是我的犯罪心理实验室，你手里拿的，是我刚从情趣用品店……花一万元买来的硅胶娃娃。"

司徒蓝嫣叹口气，走到一旁拿出医药箱，取出绷带，无奈地看着嬴亮："你的伤口还在流血，赶紧把它放下。"

嬴亮"哦"了一声，慌忙把娃娃扔到一边，可不巧的是，娃娃正面落地，那个明显大了一号的假丁丁因剧烈撞击掉落到一边。场面顿时陷入令人抓狂的尴尬……

"那个……师姐……这个……对不起！"

司徒蓝嫣瞥了一眼，心里有些抓狂："没关系，反正也用不到，掉了就掉了吧。"

嬴亮面颊绯红，这算是跟师姐有不能说的秘密了吗？他说："我还是捡起来扔垃圾桶吧，看着怪别扭的！"

"不用，一会儿我来处理，把手伸过来，给你包扎伤口。"司徒蓝嫣顿时感

第一案　油桶封尸　067

犯罪心理行为分析与侧写实验室现场示意图

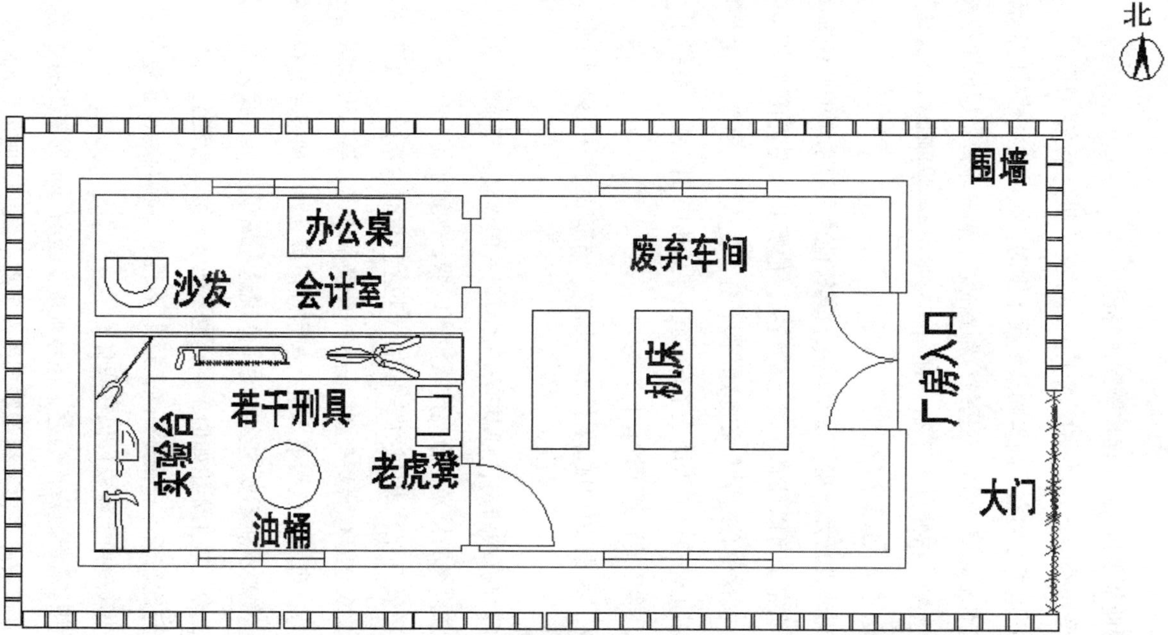

北

围墙

大门

入口

废弃车间

办公桌
会计室
沙发
若干刑具
老虎凳
油桶
钉锤等

觉无语，假的丁丁也是丁丁，干吗非得跟女生在这上面打转说话啊？直男真的没救。

"唉，谢谢师姐！"赢亮连忙跑到她身边。

趁司徒蓝嫣给自己包扎伤口的工夫，赢亮用眼角余光扫视了一眼室内陈列，当他看到木桌上的鬼头面罩和柴油伐木锯时，心中的疑惑顿时被解开了。

"师姐，对不起啊，我可不是故意跟踪你！"赢亮不好意思地挠挠头。

司徒蓝嫣把纱布使劲打了个蝴蝶结，疼得赢亮龇牙咧嘴："不是故意的？那你告诉我你是怎么找到这里的？"

别看赢亮外表五大三粗，像个憨人，其实他也受过系统的心理训练，在关键问题上，他完全可以控制住自己的情绪，他哪儿敢说"我喜欢你所以盯着你"，只怕要被这位心理学专家归类成跟踪狂。他连忙正色道："我下午从专案中心出来，看见你神色慌张地上了车，我以为你出了什么事，就拦了一辆出租车跟了过来，然后就跟到了这里！"

"这么说，你是因为担心我才到这里的？"司徒蓝嫣白了赢亮一眼，却有些娇嗔的意思。

赢亮与师姐近在咫尺，他甚至可以闻到一股淡淡的茉莉花香从她身上传来，看着对方投来的目光，赢亮这次没有闪躲，他定了定心神。"对，很担心，整个专案组我最担心的就是你！"他的言下之意再明白不过，如果按照电影剧情发展，只要双方郎有情妾有意，马上一个淡幕出镜，第二天就得是手拉手的小两口了不是？可司徒蓝嫣根本没有按常理出牌，她一把把赢亮拉到窗口，训斥道："你下次能不能不要这么冲动，你说这一屋子刑具，我怎么去找人来修理，我不管，今天晚上无论如何，咱俩也要把玻璃给重新装上。"

赢亮掀开窗帘看了一眼："嘿，这都不碍事，小问题，拿卷尺量个尺寸，去五金店划块玻璃换上就成！包在我身上。"

不知是司徒蓝嫣故意而为之，还是她确实没有 get 到赢亮的意思，原本还有些小暧昧，可被她三言两语就给搞得没了那个意思。现在两人的精力，全部集中在如何修好窗子上了。赢亮折腾到半夜才把一切恢复原貌，原本就一天没有休息的他，就算大脑再有心思跟师姐亲近亲近，身体也已吃不消了。司徒蓝嫣打开会计室的门,把一张落满浮灰的沙发掸了掸,嬴亮也顾不上这么多,拱在沙发上就睡了过去。

二十一

司徒蓝嫣其实一直有个习惯,在分析某个嫌疑人的犯罪心理前,她会试着进入对方的角色,在条件允许的前提下,她会按照凶手的作案步骤,模拟凶杀现场。这就是她建立犯罪心理实验室的主要原因。

对人类的大脑而言,做永远比说体会得更深刻,这就好比你面前放了一根朝天椒,别人说破天,也比不上亲自尝一口来得"刻骨铭心"。

虽然实验并不能100%地还原案发现场,但在某些时刻,它的确能给凶手的性格分析打开突破口。正是因为案件遇到了瓶颈,司徒蓝嫣才如此焦急地赶回实验室,此次模拟现场有两个目的:一是验证之前的心理侧写是否准确;二是想要寻找新的突破点。按原先的计划,她可以在9点前做完这一切,然后回公寓花两个小时,续写恩师关荣未完结的《犯罪心理行为侧写以及犯罪人格分析实践指南》,可谁知道,半路竟冒出个嬴亮来。

做实验的道具司徒蓝嫣足足准备了一星期,凶杀场景也完全搭建好,所以就算时间再晚,她也要抓紧完成。

实验的第一个步骤,就是复刻现场。

凶手驾驶的是厢式货车,厢顶最高距离为2.2米;九名死者平均身高一米七二。她把硅胶人吊起,头部到地面的距离不足0.45米,溺人所用的油桶高1.1米。

还原场景得到了一个信息。在作案时,凶手会以死者身高为筛选条件。不过,按理说,在有限的空间内,挑选越矮的人,操作性就越强。而奇怪的是,他选择的区间却只在一米七至一米七五。

也就是说,作案的针对性更强!存在一定的报复心理。在此种心理驱使下,如果凶手有明确的目标,那么目标被杀后,其犯罪冲动会直线下降,再次作案的可能性很小。而事实并非如此。

在心理学中，此现象可归结于，客观事物认识上的意识倾向性。简而言之，当某种刺激条件失去后，在头脑中留下的记忆起着反复持续的刺激作用，引起量到质的变化，使其在认识上产生倾向性意识，从而驱动犯罪行为。

它可以通俗地理解为：作案动机源于最开始的刺激条件。本案的刺激可能是在一米七左右的油耗子身上产生。当刺激刚产生时，并未驱动犯罪行为，这种易引起冲动的记忆，在未来的很长一段时间，反复、持续刺激着凶手，直到刺激形成足够的犯罪冲动，从而促使犯罪行为的发生。由于刺激条件与冲动产生存在较长的时间间隔，在模糊的记忆中，每次犯罪，凶手均无法从内心得到真正的排解，相隔一段时间后，大脑的反复激发，又会产生新的犯罪欲望。

连续作案的次数，其实与凶手欲望消散的条件有关。这种条件，分为内外两个方面：内因就是犯罪心理得到满足，而外因，可以简单地概括为不再具备作案条件。

油桶封尸案共发生九起，导致凶手停手的究竟是哪种因素，目前她还不明了。

二十二

不知过了多久，室外响起了嘈杂的鸡鸣狗吠，司徒蓝嫣把窗帘拉开，屋外温暖而不刺目的阳光铺满了小院，围墙的拐拐角角也变得清晰可见。

如此充足的光线，意味着太阳早已高高升起，她瞥了一眼墙上的挂钟，时针与分针快接近直角。她暗叫一声"糟糕"，接着拿起被调成静音的手机，液晶屏上果然有四个未接来电，分别是展峰一次、隗国安一次、内勤莫思琪两次。她清楚若不是有重要的事情，展峰绝对不会亲自打电话来。来不及收拾，她直奔会计室把还在熟睡中的赢亮拉了起来。赢亮的手机上果然也同样出现了多个未接来电。两人顾不上洗漱，驱车赶往专案中心。

一个小时后，等待多时的隗国安，把蓬头垢面的赢亮截住了。

"哎，我说亮子，可以啊！生米都煮成熟饭了？"隗国安用力挤挤眼睛。

赢亮打着哈欠。"鬼叔，你说什么啊，什么就成熟饭了？"

隗国安神秘一笑。"少跟我来这一套，鬼叔可是过来人，你俩手机同时调成静音,早上一起迟到,还都弄得衣装不整,你说你俩昨晚干啥去了?"

"鬼叔,昨晚我和师姐是在一起没错,可不是你想的那样!"

隗国安乐了。"你小子真不实诚。孤男寡女相处一室,衣冠不整又同时迟到。来来来,我让你现编,我看你能给我编出什么故事?"

嬴亮真是哑巴吃黄连——有苦说不出。昨天师姐再三强调不能暴露她的实验室,他敢说出来,估计他那点小暧昧就要彻底玩完。

见嬴亮半天憋不出一个屁来,隗国安拍了拍他的肩膀安慰道:"情到深处控制不住,很正常,别看我一把年纪,你们年轻人的那些事,我可知道不少!我刚才也注意到了。"

"注意到了什么?"

"蓝嫣这小丫头有些不高兴,哎,你是不是霸王硬上弓了?"

嬴亮一想到昨晚那扇窗户,气就不打一处来:"我上个大头鬼啊!"

"淡定,淡定,年轻人有冲动,完全可以理解,我觉得你和蓝嫣的速度发展得有些快了,一定要注重精神上的交流,回头相互多沟通沟通,别天天跟个木头疙瘩似的!"

嬴亮双手合十道:"鬼叔,我求您了,放过我吧,好不好,能不能谈点正事?"

"得得得,好心当成驴肝肺!要谈正事,那走吧,去思琪办公室!"

两人一前一后走着,嬴亮总算回神问道:"到底发生了什么事,这么着急喊我们过来。"

"你不是让思琪通过部里发了个协查函吗,昨天晚上有反馈了。"

"真的?"嬴亮兴奋起来。

"早上打你电话你不接,我和展队已经碰过了,代码为两位数的油桶厂家有四个,其中三家只生产 220 升标准油桶,只有一家生产 300 升非标桶。"隗国安一字不漏地复述道。

"是哪一家?"

"QX 市郎平县大庆柴油桶厂。"

二十三

新反馈的这条线索极具侦查价值，专案组决定乘最早的一班飞机赶往目的地。这么一来，按常理来说，一贯作为御用司机的吕瀚海这次又能放飞自我去浪一波了。然而让大家都没想到的是，一向投机耍滑的吕瀚海竟然主动要求前往。

"闲着也是闲着，兴许可以帮上一点忙也说不定。"吕瀚海觍着脸搓搓手，满眼祈求地看着展峰。

不熟悉吕瀚海的人，多半会觉得他想假公济私跑出去玩玩，可熟悉他的人就不会这么看了。隗国安就觉得万分奇怪，订票时干脆跟他坐在了一起："实话实说吧！你干吗跟过来？"

"我想看看×航的空姐到底有多漂亮。"吕瀚海斜着眼睛窥视着推餐车的空姐，眼神在人家腰身上打转。

"咳！收敛一点，你也不觉得丢人……"隗国安转了一下身，挡住吕瀚海的贼忒忒的模样。

隗国安不会轻易相信这就是吕瀚海死皮赖脸跟过来的真正缘由，不过他也明白，这位要不想说的话，除非是展峰，否则谁也撬不开他的嘴。

三个小时之后，飞机准时抵达QX市北江国际机场，因为上机前内勤莫思琪已经与当地警方取得联系，一下飞机五人就通过贵宾通道直接上了一辆广汽传祺商务车。副驾驶位置上那位是摸出线索的情报专员，也是QX市公安局情报信息处副处长王伟。出生于20世纪60年代的王处对本城的一草一木都了如指掌。

车辆发动，他向专案组介绍说："咱们市里主要交通运输都走水运，货船大多靠柴油驱动。船和汽车还不一样，汽车没油了能去加油站，轮船要半路没油了，麻烦可就大了。早些年监管不严，跑长途的都会在船上自备柴油。要装油肯定少不了油桶。我们这里以前有大大小小几十家油桶厂，代码为两位数的也有13家。"

"我们要找的是 300 升非标油桶，应该可以缩小范围吧！"嬴亮听着有些忐忑。

"嘿！好就好在你们说清楚了要找什么。"王处说话很直爽，"我专门找了个老师傅，他告诉我，铁皮油桶有两种，对内销售的是 200 升规格，用于出口的是 220 升规格。每种规格需要不同的生产线，一般厂家也只会生产这两种型号，你们要找的那种桶很不常见。"

"不常见，就好找多了吧！"隗国安递了根烟过去，"看来已经找到了？"

"我也是抱着试试看的态度一家一家地排查，第六家大庆油桶厂原来的厂长告诉我，他们厂曾建过一条 300 升的生产线。订单式生产，成品多供给一些小企业，说是经他们厂卖出的 300 升非标油桶有好几万个。"

展峰问："销售记录还能查到吗？"

"他们是国企，销售科有账目，厂子倒闭后相关资料都被送到了县档案局封存。"王处抬手看看手表，"从机场到郎平县有两百多公里，还都是山路。现在是下午 2 点，如果快的话能在 5 点之前赶到。我马上和县局郝局长再联系下，让档案馆的同志再多等我们一会儿。"

"那就麻烦王处长了！"展峰也不过多客气，道了声谢，叮嘱大家乘机养养神。

司机知道要赶路，立马拿了一盏警灯贴在车顶，伴着警笛的一路呼啸，车子以 120 迈的时速在高速公路上穿梭而去……

下午 5 点，郝局长带着前销售科长马新强在档案局与专案组碰了面。与此同时，大庆油桶厂的相关资料也已经被调了出来。

"怎么还要让马科长过来？"见此情形，王处也有些惊讶。郝局长苦笑道："那时候都是手写记录，我们调资料的时候发现字迹已经不清楚了，就找马科长过来亲自辨认一下。"

看着厚厚的销售记录，马科长问："警察同志，你们需要哪些资料？"

"我们暂时还没有明确的方向。不过有件事想问一下，你们厂为什么要生产 300 升的非标油桶？"展峰见马科长有些紧张，选择慢慢打开话题。

马科长扶了扶老花镜，回忆说："我们厂建得有些偏僻，所以效益一直不温不火。当年我和厂长建议修改下生产线，做一些容量大的油桶。我从小生长在农村，见过很多家里把废旧的油桶改成炉灶，我的意思是既然纯粹装油的油桶卖不出去，倒不如跟小企业合作，用油桶做些别的玩意儿，也算开了条路。"

"还有这种改造？"嬴亮是年轻人，从来没听过这种用油桶改灶台的事情，好奇地问了一句。

"不少见，"马科长放松了许多，"我用半年时间与几家灶具、炉具厂建立了供货关系，这些厂生产的产品都是供应给政府企业的大型食堂，他们要求油桶的规格必须要大，我们就加装了一条300升的油桶生产线。"

"非标油桶全部都供应给这些小企业？"展峰问。

"也不全是，小企业抗风险能力很弱，前后没几年，跟我们合作的厂家就相继倒闭，从那以后厂子就彻底没了销路，剩下的压箱货让我给低价处理了。"

"也就是说，油桶绝大多数都卖给了小企业，只有少量的库存是零售出去的。"

马科长点点头。"就是这样。"

"还有零售记录吗？"展峰看看那堆记录。

"有的，厂子里的每一笔账我都记得清清楚楚。"马科长拍拍账本。

展峰客气地说："那就劳烦您受累帮我们找一找了。"

"厂子是在20世纪90年代初停产的，剩下的库存也是当年处理掉的。看1990年的就行了。"马科长蘸着唾沫一页一页翻看，遇到相关记录，嬴亮就会用手机拍照记录下来。

过程用了半个多小时，上百条涉及十多个地市的销售记录呈现在面前。

令专案组苦恼的是，那个电话并未普及的年代，所谓销售记录也只是记下了时间、数量、地市、货款结算之类的模糊信息，连购买者的姓名都没有。

就这样的玩意儿，连嬴亮这种擅长追踪搜索线索的专家也实在想不出该从何查起。

二十四

一夜之后，专案组乘最早的一班飞机返回了中心。

会议室内，按展峰的要求，赢亮已经把零售的 14 个地市，设置成红点标注在电子地图上。展峰神情专注地望着不停闪烁的 9 个蓝色的案发地点和新加入的 14 个红色油桶销售地。赢亮也盯着电子地图，想从中找到线索，可他们已经盯了快两小时了，这 23 个点的分布太过分散，他怎么都找不到规律。

看着目不转睛的展峰，赢亮暗自嘀咕起来："这位要是能从这里找到线索，我情愿抱着老母猪睡一宿！"

"你说什么？"展峰没回头地问。

这都能听见！赢亮连忙摇头。"没，没说什么，就是看不出什么来，这案子看来要推进很难。"

"难也得做。"展峰起身拿起平板电脑，调出九个蓝点的经纬度坐标，在谷歌地图上找出九处案发现场的实景地图。

赢亮凑过去看，发现每张地图上，都被用激光笔标注了"作案车辆行驶方向"。当九个点再次在地图上汇聚时，展峰用激光笔把所有点连接，形成一个不规则的多边形。14 个红点有 8 个被圈在多边形之内。展峰的每个动作，赢亮都一丝不苟地认真观察，但他依旧没搞明白这样做的意义何在。

不知道展峰用了什么运算方法，得出了一个 1200～1500 的区间数值，在此范围内，他又勾掉了三个红点。展峰眉头紧锁，盯着三个红点似乎在思索什么。时间一分一秒地过去，眼看快到中午时，展峰拿起手机给吕瀚海打了通电话……

专案组成员全部来到停车场集合。

远处一辆厢式货车已经通过哨兵的盘查，缓缓朝众人驶来，吕瀚海摇开车窗朝众人挥了挥手，展峰指着一片空地，示意他把车停在那里。众人一眼认出这是一辆载重 5 吨的厢式货车，厢体上喷涂着"顺丰快递"的字样，不用问，这肯定是展峰通过某种关系暂时借用的。

之前展峰跟吕瀚海打电话时特意避开了嬴亮，现在他不舒服地扭了扭脖子，颇有些质问意味地对展峰说："展队，到底要做什么，应该先跟大家打个招呼吧！每次都这样，是不是不太好？"

像嬴亮这种出身特警的人，最不喜欢展峰这种独断独行的方式。既然大家是一个团队，谁都离不开谁，那么在做任何决定前，最起码要相互沟通表示尊重。这种闷声搞个大动作的情况，在专案组已发生了不止一次。

往小了说这是一言堂的专断举动，往大了说，就是完全没把其他组员放在眼里。而且更让他不舒服的是，展峰还特喜欢胳膊肘往外拐，对待吕瀚海这种他看不上的人全心信任，总让嬴亮有一种他们俩之间有什么不可告人之事的感觉。因为这个感觉，嬴亮私下里早就把吕瀚海的情况扒了个底朝天，不过让他奇怪的是，这家伙除了犯过些鸡毛蒜皮的小错误，底子还真是干净到出奇的地步。不过也对，要是这货身上存在严重问题，也根本不可能通过审核加入专案组，毕竟就算是个协警，专案组也不是什么寻常的警务机构，保密性还是很重要的。偏偏在嬴亮这种高级情报专员看来，这货底子越是干净，问题说不定就越大。做情报的谁不知道，如果一定要用人，某些问题是可以进行掩盖的。试想吕瀚海在社会上混这么多年，一直以来都是以打擦边球度日，按理说不可能没踩过红线。那么唯一能解释通的就是有人故意帮他隐瞒了一些事情，这个人会不会是展峰呢？职业敏感性告诉他，有些事情肯定没有表面上看起来这么简单。

车刚停稳，吕瀚海就下来把厢门打开了。车厢里已经放了一个300升的铁皮油桶，桶的正上方焊接有金属钩，加上一捆5毫米规格的尼龙绳，车厢里就没有别的东西了。

"展护卫，你让我准备的东西我都弄好了！要没什么事，我先去大厅泡壶茶！"说完也不管展峰同不同意，吕瀚海抬脚就往大楼方向晃悠着走去了。

展峰对着他的背影，缓缓说："为证明一些想法，我需要做个侦查实验，我已经向上级领导申请了5000元经费。"

一听有钱赚，吕瀚海倒退着从原路走了回来，觍着脸凑到展峰面前："那个，喝不喝茶反正也不着急这一会儿，我也算半个专案组成员，我还是留下看看有啥我能帮上忙的！"

展峰指着盛满水的油桶："留下也行，你扮演被害人被倒吊进桶里，做完实验，这5000元就是你的。"

吕瀚海一听就牙疼起来："展护卫，这可是拿生命在破案，现在物价这么高，5000元是不是少了点，反正专案经费那么多，再加点呗！"

"他不来，我来，我不要钱！"赢亮向前几步，对展峰说道，"干什么非得用这么个货？展队，你别是让他变着法子从公家弄钱吧！"

展峰看着赢亮却没有回答，一副不置可否的模样。吕瀚海一听却暴跳如雷，蹦起来骂道："哎，我说肌肉亮，你是不是故意找碴，你说你一个正式工，跟我这个临时工抢什么生意。"

赢亮冷笑："哼！临时工可比我这个正式工不差了吧！"

"我说肌肉亮，你当着这么多人的面，说这话什么意思？你摸着自己的良心问问，咱们专案组破的哪一起案件我不是尽心尽力，临时工咋的，临时工就活该被你们这些正式工欺负？再说了，我又没贪污受贿，赚的钱都是合理合法的，你要有本事，找领导把我开掉就是！"

论耍嘴皮子，赢亮哪里是吕瀚海的对手，当下就脸红筋涨无话可说。

眼看赢亮拳头都握紧了，和事佬隗国安站了出来："你们两个一天不吵心里就不快活是吧！实在不行，我来。反正我一把老骨头，万一有个三长两短，直接给我送烈士陵园，我也认了！"

吕瀚海一看这个架势，马上就坡下驴："得得得，常言道，和聪明人打场架，也不和糊涂人吵一句话，我闭嘴还不行吗，展护卫让谁上就谁上！"

展峰这时候才淡淡开口："被害人的平均身高在一米七五，组里只有道九符合条件。"

对这时候的吕瀚海而言，这场风波已不是关乎钱这么简单，它已经上升到了他的面子问题，当展峰决定让他上时，他得意地朝赢亮嘎嘎一笑："听见没，头脑简单，四肢发达的人干不了这活儿。"

看着他小人得志的样儿，赢亮双拳紧握，发出咯咯的脆响，心道：走着瞧，别让我揪住你们之间的小辫子！

二十五

然而吕瀚海还没高兴太久，就已经觉得自己是误上了贼船。

被倒吊起来的感觉可不好，浑身血液倒流的压迫感让他脸颊涨得通红。嬴亮把吕瀚海的身体抱起，当摄像机开始录像以后，展峰高举的右手做了一个下切的动作。

嬴亮拍了拍吕瀚海的后背："闭气，要丢了！"吕瀚海心道：臭小子，虽然平时跟我不对付，但还是有他自己的原则，没突如其来地把我扔水里，倒还算个君子。

第一次实验，吕瀚海坚持了一分钟，刚被捞起来大喘气，就听展峰说："被害人被填入油桶时处于昏迷状态，呼吸并没停止。"

吕瀚海郁闷地说："啥意思？听不懂。"

嬴亮好笑道："就是叫你不能憋气，必须得呛水才行。"

"我靠，杀人啊？"吕瀚海话音未落，嬴亮又拍拍背，把他扔了进去。

他在水中一边挣扎，一边破口大骂，至于骂的什么，没有人能听到。求生的本能使他的身体剧烈晃动，从桶中溅起的水花，洒满了半个车厢。

隗国安手持秒表，忧心忡忡地看着，15秒一到，他赶忙上前帮着把吕瀚海捞起来。

出水时吕瀚海一边咳嗽一边破口大骂："嬴亮你这个龟孙子，你他妈要弄死我是不是？"他刚对嬴亮建立起的一些好感被这一下弄得是荡然无存。

展峰拉起他的右手把了把脉。"还好，以你的身体素质，再撑个15秒都不是问题！"

隗国安惊呆了。"展队，不会还要再来一次吧！"

吕瀚海一听，像条蚯蚓一样扭起来。"你大爷的，你要玩死我就给我个痛快，不带这么零敲碎打的！"

展峰似笑非笑地摆摆手。"算了，今天就这样吧！嬴亮，把道九解开，我们其他人去会议室开会！"

跟司徒蓝嫣的心理实验相比，展峰的实验更加真实地反映了凶手的作案经

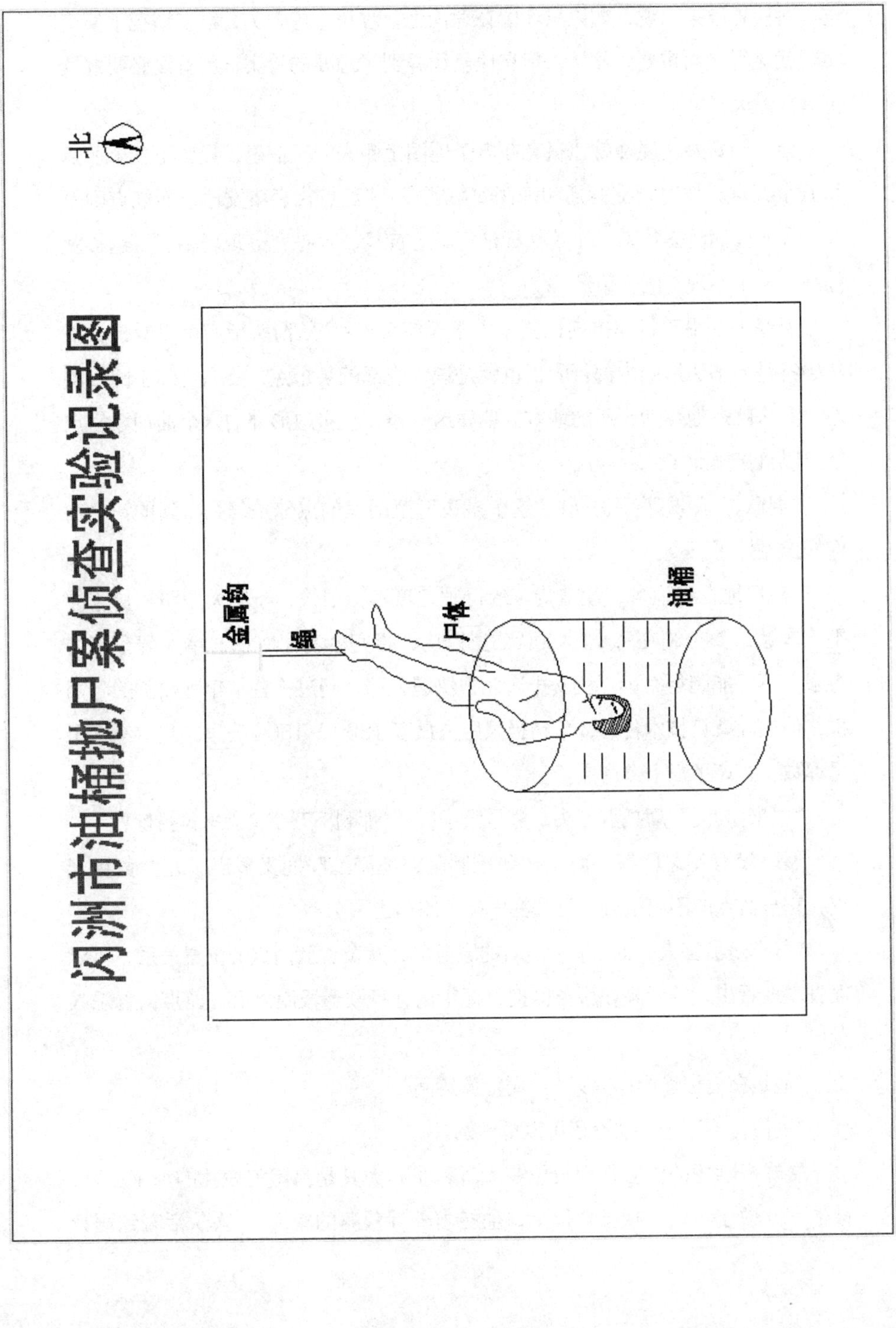

第一案 油桶封尸

过。对侦查破案来说，如果只停留在理论上，难免千虑一失，很多情况下侦查实验就显得尤为重要。显然，现在他已经弄到了想要的答案，也就没必要继续折磨吕瀚海了。

会议一开始，展峰就让嬴亮在电子地图上删去干扰信息，只留下九个蓝点和五个红点。他对司徒蓝嫣和隗国安解释说："蓝点代表案发地，而红点则是300升非标桶的零售地。用箭头标注行车方向后，再把九处现场相连，这样就能得到一个不规则的多边形。"

展峰用手沿着行车方向比画了一下，继续说："从箭头指向可以看出，货车始终是向多边形的内部行驶，也就是说，内部的某个点，要么是凶手的目的地，要么就是他生活起居的地方。单凭这一条，在多边形外的六个油桶零售点就可以直接排除了。"

"展队，"嬴亮举手提问，"这个多边形范围里的点你是怎么得到的？之前你好像删掉了三个。"

"抛尸地在省道旁，载重货车的行驶速度不会很快，一般大型厢式货车的平均车速，要控制在每小时100公里以内，否则容易出车祸。单人驾车精力有限，不可能跑得太远，我安排道九去快递公司，问过一些常年跑厢货的老司机，他们说就算技术再好，单趟极限距离最多1200～1500公里。我参考这个里程数，去掉了三个零售点。"

"原来如此。"嬴亮点点头，算是服了气，"那剩下五个又怎么做排除？"

展峰没有着急回答，而是按动控制笔，地图上瞬间又多出了九个黄色光点，它与蓝点的距离很近，且都在一条公路网上。

"黄点是被害人（油耗子）活动的服务区，从黄、蓝两点的位置关系，可以很直观地看出，凶手是在服务区把目标带离，行驶一段距离后在蓝点位置杀人抛尸！"

"他是在返程途中作的案？"司徒蓝嫣问。

"没错，不过这个推论还可以更精确。"

展峰把刚才的实验录像投影在大屏幕上，尤其是吕瀚海挣扎的那十多秒，被他来回放了三遍。视频暂停后，他指着一片狼藉的车厢："人从活着到溺死

第一案　油桶封尸　　081

肯定需要一段时间，所以求生的本能会让他拼命挣扎。为保证油桶不会被弄倒，桶里必须装有足够重量的柴油。

"刚才在试验时，我装入了四分之三的量，可就算如此，道九也还是差点把油桶撞翻。水的密度是 $1g/cm^3$，而柴油的密度为 $0.83 \sim 0.855 g/ml$，也就是说，相同的重量，柴油的体积要大于水的体积，而现场的实际柴油装量，远不止四分之三。可油装得越多，车厢内被溅起的柴油也会越多。真正的现场，肯定比我们实验的结果更狼藉一些。"

展峰做出结论："货车车厢说小不小，说大也不大，如果是载货作案，无论是什么货物，都会被污染，所以我更偏向于空厢作案！"

"可是，空不空厢有什么关系吗？"赢亮问。

隗国安捏着下巴，若有所思地看向展峰："各行各业都需要考虑成本和利润，20世纪90年代没有高速公路，跑一趟车的成本比现在要大得多，如果一次空车倒还好，次次空车，岂不是亏大了。"

赢亮终于明白过来。"对啊，是这么个理，每次都空车回，他赚什么钱？"

展峰说："除非一种可能！"

"什么可能？"

"货物利润很高，只需要跑单程的情况。"

"那是什么类型的东西？"赢亮问。

隗国安挑眉。"看来，是高危物品。"

展峰点头。"鬼叔说得没错，我们假设凶手从A地驶发，运货到B、C、D、E等不同的地方，货物要在一日内抵达，那么单人驾驶就完全没有问题。卸货后凶手在返程的途中作案，再次回到A点。这个假设行程，刚好就跟我们掌握的情况完全吻合。凶手只有运送高危品，才可以保证空车回程还有利润。常见的高危品分固体、气体和液体三种，后两种使用的是罐车，只有固体才会用厢式货车！"

说着，展峰拿出了一份检验报告。"在进行微量物证提取时，我发现九个装尸油桶中都有少量的槟榔残渣！我国有两个地方的人最爱吃槟榔，一个是Q省，另外一个是HN省。不同的是，前者是吃鲜槟榔，而后者吃的是加工过的干槟榔！提取到的槟榔纤维样本中含有食品添加剂，所以凶手吃的是干槟榔。"

"……这凶手，杀人的时候还嚼这玩意儿？"嬴亮有些难以置信。

"槟榔是成瘾性的植物果实，有提神醒脑的作用，很多HN人从小有嚼槟榔的习惯。干槟榔会产生少量的残渣，不讲究的人会边嚼边吐！夜间作案，加上长时间驾驶，很容易产生疲劳感，凶手有嚼槟榔的习惯也不奇怪，桶里面的少量槟榔渣，多半是他在作案时，无意间吐进去的！"

展峰又补充道："当然，不一定只有HN人才嚼槟榔，单凭这一点认定他来自HN太过武断了。所以我后面是按照概率从大到小进行分析。从油桶的销售记录中能看到，位于HN境内有三个地方，而这其中就有LY市。"

"LY……"嬴亮迅速调出LY市的资料，"HN省的一个县级市，地处湘赣边界，古为'吴楚咽喉'，是省会CS副中心。它还有一个身份是世界花炮之乡。"

隗国安茅塞顿开，"对啊，花炮！凶手运的可能是花炮！"

花炮是易燃易爆品，只能使用厢式货车运输。如果凶手的工作是给花炮厂送货的话，那么一切都可以完美解释。

"如果说，刚才的推测只是大概率事件，那么所有巧合加在一起，就能得到真相。"

展峰把另外两个红点熄灭，只留下了最后一个。

"我断定，凶手要么是LY市人，要么就长期在该市生活或工作。"

二十六

山重水复疑无路，柳暗花明又一村，本案终于有了新的突破口。

不了解花炮运输业的人可能并不清楚，花炮在法律上属于危险物质的范畴，在运输时必须办理《烟花爆竹道路运输许可证》，甚至送货司机还必须要有从事危险货物运输的资质。

虽说20世纪90年代的监管不像现在这么严格，但交警在路查时遇到这种情况，还是会要求驾驶员出具驾驶证、行车证、危险品运输从业资格证的。

前两种属常规证件，后一种办理起来就麻烦许多。它要满足五个条件：一、取得相应机动车驾驶证；二、年龄不超过60周岁；三、三年内无重大交通责任事故；四、取得道路货运从业资格证两年以上；五、接受相关法规、安全知识、专业技术培训。

以上条件都满足，还得附一份医院的体检证明，才能申请办证。这种体检虽然只是走个过场，但年龄、身高、体重、血压等常规检查，还是必不可少的。在之前对抛尸现场进行模拟实验时，专案组已算出凶手身高在一米八五至一米九零之间，年龄处在20~35岁，有了这两个条件，再把该市从事危险品运输人员的信息全部调出来逐一筛选，说不定就能发现那个神秘的凶手。

看起来好像已距离凶手很近，但普遍撒网、重点捉鱼的战略却并没给专案组带来惊喜——LY市作为世界花炮之乡，吃这碗饭的人实在是太多了，算上吕瀚海，专案组五个人在档案馆扒拉了三天三夜，竟然筛选出整整153人符合条件。

扔掉最后一个档案盒，吕瀚海瘫坐在沙发椅上："展护卫，这么干下去不是个事啊，你要想想其他的法子！"

展峰望着一张张贴着黑白照片的表格，并没有回答的意思，在一旁叼着烟卷的隗国安皱着眉头。"道九说得没错，搞出来这么多人，根本没有办法往下查，我记得凶手加的是轮胎油，要不咱从这条线索挖挖看？"

吕瀚海来了劲头，一个鲤鱼打挺坐直了身子："对，有线索就挖，往死里挖！老鬼，你说，咱们从哪里挖？"

隗国安笑道："哎，我说今天太阳是不是打西边出来了，这么积极，完全不符合九爷的做事风格啊！"

"你这话说的，我要是不多卖点力气，还不被人说成吃闲饭的了！"

隗国安瞥一眼嬴亮："道九，这指桑骂槐的功夫见长不少啊！"

吕瀚海又躺下去："不管查不查，我得出去溜达溜达，要不然非给我憋出个好歹来！"

隗国安也是爱偷懒的，他早就想溜号了，现在吕瀚海把话都挑明了，他自然也想出去透透气，他连忙把未抽完的烟卷摁灭，剩下的那小半支被他小心地装进了上衣兜。"展队，要不然我和道九一起出去摸摸线索？"

　　展峰点了点头，算是默许，两人就一前一后地走出了大楼。

　　到了停车场，吕瀚海上车就点起发动机，隗国安三步并成两步跳上车："哎，我说九爷，你倒是等等我啊！"

　　吕瀚海笑道："我说老鬼，食堂免费的饭你也少吃些，瞧你那肚子，跟怀了八个月似的！马上都快走不动路了！"

　　"去你的，还好意思说我，每顿20个鸡蛋也不怕吃出胆囊炎啊你。"

　　"我这不还在长身体吗？"吕瀚海打个哈哈。

　　"你咋不说你还没断奶呢？"

　　歇匀了的隗国安看着后视镜里的吕瀚海道："九爷，一会儿有啥节目？"

　　"屁来的节目，去查案。"吕瀚海脸皱成一坨，他可没忘记，某人对这个案子可是万分关注。

　　"真查案啊？"隗国安有些难以置信，"你告诉我，你是在哪个医院吃错的药，我去找他去！你放心，我给你做主！"

　　"我吃你个大头鬼，喝茶还是中医推拿？你选！"吕瀚海服了这人。

　　隗国安嘿嘿一笑。"就该坦白从宽嘛！我说，能不能两个都选？"

　　"哎，我是不是上辈子欠你的钱了。"吕瀚海回头瞪他一眼。

　　"你这个小没良心的，你仔细回忆回忆，做实验时，你都快呛死过去了，是不是我第一个冲上去把你从水桶里捞了出来？你赚了5000元经费，喝杯茶泡个脚才花多少。"

　　"你个铁公鸡，搞了半天，还惦记着我那5000元呢！"

　　"那可不，都快顶我一个月工资了。哎，咱先说好，今天你请，我可没钱！"隗国安死猪一样朝座位上一瘫。

　　吕瀚海摇摇头。"真是卤水点豆腐——一物降一物。想当年只有我九爷坑别人，现在却被你这个老鬼头咬得死死的，算你狠！"

吕瀚海在手机上打开团购App，找一家既能喝茶又能推拿的地方。

当他在"158元泡脚70分钟"与"188元泡脚90分钟"两个项目间犹豫不决时，隗国安伸手帮他点了最下方的"238元泡脚120分钟"。

"老鬼，你是不想要下一次了吧！"吕瀚海眼神危险。

隗国安笑嘻嘻道："我吃重，一会儿半会儿根本试不到感觉！整两小时再休息一会儿，回来刚好吃晚饭！"

"行行行，都依你，但我有个要求，你那呼噜震天，咱俩必须分房！"

"那敢情好，我一个人多自在！"

付了款，吕瀚海开启导航朝邵氏中医理疗驶去。

"老鬼，你刚才说的轮胎油是怎么回事？"

隗国安也没想那么多，他觉得吕瀚海的社会经验丰富，说不定会有什么好办法，于是他一五一十，把案件中关于轮胎油的部分说了出来。在听的过程中吕瀚海还顺带问了几个问题，隗国安也投桃报李地一一解答。

到了地方验过二维码，他们一个被带到了三楼305室，一个被领进了四楼426室。两人约了6点钟准时电话联系，并一致对好口径，就说是在外面摸排线索了。

下午两点半，吕瀚海上卫生间给刀疤打了个电话。没人知道，这位作为"老板"派下来的接头人，吕瀚海到哪里他就跟到了哪里。拨通电话，吧唧两下嘴，吕瀚海还是想不明白，为什么那位神秘的老板这次提出要尽全力帮助专案组破案。"难不成是看我在专案组不受待见，专门给我加油助威来了？"他想来想去，好像只有这个说法能解释得通。

和刀疤表明要调查轮胎油的事格外顺利，那边一口答应下来就挂了电话。吕瀚海蹲在马桶上咕哝："工欲善其事，必先利其器，老板把我的身份提高了，那么自然也就能打听出他想要的东西，这高手就是高手，思路果然不同寻常。"

门外的老中医准备好了药膏，过来催人。吕瀚海扒了一下冲水开关，伴着哗啦啦的水流声，他走出来揉了揉肚子，躺在了沙发椅上。

下午4点30分，理疗完毕。距离见隗国安的时间还有一会儿，吕瀚海伸了个懒腰就睡了过去，一直到刀疤的电话打过来。

"你让我查的事，我给你问清楚了！"

吕瀚海还没完全睡醒，他小声重复："什么问清楚了？"

刀疤提高了嗓门："轮胎油的事，我查清楚了！"

一听到轮胎油，吕瀚海嗷一声从床上跃起："什么？你说什么？这么快就查清楚了？"

"你那边说话方不方便？"

"方便，当然方便。屋里就我一个人，你说，你查到什么了？"

"20世纪90年代，本市大型花炮厂在全国都有直销点，这些厂出货量大，一般都是用车队运货，很少一车一车地走量。照你说的，凶手单独跑了这么多地方，应该是给小厂送货的人。大的花炮厂都是自己养运输队，只有小厂才会找人拉散活，这么看，他应该是个散活司机。"

"嗯，这分析在理！"吕瀚海连忙拍马屁。

"拉散活的货车有固定的聚集点，当地人称为'炮圈儿'。有三个大型的炮圈儿，每天扎堆在一起等活儿的货车有好几百辆。虽说车多，但活儿也不少。有路子的车主天天都有运单。早年柴油紧俏，本市用量巨大，就有人打起了柴油的主意。有个团伙，他们专门用废旧轮胎炼油。据说几个炮圈儿都是他们在控制！"

"这些人查清楚了没有？"吕瀚海着急套出消息，把发烫的手机换了个手拿。

"查清了，带头的名叫黄牢，1972年生的，绰号黄大仙，本地人，他手下还有几十个小弟。"

"他们人现在在哪儿？"

"七年前，这帮人因为涉黑，被警方异地用警给一锅烩了，你把这条线索交给专案组，他们应该能查出来！"

"那三个炮圈儿还在不在？"吕瀚海追问。

"在。不过如今，全国都在禁燃禁放，小型炮厂几乎全部倒闭，看不到几辆货车了。"

"只要还在就行，你把地址发给我，回头我还是跑一趟，要不然我连地方都没有去过，哇拉哇拉就说这么多，容易引起怀疑。"吕瀚海解释了一下原因。

"行，一会儿发你，看完记得删！"刀疤说完立马挂了电话。

二十七

收到缴费成功的短信后，吕瀚海绕着中医馆一口气跑了两圈，直到累得大汗淋漓，他才拨通了隗国安的电话。

"干啥，是要退房了吗？"电话那边，隗国安打着哈欠问道。

"我看真是皇上不急太监急，您老还没醒呢？"

隗国安咕咚咕咚把杯里的茶水喝得一滴不剩，慢吞吞道："我说九爷，你又哪根筋搭错了，咱不都事先说好的吗，6点准时走，现在不才五点半吗？"

"你是正式工无所谓，我这临时工，可不想被某些人看不起，所以得勤快些！"

"得得得，又来了，咱俩别扯那没用的，你在哪儿呢？"

"后院停车场！"

"我马上下去！"挂断电话，隗国安起身把房内的瓜子、花生一股脑地揣在怀里。

来到停车场时，吕瀚海正靠在车门上抽着闷烟。"你这是干啥去了，搞一身汗？"隗国安一脸惊讶。

"还能干啥去，查案去了呗！"吕瀚海眯眼瞅着隗国安。

"真的假的，咱俩不是一起做的推拿吗？"

"四点半就下钟了，你能睡得着，我可没心思。"吕瀚海扔了烟头上了车。

"你呀你，别卖关子了，瞧你这风尘仆仆的样子，你查到啥了？"隗国安跟上车去，关上车门。

"走，带你去几个地方！"

"这马上就到饭点了，还去哪里？"

"饿一顿死不了，咱要是把这件事搞清楚了，估计又能从展护卫那儿敲5000元来！"

隗国安一听瞬间来了精神。"九爷,听您这么说,是发现了重大线索啊!快快快!说来听听。"

"瞧瞧你,黄土都埋半截深了,别回头把心脏病再给整犯了,你把安全带系上,听我慢慢跟你说!"

"好嘞,悉听九爷吩咐!"

磨了半天嘴皮子,吕瀚海这才把车发动,他们的第一个目的地,就是直线距离不到10公里的一个炮圈儿。

路上,吕瀚海把刀疤所说的生动形象地描述了一遍,只不过这调查的男主角变成了他。如果说,把转述内容比成一部40集的电视连续剧,那么前39集,几乎都在铺天盖地地介绍他九爷的主角光环。隗国安总算耐着性子听到了40集,好在结局出了个boss(老板)黄大仙,不然老鬼非得被气死不可。

等他俩跑完三个炮圈儿,已是晚上9点了。两人来不及吃东西,直奔宾馆与展峰会合。原本吕瀚海还想卖个关子,用这条线索敲诈点特勤费,可没想到展峰也从轮胎油上查到了线索。

跟吕瀚海的野路子不同,他咨询的是市局治安支队负责审批《烟花爆竹道路运输许可证》的副支队长。通过他,展峰又联系到了经营大型运输车队的老板童钦。在运输行当摸爬滚打了数十年,这位深知其中的道道。展峰从童钦口中得知,轮胎油的实际控制权掌握在黄大仙手里。但黄大仙具体叫什么他也不知道,只是听说很多年前,他就被警察抓了。

展峰又咨询了副支队长,问有没有听说过黄大仙这个人,对方想起来,这伙人是被省厅异地用警给端掉的,由于行动涉密,具体案情别说是他,就是整个市局也没几个人知道。

由于天色已晚,展峰本来准备第二天一早出差去省厅,他还没来及通知吕瀚海,两人就自己找了回来。听展峰这么一说,两人面面相觑,原本价值5000元的线索瞬间只值一根冰糕。吕瀚海大为郁闷,但他琢磨着与其藏着掖着,还不如说出来证明一下自己的实力,毕竟那位想要的就是破案,钱不钱的倒也不是那么重要。打定主意,他就把刚才那一套,一五一十地又告诉了展峰。展峰听完道了声"辛苦",便把黄大仙的真实身份告诉了嬴亮。

有了真实姓名加上绰号，嬴亮查询起来并不用费太大周折。很快，嬴亮就查到，黄牢因为涉嫌黑社会性质组织罪的犯罪行为，被 CS 市中级人民法院判处了无期徒刑，他人至今仍在 HN 省监狱服刑，本案的主办单位为 HN 省公安厅刑警总队，案件负责人名叫刘海峰。

二十八

第二天中午，专案组在省厅跟扫黑办的刘海峰大队长碰了面。

"黄牢这帮人，在 LY 市是宗族势力，关系错综复杂，当地警方很难把其连根拔掉，省厅为此事多次召开调度会，最终由厅党委拍板决定，由刑警总队牵头，采取异地用警的方式才彻底进行了查处。"

刘海峰大队长直率地介绍了一下情况："这群人不但违法炼制轮胎油，还把这些劣质油在当地各个停车场强行兜售，只要司机稍有反抗，就会棍棒相加。"

展峰跟着刘队翻阅了全部纸质卷宗，发现其中没有他想要的线索——轮胎油卖到什么地方，必然是油厂工人才知道。可这些人是黄牢花钱雇用的，没有参与违法犯罪，案卷中根本找不到具体的人。

"看来，只能麻烦刘队了，我们要去监狱提审黄牢。"展峰对刘队提出了要求，"我们要查的事情，跟黄牢集团的案子没关系，希望不要给他太大压力，让他好好配合。"

"行，我来安排。"刘海峰点了点头。

询问被安排在了会见区，这里并不像提审区那样安装有金属栏杆和审讯椅，它的布局倒是跟港片中的场景有些类似：一张椭圆形木桌、几把皮椅。天气炎热时还有中央空调可以降温，没特殊安排，普通囚犯是不会到这里进行问话的。

办完手续，戴着手镣、脚镣的黄牢在两名狱警的严密监视下，走进了会见区。展峰指着面前尚有余温的茶水，口气温和地说："刚倒的，先喝口茶我们再聊。"

临来前，嬴亮查过了黄牢的档案，他今年五十有八，16 岁时因涉嫌殴打他人被判处有期徒刑一年，释放后又因为故意伤害多次入狱，他的一生用"罪行累累"来总结也不为过。可见了真人，嬴亮才发现，黄牢的面相跟泼皮无赖八竿子打不着边，相对而言，他的气质更像一位成功的商人。

黄牢已从狱警那里得知了展峰一行人的身份，坐在椅子上的他泰然自若地端起茶水喝了一口，用他那沙哑的嗓音夸赞："不错，是好茶。"

展峰又让嬴亮给他续了一杯："先给你吃颗定心丸，我们这次来，是想咨询你几个问题，但这些问题跟你的案件无关，希望你能如实回答。还有，我跟监狱的相关领导做了沟通，如果你提供的线索查证属实，可以立功减刑。"

听到"减刑"，黄牢微微一笑，然后轻轻摇了摇头。"减刑就算了，我待在这里也挺好的。"

对服刑犯来说，减刑应该是极具诱惑的一件事，这也是展峰谈判寻求案犯配合的撒手锏，可黄牢却有如此反常表现，让展峰感到有些意外。

展峰微微一笑。"是吗？那如果还有什么需求，在情理之中的，我都可以满足你。"

黄牢身子往后一仰，五根手指很有节奏地敲击桌面，良久之后，他才端坐起来，双眼紧紧地盯着展峰，咧嘴笑了笑。"哎呀，我还真想不出有什么需求。警官，你说这该怎么办？"

展峰脸上仍然带着笑意，这种时候，案犯就是在跟警方比气势，即便只是神色变得严肃，也会被对方占了上风。

黄牢所谓的无欲无求，其实就是一个下马威，专案组代表的是公安部，是全国公安最高的权力机关，他现在落到这步田地都是拜公安所赐，有这么强烈的抵抗情绪，其实也在情理之中。但鸟都进了笼子，再扑腾也没有用。展峰知道，黄牢这种行为，更多的是因为他心理上的情绪问题，还谈不上真有反抗警方的意图。

"我觉得摆政策、讲道理，有些多此一举。既然这样，咱们就聊点实际的。"说着，展峰拿出平板电脑，逐一调取九处抛尸现场的照片，展示给黄牢看。

黄牢固然是黑社会组织头目，但他也只谋财并不害命，活了五十多年，他还是第一次见到这种残忍的连环杀人现场。

几十张照片被展峰在他面前翻完，黄牢已经翻江倒海，他抬眼盯住展峰，话语里面有了些怒意："给我看这些干什么？我黄大仙虽然作恶多端，但也是为了带着全村人活下去，杀人放火的事我从来不干！"

展峰收回平板电脑，平静地说："九起命案是一个人所为，时隔二十八年，至今未破，作案的是一名货车司机，他就是用你炼制的轮胎油把这些人一个一个淹死的。"

"又不是我做的，关我屁事。"黄牢扫视着展峰的脸，目光恶狠狠的。

"抛开别的不提，咱中国人最讲究因果循环报应不爽，我是本案的专案组组长，要是这起案件破不掉，我是没法子跟这九具冤魂交代，不知道你黄大仙，又能不能跟他们交代得过去呢？"

展峰的话字字诛心，黄牢舔舔嘴，欠起身子压低了嗓子："你确定，这个货车司机是我们市的？"

"你没资格问这个，我只问你，你的炼油厂是不是购买过一批 300 升的非标油桶？"

黄牢有些诧异了，"这你们都知道？"

"那就是有了？"

黄牢郁闷地说："是有，不过不是买的，是厂家跟我们有债务往来，抵账抵过来的。"

"那行，你再看看装尸的油桶，是不是有些眼熟？"

黄牢深吸一口气，朝翻过来的平板电脑又看了一眼，"是……"

随后他苦笑道："警官，我是小看了你，公安部的专案组组长水平确实不一般，我今天如果不说，可能到死的那天，都会惦记着这事。"

展峰乘胜追击。"既然黄大仙愿意说，那就麻烦帮我们回忆回忆吧！"

黄牢摇摇头。"看在九条人命的分儿上，这事也没什么好隐瞒的。当年，承蒙村里的叔叔大伯看得起，我被选成了我们村的管事人[1]。既然当了领头羊，

---

[1] 管事人并非村长，早些年很多村子，为了在出事时有人带头撑场面，会选举类似的管事人，性质有些类似于保镖。在村子里，管事人与村长一样，很有威望。

那就必须给村里干点事。可我们村穷乡僻壤连条像样的路都没有，要想带着老少爷们发家致富可不容易。

"年轻时我就吃过几年牢饭，知道要想从正道赚钱是不可能了。于是我就想着捞点偏门。在我没做轮胎油生意前我们市已有好几个作坊，他们把厂子建在人烟稀少的村庄里。我一琢磨，我们村倒是有得天独厚的条件，做这个利润也不错。我就找村里的人一合计，在村广场上搭了个小窝棚。炼油的技术是我们跟人学来的，可油炼出来了，却找不到销路。

"一打听才知道，干这个，玩的都是垄断，谁都有地盘，外人很难打开局面。那时候我就想，反正光脚的不怕穿鞋的，俗话说生死看淡，不服就干！拳头才是硬道理，我就带着十来个弟兄，靠干仗杀出了一条渠道。

"当年柴油紧俏啊！只要销路打开，根本不愁卖。有了资金，我接连吞并了整个市的轮胎油市场。渠道通了，油厂就交给了村里的'眼镜'打理，他嘛，是乡里读书的状元，本来可以上个中专、大学啥的，可他无权无势，连续几年被人顶了包，我看他是村里最有文化的人，为人也实在，厂子的事情，我就交给他了，没想到，倒是把他给害了。"

说到这里，黄牢停了下来，似乎回忆着什么，一会儿才继续道："你们说的那300升的大油桶，就是经他手弄回来的。具体细节，他知道得最清楚。可厂子被你们警察抄掉以后，他就在家喝农药自杀了。眼镜其实真是个好人，我们干的那些坏事，他一点都没参与，他把毕生的心血都放在了油厂，村里的老少爷们都指着他吃饭。可到头来，我们这帮恶人都还死皮赖脸地活着，他个善人却先走一步。"

一直安静听着的展峰问道："还有谁知道情况吗？"

黄牢叹了口气："你们这个案子，或许真的应了天道缘法，眼镜他心善，雇了七八个聋哑人负责装油、送货、干干杂活，眼镜虽说不在了，你们去找他们几个，兴许还能问出点情况。"

"你知道他们的详细信息？"展峰有些惊讶。

"这帮人最先是在路边乞讨，眼镜觉得他们可怜，就想给他们条谋生路。

我担心他这个书呆子被人给骗了，就派人去查过他们的底。好在他们和眼镜想的一样，都是苦命人。我记得他们中为首的哑巴叫纪天，XT市人，我经常拿他的名字开玩笑，所以记得很清楚。他们几个，我只对他有印象。"

赢亮打开电脑，开始查询纪天的相关信息。经检索，XT市叫纪天的共有十人，黄牢对户籍照片逐一辨认，最终锁定了本尊。

纪天，男，1966年1月3日出生，XT市泉临县人，户口目前仍在正常使用中。

这条线索，总算是被续上了。

二十九

离开监狱后，赢亮开始着手对纪天现在的状态进行追踪。

"晕，黄牢团伙被连根拔起的第二年，这个纪天就因为多次抢劫，被判处十五年有期徒刑，目前在XT市农场监狱服刑。"赢亮向来疾恶如仇，说起话来也直来直去，"刚才还有些可怜他们，看来这帮人真没有一个好鸟！"

吕瀚海抬手掏掏耳朵，慢条斯理地说："也不能这么说，万一人家有苦衷呢？"

赢亮冷冷地顶回去："再有苦衷也不能犯罪，有手有脚干什么不能混口饭吃？"

吕瀚海呵呵一笑："您说这话，说明根本就没接触过社会阴暗面，刚好相反，但凡能混口安稳饭吃，根本没几个人想去犯罪。大部分走邪路的，都是因为无路可走……咱专案组第一个案子还记得吗？那两兄弟不就是这样？"

"那照你这么说，犯罪还有理了？"

"从法律层面上看，当然都是犯罪。可像你这种一棍子打死一票人的说法，鄙人可不敢苟同！"

赢亮透过后视镜看向吕瀚海，一字一顿地说道："在我这里，不管是谁，不管有多少苦衷，只要他敢犯罪我绝对饶不了他！就算把玉皇大帝请来也没用，我说的！"

坐在驾驶位后方的隗国安出言相劝："好了，好了，怎么没说两句你俩又吵起来了？道九，别跟亮子一般见识，他就这倔脾气！"

两人明里暗里针锋相对也不是一回两回了，最让吕瀚海无语的是，每次除了隗国安出来打圆场，其他人好像对嬴亮找他麻烦完全没意见似的。司徒蓝嫣一个女生不说话也算情有可原，可展峰这位带头大哥见小弟们吵成这样，还视而不见，多少有些说不过去吧！

莫非这家伙已看出了我心术不正，故意拿嬴亮来给我敲警钟？吕瀚海这么一想，突然脊背发凉，汗毛孔都要炸开了。

"道九，哪里不舒服？"发现车速放缓，展峰看向吕瀚海，丢去询问的眼神。

嬴亮嘲讽道："是不是又要用经费去买药啊，反正有人给你签字，生多大的病都无所谓！"

原本有些紧张的吕瀚海，被这么一调侃，反而放松了许多。

嬴亮是个直脾气，从不会拐弯抹角，对谁不爽绝对会说出来，从他的语气中倒是不难发现他对展峰也是一肚子意见。这倒是间接证明了他俩的关系也不咋的，嬴亮不太像是受命于展峰来试探他的样子。

哼，看来展峰也懒得理这个愣头青！吕瀚海心道，顿时又爽了不少。

黑色帕萨特在高速公路上驰骋，途中展峰跟纪天的办案民警邓辉取得了联系，双方约在分局三楼会议室见面。

邓辉看着比展峰大不了几岁，同龄人交流起来非常顺畅，专案组一边翻阅卷宗，一边听邓辉介绍案情。

"咱们办这起系列抢劫案，其实没什么难度，纪天团伙作案手段低劣，他们专抢背包客，好在并不伤人，当真没有钱，他们也不会为难受害人，单从这一点看，倒也不是什么特别坏的家伙。"

司徒蓝嫣问："除纪天外，其他三人都是聋哑人？"

邓辉好笑地摇头。"没错，他们但凡有一个耳朵灵光的，都不至于当着便衣警察的面抢劫吧！"

展峰摇了摇手里的案卷。"我看案卷上说，纪天抢劫的目的是为了买药？"

邓辉点头说："对，其实也挺可怜的，他们本来在 LY 市的一家炼油厂工作，后来厂子涉黑被警方给端掉了。他们五个都是聋哑人，找不到其他谋生的手段。他们中年纪最大的叫殷达，1949 年生，是纪天几人的养父，要不是殷达养活，纪天他们活不到这么大。"

邓辉又说："他们一路乞讨从 LY 市回到了我们这里，途中殷达生了病，眼看就要死了，纪天为了搞钱给养父续命，这才带着其他几个人拦路抢劫。说实话吧，我其实挺同情他们的，可法律无情，我们作为执法者，也要对老百姓负责任不是！"

司徒蓝嫣试探地问："那个殷达现在还在不在？"

"纪天团伙被抓后，我就把殷达送到了救助站，可没过多久就不行了。据救助站的人说，他本来身体就虚弱，知道纪天犯了法，直到死的那天，老头子也没吃过一口饭，是给活活气死的。"

三十

邓辉从局里给开了张介绍信，带着专案组到监狱提审了纪天。涉及聋哑人，分局还专门从当地聘了一位手语老师过来。

五十多岁的纪天看起来心事重重，在手语老师的帮助下，展峰开始了讯问。

展峰："不用紧张，我们来，就是想问一问关于你在油厂的一些事情。"

纪天用手比画了几下："可以，警官想知道什么，我都会配合。"

展峰拿出一张油桶照片递给了他："认不认识？"

纪天回答："认识，怎么了？"

"这种桶你们厂子用过，从哪里来的？"

纪天回答："桶是眼镜叔抵账抵来的，一共有两千多个。用这种桶，出货量快，我还建议多买一些，可他告诉我，厂子倒闭了，就剩下这么多。"

展峰又问："你当年在炼油厂主要负责什么？"

纪天回答："就干两样，接单，送油！"

"接单？"

"对。有司机需要用油，会主动联系我，确定用量后，我会让其他几个兄弟去送。"

听到这件事，展峰感到有些诧异，在那个IC卡电话都还是稀罕物的20世纪90年代初，手机更是没有普及，他实在想不出，聋哑人纪天要怎么完成接单的全过程。

展峰示意手语老师继续："你和司机间是通过什么方式联系的？"

纪天想了想，飞快地比画起来："眼镜叔给我买了一个带汉显的BP机，司机会通过寻呼台打给我。"

说起BP机，只有70后、80后才会对它有一些残存的记忆了。BP机又叫传呼机，有三个火柴盒那么大，外置一长条屏幕和几个简单按键，靠无线电进行通信，能接收信息并显示文字。收到消息后，就会发出哔哔哔的响声，人们都习惯称它为BP机。在20世纪90年代，一台摩托罗拉汉显要卖到5000元，而那时工薪阶层每月的工资不过200元上下，要买一台最少也要不吃不喝攒上两年。能用BP机接单，可想而知当年炼油厂的规模有多大。可是BP机在2007年就彻底退出了历史舞台，就算知道呼机号，现在也不可能查到任何线索。

展峰转变了一下思路，又问："你们厂的大油桶，对不对外销售？"

纪天摇头道："大桶可以减少送货次数，厂子自己用都还不够，怎么可能会对外卖，况且，一个油桶才能卖多少钱。"

展峰皱眉。"那你平时送完货，油桶怎么处理？"

"如果司机自己有油桶，我们就当场卸油。司机要是想用我们的桶，就按桶交押金，油桶丢失或损坏，我们要收折旧费的。"

展峰追问："丢失、损坏的情况多不多？"

纪天想了想，"也有，但是不多。毕竟一个桶我们要收50元押金。"

展峰提示了一下："你再仔细回忆一下，有没有人曾从厂里前后拿了好几个桶？"

纪天面露迷惑,"好几个是多少?"

"九个以上。"

看了手语老师的比画,纪天陷入沉思,突然他一拍桌子,似乎想起了什么:"还真有!"

"谁?"

纪天飞快地比画起来:"大名我不知道叫什么,我只知道他的小名叫大龙,个子很高,也很壮,喜欢穿迷彩服,不怎么爱说话。我对大龙的印象很好。有一次我带几个弟弟去送油,被人拦在了炮圈儿,就是大龙给我们解的围。有了这次交情,后来我们也就熟络了起来,记得有一次,大龙让我给他搞几个油桶,他回去给家人做炉子,我想也没想,就答应了。第一次我给他弄了三个,没有收钱。后来他又说,还要给其他亲戚做,又从我这儿弄了三个,我收的是成本价20元一个。我平时有记账的习惯,如果我没记错的话,大龙从我这儿一共拿走了十二个桶。"

展峰感觉已经摸到了眉目,连忙追问:"除了他还有没有其他人?"

"没有,就他一个!"

展峰拿过平板电脑,把筛选出的一百多名危险品运输从业人员的照片显示出来。"来,你仔细看看,这些人中谁是大龙?"

纪天眯起眼睛,聚精会神地浏览起来。然而让专案组大感不解的是,直到把照片全部翻完,他也没能认出谁是大龙。

嬴亮有些沉不住气了。"你仔细看了没有?你确定照片上的人没有大龙?"

纪天用力点头。"我和他关系很好,平时私下里也有来往,我认得他的长相,我可以百分百地肯定,你们给我看的照片里确实没有他。"

不管别人怎么想,反正嬴亮的心算是凉了半截,没有主意的他看向了展峰。"是不是我们哪里搞错了!"

纪天这样的聋哑人很擅长观察人的表情变化,他赶紧打着手语问道:"警官,你们是从哪里弄来的这些照片?"

展峰没有隐瞒:"我们是从档案馆调来的,他们都是具有危险品运输从业资质的人员。"

纪天露出了然神色，比画道："那就对了，这里面不可能有他，大龙的证是他老板花钱给他做的，他压根儿就没考过试！"

赢亮瞪大眼睛。"什么？假的？"

"那是当然，能考上谁去跑散活？当年考个驾驶证都难如登天，别说危险品运输证。有本事考上的都被大厂家招去当正式工了，跑散活的十个有九个用的都是假证。"

赢亮无法想象。"难道就没人查吗？"

"当然有！不过那时候又没有电脑，都是纸质档案，交警也只能凭肉眼分辨真假。LY市有专门干这个的行当，他们做的证完全可以以假乱真。只要把咱们当地的交警给糊弄过去，外地的交警就更看不出猫腻了。"

隗国安插了句嘴："大龙的驾驶证是不是假的？"

纪天头摇如拨浪鼓："危险品运输证是运管局办的，交警看不出个所以然，可驾驶证就是交警发的，没人敢作假。"

隗国安又问："我要是给你些提示，你能不能回忆起大龙长什么样子？"

纪天拍拍胸脯。"不用提示，我最擅长记人的长相，只要有照片，我肯定能认识。"

不得不说姜还是老的辣，别看隗国安一向以打酱油自居，可要是真正办起案来，他的思路却非常清晰。既然纪天能回忆起大龙的长相，那就多半可以配合画出他的画像来。而且大龙持有驾驶证，那么在交管系统中，绝对有他的照片，只要把两条线索并在一起查，就一定会有结果。

隔音窗外，邓辉打量着正在用铅笔绘画的隗国安。犯罪画像技术在普通案件中很难见到，这一幕勾起了邓辉的好奇心。

"展队，隗警官这是在干吗？"

展峰看了看里面不断比画的纪天和埋头苦干的隗国安。"他在通过纪天的描述给目标人物画像。"

邓辉有些崇拜地张望："嚯，看不出来，隗警官还有这撒手锏！"

只要是夸隗国安，赢亮就乐意听了，他在一旁帮腔道："鬼叔算得上全国数一数二的刑事相貌学专家，只要对方有一丁点印象，他都能把画像给画出来，绝对不掺半点水分。"

耳听为虚眼见为实，不管赢亮如何吹嘘，邓辉还是有些将信将疑，他嘴上赞叹不已，其实心里还是打了个问号。

大约两小时后，画像总算成形了。隗国安走出提审区，把赢亮叫到了一边："纪天说大龙是 LY 市人，不是 1970 年生就是 1972 年的，你把符合条件的驾驶员信息都调出来，我要对着画像一个一个排查。"

赢亮做了个"OK"的手势，接着在电脑上熟练地操作起来。

"行了，鬼叔，模版最大的容纳率是 50 张照片一个版面，一共 432 页，共计 21600 人。"

隗国安也没觉得这是个天文数字，他只是轻描淡写地说："先别把纪天带回牢房，给我两个小时。"说完，他就坐在电脑前一页一页地翻看。

在他翻页的同时，邓辉时不时瞟向屏幕右下角的时间区，心算出了隗国安翻阅的速度，一分钟翻六页，差不多十秒一页，我的妈，照这个速度，他压根儿用不了两个小时吧！

跟他预测的结果相同，隗国安只用了一小时二十五分钟就确定了目标。

"亮子！"他大声喊道。

声音从审讯区传来。"在呢，鬼叔！"

隗国安指着电脑屏幕。"应该就是他了，把照片拿给纪天看看。"

"好的！明白！"赢亮兴奋地捧起笔记本电脑，一路小跑进了审讯室。

"你仔细看看，他是不是大龙？"

纪天想都没想，用力点头。"没错，就是他！"

赢亮又走出审讯室，一边走一边念着大龙的信息："大龙真名闫建龙，男，1972 年 2 月生，住 LY 市田丰县山王村。"

"咦，怪了！"赢亮抬头看着展峰，"记录显示，这个闫建龙已很多年没有出行、住店、购物之类的生活轨迹了。"

"看来，想问清他的具体情况，必须先找到知情人。"展峰此时也抬起了手，捏了捏发胀的太阳穴。

人存活在世界上就会留下痕迹，类似大龙这样没有生活轨迹的人，要么藏匿得深，要么……死了都有可能。

"嬴亮，联系交警部门，让他们查询关于闫建龙的所有违章信息。"展峰一声令下，嬴亮迅速在闫建龙的罚单存档中，发现了一个车牌号。检索车号，他们又确定了车主。

经纪天辨认，这人就是大龙的老板，聂意智。

三十一

2000公里外，文秋山上阴寒寺中，木鱼声有节奏地回响着。

这是一座设在深山中的私人佛堂，面积不大，但景美如画。远看，山重山水复水，风追风云层云。近观，曲径通幽鸟语花香，一副神佛隐现、仙人做伴的景象。

沿着石板小路直上，穿过庙门就到了占地百十平方米的大雄宝殿。此时，一位老者正盘坐在金色的蒲团上诵念经文，站在一旁的小和尚如同伴奏般，极有规律地敲击着木鱼。和殿内清静优雅的气氛相比，殿外的人却丝毫没有闲情雅致。

木鱼声依旧很有节奏，那人时不时起身朝殿内望去，一副欲言又止的样子，老者却安如磐石，外界的一切似乎都无法对他造成影响。

那人最终还是放弃了，随后他拿起电话，走出庙门，一切安排妥当后，他又折了回来，表情似乎放松了许多。

良久之后，小和尚端着木鱼从殿内走出来，那人赶忙走了进去，老者却依旧背对着他。

"虎子，发生了什么事情？"

被叫作虎子的中年男子微微欠身，恭敬地说道："号子里负责盯梢的兄弟传话，展峰他们去提审纪天了。"

"哦？"老者说话的语气有了波动，"他们这么快就找到纪天了？"

"不是您想的那样，展峰就只是询问了一些关于油桶抛尸案的情况，暂时还没涉及那件事。"

老者下意识地摸了摸左腹，他长叹一声："既然没有涉及那件事，你就先回了吧！有情况跟我汇报就行了。"

虎子没有走，反而叫了一声："当家的。"

老者似乎意识到了什么，猛然回头，愠怒道："你是不是背着我做了什么？"

虎子弯下了腰。"对不起，当家的，事态紧急，所以我……"

老者眯眼，上位者的气势顿时在佛堂里蔓延开来。"所以什么？说。"

虎子脸颊涨得通红，吞吞吐吐地道："我，我，我已通知下去，不能让纪天再有开口的机会，否则……我担心那件事迟早会暴露的。"

老者猛地怒睁双目，大声呵斥起来："难不成你把纪天给杀了？"

虎子连连摆手，面色惊慌。"当家的慈悲为怀，我万万不敢这么做啊！"

听他这么说，老者的怒气稍稍平息了些，他端详着面前的中年人，缓声道："我知道，你也是为我好。但有一点我警告你，不管你用什么手段，绝对不能伤人性命，这是我的底线。"

虎子点头。"我明白，我明白。"

老者挥挥手，算是下了逐客令。"我累了，你先回了吧！"

虎子没有再说话，他缓缓直起腰杆，转身离开了寺庙。

三十二

清晨，就在专案组准备动身去找车主聂意智时，邓辉带着另外一名警官急匆匆地赶到了宾馆。

邓辉摘下警帽，大口地喘着粗气，一把抓住展峰的胳膊。"展队！可算把你们堵到了！"

"慢慢说，发生了什么事？"

邓辉指着身边与他年龄相仿的警官介绍道："贾明杰，我俩都是纪天抢劫案的主办侦查员，前几天他在出差，昨晚刚回来。我俩来是有一个不情之请，希望展队能答应我们。"

"有什么可以帮忙的尽管说。"

两人相视一眼，最后由邓辉开口说道："我们……想请隗警官帮我们画张像。"

"是什么案子？"

邓辉从公文包中取出一份狱侦卷宗[1]递给展峰。

见展峰开始翻阅案卷，邓辉解释道："这是监狱转来的狱侦线索，据纪天交代，他曾于1980年5月4日在罗湖市白鹭湾山脚下抢劫了一名行人，那时他只有14岁。我们猜测，他可能觉得自己作案时未满16周岁不用被处罚，所以才把这起案件说了出来，可事实上，抢劫属重罪，年满14岁就达到了刑事责任年龄。时隔那么久，如果是一般的抢劫案，我们不会在意，可纪天说，对方反抗激烈，他用匕首捅了对方左腹好几刀。"

"罗湖市？"展峰猛地抬起头，事发地点竟然是他的老家。

"对，纪天小时候曾被人拐卖到那里，因为是聋哑人，被人嫌弃，所以又被放了出来。"

"我家就住在罗湖市，倒是方便帮忙查一下。"

邓辉面露惊喜。"那真是太巧了。我们别的不担心，就怕万一被害人被捅死了，那这事可就闹大了。"

"可是在我的印象中，罗湖市公安局应该没有类似的命案尚未侦破。"

邓辉叹息道："我也知道！为了查清这条线索，我们还专门去过罗湖市，也没有找到符合条件的案子。我跟明杰寻思，要么受害人被捅伤后没有报案，要么就是他已死亡，只是尸体至今未被发现。我们也委托罗湖市公安局下发了一条线索协查通报，希望当年的被害人能配合我们公安机关调查。可事情过去好多年了，一直没有回应。我们就是担心，会不会是发生了第二种情况。"

展峰思索片刻，问道："有没有第三种可能？"

邓辉迷惑地看看展峰。"怎么说？"

---

[1] 对在押犯人来说，除了要面对现行案件的主办侦查员，到了监狱之后，还要与狱侦科的干警斗智斗勇。前者是为了查清现行犯罪，而后者则是为了深挖余罪。所谓狱侦卷宗，就是狱侦科所掌握的犯罪嫌疑人的其他犯罪事实，包括检举、揭发、自供等。

"纪天会不会在说谎？"

"这个我们也考虑过。可他把过程描述得十分细致，包括被害人长什么样，多大年纪，体貌特征之类的细节，多次询问并不自相矛盾，不像是编的，我和明杰都认为，他绝对没有说谎。"

展峰翻开卷宗看了一眼笔录。"纪天供述，他是在晚上10点独自一人至白鹭湾实施抢劫，抢走现金400余元及一块上海牌手表。1980年白鹭湾还没有开发，交通不便，别说是在夜里，就算白天也没几个人，他怎么会一个人跑到那里去抢劫？"

邓辉回忆说："我们去提审纪天也问到了这个问题，他告诉我们说，他并没有什么目的性，只是好几天没有吃饭，又刚好走到了那里，见迎面来个人就拿刀把对方给抢了。"

"没有路灯，又在深夜，他是怎么看清对方长相的？"

邓辉一笑，摇头道："也是巧合，那个被害人身上有个手电筒，把人捅倒在地后，纪天曾用手电筒照过对方的脸。"

邓辉说完，贾明杰又补充道："展队，你可能不知道，纪天对人的长相特别敏感，几乎可以做到过目不忘。为这件事，我还专门去咨询过医生，医生告诉我，很多人视觉丧失后，听觉就会变得相当灵敏。他是个聋哑人，眼神却非常好。据纪天自己说，他到现在还记得对方的模样。你们没来之前，我们对刑事相貌学也不了解，可昨天我听邓辉说了以后，才知道隗警官有这种本事。所以才想到请他帮个忙。"

对于兄弟单位的求助，展峰自然是不会推辞的，不过作为专案组组长的他，虽有行动的指挥权，但也不是他想怎样就一定可以怎样。按部里规定，专案工作的每个环节及进度，都要随时向上级报备。今天的行程已在昨晚报给了内勤莫思琪，如果改变计划，他还得履行一下程序。

展峰示意两人坐下。"抱歉，请二位容我打个电话。"

邓辉却好像曲解了他的意思，以为他要拒绝，急忙说："展队，我知道你们公务在身，我们也不想给专案组添麻烦，你们昨天提审纪天时也发现了，他的身体一天不如一天了，我担心哪天他一个不小心就离开人世了，这事只怕就真成了无头案。我们想着，趁他还有表达能力，先把被害人的画像画出来，有备无患嘛！说句不好听的，如果当年被害人真被捅死，不管尸骨发现没有，我们作为办案民警，也必须要给死者个交代吧！"

展峰笑着安抚道："邓警官放心，画像的事绝对没有问题，我只是按规定给中心报个备而已。"

吃了定心丸的二人闻言喜出望外，连连道谢起来。

由于对纪天已提审过一次，所以邓辉没有提前跟监狱沟通。这么做，其实有一层深意在，他是想借着专案组调查他案的名义打纪天一个措手不及。然而让所有人始料未及的是，一行人刚办完手续就接到通知，说纪天于昨晚被紧急送往医院救治了，他的管教得知专案组又来提审，带着一股子怨气就朝着他们冲了过来。

邓辉见状，连忙挡在了他前面。"到底怎么回事？"

管教气急败坏地说道："你还问我？平时都好好的，自从你们提审以后，就出了这事。"

邓辉察觉有疑点，连忙问道："纪天是因为什么病住的院？"

管教定了定神，郁闷地道："就在你们提审结束的第二天，他外出干活时，从仓库里偷了把镰刀，把右手的五根手指给斩断了！"

邓辉大惊失色。"怎么会出这种事？"

管教双手一摊。"我们狱警最怕你们办案单位来提审。你们是当问的问，不当问的也问。问完了你们拍拍屁股走了，犯人一旦有情绪波动，倒霉的就是我们。我可是在监狱熬了十多年，累得跟老黄牛一样，才换来一个'全省优秀人民警察'，眼看就要评下来，这下倒好，奖状没等来，却要面临责任倒查。还好纪天只是把手指给切掉了，他万一想不开，把自己给了结了，我这身衣服也就算穿到头了！"

邓辉连连道歉："老兄，实在不好意思，我们确实没有料到会出现这种情况。"

管教丝毫不肯领情，把人往外头推。"要是道歉管用，还要我们警察干吗！

算我倒霉，就这样吧！"

见管教把人撵出来，作为搭档的贾明杰上来安慰："辉子，算了，你也别跟人家置气，这事出在谁身上，都不可能心平气和的。"

邓辉义愤填膺地看看后面。"都是同行，我肯定理解他的心情。只不过我没想到纪天这孙子能这么有牙口。为了不打手语居然自切手指。明杰啊！我现在严重怀疑，纪天跟我们说了假话！"

贾明杰也是一愣，意识到了蹊跷之处。"你是说……"

邓辉寒着脸重重地点了点头。"没错，我看这个纪天当年可能真把对方给杀了！"

三十三

中国有句老话，活要见人，死要见尸。从某方面来说，邓辉的推测不无道理，可尴尬的是，活人没报案，死人也没有尸骨，如果只是停留在猜想上，这事就毫无意义。

两人商量以后，就把此事汇报给了上级领导，加派精兵强将组成联合调查组再次前往罗湖市彻查此案。确定不需要这边的帮忙，专案组也马不停蹄地赶往了车主聂意智的辖区派出所。途中，嬴亮照例对聂意智的情况进行了系统核查。年近古稀的聂意智，早年就是靠跑运输赚到的第一桶金，时至今日，他仍靠着经营危化品，做着日进斗金的生意。

他干的这个行当，经常要跟公安局打交道，他的公司还是优秀警民共建单位。既然有这层关系在，展峰也懒得绕弯子，见了聂意智就直截了当地问道："闫建龙，绰号大龙，九几年给你开过车，还有没有印象？"

聂意智习惯性地转了转无名指上的玉扳指，略带伤感地道："唉，算起来也有很多年没有联系了。"

看来还关系不一般，展峰眯起眼睛。"你们是怎么认识的？"

聂意智叹息道："他的养父闫刚曾是我的战友，我战友死前把他托付给了我，就是这么认识的。"

展峰瞬间对上了之前司徒蓝嫣的推测，凶手学过功夫……那会不会是从当过兵的养父那继承来的呢？"能不能跟我们详细说说闫建龙这个人。"展峰趁热打铁道。

"行啊！"聂意智慢条斯理地靠在大老板椅上，缓缓揭开了一段封存许久的回忆。

"我和他养父闫刚是20世纪60年代初当的兵，那会儿国家经济落后，百废待兴，全国上下到处需要人去建设。我们参军那会儿有一句口号'到祖国最需要我们的地方去'。我们修公路、架天线、填山沟，哪里苦我们就去哪里，哪里没人我们就往哪里钻。虽说日子过得相当艰辛，但那也是人生中最宝贵的一段经历。

"当年我们的部队就驻扎在HN省湘西笔架山，我的祖籍在LN省，闫刚的祖籍在JL省，同属东三省。闫刚就比我大两岁，我俩关系走得也很亲近。我呢，家里几代从军，在部队有些熟人，下连队时给我分了一个相对轻松的活儿——负责采购。连队只有一辆解放牌卡车，我学会了驾驶，这辆车就成了我的座驾。

"第二年，负责带我的汽车兵退伍了，我就跟连长建议把闫刚调过来给我当副手。连长跟我的关系不错，只要我说，他一般都不会拒绝。因为这事，闫刚一直对我心存感激。他是个实在人，脑子灵光还能吃苦，什么脏活累活他都抢着干。那么难学的驾驶技术，他上手不到俩月，就完全掌握了要领。一晃到了转业，我俩都选择留在了本地，当时想法也很简单，寻思这里是主席的家乡，以后会有很好的发展前景，于是就留了下来。

"不过闫刚的命确实不好，刚进企业没多久，企业就面临倒闭。他一个外地人，无人、无钱、无权，打了好几年光棍才找到了一个带孩子的寡妇，总算是成了家。我是个闲不住的人，所在的企业效益还不错，就是没什么意思。我从爹妈那里搞了些钱，辞职下海经商。离开时，我给闫刚丢了个地址，从那之后，我俩就很长时间没见过面。

"直到十多年后，我回到LY市发展，当我去找他时，他已重病在身，更让我痛心的是，他老婆早在两年前先他而去。临死前，他把养子大龙托付给我，希望能给他谋条生路。我回来是为了投资运输行业，得知大龙会驾驶后，我就把他留在了自己的手底下。"

"说说这个大龙，"展峰道，"他也算是故人之子，得你不少照顾吧！"

"大龙这孩子，平时不怎么爱说话，喜欢看电影，尤其是战争片，一开工资，就去买录像带。我怕他把钱给败光了，于是每月只给些零花钱，剩下的我帮他攒起来，留着日后娶妻生子用。"聂意智回忆起往日时光，苍老的面孔上露出些微笑意。

"大龙对我这个叔也很尊重，基本上我说什么他就干什么。他养父闫刚去世没几年，我就给他买了套房，地址在惠明区坡子街66号6室。"

展峰问："现在这个地方还在吗？"

聂意智点点头。"在！"

"大龙现在还住在那里吗？"

聂意智又摇摇头。"自从发生那件事后，我俩就断了联系，他住不住那儿，我也不清楚。"

"发生了什么事？"

聂意智叹道："香港回归那年，快到回归日了，响应国家号召，各地政府部门的监管也变得越来越严格。我是千叮咛万嘱咐，一定要晚上跑货、白天回来，这样才可以躲避交警的检查。可谁知道，这孩子把我的话当耳边风，根本不听我的。

"不过，退一万步来说，就算被交警抓了，大不了罚点款、扣点分，这些又不需要他来处理。可不知道这小子哪根筋搭错了，遇到交警路查，他竟然冲卡，连车带货翻到了路边的水塘里，警察追了他十几里路，最后还是让他跑了。

"车坏了，货没了，其实都好说，可最让我扛不住的是，我的车队因为这个被交警列为重点整治对象。那个年代干生意，多少都会打点擦边球，一旦政府跟你较真，就等于没有一点活路了。我辛辛苦苦了二十年，被他一下给整到了'解放前'。事情发生以后我一直在找他，可他就跟人间蒸发了一样，一点消息都没有。"

说到这里，聂意智仍有几分恨意。"那些年，我待他也不薄，就算到下面见了闫刚，我也能说得过去。既然爷俩没有缘分，那就不必再强求。损失我自己认，但大龙这孩子，我是一辈子也不会再见了。"

听着聂意智的话，展峰回头看向窗外。人与人之间的缘分聚散果然难以捉摸，明明宛若父子，却因为一桩事情就此再也没有联络。展峰垂下眼帘，想起了永远不会再出现在他身边的几位战友……

三十四

第二天清晨5点，一辆印着"大自然地板"字样的五菱宏光驶入了惠明区坡子街。

三十年前，惠明区还是绝对的市中心，随着时代的发展，这里已变成了一副破败模样。20世纪七八十年代的红砖绿瓦的筒子楼在别处早就没了影子，没想到在这儿，却是随处可见。

坡子街当年扮演的角色就相当于现在的商业步行街，那时候，如果哪位年轻人能在坡子街买套房，那绝对是倍儿有面子的一件事。单从这一点看，聂意智对闫建龙确实是掏心掏肺了。

坡子街呈南北走向，双向四车道，主街两旁错落有致地分布着一栋栋四层洋楼，每栋楼前都钉着铁皮门牌，顺着号码，面包车开到了街道中段66号。

身穿破旧工装服的嬴亮最先下了车。6室是三楼东户，他故意跑到四层，由上至下先进行了外围观察：绿漆木板门、老式铜心锁，他很有信心在二十秒内就把门打开。

清晨5点，人们大多还在睡梦中，但有商贩出摊叫卖，四周环境不会像深夜那样寂静，发出一点声音也未必能让屋里的人警觉，所以这个点是动手的最好时机。嬴亮掏出插片、钩锁之类的专业工具，在确定一分钟内楼道不会有人出现后，他迅速行动起来。

果然，前后没到二十秒，房门就被他推开了一条缝隙。他把鼻子凑上前闻

第一案 油桶封尸 109

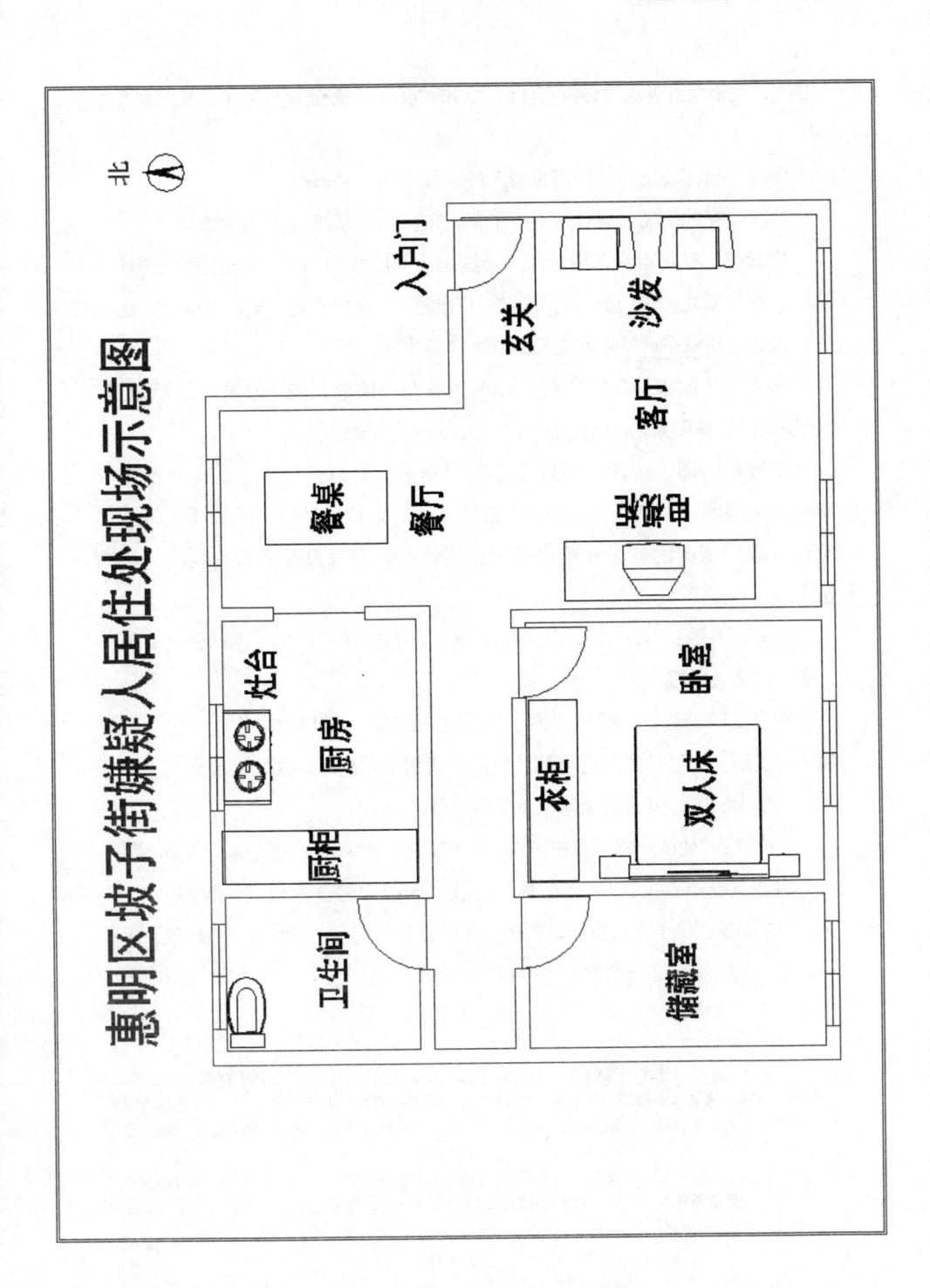

惠明区坡子街嫌疑人居住处现场示意图

了闻[1]，失望地发现屋里并没有任何生活的气息。他断定这间屋子已长时间无人居住。

为了不破坏现场，他把门重新关严，按原路返回车内。

听了嬴亮的判断，展峰带人下了车。"走，立即对此屋进行勘查。"

推开门，专案组众人悄然而入。这是一间面积约70平方米的两室一厅小户型，房门朝北，进门为客餐厅，客厅南侧是一大一小两居室，其中较小的那间被改成了储藏室。餐厅北侧则是厨房和卫生间。

屋内浮灰层很厚，扫取灰尘样本后放在高倍放大镜下观察，展峰皱眉："出现花粉层叠现象[2]，这间屋子已经很多年没人居住了。"

跟展峰不同，司徒蓝嫣更关心家居摆设。她打开厨柜，看着一摞摞分类整齐的餐具，若有所思地说："屋里不管是家具还是日用品都摆放得井然有序，连卧室内的被子都被叠成了豆腐块。看来闫建龙受军人养父的影响很大。"

嬴亮探头道："你们说，闫刚的死会不会和油耗子有关？不然闫建龙为什么会有这么大的恨意？"

隗国安四处看着，嘴里回答："爷俩都会驾驶，要以此谋生就一定会和油耗子打交道，你说的完全有可能。但是让我想不通的是，这些年他到底去哪儿了，一个大活人，怎么能做到一点生活轨迹都没有。"

嬴亮说："他的户籍地在田丰县山王村，咱们要不要去那个地方看看？"

司徒蓝嫣摇头说："不会在那里，我上网搜索过这个地方，与市区接壤，不算偏僻，现在电子支付发达，要在那种地方生活，不可能没有一点轨迹。想做到完全与世隔绝，必须要满足自给自足的条件。"

---

[1] 嗅觉侦查，是专业技能训练的必修课。我们在日常生活起居中，会产生很多种味道，如体味、香水味、烟味、蔬菜瓜果味等。这些味道混合之后，就是所谓的"生活气味"。如果一个地方长时间无人居住，那么取而代之的就是霉菌及腐败的味道。一些特战队员，确实只需要这么一嗅，就可以判断室内情况。

[2] 植物在开花季节会产生大量花粉，风媒植物的花粉会随着人的行走、汽车排气等外界因素上浮至空气层中，当随着浮灰落下时，就会形成浮灰层。年复一年，浮灰层中就会出现花粉叠加，也叫作花粉层叠现象。

嬴亮挠头："难不成他也躲进了深山里？跟咱们前一个案子那个精神病一样？"

"不会，他从小生活在平原地区，进山的可能性不大。"

"那他会在哪儿？"

司徒蓝嫣走到嬴亮身边："作案，其实是为了满足他内心欲望。一旦失去了作案条件，他会产生巨大的心理落差。为了平复心情，他需要找到新的情感寄托。在父母相继去世后，只有家才是他最好的避风港。"

"这里不就是他家，他也没有回来过。"嬴亮转着头看看空寂的房屋。

"对他来说，能称为家的地方其实有三个：坡子街66号的新房、户籍地田丰县山王村，还有一个，就是他母亲的户籍地，也就是他从小长大的地方。"

嬴亮猛地一击掌。"对啊！我怎么没有想到！"

司徒蓝嫣也跟着惊喜。"怎么？能查到吗？"

嬴亮自信地说道："这个简单，我先打个电话给聂意智，他要是不知道，我就联系户籍地派出所，只要能说清大致方位，就一定可以把他给揪出来。"

两人相谈甚欢时，展峰在屋里取了五双鞋子装进物证袋。嬴亮以为是发现了重要证据，赶忙上前东瞅瞅、西瞧瞧地问："有凶手作案时穿的鞋子没？"

"没发现。"

"那你拿这些回去做什么？"

展峰给他看看鞋底："这五双鞋的磨损特征与现场鞋印完全一致，其中两双的发票上签的就是闫建龙的名字。"

展峰嘴上轻描淡写，事实上他已经把闫建龙从"怀疑"完全变成了"嫌疑"。串联至今为止的所有线索，基本形成了完整的证据链条。眼下他手中的网已经可以撒出，就等大鱼上钩了。

三十五

有了上个案子差点把专案组全赔上的抓捕经历，这次展峰不敢掉以轻心，在查清闫建龙母亲的户籍地后，他就马上联系了当地警方，派出百余名特警潜入村中实施抓捕。好在那边的抓捕过程十分顺利，验明正身之后，闫建龙就被五花大绑送到了市局的地下审讯区。

年近半百的闫建龙，完全是一副老实忠厚的庄稼人模样，要不是专案组已经有确凿的证据，很难把这人跟连环杀人案扯上任何关系，别的不说了，就连押解他归来的特警都是一脸的狐疑。

在审讯前展峰发现了一个细节，他注意到闫建龙的牙齿还很有光泽，他出其不意地问："怎么？你很久没嚼槟榔了？"

闫建龙面无表情地回答："年轻时喜欢嚼，进村没了条件，也就不嚼了。"

展峰微微一笑。"人年轻时会有很多回忆，你难道就没有什么要跟我们讲讲？"

闫建龙抬起眼，冷冷地看着展峰。"我不知道你在说什么！"

展峰了然地点点头。"确实，时隔太久，你恐怕没想到警察还是会找到你！"

闫建龙冷笑。"哼，我可从来不相信你们警察的本事。"

展峰露出好奇的表情。"那你当年跑什么？"

闫建龙的眼神瞬间锋利起来。"什么跑？我说过，不知道你在说什么。"

"聂意智拿你当亲儿子一样看待，可你都做了什么？冲卡，连车带货全都开进了水塘里，毁了车折了货不说，你还差点断了人家的活路。"

闫建龙一声不吭，但表情随着展峰的话变得紧绷起来，双眼直勾勾地盯着眼前的警察。

"你为什么冲卡，你聂叔到现在都不清楚，但是我清楚。因为当年交警设卡的地方，就是你做下第三起杀人案的现场。你以为警察在这里拦你，是因为你杀了人，所以你才不计一切后果狼狈逃窜，我说得对不对！"展峰微笑着，声音不急不缓。

一滴冷汗，顺着闫建龙的额头缓缓滑落，他看着展峰，眼神中充满诧异。

展峰抬起头，轻蔑地瞥着闫建龙。"你聂叔对你恩重如山，你躲在村子里吃糠咽菜这么多年，半步也不敢离开，甚至不敢跟他打个电话道个歉，你在害怕什么？不就是担心被警方抓到，查出你杀了人？"

区区几句话的工夫，闫建龙已经大汗淋漓，仿佛刚从水里捞起来一样，他死死盯住展峰，抿紧了嘴唇。

展峰陡然拍案而起，巨大的声音让闫建龙浑身一震。展峰严厉呵斥道："闫建龙我告诉你，人在做，天在看，被你杀死的那九个人也在看。自从你犯下第一起案件时，我们警方就从没想过放弃。这个世道上，正义或许有时会迟到，但它永远不会缺席！"

闫建龙常年压抑的情绪，被展峰的几句话瞬间引爆了，他直着脖子嘶吼："正义！你跟我说正义！那好，你告诉我，我杀了那些油耗子有什么错？他们本来就是社会的渣滓，是人间的败类，你们警察管不了，还不允许别人去管吗？别说是九个人，只要有机会，我就是豁出性命，也会把他们杀光！全部杀光！"说到最后，闫建龙已经歇斯底里起来。

在场几乎没有人注意到展峰的嘴角正微微地扬起。但这个细小的表情，却并没有逃过司徒蓝嫣的眼睛。外行看热闹，内行看门道，熟读心理学的她早就看出，展峰在开口之前就已经完全猜透了对方。闫建龙这种反社会报复型罪犯，最爱给自己披上一件"正义"的外衣，在他的内心里，始终会觉得自己所做的一切并不是坏事。当展峰用"正义"去充当"诱饵"，勾起其内心的欲望时，对方便很容易上钩，以至于被情绪所控制，推动他心底深处的欲望，无法自控地吐露出犯罪真相。

然而，一个照面，就瞬间制定出言语攻击的方案，用一段短短的话，加上语气动作促使对方入网，这绝对不是谁都能够轻易做到的事情。

心理操控者……观察窗外，司徒蓝嫣注视着展峰，心中有些微妙的感觉，真是个谜一样的男人……

…………

等闫建龙冷静了一些，他顿时意识到自己说漏了嘴，望着墙角挂着的两个摄像头,他知道自己再想反悔也为时已晚,不由得露出了惨淡的笑意。

"你够狠……"闫建龙看向展峰,眼神中却没有了之前那种针锋相对的意思,只是这么短暂的交锋,他已经意识到,这个能纯粹以交谈让他主动露馅的男人,和自己过去认为"没用"的警察,绝对不是一个层面上的对手。

"压抑了这么多年,不妨给自己个痛快,聂意智年事已高,临走之前你还可以给他个说法,也不枉他跟你养父对你的恩深义重。"展峰的话音又变得平静下来,他已经没必要刺激闫建龙,而是到了要晓之以理动之以情,诱导他说出一切真相的时候。

闫建龙沉默了很久,最终还是放弃了抵抗。

"你说得对,我是该给聂叔一个说法,毕竟这些年里,我最愧对的人就是他。"

"我是本案的专案组组长,笔录做完,我可以安排你和聂意智单独见一面,了你一个心愿。"

闫建龙略为感激:"问吧!"

展峰知道大堤已经破口,他思索片刻,由浅入深地找了一个切入点:"你的功夫是跟谁学的?"

闫建龙说:"我的生父。"

"他是在你几岁时离开的?"展峰观察着闫建龙的神色,确定他的表情平静,没有说谎的表现。

"记不清了,我只知道是我很小的时候,他说要去给大老板当保镖,赚了钱就回来,结果他一走了之,我再没见过他。母亲说他死了,我也权当他死了。"

"你既然改姓闫,你和养父之间的感情很深,是吗?"

闫建龙似乎想起什么好事,露出一点笑意。

"没错。我七八岁的时候,我妈经人介绍认识了闫刚,他是军人出身,因为退伍时年纪大,又是外地人,举目无亲,把婚事给耽搁了。我觉得我妈一个人把我拉扯大确实不容易,既然她想再成个家,我也就没有反对。我这个养父做人很勤快，家里的一切都收拾得井井有条，渐渐地，我就拿他当亲人看了。

"和他相处，不像父子，更像朋友。我教他功夫，他跟我讲部队的故事。他说的那些事情，真的很有意思。不知不觉地，我就产生了浓烈的军人情结，耳濡目染，我也用一名军人的身份要求自己，我给自己定的人生目标，也是成为他一样的军人。

"可安稳日子没过几年，养父工作的企业就倒闭了，工厂发不出工钱，只能以物抵资。他觉得无论如何，我们都要另寻个谋生的手段。他跟我妈商议，从亲朋那儿借些钱，把厂里的老解放接下来，自己跑运输。后来七拼八凑，总算把货车给盘了下来。车提回来，从练车到修理前后花了小一个月的时间，养父就去炮圈儿等活儿。咱们市里头厂子多，会驾驶的人又少，只要勤快，靠跑运输养家一点问题没有。

"我从小讨厌上学，养父为了我长大能有口饭吃，从刚开始出车时就带我一起。我们接的第一个订单是市内短途，我印象里头是把一车黏土送到一家小型花炮厂。这一趟去掉成本，大概可以赚十多元。虽然装车、卸货有些累，但如果保证天天有活儿，收入还是不错的。我算了一下，我们一个月干满三十天，差不多有个三四百的收入，去掉每月100元的家庭开销，一年还能剩个三四千。照这么发展，欠的外债两三年能还清。

"炮圈儿的短活确实不少，可我们的货车油耗大，很多时候都在赔本赚吆喝，要想有盈利，就必须跑长途。眼看就要入不敷出，我们不得不从长计议。他也不是不愿跑长途，而是另有隐情。我们市的长活都是往外地运一些花炮，拉这种活儿需要办危险品运输证，走正规途径，他根本不符合条件。不过也不是没有办法，花钱做个假的，其实也能糊弄过去，大多数司机都是这么操作的。就算被抓到，最多也就是进拘留所蹲两天。养父犹豫这么久没有弄假证，倒不是因为他怕被处罚，而是在为了我考虑。

"他知道我长大后想去参军，他也很支持我的想法。他常说，好男儿志在四方，大丈夫保家卫国。可参军必须经过政审，养父担心一旦用假证被抓，我的参军梦就会化为泡影。后来还是母亲果断了一回，去民政局跟养父打个证，离婚不离人，这样就算被抓也不会对我造成影响。后来闲聊，他说他其实早有这个想法，只是不知该如何跟我妈开口而已。拿到假运输证后，我跟他从别人手里买到了第一个长途货单：把一车花炮送到1500公里外的批发商手里。"

展峰不解地问："为什么是买的货单？"

闫建龙解释说："我们市做花炮运输活计分三类。第一类就是加入大厂的运输队，他们走单量大，收入也很高，但大厂不会承担风险，必须要提供正规的危险品运输证才行。第二类加入私人车队，跑一些小厂的散活。私人车队分工也很明确，有专门的人去花炮厂接单，所有货单会由调度员统一分配。车都是老板私有，驾驶员按趟结算酬劳。第三类，就是我们这样的。自己有车、有驾驶员，但没有关系，很难接到活儿。想带车加入私人车队吧，老板嫌麻烦不愿接收。"

展峰奇怪地问："你们带车其实是给他们节约成本，为什么不愿接收？"

闫建龙摇摇头。"养父买的是老解放，为了送花炮，我们自己花钱加了个封闭车斗，用这种车上路其实不符合规定，很多老板担心万一被查到会影响整个车队。所以我和养父的处境很尴尬，为了能保证源不断地接到活儿，我们只能从单仔手里买货单。"

"单仔？"

"在炮圈儿有一群脑子比较灵光的南方人。跑活的司机都叫他们单仔，他们里边有男有女，男的每天三三两两扎堆在炮圈儿卖单，女的就整天陪各个厂的负责人喝酒、吃饭。哪个厂需要运货，他们第一个就能得到消息。这些单他们先接下来，再转卖给私人车队或散车司机。单仔的货单量很大，一些关系不到位的私人车队，全靠跟单仔合作才能保证运营。

"像我家这种，在单仔眼里又叫凑货车。举个例子，要是一个厂今天有二十车货要出，私人车队只有十九辆车，那么剩下这一趟货，单仔就会在炮圈儿吆喝'凑车，一单50'。意思是说，有一车凑单的，谁接谁就给他们50元，由他们来安排。

"凑单的价格按照距离远近、装货量多少来定。要是跟单仔混熟了，还可以讨价还价，不过南方人算得鬼精，就算往死里砍，也就 5 元左右了。我和养父的第一单花了 50 元，算是个长途大单了。要求也简单，1500 公里，两天内送到，每车运送费 600 元，中途一切费用我们自理。

"跑运输，最大的开销就是油，我们的老解放载重量不大，装满货百公里耗油也就 17 个左右，那时柴油价格 4 毛多一升，跑 100 公里的成本也就 8 元。返程时还是空车，油耗更低。我们算过一笔账，油费、过路费、吃喝拉撒睡，一趟货下来最少可以赚 300 元，是干短活一个月的收入。

"就在我们爷俩后悔为什么不早点跑长活时，服务区的油耗子却给我们上了一课。那天我和养父一直忙到下午才把货全部装完。接连开了十几个小时，养父有些疲惫，我们就在临近的 SF 市谭家院服务区停车休息。凌晨 4 点，我听到车附近有些动静，我就把养父叫起来查看，养父绕车一圈，发现油箱盖被打开，百十升的柴油被抽了个一干二净。养父怒气横生，在服务区喊叫起来。附近的司机纷纷下车询问缘由。养父说柴油被盗，他要找服务区的老板理论。旁边的司机问我们是不是刚跑运输。养父点头称是。那位司机把我们拉到一边，告诉了我们其中的隐情。"

随着闫建龙的徐徐说来，当年发生的一切，似乎就在展峰眼前上演——

"你俩别声张，这件事就这么过去吧！"长途司机低声劝道。

闫刚愤怒地挥舞胳膊。"我的油被偷了，还让我不要声张，凭什么？"

司机连忙抓住他。"老哥，你没跑过长途，你不知道里面的道道，不用问，你的油肯定是被油耗子给抽走了。"

闫刚茫然地重复了一遍："油耗子？"

司机叹口气，知道这是个长途新手，不免耐心解释："就是在服务区专门偷油的一帮人，跑长途的司机，没有一个不被他们祸害过，他们都是成帮结派的，每个服务区都有，你躲都躲不掉。"

闫刚生气地说："如此猖狂，难道警察就不管？"

司机苦笑起来："管是肯定管，但要是能管得住就不叫油耗子了。这帮人跟服务区都是狼狈为奸，警察一来撤得比耗子都快，而且我们跑长途的，东家都给限定了时间，平时在路上连睡觉的空都没有，哪儿有时间去配合警方调查。他们就是抓住我们司机的这种心态，才会这么肆无忌惮。"

阎刚瞪着牛眼："兄弟，那你的意思，我就得自认倒霉了？"

司机也是无奈："按照油耗子的规矩，头一次上路的货车必须要'开杀戒'，无论你油箱里有多少油，都会给你抽完，只要你不声张，他们也就不会为难你了。"

阎刚闻言也只能自认倒霉。"强龙压不过地头蛇，就算我认栽了。"

司机好心地拍拍他。"老兄，你跑哪条线？"

"往 GJ 市，送车花炮，还有大几百公里的路要赶。"

"LY 市来的？"

"对！"

"听口音，不是当地人啊。"

"祖籍在东北，现在定居在那里。"

司机看看他的车："我也是 LY 市人，咱俩还算半个老乡，实话告诉你，你这一路，还要经过三个油帮的地盘，你在这个服务区被开了杀戒，车牌号油耗子们已给你登记上了。你车上带油桶了吗？"

阎刚点头道："带了，加油站经常没油，不多备些，就跑歇在路上。"

司机道："咱们跑长途的都这么干。你这样，回头你去服务区的小店里，买几个 30 升的小油桶灌满，到了下一个服务区，你把油桶挂在车尾，然后就能安安稳稳地睡觉了。"

阎刚不解了："这又是干什么？"

司机冷哼："还是油帮的规矩，货车到了谁的地盘他们都要雁过拔毛，小型货车 20 升，中型货车 30 升，大型货车 50 升。他们管这个叫贡油。你的车属于第二类，我估计 30 升差不多。"

阎刚气急了，"那我要是不交呢？"

司机又叹息起来，"除非你不在服务区停车。不过停在路边，万一要被交警抓到，罚的款远比贡油价格高。而且不管哪里的服务区，都一个鸟样，你说你怎么躲？"

闫刚烦躁地抓了抓头发:"唉,真是不给我们一点活路。"
"这年头,什么钱都不好挣。"
闫刚又问:"那我怎么知道下一个服务区是哪个油帮的地盘?"
司机手指指示牌:"你下次进服务区时注意一下指示牌,牌子下面都有符号,不同的油帮符号也不同。一天里头你要是停在同一个油帮的服务区,那只要上交一次贡油即可,要是进了两个不同的地盘,那就要交两次。"

三十六

闫建龙说到这里停了下来,展峰似乎从这番长途上的黑色交易中醒来,目光聚焦在面前这位凶残杀戮九人的连环杀手脸上。

他平静地跟展峰要了杯水,喝完以后继续说:"问清了里头的道道,又算了下成本,按照来回停四个服务区计算,支出又要多出 60 元,单趟 300 元的利润,去掉杂七杂八的费用,拢共只能赚 190 元。虽说比在企业上班要强,可我们承担的风险也很大。花炮是易燃易爆品,万一在运输过程中出现差池,货没了不说,运气不好的话,可能连人都没了。我们每一次运货,精神都要高度集中,生怕出现问题。

"常言道,人在屋檐下,不得不低头。跑了几次长途后,我们发现,无论哪个地市的油帮,绝对都不是善茬。养父虽说当过兵,但要带着我们娘儿俩求生,早就没了什么脾气。头几年,我们一直是逢庙必拜,倒也都相安无事。可没想到后来发生了一件事,直接断了我们的活路。"

闫建龙抬起头,目光看向苍白的天花板,回忆着造成自己生命转折的事件。

"那是在 YS 市境内的山桥服务区。我们经常停靠在那里,油耗子也都认识我们的车。那天凌晨,养父按照规矩把 30 升油放在车尾,接着就上车睡觉了。可没想到,我们早上起来时,油箱里的油还是被抽得一滴不剩,放在车尾的油桶也被人倒空了。养父再老实也有些裹不住火了,他就跑去跟服务区老板理论。

"老板告诉我们,当地油帮刚换了老大,为什么油箱被抽干他也不知道。

后来见养父不依不饶，老板只能联系了一个中间人出来调停。那个中间人年纪不大，气焰却很嚣张，他告诉我们，油帮的规矩改了，载重超过10吨的货车，每次贡油为50升。养父解释我们的车虽然看起来大，但年限已经很久，拉不了多少东西，再加20升成本上实在是吃不消。那人很不耐烦，没说两句就开始带脏字骂上了。我年轻气盛又会功夫，哪儿能见他受这样的委屈，我就出手打了人。养父见大事不好，连忙带着我跑了。可跑得了和尚，哪儿能跑得了庙，油帮的帮主刚上任需要立威，我们爷俩刚好撞到枪口上。他们几十个人追了几个地市，终于在返程时把我们拦下。他们分成两拨，一拨砸车，一拨对我们爷俩棍棒相加。养父为了保护我被人用铁棍打中了后脑勺，要不是抢救及时，连命都保不住。"

听到这里，展峰问："你有没有看见，打你养父的人长什么样？"

闫建龙摇头："场面太混乱，我没有看清。我只知道这个人不胖，身高在一米七到一米七五的样子。"

"你们被打后，有没有报警？"

"没有，因为我也撂倒了对方几个。养父担心如果报警，就会把我也抓进去。都这个时候了，他还想着就算他死了，也不能给我留下污点，影响我参军。"

大丈夫有泪不轻弹，只因未到伤心处。闫建龙红着眼睛沉默片刻，这才说："我和养父没有任何血缘关系，但是他对我绝对比亲儿子还要亲，我当时就在心里下了决心，如果他有什么三长两短，不管是谁，我绝对要让他偿命！"

展峰缓缓道："你养父既然没有死，后来又发生了什么，让你恨到要动手杀人？"

闫建龙一声冷笑："出了这事以后，油帮扬言，只要我们父子敢出车，见一次砸一次。常年跑长活的司机都心知肚明，全国油帮其实都有联系，也就是说，我们得罪了一个地市的油帮，其实就等于得罪了全国的油帮。养父说，胳膊拗不过大腿，这次能把命保住算是走了运气。考虑到我的安全，他就把车给卖了。

"退一步来说，他会驾驶，我也会驾驶，实在不行，我们爷俩去给人开小车也有口饭吃，没必要冒那个风险。可祸不单行啊，我妈积劳成疾，被查出了肿瘤，确诊时，医生就告诉我们没有再治的必要了。我们从医院把我妈接回了家，前后不到一年，人就走了。

"我妈走了以后，养父悲痛欲绝，本来旧伤还没恢复，又突发脑溢血，要不是送医及时，他可能会随母亲一道西去。在养父卧床不起的那段日子里，他的战友聂叔来看他了，养父觉得自己活不了了，就把我托付给了聂叔。如果说，这世上有两个男人对我恩深义重：一个是我养父，另外一个就是聂叔。我妈和养父接连入院，家里欠下了不少外债，这些债，都是聂叔慷慨解囊才还上的。聂叔没有儿子，养父死后，我也就把他当父亲看待。"

"既然事情已过去了，是什么缘由让你开始杀人？"展峰端详着闫建龙，这人面相憨厚，着实很难让人把他跟连环杀人犯关联到一起。然而，他也非常清楚，闫建龙的确心狠手辣，从人的外表去判断一个人是否会犯罪，多半会得到极不严谨的答案。

"事情是这样的。聂叔组建了一个私人车队，他雇我当司机。为了不让我太辛苦，他只给我安排一天往返的活儿。1990年的劳动节，我拉了一车货途经GD市林苑服务区。就在我准备休息的时候，我突然听到了小孩的啼哭声。干我们这行，有很多都是拖家带口的，他们平时吃住在车里，比我们辛苦太多。

"出门在外不容易，我就下车查看。我赶到的时候，已有好几个司机围在那里。我挤进人群，看见一位三十多岁的大哥正跪在地上苦苦哀求一个小年轻。大哥的老婆抱着孩子就在他身旁，两人哭得跟什么似的。

"那个青年我认识，他是服务区的油耗子，我听了一会儿，原来那个大哥晚上停车时，放了一桶油在车尾，可不知被谁给收了，油耗子认为大哥不懂规矩，就把他的油箱给抽得一滴不剩。大哥对天赌咒，说贡油就放在车尾，可青年死活也不承认收了。

"我听旁边的司机窃窃私语，说这种事不止发生过一次。他们都说，这个小年轻好赌，不守规矩，明明收了贡油，还去抽油箱。虽说大家心知肚明，但也都敢怒不敢言。堂堂一米八几的中年大哥跪在地上毫无尊严地哀求，他说他已经没钱再加油，剩下的一箱油，也只够跑回家，如果把这一箱油抽走，他的老婆孩子就要睡公路了。油耗子怎么可能良心发现，他指着大哥的鼻子警告他，如果还敢这样纠缠下去，就把车列进黑名单，以后永远都别想再干了！我他妈就是被这句话勾起了怒火，油耗子走后，我给大哥掏了300元，帮他们渡过了难关。

"但这事就像打开了闸门一样，想起那些年我经历的一切，我心里头那个恨啊，恨不得当场把那个油耗子撕成碎片。可吃一堑长一智，我开的毕竟是聂叔的车，我不能给他找麻烦……"

说到这里，闫建龙憨厚的脸上露出了诡异的笑意，似乎已然沉静在某种快感里，他原本清明的眼神也渐渐变得扭曲而疯狂。

"明里我干不过他们，暗里我还不能把他们赶尽杀绝吗？"

他陡然看向展峰，咧开嘴，发出令人毛骨悚然的笑声："我想过很多种方法，但都不能解我的心头之恨，既然油耗子这么喜欢柴油，行！那我就让他们喝个够！

"我跟炮圈儿送柴油的哑巴关系不错，从他那里，我弄了几个大号油桶。为了能多杀几个油耗子，相同的路线，我只作案一次，而且中间间隔最少半年，就这样，我用五年多的时间，连杀了九只油耗子。

"警官，你刚才说得没错。我当初冲卡，确实是以为事情败露了，可我避而不见，不是因为我担心自己被抓，我其实是担心这件事与聂叔扯上关系，毕竟我是用他的货车作的案。我知道，我很对不起聂叔，这些年，我无时无刻不受着良心的谴责，但我不敢冒这个险。杀人的事，我也一点都不后悔。"

展峰无言地看着面前的男人，他仍然在笑着，眼眶通红，从他脸上已经找不到之前那个憨厚的模样，他现在看起来宛若一头来自地狱的恶鬼。

"我告诉你……如果还能重来一次，我还会杀了他们，我不管你们警察怎么认为，在我看来，有些事，光讲法律根本没有用，要是不给这些社会渣滓一点血的教训，他们永远会骑在老实人头上拉屎撒尿！永远——"

展峰缓缓站起，俯视着闫建龙，眼神悲悯。

"为什么那么看我？"闫建龙凶狠地瞪着展峰，"为什么？我不需要同情，我杀了人，我觉得值得。"

"你跟他们没有什么不同。"展峰说，"油耗子用见不得人的手段欺负老实人，让他们家破人亡，而你亲手杀人，从结果看来，这没有什么不同……"

"他们该死！他们根本不是人，他们只是一群生活在阴暗处的老鼠。"闫建龙愤怒地咆哮。

"你不也在阴暗处活到现在吗？"展峰反问，"你还记得你养父的心愿吗？让你清清白白地成为一个军人。"

闫建龙的整张脸都抽搐了起来……许久之后，他抬起手，捂住了自己不断颤抖的脸。

三十七

罗湖市摩尔庄园内，一名中年男子伫立在墓碑前沉默良久。

这里是私人庄园，他并不担心会有外人前来打搅。在他的授意下，身边着黑西装的小弟把一瓶茅台酒打开，递到了他的手里。男子俯下身去，用手掌仔细擦拭着墓碑上的浮灰，看着碑面上"先弟庞鹰"四个字，男子不禁双目微红。

"鹰子，二十六年了，杀你的那个人终于被抓了，你可以瞑目了！"男子把手中的茅台酒举起，"哥给你带来了你做梦都想喝的酒，咱哥俩今天不醉不归。"男子饮完一口，就在墓碑前倒上一些，动作如此反复，一瓶酒很快见了底。"再给我拿一瓶！"

也许他想用酒精来麻痹自己，平时千杯不醉的他，已有了微醺之意。

墓碑上的黑白照片，在他的视线中逐渐模糊。深处的记忆，在酒精的刺激下，慢慢地被唤醒。

…………

1990年3月15日夜，北方某个小村。

两个青年正在伸手不见五指的泥路上狂奔。其中年纪较小的那个青年没跑多久，就力气耗尽，瘫软在了地上。"哥……哥……我……我……我跑不动了！"

与他甩开几十米距离的兄长停下脚步转身跑了回来，用力拽着弟弟。"鹰子，你再坚持一下，我知道前面有个涵洞，咱俩钻到那里去。"

"哥……我真跑不动了！"

鹰子脸色苍白，哥哥能看得出他的体力已到了极限。看着远处的火光正在急速靠近，他顾不上那么多，蹲下身子急切地说："快，鹰子，爬到我背上来，那帮人快追上来了。"

鹰子艰难地撑起身来，哥哥一把背起他就朝麦田深处跑去。

哥哥口中的涵洞，其实就是一个堵满淤泥的下水管，为了不被人发现，两人不得不把身子全部埋在骚臭难闻的淤泥中。就算是习惯了恶劣环境的庄稼人也不会想到，谁会钻进这堆满屎尿屁的涵洞里。就这样，他俩总算躲过了追赶的人群。燃过几支烟的工夫，四周已没了响动，哥哥把头从污泥中抬起，警觉地望向路面。

"鹰子，你先别动，我上去看看！"他说完，双手撑地一点一点地把身体从涵洞中拽出。从身上散发出的臭味，吸引了无数的蠓虫围着他盘旋。再三确定安全之后，他返回洞口一把抓住鹰子的手："他们走了，哥拉你出来。"

得到休息的鹰子，脸上恢复了些血色，两人精疲力竭地靠在田埂上，鹰子带着哭腔问："哥，我们下一步该怎么办？"

哥哥抬头仰望苍穹，长叹道："这村子是容不下咱兄弟俩了，要是被他们抓到，不被打死，也要被打残。"

鹰子啐了一口唾沫："这帮人，真是不给我们兄弟俩一点活路。村里修路，凭什么要占我们的耕地？"

哥哥无奈地摇了摇头，陷入沉思。

说一千道一万，两人与村民的矛盾，主要还是源自宗族势力。兄弟俩，大哥名叫庞虎，弟弟唤作庞鹰，两人的父亲庞云杰英年早逝，母亲徐翠改嫁至此，独自把两人带大。他们的养父刘田汉在村里排在下三门，辈分极低，村子里头无论发生什么大小琐事，他也只有蹲在那里旁听的份儿，压根儿就没话语权。

在那个物资极为匮乏的年代，很多地方把"人情如纸薄，人心狠如狼"这句话演绎得淋漓尽致。刘田汉最终被当成炮灰，死在一场村与村之间的械斗中。

当年，邻村间为了争夺仅有的一处灌溉渠大打出手，村长要求村里的男丁必须全上，在争斗的过程中，刘田汉被人用钉耙戳中了大腿。为了给他医治，村医几乎用尽了所有存药。按理说，刘田汉帮村子出头，应该享受特殊待遇，可令人寒心的是，村里没有几个帮他说话的人。

"打不过还逞能，害得我家小宝生病都没药。"

"就是，水渠没争来，还落个病秧子。"

"我看他腿都溃脓了，八成也没几天活头。"

"死了更好，少了个负担。"

风言风语很快传到徐翠耳中，俗话说，狗急了还跳墙呢！何况是个人。徐翠不顾刘田汉的劝阻找村长理论，她威胁村长如果丈夫有什么三长两短，她绝对会到乡里找公安局报警。

那个年代，交通不便信息不畅，一些乡村里头的矛盾几乎都是由村长出面解决，不管在哪个村子，村长的权威容不得任何人挑衅，要是徐翠是本地人，还有些说法，她一个外乡寡妇敢恐吓村长，那就绝对是踩了猫尾巴。

不出所料，村长把徐翠轰出了家门，打从那以后，无论她走到哪里，准有几个村妇寸步不离地跟着。

一个月后，因为没有药，刘田汉死于七日风（也就是现在常见的破伤风），丈夫死后，徐翠开始变得歇斯底里，可她一人之力哪儿能与全村人抗衡。见生活无望，徐翠准备带着两个孩子喝药自杀，但是当举起药瓶时，她又于心不忍起来。在内外压力的无尽折磨中，徐翠精神完全崩溃，她疯了。

村子里再没有徐翠，只有一个"傻翠"被人嘲弄着。

庞虎、庞鹰逐渐懂事了，每当看见母亲被人像狗一样捉弄时，兄弟俩总是不管三七二十一，动手就干！两人的脾气完全不像刘田汉那么怂，他俩打小就不服管教，在傻翠熬死了以后，性格刚烈的兄弟俩跟全村人站在了对立面上，日子过得无比煎熬。

积怨已久的兄弟俩，终于因为一件事爆发了。

村里修路，村民一致表决，征用刘田汉的田，他们给的理由倒也"合情合理"，刘田汉的土地是村里集体分配的，既然人已去世多年，村里自然要收回。按村民的说法，庞虎兄弟俩白吃白住这么多年，不但不能拒绝，还应该对村民感恩戴德。

明知道胳膊拗不过大腿，年轻气盛的庞鹰趁着夜色一把火点着了村里的庄稼地。眼看大半个村子的庄稼颗粒无收，愤怒的村民第一个怀疑的纵火犯就是庞虎兄弟俩。

好在两人反应快，亡命脱逃，这才总算是逃过一劫。

三十八

庞鹰干的事虽说解气，可这也断送了兄弟俩的后路。走投无路的他们，只能把希望寄托在远房表舅徐克军的身上。

徐克军比他们大不了几岁，兄弟俩的母亲在世时，他在庞虎家待过一段时间，问起缘由他也没有隐瞒，就说是在外地犯了事，警察正在满世界找他，直系亲戚家都不能待，所以才跑到远房表姐家暂避风头。

临走时，徐克军丢下了一个联系地址，说是以后兄弟俩想出去闯，就去找他！

徐克军躲难的那段时间，经常给兄弟俩讲外面的快活日子。庞鹰倒是很向往，但庞虎一直对这个表舅心存提防。可现如今没有办法，只能死马当活马医，投靠徐克军是眼下唯一的希望。

庞鹰得知哥哥要南下找表舅时，兴奋得手舞足蹈。一路上庞虎一直在琢磨弟弟为何放火。记忆中，弟弟好像曾不止一次提出要南下。他本是拒绝的，可后来他敌不过弟弟的软磨硬泡，只能搪塞了一句："要是咱们在村里过不下去，我就答应你去找表舅。"想通了这茬儿，庞虎一巴掌扇在了弟弟头上。"你小子是不是早就计划好的？"

庞鹰嘿嘿一笑，算是默认了哥哥的揣测。"村里那些王八蛋，我早就想收拾他们了！表舅说得对，心不狠，江山不稳，心不黑，必要吃亏！与其在村里憋屈地活，还不如出来闯荡闯荡。说不定过两年，咱就能喝上茅台了！"

庞虎头疼道："你见过茅台长啥样吗？别听表舅瞎咧咧，我看你就是个蹲茅房的料！"

庞鹰不以为然。"那可不一定，万一哪天咱真能喝上呢？"

庞虎一脚踹在弟弟屁股上。"滚一边去，睡你的觉吧！"

运煤的火车一路南下，兄弟俩躺在煤堆里，各自幻想着未来。经过多日奔波，他俩终于在 SF 市的一个破旧村庄里见到了表舅徐克军。

初次见面，徐克军显得颇为狼狈，一身粘满油污的粗布衣，让他的形象瞬间跌落神坛。不过徐克军还是把兄弟俩收留下来，他们的住地是一间不到 50 平方米的瓦房，徐克军取了块三合板，往地上一铺，就算是给兄弟俩置办了一个睡觉的地方。

俗话说，吹牛一时爽，被打脸时啪啪响。徐克军也没料到，当年只是随口一说，兄弟俩就真会来投靠。他自己都是跟别人混饭吃的小弟而已，现在又平白无故多了两张嘴，怎么解决三个人的生计问题，很快成了他最大的烦恼。思来想去，他也只能去求大哥，看看能不能收了两兄弟。

那个年代，工厂、企业基本都是国营垄断，私企发展是步履维艰。没有出路的年轻人，都希望能跟个大哥混口饭吃，所以只要有点名气的社会帮派，几乎不缺小弟。那大哥一听，直接甩出一句话来："哪儿凉快哪儿待着去！"

帮派不愿收留，最后的希望也就完全破灭了。不过作为亲戚，他也不能看着兄弟俩活活饿死。三人一番商量，就决定由兄弟俩分担他的活计，帮里发了月供，三人平分。等他们在这儿站稳脚跟，再想其他的法子。

相处了一段时间，庞虎发现徐克军是拜在一个名叫"豺狼"的油帮门下。帮派由当地十几个社会大哥联合建立，管辖三个服务区和四个停车场。作为小弟的徐克军，每天的任务就是骑着三轮车去固定的几个服务区收贡油。收来的油，要在天亮之前汇集到帮派的油库，每天早上7点，会有油罐车把头天晚上收来的油运走，再逐一售卖给私人加油站。它也是油帮最主要的经济来源。服务区一般距离较远，所以没几个帮众愿意去，这种苦力活就落在了徐克军这种外地马仔身上。

油帮干的都是夜活，晚上12点到凌晨5点是取油的黄金时间。按帮里排的值班表，徐克军每星期出勤六次，周日能轮休一天。兄弟俩加入以后，他又把值班表做了细分，庞虎与庞鹰每晚轮流跟他出勤，到了地点以后，他就把三轮车往服务区一停，收油的力气活，全都摊派给了两兄弟。

人在屋檐下，不得不低头，人生地不熟的兄弟俩也只能听从他的安排。如果只是卖点力气，兄弟俩也不会多说什么，可最让他们感到气愤的是，每每与司机发生摩擦，徐克军就开始装孙子，根本屁都不敢放一个。

直到很久以后，兄弟俩才知晓缘由，他为了中饱私囊，给一些看起来好欺负的司机任意增加贡油，要是对方不吭声，多出来的油就成了他的利润，可一旦发生矛盾，就让兄弟俩去扛雷。

他装孙子，最主要的原因还是怕事态闹大，要是让帮里人知道很难交代。按照帮规，这种干私活的行为，最轻也要剁掉手指并逐出帮派。他不出面还有更深层次的原因——他早就做好了甩锅的准备。

跟在徐克军身后干了好几年，两兄弟也只能勉强混个温饱，庞虎觉得潜在风险太大，就和弟弟商议另起炉灶找份正经工作。庞鹰的性格虽桀骜不驯，但对哥哥还是言听计从的。两人私下决定，做到7月底拿到分红，兄弟俩就跟徐克军分道扬镳。然而让庞虎万万没想到的是，也就在这个月，他与弟弟竟永远地阴阳相隔了。

三十九

1993年7月4日，夜。

徐克军像往常一样，骑车带着庞鹰去服务区收贡油。到了地儿，他就往服务区的休息室一躺，接着睡他的回笼觉。他不用定闹铃，也不用把控休息时间。凌晨5点贡油装车，庞鹰自然会叫醒他。

在和周公大战三百六十个回合后，徐克军突然感觉身上异常暖和，他躺在椅子上极为享受地伸了个懒腰，窗外的艳阳刺得他睁不开眼睛。突然他意识到了什么，赶忙坐起身，服务区外的早餐店冒着阵阵香味，墙上的挂钟已是早上8点25分。

"鹰子！"他跑出休息区四处找寻，可无论他怎么喊叫就是无人应答。到了三轮车旁，看着还没装满三分之一的油桶，他破口大骂起来："狗日的，想阴老子。"

徐克军混社会多年，他也不是傻子，他当然看出了两兄弟越来越不对路子，他也猜到三人会有散伙的那一天，可他没料到兄弟俩会采用这样不告而别的方式。

没收够贡油，又没按时交油，这在帮里是要受严厉的处罚的，像他这种小喽啰，绝对吃不了兜着走。就在他头疼该如何交差时，察觉到异样的庞虎找了过来："小舅，今天怎么搞这么长时间？鹰子呢？"

这回轮到徐克军蒙了，平时兄弟俩形影不离，如果庞鹰脚底抹油，庞虎绝对不会独自一人留下。徐克军反问："鹰子没和你一起？"

庞虎疑惑不解。"昨晚不是你带他收贡的吗，怎么会和我在一起？"

徐克军恼火道："你兄弟俩在玩什么套路，我怎么看不懂了呢？"

"什么玩什么套路？刚才帮里的兄弟来住处找你，问咱们为什么今天没交贡油，我也感觉纳闷，所以才找了过来！"

徐克军暗叫不好："糟了，虎子快上车，我们去找老大，鹰子可能是出事了。"

庞虎心中咯噔一声，惊慌地拽住徐克军的衣袖："什么？鹰子出事了？"

徐克军发动了三轮摩托车："你先别问这么多，赶紧上车。"

庞虎不敢耽搁，一个跃身跳进了车斗。徐克军加足马力，一路朝油帮的老巢驶去。

油帮的帮主也是兄弟俩，大当家绰号豺狗，二当家绰号毒狼，两人组在一起，名为"豺狼帮"。在帮里，豺狗主事，毒狼扮演军师的角色。两人一唱一和，从没出过差错。事到如今，徐克军也不敢隐瞒，他把如何收留兄弟俩，加上昨晚庞鹰失踪的事情，原原本本地说了出来。

特殊情况特殊对待，看在徐克军兢兢业业这些年的分儿上，毒狼也没有怪罪什么，他把徐克军的话仔仔细细地推敲了一遍，然后问："你最后一次见到鹰子是什么时候？"

"我们是晚上12点到的服务区，我夜里1点起床小便的时候还看到鹰子在收贡油。"

毒狼想了想。"也就是说，鹰子是在深夜1点后失联的。"

徐克军不敢确定地点点头："我也觉得差不多是这个时候。"

"这个点不会是其他帮派干的。要是他自己离开，也不会不和他哥哥打招呼，排除这两种可能，那么只剩下一种情况。"

庞虎急忙问："什么情况？"

毒狼捏着下巴，思索良久后说："虎子，我告诉你，你要有个心理准备。"

庞虎不敢怠慢。"大哥您明说。"

毒狼神色有些难看。"我听说最近几年，有人一直针对我们油帮，其他省市已折了好几个兄弟，我怀疑，鹰子被这个人带走了。"

庞虎平时只顾埋头干活，对帮里的其他事几乎一无所知，他急忙追问："大哥，鹰子是被谁带走了？"

毒狼摇摇头。"听说这人专杀我们油帮的人，他把人杀死以后会装在油桶里抛尸，这案子已经发生了好几起了。"

庞虎一听之下，灵魂仿佛瞬间被抽离了身体，他无助地看向对方，哭道："大哥，我求求你，你救救我弟弟。"

毒狼无奈道："这个凶手很不得了，至今没失过手，现在已过去了七八个小时，如果真是他干的，你弟弟可能已经……"

庞虎跪地哀求:"不会的,不会的,我们现在报警,说不定警察有办法能找到他。"

"不行,绝对不能报警!"毒狼突然变了一副模样,凶狠地抽出匕首,对庞虎警告道,"我不管你弟弟是死是活,只要你敢报警,我们豺狼帮绝对不会轻饶你!"

徐克军连忙拉开庞虎:"狼哥息怒,我这个小亲戚不懂规矩,你放心,有我在他绝对不会报警。"

毒狼寒着脸对徐克军说:"克军,他们不懂事你不会不懂,既然端了油帮这碗饭,就不能坏了规矩,否则就是和全帮的人为敌。"

毒狼外号中的毒字,绝不是随口一叫,他的手段徐克军早有耳闻,今天帮里没有追究漏交贡油的事,已是给了他很大的面子,他哪儿还敢说一个不字。连声道歉了一阵,他拉着庞虎就离开了帮派。路上他一直做庞虎的思想工作,反复强调报警后的利害关系,庞虎虽说不是正式帮众,可这些年他也目睹了帮派里的明争暗斗。他心里也很清楚,以他个人的能力,绝不是整个帮派的对手。

在徐克军的劝说下,庞虎终于打消了报警的念头,不过庞虎是个直性子,就算弟弟惨遭不测,他也要活着见人,死后见尸,他决定要找到自己的弟弟。

徐克军这时候也良心发现,他把身上的全部家当交给庞虎,并嘱咐道:"不管鹰子有没有消息,扛不住时记得回来。"

之后的庞虎像只没头苍蝇,见路就走见人就问。他前后用了近一年的时间,跑完了整条公路网,就在他快要支撑不住时,他终于在GY市找到了弟弟的下落。那是一张贴在公安局门口的尸源协查通报,形同乞丐的庞虎只看了一眼就认出,那装在油桶中的无名尸体,铁定就是自己的弟弟庞鹰。在找弟弟的这段时间里,他还一直对弟弟的生还抱有幻想,可当他真真切切地看到照片时,他终于彻底崩溃了。

为了不让警察发现异样,他强忍着泪水冲进附近一条弄堂中。他很想放声痛哭,可他却发现自己根本哭不出来,原来他早就有了弟弟丧生的判断,只是一直没有承认。直到这一刻他才终于肯定，他已彻底失去了世上唯一的亲人。

人死不能复生，悲伤过后，庞虎不得不考虑现实情况，亲生弟弟客死他乡，尸骨未寒，要怎么在不报警的前提下把尸体带走，就成了他眼下必须要考虑的一件事。长达一年的奔波已让他捉襟见肘，就算他能把尸体盗出，怎么带走也是一个棘手的问题，无奈之下，他只能跟表舅求助。

捞偏门的徐克军经常要对付警察，他倒是熟知警方的办案套路，他让庞虎冒充热心市民用IC卡电话联系警方，问清尸体的下落。案发以后，公安局接到了无数的电话，有提供线索的，有询问进展的，还有没事瞎扯淡的，对于一年后庞虎打来的这通电话，警方的回答很是官方。

"请问那个油桶杀人案的凶手找到了吗？"

"我们还在积极侦查，暂时还未告破。"

"那被害人的尸体还在市殡仪馆吗？"

"是的。"

达到目的，庞虎立马挂断了电话。

当年整个公安局大楼也没几部电话，接线员从早到晚不知要接听多少报警电话，只有发现重要线索，接线员才会马上传达，这种无意义的咨询一般不会有人在意。

确定了尸体存放地，徐克军开了一辆厢式货车前来会合。两人在车里商议，接下来该如何动手。徐克军回忆道："帮里曾有一位兄弟跟人干架被砍死，狼哥下令不让报警，警方没查清身份，尸体就会一直冻在殡仪馆里。要想把尸体偷出来，必须在晚上动手。咱们现在有两个问题，怎么进到殡仪馆的冷库里，还得确定尸体到底在哪个冷柜里头。"

庞虎摇头。"冷库白天并不锁门，就是不清楚晚上锁不锁。"

"你去过殡仪馆了？"

"是，我这几天都在。"

"晚上什么情况？"

"就一个守夜人。"

徐克军双手一拍："那就简单了，想个法子把他搞定。"

两人计划好几个方案，最终庞虎还是选择了苦肉计，他化名黄虎，扮演一个被人追杀的小弟，成功取得了守夜人的信任。

在殡仪馆潜伏多日之后，徐克军觉得时机已成熟，当晚庞虎把守夜人灌醉，成功地把弟弟的尸体盗出，逃离了现场。

四十

沉浸在伤痛中的庞虎，被一声"虎哥"拉回了现实。他寻声望去，一位气宇不凡的西装男子正朝他的方向走来。临近墓碑时，那人放下手中的鲜花，恭敬地鞠了三个躬。"鹰哥，您终于可以安息了！"

私人庄园，能进来的只会是自己人，庞虎感激地回了一礼："韩阳，谢谢了！"

没错，来的那个年轻人不是别人，正是专案中心内勤莫思琪的神秘男友，嬴亮的师兄，曾经的警队有为青年——韩阳。

韩阳摘掉了墨镜，露出颇为俊朗的脸。"你我之间不存在谢不谢。你要谢，也应该谢展峰那帮人。"

庞虎叹道："鹰子的案子，我本来不抱希望了，没想到事情过去了二十多年，专案组还能破案，看来我确实低估了他们的实力。不过你放心，我虽说欠他们一个人情，但要是他们摸到那件事，我绝对不会手软。"

韩阳微微一笑："你不用跟我表决心，我可不敢当你虎哥的顶头上司，我现在想知道的是，咱们那位当家的，到底是什么态度？"

"他？还是那个态度。"

"从纪天这件事我就能看出，他已经老了。"韩阳轻声道，"不过老骥伏枥，志在千里，当家的毕竟还是当家的。"

庞虎挑挑粗浓的眉头："当家的有当家的考虑，这种事情，轮不到你我操心。"

韩阳微微一笑，从口袋中取出手巾擦了擦镜片，重新戴上了墨镜："虎哥，这个社会已经不是你们过去那一套可以行得通的时候了，要不想被人吃，就要先学会吃人。"韩阳转身走开，颇有几分潇洒的意味。

"还是以德服人吧！"庞虎对他的背影喊道，"当家的说，要以和为贵啊——"

韩阳没有回答，抬手挥了挥，就当示意自己听见了。

墓地里，两道身影终究是越分越开……

第二案

灭顶贼帮

"算上狗五，贼帮连续三年总共失踪了六名扒手，都是活不见人、死不见尸。"

一

傍晚，TS市滨河路步行街。

谁也不会想到，在车水马龙、人群熙攘，看似一片祥和的街道内，马上就要上演一场惊心动魄的警匪剧。

街道中段，那栋高层建筑物的顶楼上，一名男子拿着高倍望远镜俯视脚下的一切，他约莫四十出头，浑身肌肉遒劲，颇为孔武有力。虽然望远镜挡住了他的相貌，但仍能感到一股浩然正气凝聚其身。

这个男人，就是那种在警匪片中一眼就能辨出的正派角色。他右耳洞内的米粒耳机，正传来对话声："头儿，1号崽子已经得手。""头儿，2号崽子也已得手。"

男子按住耳机。"报告片儿隼的位置。"

"回头儿，在华西大厦的星巴克咖啡厅里。"男子转过身去，调整目镜的方位对准目标，从他熟练的动作不难看出，这条街的建筑物布局他早已了然于胸。

镜头那端，一名身穿休闲西装，手持公文包的中年男子正动作优雅地品着咖啡，单从外表上，你丝毫看不出这位文质彬彬的男子会跟"犯罪"之类的字眼扯上任何关系。

"各小组注意，马上到饭点了，小崽子们估计很快就要回巢，盯了他们这么长时间，今天争取把他们一锅给烩了。"

"收到！""明白！""……"

静默开始了……没过多久，耳机里又传来信息。

"头儿，片儿隼买单了。"

"这边一直盯着呢，飞不掉他！对了，小崽子们都收工了吗？"

"1号收了。""2号也收了。""3号在奶茶店门口排队，估计还得拿一手。""4号刚收工，正在去往星巴克的路上。"

"还有没有发现其他的崽？"

"头儿，今天出来拿托儿的好像就他们四个，没发现其他人。"

"收到，大头在不在？"男子的声音万分冷静。

"在呢，头儿，你说！"

"你负责盯住受害人，别回头像上次一样，人抓住了，取不到材料。"他唇边溜出一丝笑意。

"明白，人都安排下去了。"

"好！万事俱备，坐等崽子们回巢。"

"头儿，片儿隼没有结账，他买了四杯咖啡打包。"

"看来今天确实只有四个崽子，不过也够了，老子有的是时间陪他们玩。"他这样想着，举起望远镜分别观察了四个方位。在镜头中，四名学生模样的青年，正大步流星地朝星巴克后门走去。

"各小组注意，各小组注意。崽子已回巢，崽子已回巢。听我命令，随时准备抓捕！"

"收到。"

男子再度调整视线，朝向咖啡店的四个方位看了看，镜头原本已经晃过一片区域，又被他突然地拉了回来。

他发现了一条被垃圾桶堵住的小路。

"星巴克后门8点钟方向，有条路，有没有人去过？"

"头儿，还没有。要紧吗？"

"没关系，我过去。"男子说着，快步跑下楼。

"头儿,你大概多久能到?崽子们快回窝了。"

男子捂着胸口加快了脚步。"一分钟内,不管我到没到,你们直接收网。"

"收到!"

剧烈的运动,让男子嘴唇有些发紫,他的身体已感觉到了极度的不适,但是他并没有停下来休息的意思。这拨人他们连续盯了半个多月,今天就是最佳的收网时间,这种游鱼一样的家伙,一旦漏网就宛若进了海洋,再难逮到手里了。一路上他在脑海里不停给自己打气:"坚持住,一定要坚持住,胜败在此一举!"

就在男子快要下到一楼时,耳机传来讯息:"头儿,崽子已回窝。"

男子咬紧牙关,艰难地挤出了两个字:"收网!"

"警察,别动,警察!"

耳机里传来的声音很嘈杂,男子已经顾不上那么多,径直朝那条小路跑去。多年反扒让他有很强的职业敏感性,他的直觉告诉他,那条被堵住的小路,是有人故意制造的,一旦情况有变,大鱼就可能会从这条路溜走。果不其然,前后也就十秒钟的工夫,耳机里传来新的通报。

"头儿,片儿隼包里装的辣椒水,有两个兄弟中招了,他现在往你说的那条小路跑了。"

"小路一定有人接应,我马上就到!"男子甩掉望远镜轻装上阵,不得不说,他的时间掐算得刚刚好,他跟目标几乎同时到达巷口。两人相视一眼,互相认出了对方。

"冯大眼儿!我他妈就知道是你!当年没把你捅死算你命大!"文雅的男人凶相毕露地痛骂。

"金三儿,别着急,我马上就带你去牢里见你哥!"男人小心地调整呼吸,目光并没有退缩。

"等你能追上我再说吧!"喘匀了的金三儿一脚踢开垃圾桶,朝巷子里跑去。

被叫作冯大眼儿的男子名叫冯磊,是TS市公安局反扒大队的大队长,入警时就从事反扒工作,从警二十三载以来他屡获战功,也是全市扒手的克星。

今晚的目标金三儿极其善于伪装，曾多次从冯磊的眼皮底下溜走，这次为了顺利抓捕，冯磊做了大量的前期工作，不管付出多大代价，他今天晚上必须要把金三儿拿下。

虽说冯磊身上曾有多处刀伤，但受过专业训练的他体力丝毫不输金三儿。滨河路步行街就是他的战场，只要看清金三儿下一步的逃跑方向，冯磊就能及时调集人手在路口围追堵截。可他万万没想到的是，他盯了半个多月的大鱼却倒过来给他上了个饵。他根本没有意识到，自己的一只脚已悄然踏进了鬼门关。

沿着巷子一路向北，有一左一右两条岔道，左行可直接上主干道，而右行则是一条死胡同。冯磊已经咬死了金三儿，两人始终保持3米左右的距离。就在跑出巷口时，金三儿毫不犹豫地拐向了右边。

冯磊见状眉毛一挑，放慢了脚步。"金三儿，看来你业务不熟啊！别跑了，前面没路了！"

金三儿背对着他露出狰狞的笑容。"冯大眼儿，算你狠，我今天是栽在你手里了。"

冯磊掏出手铐，眼睛死死地盯着前方的人："猫捉老鼠的游戏我玩了二十多年，还没有我冯磊抓不到的老鼠！"

金三儿龇着牙："哦，是吗？看过《黑猫警长》吗？"

冯磊不解："什么意思？"

金三儿恶狠狠地一个字一个字道："那你听说过吃猫鼠吗？"

听到这句话，冯磊突然意识到了危险，金三儿话音刚落，从窨井内突然蹿出两个黑影，他还没来得及反应，一把三棱匕首已捅入了他的小腹。他本来就有旧伤在身，这一刀使得新伤老伤瞬间起了连锁反应，疼痛让他的意识迅速变得模糊。

金三儿笑眯眯地走到冯磊身旁蹲下，用手背拍了拍他的脸颊。"冯大眼儿，没有办法，既然你把我们逼得没有活路，那大家就同归于尽呗！我金三儿是荣行养大的，如果牺牲我一个能造福一个行，我金三儿义不容辞。"

冯磊的气息越来越微弱："就算……我……死了，我们……公安局……

还会……还会……有……千千……万万……个我，贼……永远……是贼，你们……跑……跑……"话没说完，他眼前一黑，昏死过去。

"三哥，接下来怎么办？"一个黑衣人问。

金三儿一咬牙："来，把刀给我，今晚这事跟你们没关系，回头警察找上门我来扛，你们现在赶紧走，我今晚必须要把冯大眼儿解决掉，以除后患。"

"三哥，你做这些，都是为了我们荣行，这事不能你一个人扛！"另一个黑衣人抓住他的手。

金三儿横着脸推开他："滚一边去，你上有老下有小，跟着瞎掺和什么，赶紧给老子滚，一会儿警察可就来了！"

见金三儿发怒，两人也只能按照他说的去办，可就在他举起匕首，正准备朝冯磊的心脏扎下去时，一声厉吼从巷子里传来："给我住手！"

金三儿举起的手僵在半空中，他起身望去，发现一个身着唐装的男子正朝这边快速跑来。他神色一惊："大执事，你怎么过来了？"

男子已过花甲，但身体依旧硬朗，他用浑厚的嗓音呵斥："你还知道叫我大执事，是不是把我的话当成放屁了，不管是谁都不能伤了冯磊性命，你是不是都忘了！"

金三儿虽不敢顶撞，但他还是勉力说出自己的道理："冯磊这些年抓了我们多少兄弟！这家伙一天不除，我们荣行就没有一天好日子！大执事你放心，这是我跟他的私人恩怨，事情我金三儿一个人来扛，绝对不会给行里添麻烦。"

男子额头的青筋怒起，暴跳如雷地一巴掌打掉了他手里的匕首。"混账，我怎么说你就怎么做，你个小小的片儿隼懂个屁，赶紧给我从窨井里滚蛋，冯磊的手下马上就来了！"

金三儿双手抱拳，很不情愿地行了一礼，接着他捡起匕首，不甘地瞥了一眼地上的冯磊，迅速从窨井离开了。

二

第一人民医院大楼前，几位挂着证件的便衣焦急地把冯磊从救护车上抱了下来。"医生，医生，救命啊！人快不行了！"有人大喊。

闻言，大厅内等待的病人主动让开一条道，急诊主任听到喊叫，也快步冲出了诊室。

"怎么了？什么事？"

"我们是公安局的，我们队长在执行任务的过程中，被嫌疑人给捅了，快不行了。求求您了医生，不管付出多大代价，一定要救我们队长一命。"

主任连忙掰开冯磊的双眼："双侧瞳孔散大，不好，赶紧送手术室。"说完，他又告诉身边的其他医生："马上通知科里没有紧急病例的医生全部停诊，全部到手术室。"

"明白！"众人点头。

"另外，联系药房和血库，我们手术期间一定要确保供应，今晚这台手术我来主刀，一定要把我们的人民卫士从鬼门关拉回来！"

冯磊对手下的兄弟一直都肝胆相照，把他推进手术室后，所有队员都在手术室外焦急地等待着，仍然记得朝赶来的医生们深深鞠躬，拜托他们一定要把冯队救回来。

手术室里——

监测仪上的心跳时快时慢，极不规律。助理护士每隔几秒，就必须报送一遍数据变化。情况已经十分危急，但或许是冯磊命不该绝，当晚负责主刀的单主任是全省医学界排名前三的大拿。今晚要不是遇到他当值，冯磊估计很难挺过这一关。金三儿这一刀，直接把他的大肠刺穿了，粪便外溢造成腹腔污染，给手术增加了极大的难度。

急诊手术灯，从深夜1点一直亮到上午10点。经过整整九个小时的抢救，冯磊的心跳终于重新平稳下来。

因为他是在执行任务中受伤的，辖区刑警队很快就介入抓捕金三儿的工作，接下来的事情转由刑警队跟进。

　　冯磊在市局可是有名的拼命三郎，各级领导在得知他受伤后也都前来慰问。在市卫计委的协调下，在手术后的第七天，他被安排到了单人病房养伤。
　　…………

　　这天中午，刚输完液的冯磊又在盯着钱包里的黑白照片发呆——那是一张两人的合影，站在左侧的是身穿军装的冯磊，依偎在他身边的是一位身穿长裙的年轻女子。两人笑容灿烂，光从表情上看，就知道他们正沐浴在无比的幸福之中。照片的左下角，有一行黄得发亮的数字："1990-2-3 14:07"，按照时间推算，这张照片已经足有二十九个年头。
　　冯磊试图坐起身来，但伤口的疼痛又让他躺了下去。他合上钱包，小心地放在枕边，然后长长地叹息了一声。虽然他还是心有万般不甘，但这催人老的岁月，很明显已不允许他再继续这样任性下去。就在他沉浸在痛苦的回忆中不能自拔时，木门被人轻轻推开了一条缝隙。
　　"谁？"冯磊有所警觉。
　　那人小声回了句："是我，屋里有人吗？"
　　"老烟枪？你怎么来了？"
　　那人听出屋内再无别人，快速闪进屋内把门反锁上。"我怎么来了，要不是我去通知大执事，你小子早就被金三儿给做掉了！"
　　冯磊还没说话，老烟枪又开始埋怨起来："跟你说过多少遍，金三儿这家伙不好惹，你偏不听。他哥被你亲手送进了号子判了十四年，他一直记恨这事你忘啦？"
　　冯磊梗着脖子。"我一个警察，还能怕了他？"
　　老烟枪恼怒起来："你怎么就听不明白？金三儿不是一般的片儿隼，他从小就喜欢看兵法，你们警察的套路他摸得比谁都清楚。"
　　冯磊眼睛一瞪。"就是因为难搞，我才要弄他，否则这人以后绝对要祸害一方。"
　　老烟枪吐口唾沫："我呸，你也不掰着手指算算你多大了，眼看奔五的人了,还学年轻人逞能,你要是有个三长两短,那凤娟就白死了。"说着,他瞟见了冯磊枕边的钱包,顺口骂道,"天天翻照片管个屁用,有那时间,还不琢磨琢磨怎么找到串子!"

面对老烟枪的数落,冯磊却只是一声叹息,放低了声音:"算一算,狗五那帮人失踪也快十九年了,你说到底是不是串子这小子干的?"

"荣行这么多年,就没出过什么大事,除了串子,我实在想不出第二个人会干这事。"

冯磊有些无奈:"唉!你也看到了,要是有一丝希望我都能追下去,可六个大活人接连失踪,我却一点线索都找不到。刑警队那边我也联系过,压根儿就没人报案,你叫人家怎么去查?难道要热脸贴你们荣行的冷屁股?"

老烟枪咳嗽两声,正色道:"别扯那么多。我记得好几年前收到过一条短信,说公安部成立了一个贼牛的专案组,你打听到这个专案组没?"

冯磊招呼老烟枪到跟前,声音更小了:"打听到了,是公安部垂直领导的914专案组,我也是听外省的同僚说的,他们的办案能力确实很强!"

老烟枪面露诡谲。"你们都是同行,咱们把线索提供给他们,让他们帮着查一查不行吗?非得自己豁出老命?"

冯磊摇了摇头。"你不了解我们公安局的办案程序,他们办的要么是全国范围内久侦不破的悬案,要么就是有重大影响的恶性案件。别说我们一个小小的市局,就算是公安厅出面,没有部里的指定管辖,他们也不可能接手。"

老烟枪一乐。"这还不简单,你就说狗五他们被害了,一共六条人命,这还不是重大案件?"

冯磊皱眉。"凡事都要讲个证据,狗五他们失踪多年,也没见荣行出来报案,活要见人死要见尸,你有什么证据能证明狗五他们遇害了?"

老烟枪冷哼:"别跟我说这些有的没的,我就问你,以你现在这个身体状况,你还能不能抓到串子?凤娟的仇还报不报?你他妈打了一辈子光棍,你说你图什么?"

见冯磊被他说得哑口无言,老烟枪放软了态度:"你现在就不要去管你们公安局的那些条条框框了，实在不行你就亲自跑一趟，就算部里的专案组不接手，你也努力过了，也不留遗憾了不是？就算到了下面，凤娟也不会怪你，你说是不是这个理？"

三

对展峰而言，最让他舒心的莫过于清晨照入屋内的那一缕阳光。

他的屋子里有一扇高达3米的落地窗，这是他母亲为了不让他在阴暗潮湿的城中村里缺钙而做的特别设计。

小时候只要展峰吃完早、午饭，母亲总会让他站在窗边晒晒太阳，执拗的母亲不知从哪儿听来的偏方，说是喝不起牛奶的孩子晒晒太阳也能长个大高个儿。久而久之，他也就逐渐养成了这个习惯。

早上8点，展峰已经坐在窗下摆起了茶盘，客厅的茶几上还放着一碗热腾腾的米粥，那是同屋高天宇的早餐。两人明明在同一个屋檐下，但绝不会同时出现在阳光下。他们是一对特殊的同居人，展峰看着碗里半明半暗的米粒，动作停了下来。

跟高天宇的每一次相处都很艰难，作为一个警察，他当然有着行为的坚固底线。但是如果不是一个警察呢？他不止一次这样假设过。倘若没有法律的约束，那么，他会让高天宇永远失去看到太阳的机会。

展峰喝完早茶要半个小时，过了这个时间，高天宇再不露面，他会二话不说把那碗米粥倒进垃圾桶，只要他在家，就会这样安排。大部分时候，高天宇也似乎没有心情在他面前露脸，两人之间能谈的着实不多，彼此也防备得厉害，加上各有心事，更是能不碰面就不碰面。然而今天是个例外，他刚洗好茶具，一身笔挺西装的高天宇就从一楼的卧室走了出来。

展峰的嗅觉一贯灵敏，所以他很头疼对方身上的那股浓烈过头的香水味，但也正是因为这个，他很容易察觉高天宇的行动。

高天宇坐在展峰对面，拽了拽未拉起的半扇窗帘，挡住了他的身影。"除了粥，今天还要借你一杯茶。"

"借茶可以，原因？"展峰通常不会主动询问高天宇任何事情，在谈判学上，急切可能会把主动权交给对方，他知道高天宇的控制欲绝不弱于他，所以他不会轻易让这种事情发生。但抓到机会的时候，他也不会轻易放过从高天宇嘴里挖出料的可能。

"祭一个人。"

高天宇慢悠悠地从茶盘中取了三只茶盏摆在面前，接着他又拿起茶壶一一斟满。"闫兄，咱俩素未谋面，但我也敬你是条汉子，今日就以茶代酒，为你送行！"说完，他把三盏茶举起，逐一倒在地面上。

"闫兄？"

高天宇把茶盏摆起，扶着金丝镜框，微笑着看向展峰道："今天是闫建龙执行死刑的日子。"

展峰目光如刀。"闫建龙杀了人，杀人偿命是法律给他的惩罚，不值得我这三杯茶。"

高天宇无害地微笑着，甚至有些腼腆道："那是在你们司法体系考量下的判决，可在我的体系内，我觉得他是正确的。"

"以暴制暴就是你眼里的正义，是吗？"展峰露出轻蔑的笑容，"我该怎么说呢，不愧是你？高天宇，你以暴制暴得到你想要的效果了吗？如果你得到了，你为什么会坐在这里，为什么窗帘都不拉开？怎么，阳光会烫伤你吗？"

展峰朝后靠进椅子里，双手交叉在腹部，凝视着高天宇变得冷漠的英俊面容："还是说，你已经意识到了，你正在为你的复仇付出代价？"

"不是代价，是我自己的选择。"高天宇镜片后的目光变得有些恶狠狠，"这个世界上的法律根本奈何不了我，要不是我自己选择，你以为这里能锁住我吗？"

展峰张开双手，嫌弃地反驳："我锁过你吗？"

他从来不会从外面反锁大门，高天宇显然意识到了他话中的陷阱，用力地皱起了眉头："以暴制暴，在某些时候就是可以代表正义。法律不可能面面俱到，站在闫建龙的立场，要想彻底清除这些油耗子，杀死他们是最好的方法。"

展峰微笑着，眼里没有丝毫笑意。"就像当年你炸死那些人一样？"

"你不了解我的过去，你理解不了我的仇恨，如果炸死他们能让更多人生活得更好，那我情愿背负这个罪恶。"高天宇直勾勾地盯住展峰，眼睛一瞬不瞬地看着他。

"你不是审判人，你不能取代法律。所以你才会躲在这里求着我帮你，用你的自由作为代价……"展峰徐徐说着，似乎完全不在意对面高天宇流露的杀意，"你很聪明，你也很清楚法律意味着什么，你只是装作不知道它是公平的，因为你是一个只会杀戮而不懂得守护的懦夫，一个无能的家伙——"

高天宇脸上已经完全没有笑容了，他目光闪烁，满眼仇恨，但展峰似乎根本不打算给他继续说话的机会，起身走向了一面墙。墙上挂着一张合影，相片内八人并排站立，头顶还印有一行镏金宋体，写着"公安部刑侦局914专案组合影留念"，落款日期为"二〇一四年元旦"。

展峰指着照片，冷漠地说："你和他们无冤无仇，却炸死了他们。"展峰转过头看着高天宇，眼神深邃而冷漠，"我是这个世界上，最不需要在你死前了解你的人。"他突然快步走到高天宇面前，抓住他的衬衫领子，把他整个人提了起来。他们的脸几乎贴在一起，展峰的眼神就像冰冷的猎刀一样直刺高天宇的眼底，令他感到一种诡异的疼痛。"我只想看你死，如今天的闫建龙，还有你，有一天你们彻底伏法就是我的心愿。"

"你可以现在就杀死我，展峰。"高天宇突然发出疯狂的笑声，"哈哈哈哈哈哈，你可以的，在你的房子里，只有我和你。你是最擅长搜索证据的人，你也最适合湮灭证据，你办得到的……"

高天宇凑到他耳边："杀了我，把我的尸体分开，藏起来……不，你恨不得把我剥皮拆骨，挫骨扬灰，对吧……你绝对能做到的！这对你来说易如反掌，来，不想试试看吗？你忍我很久了不是吗？"

"……"展峰把高天宇扔回椅子上，冷冷地俯视他。

"哈哈哈哈哈哈……"高天宇仰头狂笑，"别装了，说我喜欢杀戮，是懦夫，连杀我都办不到的你又是什么东西？"

"说出你杀死他们的原因，我会很乐于送你一发子弹，执行死刑的时候。"

"我不会说的，我们有交易。"高天宇说着又笑起来，"你现在还不能让我死，哪怕你已经在梦里杀我一千回一万回……"

椅子上的恶魔快活地说："你以为你睡觉的时候真的那么老实吗？你跟我一样，展峰，法律满足不了你，迟到的正义，真的是正义吗？你最清楚了不是吗？我就在这里，他们不会活过来了。对闫建龙而言，那些油耗子都死了，他养父也不可能活过来。迟到的正义没有意义，及时的复仇才是真正的正义……"

展峰无言地凝视着那个家伙，在他说话的好几分钟的时间里，展峰都一动不动，安静地听着那种得意的笑声。

"你漏尿了。"

终于，展峰轻描淡写的声音令那笑声戛然而止。

四

三天后，专案中心内。

早上9点，吃完早餐的吕瀚海，正躺在大厅的皮沙发上追剧，如果今天没有出勤任务，他能在沙发上保持这个姿势一直躺到下班。然而就在这时，门口突然传来了陌生的脚步声。

吕瀚海坐起身子，朝门口望去。一位四十几岁的中年男子正在入口处东张西望，吕瀚海上下打量了对方一番，当看到男子的蓝色衬衣上印着"POLICE"的标志时，他基本可以断定，这个人应该是个同行。平时专案中心也会有前来投送材料的外单位警员，只要能提供警官证，站岗的武警一般都会放行。

吕瀚海起身迎了上去，贼眉鼠眼地瞥着人。"这位同志，有什么事吗？"

男子见状双脚并拢立马给他敬了个礼："领导好，我是TS市公安局反扒大队大队长冯磊，警员编号021883。今天冒昧前来，是有一件事想向专案中心的各位领导汇报！"

吕瀚海被这声"领导"叫得心里甭提多舒坦了，他笑吟吟地把冯磊领进了大厅。"天下公安是一家，甭这么客气，来来来，我先带你去接待室坐会儿。"

冯磊见此人亲切，心里一松。"是，谢谢领导！"

大厅西南角设有一间玻璃房，专门用来接待外单位警员，吕瀚海闲来无事时会主动担任传话员的角色，倒也不是他多有责任心，主要还是因为他头一次就尝到了甜头。

中国人讲究礼尚往来，能来专案中心汇报工作的一般都不是小案子。专案组门口挂着公安部的招牌，无形中所有工作人员身上都跟着贴了金，就算是厅级干部过来，对吕瀚海那也都是客客气气的。记得他第一次传话时，一位身穿白衬衫的领导直接给了他一包当地香烟表示谢意，从那往后，每一次传话他多少都能得到些小恩小惠，向来无利不起早的他，自然觉得这是件美差。

进入接待室后，吕瀚海搓着手掌问："冯队长，你要找中心的哪位领导？"

冯磊现如今只是个副科级，这种级别在公安部也就是一抓一大把的小兵张嘎，身经百战的他被这么一问，脸上竟有了紧张神色。914专案组是一个相对保密的存在，他也是山路十八弯才打听到专案中心的大致位置，至于偌大的中心里头谁是领导，他是一点都不清楚。

见对方半天不作声，狐疑的吕瀚海又换了一种问话方式："你是有东西要交到咱们专案中心吗？"

冯磊点点头，从包里接连取出了红蓝两色的八个方盒。

吕瀚海心中窃喜，说："来就来呗，还带什么礼物！"

冯磊愣了一下："礼物？什么礼物？"

吕瀚海指着桌面。"那这些东西是？"

冯磊"哦"了一声，把方盒全部打开，盒中装的并不是他物，而是一枚枚勋章，蓝色是个人三等功，红色则是个人一等功和二等功。

吕瀚海一时间没闹明白对方的意思，他试探着问："冯队长，您，您，不是来应聘的吧？"

冯磊手摆得跟雨刮器似的："不不不，我可没那资历进专案组。"

"那您是？"

如果把警察分为文臣和武将，那冯磊妥妥属于后者，他的语言组织能力实在不咋的，也不知该怎么跟吕瀚海解释。

扭捏良久后，他只能说出他认为最恰当的词："报告领导，我是来报案的！"

吕瀚海被他彻底给整蒙了："嘿，这倒新鲜，一个警察找警察报案！"

话从口出之后冯磊好似也觉得有些不妥，可他又不知该怎么表述更为合适。

就在两人谈话时，结束负重10公里训练的嬴亮擦着汗走了进来道："道九，你跟这儿干吗呢？又跟人满嘴胡话了？"

吕瀚海最讨厌他用这种逼供式的口吻，"你说我干吗呢，我在接待你们公安系统的功臣。"

两人刚见面就掐了起来，这让原本就毫不知情的冯磊更加看不透了。

"功臣？"嬴亮推开玻璃门，当他看到桌面上整齐摆放的各种勋章时，他立马对冯磊肃然起敬。

"大哥，这些都是您的？"嬴亮眼睛闪闪发光，那叫一个崇拜。

冯磊点点头，老老实实地说："是的，两个一等功，四个二等功，两个三等功。对了，领导您贵姓？"他说得轻松，可嬴亮心里一本清账，和平年代在公安局要拿到这么多勋章，不死也要废掉半条命。嬴亮的性格一向直来直去，先不管冯磊为人到底怎样，光这些勋章就绝对足以让嬴亮对他刮目相看。嬴亮客气地回应："领导不敢当，免贵姓嬴，嬴政的嬴，我是914专案组的组员，有什么可以帮到你的？"

冯磊眼前一亮："您是说，您在914专案组参与办案？"

"是！我是专案组的高级情报专员，偶尔也会兼外勤任务。"

冯磊上下打量一下，颇为感慨："居然这么年轻！"

嬴亮哈哈一笑："我们组除了刑事相貌学专家隗国安年纪大些，其他人的年龄都跟我差不多！"

冯磊有些难以置信，他原本以为专案组里都是些刑侦老前辈，他哪里会想到，这里已然成了年轻人的天下。

嬴亮见他吃惊，也不耽搁，"冒昧问一句，您是从哪个部门过来的？"

吕瀚海早就看出，冯磊不太会说话，见嬴亮一看奖章就客气上了，哪儿能不知道这位也是个能人？连忙抢着介绍："他是TS市公安局反扒大队的大队长冯磊，是来报案的！"

听到"报案"，嬴亮也是一惊。"冯队，我再确定一下，您真的是来报案的？"

冯磊用力点点头："是！"

"冯队，您上专案组报什么案？咱们914接的大多是旧案、悬案啊！"

"我打听过了，这些我都知道。我盯的六个扒手已经失踪多年，我怀疑他们已遭遇不测，所以这次我恳请专案组介入，帮忙调查此事。"

嬴亮一听就笑了："那您这不叫报案，充其量算是移交案件线索。"

"对对对，您说得没错，就是移交线索。"

嬴亮听了却有些为难地说："冯队，您应该知道办案程序，我们中心是公安部刑侦局垂直管辖，您提供的线索要形成文字材料，按照流程逐级上报，如果部里觉得案件侦办难度确实很大，上级会下达指定管辖通知书，指定我们专案组介入，这样我们才可以接手。否则……"

冯磊面露苦笑："我知道流程，我也是没有办法，才想着来碰碰运气。"说着，他默默把勋章收起装进包里。

嬴亮满怀歉意，他也知道要不是别无办法，冯磊也不会找到这里来，于是忍不住安慰："冯队，我们也是按规矩办事，所以……"

临来前冯磊已料到会是这个结果，要不是老烟枪执意让他走一趟，他也不会在住院期间溜号，只身前来。其实他心里完全没奢望专案组会介入，正如他刚才的回答一样，他就是来试试水的，如果行不通，他也就彻底死了这条心。忍着剧痛奔波多日，也没有换来奇迹，但对早有心理准备的老警察而言，除了有些失落，从他的脸上也看不出太多的情感波动。

"唉！可能这个谜团再也无法解开了吧！"

冯磊临走时，又看了一眼专案中心，纵有千般惆怅，但做人也还是要接受现实，他伸出右手朝嬴亮二人敬了礼，就转身朝门口走去。

五

"冯队长，留步。"

声音从大厅西北角的头顶上传来，冯磊疑惑着寻声望去，那是一个悬挂在墙面上的圆柱形音箱。说话的不是别人，正是已经在监控室盯了半晌的展峰。

冯磊在门口停下来，他下意识地打开皮包数了数勋章。对移交线索没抱希望的他，第一个反应就是自己是不是落下了东西。

展峰今天穿的是一双软底布鞋，朝着冯磊走去时没有发出任何声响。就在冯磊想转身问明情况时，展峰已来到了他身后不到20厘米处。

身后悄然无声地出现了一位陌生人，这让冯磊冷不丁吓了一跳，身体本能的应激反应，让尚未愈合的刀口再次传来阵痛。他抬手按住下腹，好让疼痛有所缓解。然而久拖不治的伤口，绝对不是简单的物理刺激就能解决问题的。已到承受极限的身体丝毫没有再给冯磊面子，他脸色苍白，额头渐渐渗出雨露般的汗珠。

展峰看了看，一把搀起他。"你受了伤？"

冯磊尴尬地笑笑："前些日子，被个扒手捅了一刀。"

展峰也不客气，撩起他的衬衫查看。冯磊肚子上那块巴掌大的纱布已经浸出了花瓣似的血晕，展峰说："多次间断性出血，你的伤口已经感染了，要马上处理。"

冯磊更加尴尬了，连连道："不用，我回去找医生给我换个药就行。"

展峰皱起眉头，认真地看向冯磊。"不行，你这样出去会有生命危险，你跟我进来，我帮你处理一下。"

一想到自己是偷偷出院，万一在回去路上有个三长两短，也确实没有办法跟组织交代，冯磊只得在展峰的搀扶下朝中心内部走去。

这里不是医院，中心里也只有无菌解剖室是最适合疗伤的场所。为了防止伤口加剧感染，展峰只能让他暂时平躺在解剖床上。一路跟来的赢亮和司徒蓝嫣站在一旁打起了下手。

工作台前，展峰把一些散发着刺鼻气味的瓶瓶罐罐全部打开。此时的他，像一个优雅的调酒师，用刻度吸管吸取了好几种液体，按照比例在一个烧杯里混合。

"刀口要清创，并重新缝合，我这里没有麻醉药，现给你调了一杯镇定剂，可以缓解你的疼痛，把它喝了吧！"

在进入中心内部的时候，细心的冯磊就注意到了墙上悬挂的专案组成员照片，虽说没通姓名，但他早就认出了给他喂药的正是组长展峰。出于对专案组的信任，冯磊对展峰也没有半点怀疑。他端起烧杯，几口把苦涩的药水吞下了肚。把烧杯递回去这么一会儿工夫，他已感觉到头脑昏沉、视线模糊。前后不到一分钟时间他就睡了过去。

司徒蓝嫣觉得还好，可目睹这一切的赢亮却莫名感到了一丝凉意，他不由得偷偷跟司徒蓝嫣耳语："就这一手露得……还好展队当了警察，否则他要想整死谁，恐怕全国的刑侦专家都会束手无策。"

"胡说什么呢！展队不是警察还能是什么？"司徒蓝嫣说完，赢亮自己也觉得有些好笑，用手抓抓脸，赶紧把这个念头丢到一边。

解剖跟外科手术的区别就在于，床上躺的是不是活人。清创这种小手术，展峰自然不在话下，他把消毒后的解剖箱打开，从里头选了几样称手的工具。赢亮跟司徒蓝嫣一左一右站在他身边，扮演起男女护士的角色。他先用剪刀把快要被崩开的缝合线剪断，接着再用柳叶刀小心翼翼地清理掉发脓溃烂的组织表层，最后再均匀涂抹上他配制的消炎药水，重新缝合包扎后，整个手术就顺利完成了。

毕竟不是在医院，而且操作对象又不是他已经习惯的尸体，看起来简单的过程，展峰这个老手做了一个多小时。

…………

冯磊再次醒来时，他已躺在了专案中心的休息室里。展峰就坐在他视线可及的地方。

"冯队，你醒了，感觉好些了吗？"见他醒来，展峰先开口问候。

冯磊面带笑容地摸摸肚子："好多了，谢谢领导。"

"不用这么称呼，叫展峰就行。"

冯磊想了想。"那我还是喊你展组长吧。"

展峰这次没有拒绝："我同事出去给你买了鸡汤，马上就回来。"

冯磊本来就不善言辞，一看人家这么照顾自己，也只能一个劲儿地道谢。

"我之前对您并不了解，出于安全考虑，我让同事对您的情况做了个详细的调查，希望您不要见怪才好。"等冯磊安静下来了，展峰便打开天窗说亮话。

冯磊憨笑道："不会，不会，我们警察是纪律部队，不管是谁，都要经得起组织检验。"

展峰指了指他的右腹部。"我看您身上，好像还有五处旧伤。"

"对，都是让扒手给捅的。"

展峰一贯冷冽的眼神柔和了许多。"冯大队您这样的人，才是和平时代的英雄！"

"英雄不敢当，我的想法很简单，既然穿了这身衣服，咱就要凭良心给老百姓干点实事。"

"您说得对！"

冯磊却面露难色道："唉！不过……医生这次给我下了病危，我们局领导前些日子也跟我通了气，这次伤好我就要退居二线了。其实我心里也知道，就这么突然跑过来有些冒昧，但我实在是没有办法了，就是想来专案组碰碰运气，还希望展组长不要见怪。"

展峰思索片刻："这样，您能不能把线索再详细地和我说一遍？"

展峰的突然关心，冯磊也没有抱什么希望，作为一个老警察，他深知内部程序的严苛性，要是没有实质的证据，就算是说破嘴皮子也不可能会引起重视。毕竟老百姓不清楚，但警察很明白，办案其实需要高额的成本，稍微明理一些的领导，都不会因为几句胡乱推测就决定展开调查。

冯磊抱着必然失败的想法把线索跟展峰复述了一遍："我是 1994 年参加公

安工作的，最早的身份是一名协警，做了几年后，我通过公务员考试，成了一名正式的反扒民警。从1994年至今，我一直在从事反扒工作。长期熬夜嘛，眼袋也比较重，远远一看跟大熊猫眼睛一样，所以那些扒手都在背地里喊我冯大眼儿。

"大约在千禧年前后，我的线人老烟枪告诉我，贼帮大执事的儿子狗五不见了，问是不是被我们抓起来了。这个贼帮是在我们当地盘踞多年的帮派，组织成员全都是扒手。据说这个帮派往上可以追溯到民国时期，帮内等级森严，帮派骨干成员从不以真面目示人，我们反扒大队打探了很多年，都没摸清里面的道道。

"狗五这个人我见过几次，为人非常狡猾，稍有风吹草动就立马收手不干，所以相当令人头疼。你们知道，扒窃案件不像其他刑事案件，它讲究的就是人赃并获，没有受害人、找不到赃物，就算抓到他，也不能给他定罪。

"狗五平时很少出来扒窃，他并不是我们关注的重点目标。他的下落不明，起先并没有引起注意，毕竟一个扒手出去避避风头，也是情理之中的事。可我们没想到的是，算上狗五，贼帮连续三年总共失踪了六名扒手，都是活不见人、死不见尸。在查清这些人的身份后，我们联系了全国的反扒部门，都称没有抓过这些人。

"跟贼帮打了这么多年的交道，我们也知道他们的规矩，贼帮多以市一级区分地盘，除非特殊情况，否则他们绝对不会到其他帮派的地盘行窃。如此一来，狗五等六人的失踪，就很值得推敲。"

展峰问："有没有查过这些人后来的生活轨迹？"

冯磊摇头，"我几乎隔段时间就会去一趟情报部门，他们的一点痕迹都没查到。"

展峰几乎没有思考，马上继续问："那这些人有没有得罪过什么人？"

"这个我也托线人打听了，因为他只是个底层的扒手，打听到的消息有限，狗五几人有没有和谁发生过矛盾暂时还不清楚，但贼帮早年发生过一件事，绝大多数帮众都有所耳闻。"

"什么事？"

冯磊想了想，说："据说贼帮大执事刚上任那会儿需要立威，对一男一女两个扒手施行了帮规。这俩人中，男的绰号叫'串子'，女的绰号叫'小白'。最后小白被当场打死，串子逃脱了。在逃走的时候，串子扬言要让荣行血债血偿。后来大执事的儿子狗五失踪，其实马上就有人把这件事跟串子联系在了一起。可因为从小白被打死到狗五失踪，中间相隔了很多年，不少帮众觉得可能只是巧合。直到又接连失踪五人，贼帮这才坚信串子可能真的来复仇了。"

展峰听完，又问："线人的话可信度有多少？"

冯磊垂下眼帘。"我跟老烟枪有过命的交情，这些年他从没向我撒过谎。"

"串子这个人，我们目前掌握多少？"展峰换了个方向探寻。

"他本人，我和老烟枪都没见过，但是我们局物证室有他的指纹、鞋印和生物组织样本。"

展峰挑眉，有些好奇。"哦？样本是从哪里取的？"

"是一起入室盗窃案的现场弄到的。"

"盗窃案，能确定就是串子干的？"

冯磊重重地点了点头。"可以确定。毕竟传闻里就是因为串子和小白在现场留下了痕迹，贼帮的大执事才要施行帮规收拾他们。"

六

跟冯磊猜测的一样，展峰陪了他一天一夜，该唠的情况都唠了个遍，就是只字未提接手案件的事情。

确定伤口已经没有大碍之后，展峰亲自把冯磊送到了中心门口。当吕瀚海提出是不是派车把他送到高铁站时，展峰却以"公车不能私用"拒绝了他的提议。这个理由给得未免太过生硬了一点，展峰平时对车向来当用即用。吕瀚海完全搞不明白，展峰来这一出到底是针对他，还是针对冯磊了。

不过看着展峰送走冯磊时惜别的场景，吕瀚海有一种不太好的预感，冯磊和展峰间似乎出现了什么猫腻，可是吕瀚海根本找不到问的机会。因为在冯磊走后，展峰第一时间通知专案组开会，会议的主题就是讨论狗五失踪这条线索。在他把事情原委详细复述一遍后，所有人都倾向于狗五等六人大概率已经遇害。那么接下来是不是决定接手案子，就成了本次会议的关键问题。

在对冯磊的从警生涯有了详细了解后，赢亮对他简直是推崇备至，在根本还没弄清线索是不是明确的情况下，他就已经率先表态愿意接手。全组四票，到这里已有一票投给了赞成。

隗国安在专案组始终扮演老好人的角色，基本上风往哪里吹，他就往哪里倒。虽然他还没开口，但也可以算投了半票。

四人中司徒蓝嫣遇事一向冷静，她在听完线索通报后，提出了三个侦办难点。

"第一，狗五等人失踪，冯磊并没有亲眼所见，失踪的时间、地点、目击同伙，全部是未知数。第二，串子跟小白之间的事，以及串子跟贼帮的矛盾，都是道听途说，没有实质性的证据。第三，跟上起油桶抛尸案类似，我们根本不可能找到报案人。虽说两者都涉及类似的小帮派，但彼此间还有着本质的区别，上一案的凶手闫建龙并不是油帮帮众，作案之后在抛尸时无所顾忌，我们至少还有尸体以及油桶物证作为抓手。

"可再看本案，即便我们假设狗五等六人已经遇害了，凶手也正如推测的一样，是前来复仇的串子，这矛盾点看起来清晰，可有一点是无法攻克的，因为不管是受害人还是凶手，都是贼帮的帮众，我们作为外人，想要打开突破口，必须进入贼帮内部进行调查，这个十分关键。如果这一步走不通，本案没有任何侦破的希望。"

赢亮想了想，看向司徒蓝嫣，"师姐，你的意思，还必须安排个卧底进入贼帮？"

"没错。"

赢亮挠了挠头。"听你这么说，还确实有些棘手。"

隗国安一拍桌子。"可冯磊不是有个在贼帮的线人吗？绰号老烟枪那个！"

赢亮眼睛一亮。"对啊，直接让老烟枪来配合我们调查不就完了。"

展峰伸手一按，大家顿时安静下来，他目光炯炯地说："我完全同意蓝嫣的说法。跟大家一样，我很同情冯磊的遭遇。可作为专案组组长，我虽然在接手案件上有一定的话语权，接案子还是要对上级领导有个交代的。本案性质特殊，贼帮跟很多社会帮派一样有一套属于自己的规则，在既没报案人，又没发现尸体的前提下，我们确实不好直接介入。不过本着对线索负责的态度，我决定先去和冯磊的线人聊一聊，看看咱们这潭水到底有多深，然后再做决定。"

展峰这个提议可谓有建设性又游刃有余，得到了专案组全票通过，相关会议记录也在第一时间交给内勤莫思琪备案。

征得部里领导同意后，莫思琪很快按照展峰的要求订了四张后天飞往TS市的机票。而御用司机吕瀚海却全程被隔绝在外，一直到从他那位好友隗国安说漏嘴的话里，他才得知这事。

出勤不带司机看起来也没什么不妥的，可这种能明显感受到反常的举动，却让吕瀚海一股寒意从脚心一直冲上了天灵盖。他用了一整天时间反复琢磨到底是哪里出了问题，是不是在展峰面前暴露了什么。然而无论他怎么推敲过往细节，死活也找不出答案。

在煎熬中度过一宿后，憋不住的他直接找到了展峰："听说专案组这次出勤订的是机票？"

展峰看他一眼，"没错。"

吕瀚海谄媚地凑过去，"难不成又要赶时间？"

展峰淡淡地说："不，时间很充裕。"

吕瀚海顿时瞪大眼睛。"展护卫，你到底什么意思？"

展峰唇角一勾。"也没什么意思。"

展峰越是这种态度，吕瀚海心里越是没底，他故意提高嗓门："展护卫，我又不是夜壶，你尿急了就拿来用一下，不用时就扔一边，你用我总得让我可以派上用场吧！"

展峰颇有深意地冲他笑笑。"九爷，这不是您的风格啊，按理说不用出勤，你应该高兴才是吧！"

吕瀚海心头咯噔一下："话不是这么说，既然加入了专案组，就算作为司机，我也要有集体归属感，你赤裸裸地撇开我单飞，是不信任我的车技呢，还是说……你就不信任我这个人呢？"

展峰总算收敛笑意，拍拍他的肩膀，"都不是，因为这个案子，你暂时还不好出面。"

吕瀚海警觉起来，"案子？什么案子？"

"等我们回来，我会告诉你的。"

虽然感觉心情好了点，吕瀚海还是有些担心，"我不好出面，难不成会跟我有关？"

展峰没有正面回答，只是回了句："听我的就是，最近这几天，你哪儿也别去，在专案中心随时等我电话。"他说完，转身就走进了中心。

这孙子，说半句留半句。回答得也是遮遮掩掩的，让我在专案中心别走？难不成是想变个法把我软禁起来？不对，应该不会啊！要是我真出了什么问题，就算猴精的老鬼不说，赢亮也会沉不住气。从他们的反应看，案子应该不会跟我有关……那么展峰葫芦里到底卖的什么药？难不成这孙子在诈我？吕瀚海站在原地，脑子里头胡思乱想起来……

七

TS市有一条远近闻名的胡同，名叫姐妹巷。相传在清末民初时有一对青楼名妓衣锦还乡，在这里修建宅邸打算落叶归根。可不巧的是，宅子刚建好，就遇到了军阀混战，姐妹俩半辈子的积蓄连同房屋一起充了公。

据说这中间还有一段不为人知的风尘往事，有位天桥说书人，把姐妹俩的故事编成了快板，口口相传。虽说快板内容的真实性已经无从考证，但那条破败的姐妹巷依旧可以充当历史的见证。

往前的几十年，姐妹巷是因为它的历史背景而出名，可后来，这里却因为皮肉生意被许多人熟知。尤其是在20世纪90年代末，当地年轻人喝完酒，最喜欢的一句口头禅就是"去姐妹巷找姐妹，品尝姐妹的滋味"，可见这里乱得多么出名。

虽说现在姐妹巷早已完全没了当年的模样，但嫖客们的习惯并不是那么容易改变。明面上的站街女几乎绝迹，可私下里的招嫖行为，还时隐时现。

午夜过后的姐妹巷万籁俱寂，老烟枪站在巷口，鬼鬼祟祟地东张西望，确定安全后，他一溜烟儿地跑进了巷里。

姐妹巷里边有十多条岔道，哪条岔道通往哪儿，哪条岔道里的妹子长得白净，他比谁都门儿清。路上偶尔遇到三两青年，他还会主动打声招呼。年轻时，他曾自诩可以"逆风千丈"，可如今却到了"顺风湿鞋"的年纪。他来姐妹巷可不是为了找小姐，两小时前他托人给二傻打了个电话，说需要一包"粉"，二傻告诉他，12点以后把600元现金装进塑料袋扔到姐妹巷的旱厕里，然后再跟他联系。

二傻有21-三体综合征，生下来就是一副憨傻的模样，因为在家排行老二，所以得了一个二傻的绰号。好在并不是得这病的人后天都会往痴傻的方向发展，二傻就是个例外。他那一副愚钝的外表下，却藏着一颗不安分的心。

二傻顶着先天智障的保护壳，一直游走在灰色地带。可以这么说，姐妹巷70%的海洛因，都是从二傻手里流出的，他也不知从谁那儿学的经验，严格遵照着人货分离的方法跟人交易。

他从不贪心，不管买家要得多紧，他一晚上也就做那么几单，而且只针对熟客，陌生人要从他手里买到货相当困难。退一万步来说，就算交易失败有人把他供出来，对他的影响也不是很大，因为他手里还有一张屡试不爽的免死金牌，就是由精神病鉴定所办理的精神障碍证。

二傻在禁毒大队也算是挂上了号的人物，可依照现行法律还真不能把他怎么样，多次进宫又被放出后，二傻干脆坐稳了姐妹巷毒老大这把交椅。

老烟枪是二傻的熟客，因为大家都是道上混的，所以彼此间根本没有猜忌，二傻的小弟把钱从旱厕另一边捞起来以后，老烟枪就收到了毒品藏匿地点的信息——87号门口电线杆。姐妹巷他不知来过多少次了，虽说挨家挨户的门牌早就被破坏，但凭着记忆，他还是可以准确无误地摸到87号的位置。

这就是二傻的聪明所在，要不是真的对姐妹巷熟门熟路，就算联系到了他，也不一定可以顺利完成交易。对第一次买毒的陌生人，二傻还会辗转更换更多接货地点，一直到确定对方没有问题，才会进行交易。

而陌生人的行踪，从其踏进姐妹巷的那一刻起，二傻就已经安插了人在附近时刻注视。前段时间，电视上热播过一部禁毒题材的电视剧《破冰行动》，要是拿这种剧类比，姐妹巷就像是个缩小版的塔寨，除了嫖客和瘾君子，这里不欢迎任何人。

二傻对老烟枪也不提防，一来他是荣行的帮众，也靠捞偏门过活；二来老烟枪身患顽疾，看守所不收、拘留所不要，就算是真被抓进局子，24小时内交个罚款就能放人。

然而事实证明，二傻的破嘴确实"开了光"，老烟枪刚走出姐妹巷，就被街边的巡逻民警逮个正着，这一切被坐在露台上的二傻看了个真真切切。不过他并没有担心，只是笑着对小弟调侃道："这个老烟枪，真是倒了八辈子血霉，好不容易攒俩钱来买货，还被请去喝茶，衰，真是太衰了。"

八

挂着警灯的巡逻车一路把老烟枪带到了TS市公安局的办案区，此时冯磊跟展峰一行人，已在询问室等候多时。

"来了？"冯磊连忙来到门口迎接。

老烟枪把一小袋白粉交给冯磊。"二傻的货。"

"行，我回头交给禁毒支队。"

从简洁的对话跟默契程度不难看出，两人平日就经常用这种方法见面。

交接完毕，老烟枪四处张望，"专案组人呢？"

冯磊指着3号询问室的房门。"里面呢。"

老烟枪欣喜若狂地抓住冯磊的衣袖。"这是决定接手我们的案子了？"

冯磊摇摇头。"暂时还没有，别太期待，就是有些问题想单独问你。"

老烟枪顿时露出失望神色。"不会接吗？"

冯磊的眉毛皱成了八字，有点丧丧地说："我估计接的可能性不大，他们问你什么你就说什么吧。"

老烟枪还没闹明白这里头的弯弯绕。"他们要是不接，还搞这么大动静干吗啊？"

冯磊也说不出个所以然，只是一个劲儿地让老烟枪配合工作。

说一千道一万，老烟枪没倒戈前也是个捞偏门的，除了冯磊，他对其他警察的态度，并没有那么信任。混江湖的人最讲究个义和利，要是两个字都沾不上边，那也就没有了谈下去的必要。

和老烟枪相处了这么久，冯磊当然知道他的脾性，"你别着急，可能是我太悲观了，其实你没来之前，我和专案组的人聊了一会儿。"

老烟枪竖起耳朵。"说的什么？"

冯磊转身看看里边。"要是这起案子是串子做的，那么嫌疑人和受害人都是帮派内部成员，要想打开突破口，必须要安插个人进去。"

老烟枪愣了愣。"那还不简单，这不是有我呢吗？"

冯磊摆手拒绝。"不行，你在帮里这么多年，狗五的事也没见解决，假如专案组接手，案子突然有了进展，你会很容易暴露。帮里的规矩，你应该比我懂。"

老烟枪冷笑："大不了一死，那能有啥。要不是当年你搭了一手，我坟头草都一人多高了。"

冯磊有些气急败坏："咱能不能不说赌气话？就算你不怕死，我也不能拿你的性命开玩笑吧！"

老烟枪双手一摊。"那就没辙了，帮里组织严密，陌生人要想进这个圈子绝对不可能。那些老资格年轻时都混过江湖，一般人玩不过他们。"

冯磊叹了口气："我当然知道，所以我才觉得，咱俩把事情考虑得太简单，要是没有合适的人里应外合，想把这起案件弄明白几乎是不可能的。"

老烟枪眼睛一瞪："那就真没其他的办法了？"

"我也不知道。你先进去和专案组聊聊，倒不如都跟他们说了，回头听听他们的意见，万一他们能有办法也是好事。"

老烟枪原本觉得专案组可能是在甩包袱，可听了冯磊的一番话后，他也觉得事情确实没有他想的那么简单。他自己就是混江湖的，江湖人的那一套法则他比谁都清楚。尤其是帮里的几个掌舵人，他们把江湖声誉看得比命都重，就算狗五是大执事的儿子，他们也不可能把这件事交给警察处理。

思来想去，连老烟枪都认为，这事好像钻进了一个死胡同，除非能在"江湖"和"法律"间找到一个平衡点，否则确实是难办。

怀着忐忑的心情，老烟枪还是推开了询问室的隔音木门。方桌内坐着两名男子。一位看似平静的黑眸下，暗藏着锐利如鹰隼般的眼神；另一位脸部紧绷，斜斜的目光正自上而下地打量着他。可能是二人自带公安部尖刀专案组的光环，身经百战的老烟枪竟也有些不寒而栗。

…………

老烟枪原名聂宝路，1966年生，现年53岁，曾因盗窃、吸毒多次入狱。

据冯磊的介绍，老烟枪多年前就查出Ⅰ型糖尿病、肝硬化等不可逆转的重疾，目前正处在保守治疗期间。

他的毒瘾也早就在冯磊的帮助下戒除多年，不过毒品好戒，心瘾难解，只要毒瘾一犯，他就会烟不离嘴，最高峰时，他曾半天抽完了一整条哈德门。帮里的人问起，他总以"没钱买毒"作为回应，久而久之，就得了一个老烟枪的绰号。

老烟枪长了一张国字脸，剪着瓜皮短发，面相给人一种老实忠厚的感觉，是那种典型的扎进人堆里就找不见人的类型，还没开始问话，他就先掐掉过滤嘴，给自己点了一支。

"你这个外号，果然名不虚传。"展峰一笑。

听展峰语气轻松，老烟枪使劲嘬了一口闷进肺里，过了烟瘾后赶忙接腔："孬烟，冲鼻子，怕各位领导抽不习惯，我就不散了。"

"你的情况，我从冯队那里了解了一些，排气扇提前开好了，你抽你的，不用管我们。"

隗国安也跟着附和："对对对，怎么放松怎么来就行。"

老烟枪左顾顾右盼盼，发现这些公安部来的人好像也没什么架子，他干脆轻车熟路地走到储物柜前，从柜子底下掏出一个用可乐瓶做的简易烟灰缸，第一支刚摁熄，他又迅速抽出第二支续上，返回座位时，这一支也过肺大半了。

屋里缭绕起刺鼻辛辣的烟草味道，让展峰有些皱眉，虽然头顶上的抽风机嗡嗡嗡响个不停，可就算是开到了最大挡，面对老烟枪的吞云吐雾也无济于事。

一连四支下去，老烟枪的脸上稍稍有了些红晕道："对不起，二位领导，我年纪大了熬不住夜，不多来几根，我马上就得打瞌睡。"

展峰从烟雾里看他，"那咱们可以开始了吗？"

老烟枪连连点头，"可以了，可以了。"

"能不能跟我们说一下贼帮内部的具体情况？"

老烟枪刚要抬起的右手突然顿了一下，从他瞬间拉下的脸不难看出，他似乎很不喜欢贼帮这个称呼，不过他的不悦也是转瞬即逝，既然有求于人，他也不敢迁怒，反倒用心平气和的语气道："领导，江湖人称我们荣行，不是贼帮。"

隗国安常年扎根基层，所谓的江湖中人他也接触过，这些人都有一套自己的称呼和规矩。于是他给了对方一个台阶下。"我和展队都不是江湖中人，有什么不合适的，还请见谅。"

出来混要的就是一个面儿，人家都把话说到这个份儿上了，自己再端着难免太过矫情，老烟枪满脸堆起了笑："领导，您这是说哪里话，不知者无罪，你们想知道什么尽管问，我能说的不能说的，在这儿都会说。"

见局面已打开，展峰开始提问了："那好，我们就不耽误时间了，还是刚才那个问题，本市的荣行有多大规模，组织架构什么样？成员有多少？"

老烟枪吞了口烟。"TS市是较大的市，跟周边地市相比应该算最大的一个。咱们这一派的荣行，从民国初就已成形，到现在有百余年的历史了。

"各地市荣行只设一个总揽全局的管事人，我们称之为'老荣'。荣行的二把手是掌管行内戒律的大执事，除执行死戒外，其他所有戒律都是他一人说了算。跟大执事平齐的是财佬，专门分管行内财务，没有实权。大执事会根据本地荣行的实际情况设分堂。我们行只有两个堂口，分别是功夫堂和行走堂。

"我们荣行出的贼和一般的毛贼不同，讲究的就是一个传承，功夫堂就是为了训练盗术弄出来的，成员大多数是帮众子女，还有一些遗孤。盗术的高低以'铃'计算，最高为七十二铃。功夫堂会按照学员的具体表现，把他分为金、银、铜、铁四个等级，铁级差不多相当于六铃，金级接近十八铃。

"训练一段时间后，行走堂就会带着他们出去行窃，刚开始都是老带新，等盗术成熟了，会形成稳定的男女搭配，一起干活。盗术是循序渐进的，通常功夫堂训练一段时间，行走堂就带出去玩真的，来回反复。帮众家的小孩，从6岁起就会被送进功夫堂，快的五年出师，慢的也有七八年、十来年的。只要不满16岁，扒窃就不需要负刑事责任。也就是说16岁之前，允许犯错，16岁之后要是盗术还没达到铁级，那么这个人就会被逐出荣行，一辈子也不得以行窃为生。

"这些出师的底层帮众，我们称为'绺子'，按照功夫堂的评分，绺子也分为金绺、银绺、铜绺、铁绺四个等级。按片区不同，每个地方会选出一个'瓢把子'，县一级有总瓢把子，市里头大辖区（行政区内部划分，如东区、西区等）有区瓢把子，具体到小片儿，还有小瓢把子。这种分管具体片区的小瓢把子咱叫作'片儿隼'，隼是鹰隼的隼。他们平常不偷，只管盯着片内的绺子干活。

"片儿隼人数不固定，小的地方一两个，有些大的商业区，也会有四五个。片儿隼是从绺子里选拔而来的。具体选拔标准有两个道：一个是绺子的等级，另外就是上交的贡钱。在荣行，出门做活最基础的搭配，是一个片儿隼带四个绺子。

"俗话说，捉奸捉双、捉贼捉赃，绺子得了拖儿（财物），会第一时间转移给片儿隼，由片儿隼藏匿在隐蔽的地方，等完活收工，这些东西才会被安全转移。这样，就算是折了拖儿（被抓），警察也不能拿绺子怎么样。要是在做活的时候被人发现，绺子通常会赔笑放回原处，大多失主嫌麻烦，也不会声张。

"在出师前，功夫堂会根据每个人的实际情况，给绺子确定今后的行窃方向。大致可以分为五类。第一类是专门在火车、汽车、公交车上做旅客活儿的，我们叫'吃轮子钱'。第二类是在夜里入室盗窃，我们叫'吃黑宫'。第三类是在商业区、集市、庙会、演唱会等人群密集的地方干活的，我们叫'吃白攒'。第四类，是拣那些熟面孔下手，绺子多是女的，她们衣着暴露，常活跃在酒吧、夜总会，有男人上钩她们就开始下手，我们叫'吃友钱'。第五类，也算是咱荣行最与时俱进的一类，他们从功夫堂出师后，会被送到学校深造，绺子们得手的手机都会转交给他们，他们就会在第一时间把银联卡、支付宝、微信中的现金全部洗劫一空，具体用什么方法，我也不太清楚，听他们说也不是每回都能成功，要看概率。我们把他们叫'吃计活'。

"荣行的绺子要想晋升，分到更多的红利，就要按行规，每天交贡数，片儿隼的贡数是由片区内的绺子们凑。贡数按月计，如果到了月末，交不出贡数就只能自己掏腰包，连续三个月漏贡，就会被扫地出门。

"除此之外，我们荣行还有几种特殊情况：一是年纪超过50岁的，称为'老绺'；二是身患重疾的，叫'病绺'；三是正在怀孕或哺乳未满1岁的婴儿的，我们叫'宠绺'；这三类人不但不用交贡，行里每月还会发些补贴。"

趁着老烟枪点烟之际，展峰已迅速在纸上画出了一个金字塔图。

塔的顶端是帮主老荣，第二行则为大执事跟财佬；第三行为两个堂口：功夫堂跟行走堂；再往下的第四行，是行政区县的总瓢把子；第五行是片区的区瓢把子；第六行是具体辖区的片儿隼；金字塔最底层，自然是负责行窃的绺子。

展峰也曾参办过结构严密的黑社会组织性质犯罪，类似的金字塔图他也看过不少，可这幅图他怎么看怎么觉得有问题，于是他把图交给老烟枪："荣行的架构是不是这样？"

老烟枪瞅了瞅说："嗯，差不多。"

展峰问："你确定没有疏漏？"

老烟枪很肯定地回答："就是这个，没有了。"

展峰伸手指着图上某个点,"从图上看,荣行看起来组织严密,实际上管理层却太过单一。举个不恰当的比方,市政府还设有市委书记和市长两个权力职位,如果一个组织每个层级都是一言堂,很容易出现内部矛盾。要真是这个图上这样,那么我搞不明白,荣行是怎么能做到百年屹立不倒的。"

老烟枪瞥着展峰沉默片刻,终于苦笑:"领导就是领导,一眼就看出了症结。荣行本就只是个江湖帮派,早年江湖中人讲究的是个义字,荣行之所以能挺这么长时间,其实靠的就是江湖道义,不过这些年行里出现了许多不正之风,那些老家伙也是睁只眼闭只眼,我作为一个无权无势的病绺,也不好说什么。"

"出了什么不正之风?"

老烟枪颇有些恨铁不成钢地说:"去年,我发现一伙吃黑宫的绺子,压根儿不按规矩办事,能偷则偷,不能偷就明抢,这帮人都进过功夫堂,就算受害人报了警,警察也很难抓到他们,后来我实在看不过去,就给冯磊点了眼。这只是一小撮人,可我觉得荣行这么做的,绝对不止他们几个。"

"为什么是你觉得?难道你对荣行内部情况也不了解?"

"是的,荣行的层级架构十分严密,由下向上都是单线联系,绺子最多只能接触到片儿隼,没到一定级别谁都不知道上面的人是谁,长什么样子。就连行走堂和功夫堂教学时都会带着人皮面具,就是胶做的那种。这样就算绺子被抓,最多也只能挖到片儿隼这一层。你们办案的应该知道,人赃并获,案子才能算数,从片儿隼往上都不直接接触财物,你们就算知道是谁,也不可能定他的罪。

"荣行有个规矩,一人入行全家吃享,可以说,绺子们的老婆、孩子、双方父母,都是行里出钱供养,就算绺子被抓也不敢咬出其他人,否则就是坏了行规。冯大眼儿玩命干了一辈子反抓,也还只停留在片儿隼这一层,再往上根本查不清。"

展峰听完想了想,又问:"失踪人里,有一个人叫狗五,是大执事的儿子?"

"没错。据说大执事是咱们行除老荣外的第二个于黑。狗五是当年他行走江湖跟一个做皮肉生意的女人生的。孩子一生下来，女的就不见踪影了。江湖人都觉得取个赖名好养活，他就给儿子选了个狗五的小名。"

展峰又听到个陌生词，"于黑是什么？"

老烟枪解释说："在荣行，有一种绺子，技术高超、衣着阔绰、谈吐文雅，交际圈也都是些达官贵人，他们要么不做，一出手就是大活儿。目光短浅的小绺，得拖儿（财物）后只管自己享受，很少顾及别人。唯有于黑轻财重义，凡是同行有难他必搭手相救。江湖上的盗术，于黑无一不精。有高超的盗术，但于黑也并不都是独行侠。我们行的老荣跟大执事早年就是一搭。听人说，老荣的盗术极高，可以甩大执事好几条街，他有一个外人怎么都学不来的招数，叫'苏秦背剑'。"

隗国安向来都是把自己当成打酱油的，老烟枪嘚啵嘚啵半天，他也只是过耳不过心，权当在听故事，只有听到有意思的地方，他才刨根问底道："你说的苏秦背剑是什么招数？"

老烟枪拿起身边的笤帚比画，"习武之人习惯在过招中把剑置于背部，用来格挡对手从背后的袭击。古人背剑，皆是剑柄在上，剑尖朝下。而苏秦背剑时却与之相反，剑柄在下，剑尖朝上，斜挎于背。虽说只是把剑尖改变了方向，其实却是掌握了反击的主动。盗术里头的苏秦背剑，并不是真的拿剑，它是指行窃时站于目标正前方，双手背后，从目标的眼皮底下取拖儿，整个过程在一瞬间完成，难度极高。实不相瞒，这么多年，苏秦背剑也只存在于传说中，我还真没见谁使过。"

插曲结束，展峰问了个关键问题："听冯磊说，那晚金三儿要取他性命时，是你提前通知的大执事？你是怎么知道的？还有，你和大执事是什么关系？"

老烟枪叹道："冯磊抓了金三儿的哥哥，这梁子早就结下了。而且这些年除了不入流的毛贼，冯磊抓了荣行不下两百个绺子。不少年轻冲动的绺子扬言要一命抵一命，搞死他。金三儿就是他们中最激进的一个。

"金三儿那晚带着四个绺子出门时，我就感觉不对。他平时行事很谨慎，不会大摇大摆地出去做活。就算是做，他也会提前部署。最重要的是，金三儿手下的绺子,最擅长吃轮子钱,他们去滨河路步行街吃白攒,这不摆明了有问题吗?我知道这消息时,已经晚上10点多了,听其他绺子说,金三儿放过话,最近要干一件大事,我一猜,就知道他有可能要给冯磊下套。

"咱中国是个人情社会,在市区混时间长了,绺子们也能处到不少朋友,很多时候冯磊这边人刚抓到,那边讲情的电话就打了过来。为了不分心,冯磊抓人时对外联系的手机都会提前关机。我给他打电话没人接,于是我笃定他一定在干活。情急之下,我只能打电话给大执事,说金三儿在步行街设局要弄死冯磊。"

展峰观察着老烟枪的表情,"你见过大执事?"

"见过。他儿子狗五失踪时,大执事曾把片儿隼一级的人召在一起开了个会,他说如果谁能找到狗五的下落,就赏金200万,并且还当众公布了一个可以联系到他的手机号码。我虽说没有达到片儿隼的级别,但在荣行也算是老资格,就纯属好奇地进去听了听。那是我第一次见到大执事,他的脸很僵硬,应该也带了人皮面具。狗五失踪后的第四年,大执事在行里传话,说不论是谁,都不能伤及冯磊的性命,否则戒律伺候。"

贼帮首领要留着警察的性命,可谓怪事。展峰问:"大执事这样做的目的是什么?"

老烟枪龇着黄牙笑道:"因为那时候,算上狗五,荣行不见了六个人,这已不是单纯的失踪,傻子都知道这是在报复。我们都怀疑,这事就是串子做的。大执事之所以不伤冯磊性命,是因为他知道,只有冯磊还在调查这事,要是冯磊死了,他儿子狗五的事,就再也不会有人过问了。"

展峰摩挲着桌板,思索着道:"你的意思是说,冯队一旦失去价值,荣行就会对他下手?"

老烟枪表情严肃地点点头,"只要他还在反扒大队干,保不齐还会出现第二个、第三个,甚至第四个金三儿,但姑且能保他没事。"

展峰心里一沉:"可冯队这次受了刀伤,返回原岗位的可能性不大。"

老烟枪也跟着叹气:"这些年他得罪了太多人,荣行想要他命的人一只手都数不过来,人心隔肚皮,别人想不想搞死他我也不知道。不过好在他这些年一直单身，否则他妻儿绝对躲不过这一劫。"

"一直单身？"

"唉！他心里那个人已经死了，这辈子迈不过这个坎。"

对于别人的私生活展峰也不好细问，他很快换了一个话题道："荣行这些年有没有调查过狗五失踪的事？"

"这年头，人为财死鸟为食亡，绺子们都在忙着赚钱潇洒，谁会去管上层的恩怨。好在大执事还在，如果哪天他归西了，我估计连狗五是谁都不一定有人知道。唉！仁义道德能当饭吃？一直抱着那些江湖规矩，顶个屁用！"

展峰在笔记本上圈圈画画，临近结束时，他还留下了一个画上了星标的重点问题。

看着窗外朝霞漫天，坐在一旁的隗国安开始不停地打着哈欠。就连一直用烟提神的老烟枪，也如瘟鸡似的，趁间隙打起了盹儿。然而展峰把这个问题留在最后，本就是为了不引起注意，现在所有人都恹恹欲睡，正是询问的最佳时机。

"听冯大队说，你曾接到过一条短信？"

老烟枪先是"嗯"了一声，接着用袖子擦了擦口水，迷茫地问："短信，什么短信？"

展峰特意提醒。"关于公安部成立专案组的短信。"

老烟枪总算稍稍恢复了些神志。"哦，对，是一条带新闻链接的短信，我是点进链接才知道的。"

"短信呢？"

"那都多久的事了，早就删除了。"

"记得接收短信的手机号码吗？"

老烟枪对自己的电话倒是很熟悉，道："136×××1564。"

展峰问话时，一旁疲惫的隗国安已是鼾声四起，他并没看到，最后的这几句，展峰记录在了另一个文档中。

九

询问结束，是不是接手案件，展峰还要征求组员的意见。

嬴亮第一个发言道："狗五等六名帮众的真实身份都已查实，其中一个家伙因为涉嫌盗窃，现在还在网上挂着（通缉）。六人失踪后，都没有任何生活轨迹，遇害的可能性的确较大。我觉得可以接。"

司徒蓝嫣说："狗五是大执事的儿子，而串子逃脱时扬言要报复贼帮。如果这个是犯罪动机，那咱们就得分析它的合理性。我注意到，贼帮帮众会有意安排成男女搭配的组合。一来这样不会引起注意，二来要是两人搭档久了，情投意合，就可结成夫妻，也算促进帮派良性发展。据冯队说，这种男女搭档最后成家生子的，不在少数。小白被打死时差不多16岁，串子在18～20岁之间。这正是情窦初开的年纪。两人如果早已确定恋爱关系或私订终身，看着自己的爱人被活活打死，我看完全可以转化为报复杀人的动机。也就是说，串子把狗五等人杀害，动机假设是可以成立的。"

见展峰微微颔首，司徒蓝嫣似乎得到了鼓励，继续道："确定好这一点，我们再接着分析。本案六名受害人都是贼帮的帮众，且都受过专业训练。这种人反侦查意识较强，一般人很难近身。他们出去行窃时，幕后还有片儿隼盯梢，不熟悉贼帮的人不可能连做六起都未被发觉。因为这个，不管从内因还是外因，除了串子，凶手也没有更合适的人选了。"

司徒蓝嫣说完，展峰看向了嬴亮。"串子作的那起入室盗窃案查清楚了吗？"

嬴亮回答道："我把卷宗调了过来。案情很简单：1997年7月11日夜，集美花园小区8栋3单元102室的防盗窗被剪开，屋内现金被盗6万元。警方到达现场后，在防盗窗附近发现了大量的血迹，疑似嫌疑人在逃离现场时，被防盗栏杆刮伤所留。随后，警方还在室内提取到了鞋印、指纹。因为涉案金额较大，接警单位使用了低温冷藏的方式将血液样本保存。直到2005年，当地省厅出资建造了DNA检验系统，血液样本也是在那个时候做了DNA检验，但至今没有比中信息。"

展峰听完后说："本案可能就是一起简单的复仇杀人，我们找到串子后，问题就可迎刃而解。至于接不接这起案子，我想听听大家的决定。"

嬴亮之前就表过态，这时候举起了手。隗国安最擅长察言观色、随波逐流，他何尝看不出展峰这样提出，就已做好了接手的准备，见嬴亮举手赞成，他也耸耸肩，表示没有任何意见。四票已经通过了两票。

司徒蓝嫣想了想，说："我还是持中立态度。展队这次没有带道九过来，想必早就做好了要接案的准备，所以才需要让道九不轻易露面。不过，我觉得贼帮的内部结构比我们想象的复杂，道九虽说混过江湖，但他能不能胜任这个里应外合的角色，还需从长计议。另外，我们专案组代表的是公安部，一旦介入，其实就等于部里在间接出面接手此案。如果站在部领导的角度上看，他们是不可能让这个盘踞百年的贼帮还存在下去。也就是说，我们要解决的，可不单单是狗五等六人的失踪案，而是要一并把贼帮连根拔起。如果以上问题不能妥善解决，那我投弃权票。"

司徒蓝嫣的意思完全在展峰的意料之中，换成是他，在摸清道九几斤几两前，他也不会主张意气用事。司徒蓝嫣投弃权票，倒不是说赞成专案组对此不闻不问。俗语说"闻道有先后，术业有专攻"，反扒并不是他们的强项。再则就算专案组不接手，展峰也不可能就此撒手不管，而是会把线索呈交到上级，由公安部组织更为精专的力量进行打击。

临离开之前，展峰整理了一份会议记录交给冯磊，专案组的坦诚让他很是感动。尤其是看了司徒蓝嫣的那段话后，冯磊才意识到，自己考虑问题太过片面。有句话说得好，所处的地位决定眼界，这些年他一直停留在斩草的阶段，而专案组却在思考怎么除根。他此时才意识到，就算是找到串子查清狗五的事情，他又能怎么样呢，贼帮还在，类似的悲剧在未来的某一天可能还会上演。不把贼帮连根铲除，始终不能解决问题。怎么拔掉祸根，确实需要从长计议。

这一次面对专案组的离去，冯磊已不再那么郁闷了，他的直觉告诉他，一切似乎都在往好的方向发展。

十一

展峰的办公室位于专案中心的西南角，与之相连的是三间只有拥有最高级权限才可以进入的软包房。几间房共通的走廊被一道厚约 2 厘米的磨砂玻璃门阻隔，专案中心除展峰外其他人都无权进入。

赢亮一直想弄清楚展峰究竟在搞什么名堂，他找了许多理由，一有空就猫在玻璃门前东张西望，就连内勤莫思琪都察觉到了异样。

"赢亮，你干什么呢？鬼鬼祟祟的。"

"哪儿有，我是想找展队汇报些情况，来了好几次，人都不在。"

"展队？他上午就走了。"

"走了？从哪里走的？"赢亮一听大为惊讶。

莫思琪指着他身后的磨砂玻璃门解释说："后面有个通道，只有有高级权限的人才可以进入。展队上午 10 点钟就从内部通道离开了。"

"通道另一端在哪里？"

"没进去过，不是很清楚。不过，我曾问过一次展队，他告诉我说，从这里可以进入驻军的某个秘密基地。整个中心只有他有权限进入。"

"搞这么神秘？还秘密基地？"赢亮满脸郁结。

"我也不知道，不过有些事还是少问的好。"见他一副小孩样儿，莫思琪不由得端起架子。

"对对对，莫姐教训得是，既然展队不在，那我就不等了，下班了，回见。"赢亮可不想吃这位的教训，赶紧找个理由溜掉。

"回见。"

对在大是大非上可以信任的人，赢亮倒不会过分地去追究某些隐秘。专案中心为什么只有展峰一人有权限进入秘密基地？他进入秘密基地到底要干些什么？赢亮想不通也不会去问，或者说，不敢去问——毕竟在警察队伍里，上下级之间的界限还是很分明的。

…………

赢亮并不知道，此时的展峰早已驾车回到了康安家园的住处。才短短几日，上次闹得颇为难看的两人竟又心平气和地坐在一起商议起来。展峰把老烟枪的笔录节选递给对面的男人。"你怎么看？"

	高天宇一目十行地看下去，没过多久就用指节敲了敲笔录道："截至目前，你们办理的案件中，有三人接到了类似的短信，对我来说样本已经够了，我现在已经可以开始下一步的分析工作。"

	"你要怎么突破？"

	高天宇把笔录放在桌上。"你把我需要的东西准备好，我会告诉你结果，你不需要知道过程。"

	展峰从包内取出一台没有任何标识的笔记本电脑。"你要的东西我带来了。"

	高天宇刚想伸手去接，展峰把手一抬，让对方扑了个空。

	高天宇眯起眼，目光危险。"什么意思？"

	展峰微笑着说："别以为我不清楚，你可是门萨会员，计算机专业的高才生，我就这么把电脑交给你，说不定你就会拿去做坏事。"

	高天宇眉毛一挑。"你知道得还不少。"

	展峰坐直了身体，双目直视前方。"别忘了，你是鼠，我是猫，想查你，并不困难。"

	高天宇突然被这句话给逗乐了，"哈哈，好吧！除了我公开的身份，你还查到了什么？"

	展峰并没有说话，对这个家伙展开的全面盘查，结果就是他理所当然地没有查到任何其他有用的东西。

	高天宇温和地笑着，再次把手伸到展峰面前，"给我，你可以说说你的条件。"

	展峰缓缓地把电脑交到了他手里。"电脑已加密，你的每一步操作，后台都会有记录，如果有情况不及时告诉我，你我的交易即刻终止。"

	高天宇抓住电脑一端。"我不喜欢你对我说话的态度，但你得清楚，我还是希望你我的交易可以顺利进行。"

他凝视着展峰的眼睛，一个字一个字地说："毕竟，你是这个世界上唯一一个像我一样想要抓住他的人。"

十一

第二天下午，专案中心会议室，五人落了座，吕瀚海完全没想到自己能够在这里"C位出道"。给专案组开了大半年车，他还是第一次特许进入中心内部，虽然他一直都对门内怀有强烈的好奇心，可这次他却无心欣赏。因为展峰带他进来之前什么也没有告诉他，这导致他此刻的心情就像是被抓进派出所一样复杂。他左瞅瞅右瞧瞧，有些坐立不安。"这都进来老半天了，你们究竟要干啥，倒是说话啊？"

嬴亮跟他向来是水火不容，司徒蓝嫣这时候绝不会多话，隗国安倒是想讲两句，也不知从何说起，三人不约而同地看向展峰，见他一直盯着吕瀚海，沉默不语。

吕瀚海心里头毛毛地说："展护卫，你又在搞什么鬼？"

展峰终于开口："问你一件事。"

吕瀚海声音都颤了："什么事？"

"我记得你当年摆摊算命时，好像跟我说过不少江湖行当，你还记不记得这事？"

吕瀚海一愣："就这事？"

展峰点头。"就这事。"

吕瀚海长舒一口气，得意爬上脸庞。"咳，我以为什么事呢，搞得我心慌意乱。如果你们是问这事可就问对人了，江湖儿女，吃百家饭长大，不瞒各位，还没有我不知道的江湖行当。"

展峰眉毛一挑。"哦？真的假的？"

吕瀚海颇有些不服气："咱俩在一起搭档这么久，别人不知道，你还能不知道，你就问吧。"

展峰敲敲桌子。"这可是个偏门。"

"偏门?"

"对。"

"说来听听。"

"荣行。"

吕瀚海一惊:"荣行?你是说绺子门?"

"没错,因为牵扯到一个案件,我们需要知道关于荣行的所有细节,越细越好。"

吕瀚海嘿嘿一笑,笑得别提多赖皮了。"展护卫,我也不瞒你,当年我混江湖时认识不少绺子门的朋友,他们的底细我是一清二楚,想知道也可以,不过这咨询费……"

吕瀚海搓搓手指。

展峰早就料到会有这么一出。"最多1000,多了没有,你要不说我们自己去网上查。"

吕瀚海一拍桌子。"得,给你打个五折,1000就1000。你们让我从哪儿说起?"

"这么贵,当然从头说起了,有多细,就说多细。"

"得嘞!知道了。"

吕瀚海不假思索,张口就来:"要介绍绺子门,我要先给各位免费普及一下江湖常识。从年代算起,咱们认知的江湖可分为三个阶段:古江湖、近江湖及现江湖。清末之前的江湖门派,我称为古江湖。从清末到20世纪90年代初,为近江湖。从20世纪90年代至今,就叫作现江湖。

"古江湖年代久远,规矩繁多,暂且按下不表。现江湖无规无矩,也可以一笔带过。要想彻底搞清绺子门,那必须要在近江湖上费些笔墨。咱们把时间往前拉上一百多年,那个时候没有商业区、没有电影院,商人为了聚拢人气,只有唯一一条途径,跟长春会合作。最早的长春会是济南的说书艺人组织,光绪三十年(1905年)就有了,会长为杜泰海、石玉泉二位长者。后来经过发展,长春会逐渐演变成一个艺人管理的互助组织,说白了,就是一个行会协调组织。举个例子,几个商家看中一片地,要想把这里盘活聚拢人气,他们就会联系长春会，由他们出面邀请各类行当进驻。

"那个时候，江湖上共有八大门。分别是：惊、疲、飘、册、风、火、爵、要。惊门，是江湖八大门之首，主要是研究吉凶祸福，为人指点迷津。如今看相算命的都算惊门中人。惊门始祖是伏羲跟周文王，传说伏羲画八卦、文王演周易。惊门典籍为《易经》，江湖八大门以惊门为首不是没有道理，因为它研究的是天道变化。惊门一旦精通，则其他七门皆可触类旁通。我自己就是惊门中人。

"疲门，讲究的是行医济世之道。这里的行医不只包括江湖游医，也包括坐堂医生，甚至还包括古代的巫祝等，只要是给人看病，皆归疲门。疲门的祖师爷有两位，医圣张仲景跟药王孙思邈。飘门，讲究的是云游求学之道。飘门的祖师爷是孔子孔圣人。而时至今日，江湖杂耍卖艺、登台现演的，甚至烟花妓女，都自称飘门中人。册门，讲究的是考证今古之学。册门的祖师爷是司马迁。那些倒腾真假古董的、卖春宫的、经营字画的，甚至盗墓的都自称是册门中人。风门，研究的是天下地理山川。风门的祖师爷据说是郭璞，如今的风水先生、阴阳宅地师，皆是风门中人。火门，讲究的是各种养生之术。火门的祖师爷是葛洪葛天师，经典包括《抱朴子》《参同契》等。什么炼丹术、炼金术、房中术都是火门江湖人的把戏。爵门，讲究的是为官之道。传说爵门的祖师爷是鬼谷先生，传统爵门其实讲的是纵横之术。自近代以来，买官卖官的把戏，包括打着官方名号诈骗，也算是爵门的江湖术。要门，讲究的是落魄之道。近代以来，打莲花落要饭的，吃大户打秋风的，装作僧尼化缘骗人的，甚至下蒙汗药的，都可算要门中人。说书人在故事结尾会向听众要润喉钱，在古人看来，这般开口要赏的跟叫花子无异，所以说书人也是要门子弟。

"由此八门演变而来的还有江湖生意八门，分别为：金、皮、彩、挂、平、团、调、柳。金门做的是相面、算卦、八字命理等占卜生意，分为哑金、嘴子金、戗金、袋子金等很多门类。皮门是卖药的总称，很多人又管这行叫'挑汉儿的'。主要卖的是一些日常药，像咳嗽药、膏药、牙疼药、大力丸、仁丹等。彩门做的是变戏法的行当。就像常见的吞剑、喷火、踩高跷，都属这一门。挂门是和武术有关的行当，常见的有武师、镖师。平门是指评书，那些当街唱大鼓的、打竹板的、敲醒木的归这一门。团门是相声。江湖艺人调侃叫'团春',也叫'臭春'。个人说的相声叫'单春',两个人对逗叫'双春'。用幔帐围起,看不见人,隔着幔帐听的叫'暗春'。调门是指那些看花柳病兼卖大烟的野大夫。柳门从事的是曲艺、戏曲行当。

"除此之外,江湖八门为总纲,生意八门则为'明当'[1]。想当年明当中人,不亚于现在的明星大腕,只要从事一门就有了吃饭的本事,就算是点黑痣、卖狗皮膏药的,都有严格的师承。

"常言道,有人的地方便有江湖,人就是江湖。既然有正经做买卖的,那也少不了捞偏门的行当。随之形成的被称为'小八门',有的地方也叫'暗八门'。他们分别是:蜂、麻、燕、雀、花、兰、葛、荣。蜂道,指的是那种有组织的多人骗子集团。麻道指的是单枪匹马的骗子手,多装扮成和尚、道士、隐逸高人,凭一己之力骗取他人钱财。燕道指的是利用女色行骗的女性。行骗者多为年轻貌美的女性,有的是一个人,有的扮成姐妹,有的扮成母女,不一而足。雀道指的是专业的犯罪团伙,往往是一个家庭的整体成员,长期在某个地区或者某个领域行骗。花道指的是耍钱的职业赌徒,专以赌钱谋生,有师承,有传授,会使腥儿(出老千)。兰道指的是绿林响马。响马和土匪略有不同。一群穷人聚啸山林就是土匪。绿林响马也有师承、有传授、有武艺,还要有江湖经验。用现在的话说,职业化的程度要比土匪高一些。葛道是凭借武功从事非法营生的,也叫'吃葛念的'。过去江湖杀手、打手,打家劫舍的独行强盗,甚至到挑把汉(卖壮阳药)的,都可以归入葛家门。荣道指的是以行窃为生的行当,也叫绺子门或镊子把,不过他们还是最喜欢称自己为荣行。"

隗国安最喜欢这些八卦,听得如痴如醉,上赶子问道:"荣行有什么讲究?"

吕瀚海手在桌上写了写:"荣的繁体字是'榮',上面是两个火,中间一宝盖,下面是一木,木旺火,意为火中取宝。玩的就是技术。荣行的老大,称为

---

[1] 可以明目张胆摆摊做生意的意思。

老荣，行窃的帮众叫作绺子，分管绺子的叫瓢把子。根据行窃的方式不同，绺子门还有分工，比如，在车马轮船上行窃的叫'吃飞轮'；偷熟人钱的叫'吃朋友钱'；白天不做活，专在夜里偷的叫'吃黑钱'；专在白天偷，晚上睡觉的，叫'吃白钱'；在集市、庙会人员密集区干活的，叫'吃攒子钱'；早年还有专吃珠宝店、绸缎店、银行银号的高级绺子，叫'吃高买'。"

隗国安见缝插针地问："于黑你知不知道？"

吕瀚海有些意外。"哟呵，老鬼，你还知道于黑？"

隗国安嘿嘿一笑："也就随口一问。"

吕瀚海正色一笑："于黑是绺子门技术最高的侠盗，具有极高的江湖威望，举个不恰当的比方，在绺子门里，到了于黑一级，基本上就摸到了这行的天花板。"

隗国安又问："苏秦背剑的技术你听过没？"

吕瀚海摆摆手。"听过是听过，但那东西都是传言，我至今还没见谁使过。"

展峰却问："除此之外，关于荣行，你还知道什么？"

吕瀚海用手指了指展峰。"还是你最鸡贼。我刚才说的那些，百度上都能查到，另外，我还知道一些百度上查不到的。"

嬴亮感到好奇。"查不到的？那是什么？"

吕瀚海一笑："荣行的春点。"

已经听着迷的隗国安，赶忙问："啥是春点？难不成是绝活？"

吕瀚海神秘一笑："比绝活还绝活。江湖有这么一句话，能给十吊钱，不把艺来传；宁给一锭金，不舍一句春。电影《林海雪原》估计你们都看过，杨子荣口里说的'天王盖地虎，宝塔镇河妖'就是东北土匪行的春点，说得通俗一点，就是每个行当的黑话。旧社会混江湖，不论哪行，必须要先学会春点，春点分为两种，一种是江湖间通用的，名叫'总春'，另外还有各行不外传的'行春'。

"行走江湖，熟记春点是必备技能。打比方说，A地的绺子到B地行窃，不懂春点，极有可能招来杀身之祸，要是懂得荣行的行春，那就可以心平气和地坐下来谈，假如遇到难处，荣行之人或许还会慷慨解囊。如果说总春是基础，那么行春更像是撒手锏。江湖有江湖的规矩，要不是行内之内，切不可把行春外传，否则会引来全行的追杀。"

"那你又是怎么知道的？"

吕瀚海一拍胸脯。"九爷我本是惊门中人，论江湖排名，忝列首席，小小一个荣行，不敢造次，他们的行春就是捧到我面前，我都不带看的！要问我为什么知道，我再说两个小时也说不完。简单点讲，就是当年我和荣行的一个老荣有些交情，我帮他解开了心结，他就跟我聊了聊他们的行规。"

隗国安跟听相声似的追上了："九爷，快说说荣行的行春。"

吕瀚海端起茶水抿了一口，摇头晃脑地说起来："各行的行春其实都是从总春演变而来，懂得总春，行春记起来就很容易。荣行的行春只有一篇，共1454个词。举几个简单点的例子，他们管钱财叫'拖儿'；偷窃成功，叫"得拖儿"；没得手叫'折拖儿'；行窃时被发现，叫'掏响'；管便衣警察叫'老便'；管被逮了叫'掉脚'；管百叫'杵'，千叫'槽'，万叫'坎'。要是遇到荣行之人，我跟他对上几句行春，多少都会给些薄面。"

了解了荣行的大致情况后，隗国安又找到了一个兴趣点："九爷，盗术七十二铃是啥，跟我们讲讲呗。"

吕瀚海给他个拇指。"单说七十二铃并不准确，它的全称叫'二十四响、七十二铃'。各地荣行都会设行走堂和功夫堂两个堂口，功夫堂教人盗术，行走堂带人行窃。功夫堂在教学时，会摆上一个穿衣的木人桩，木人桩全身共钉七十二点，每一点会拴一个铃铛。初级学员，要从'一响三铃'开始训练。这一响三铃就是在木人桩的衣服口袋里，放入一个拖儿，并拴三个铃铛，学员在取拖儿时，要保证三个铃铛不能出声，才算过关。通常荣行最低级的绺子，都要达到'两响六铃'才能行窃。历史上比较出名的义盗，河北省沧州'燕子李三'，也不过'十八响、五十四铃'。能达到'二十四响、七十二铃'的，估计也只存在于天桥说书人的故事里。我反正是没见过。"

吕瀚海说得口干舌燥，他看向展峰。"荣行在小八门里，都只排最末，能说的我都说了，差不多就这些，待会儿咨询费是支付宝，还是微信转账？"

展峰微微一笑，瞅向了其他人。"你们觉得怎么样？"

司徒蓝嫣第一个表态道："我觉得九爷可以胜任，我现在没有一点意见。"

展峰看向嬴亮。"你呢？"

嬴亮摊开手。"从头到尾我也没有反对过吧！"

他又侧头瞟了隗国安一眼。"鬼叔，你觉得呢？"

隗国安抿着嘴点头。"如鱼得水，九爷出手，那就如虎添翼啊！"

四人中数老鬼最鸡贼，见他乐得跟菊花似的一准没有好事，吕瀚海已觉察到自己被套路了，可他暂时还没看明白这套拴在哪里。

吕瀚海大急，拍桌子就起了身。"展护卫，你又要搞什么鬼？我可告诉你，1000元最低了，你可别黑我的咨询费！"

他三句不离钱的本性展峰也不是第一次领教，俗话说，是人都有弱点，就看给的价码够不够，对吕瀚海来说，政策、法律那一套根本行不通，要想请他出山，除了钱别无他物。

展峰伸出五根手指。"九爷，我这有5万元，你想不想赚？"

吕瀚海傻了眼。"多少？"

展峰重复一遍："5万！"

吕瀚海看看展峰。"确定不是日元、韩元、越南盾！"

"人民币！"

吕瀚海吞了口唾沫："什么活儿能给5万！"

展峰让他坐下，才继续说："除此之外，你出勤时我还会给你做补助，餐费100元，交通费80元，住宿费350元，加班费240元，合计每天770元。"

吕瀚海听得哈喇子乱淌。"得，展护卫，开这么优厚的条件，你准备让我干啥，给个痛快话吧！"

展峰伸手拍拍他。"去荣行，做个卧底。"

十二

两星期后，TS市第一看守所。

戴着手铐的吕瀚海，被两名干警从门外一直架到门内的收押室。

看守所的值班民警年纪不大,最多三十岁出头,见吕瀚海一副流里流气的样子,猛地一拍桌子。"搞什么,给我严肃点!"

吕瀚海满脸堆笑。"警官,您消消气,不是我嬉皮笑脸,是我爹妈就给我生了这副容貌!"

值班民警寒着脸道:"呦呵,嘴还挺贫,行!可以!你放心,晚上我给你安排个舒服点的号房,好好治治你这毛病!"

吕瀚海也不示弱,不爽道:"警官,怕让你失望了,今晚我还真不能陪您。"

值班民警把笔一摔,怒视着吕瀚海。"怎么个意思?"

吕瀚海指了指肚子。"一不小心,吞了个刀片。"

民警被这句话弄得猝不及防,他用询问的目光看向负责投送的两位办案人。

让吕瀚海卧底入监这件事,只有极少的人知道,办案人并不知情,其中一名反扒民警气呼呼地说:"这家伙扒窃时被我们捉了个现行,他没有前科,没想到还是个老手,我都没发现他是怎么把刀片吞进肚子的。"

值班民警上下打量吕瀚海。"吞了刀片,还讪皮讪脸的,会不会是诓你们的?"

办案人头疼地从包里掏出一张X光片。"去医院查了,确实有!"

吕瀚海颇感得意地对民警说:"劳烦您给开个不适合关押的证明。回去,还要麻烦他们给变个保(取保候审)。"

值班民警上下打量了他一番。"呦呵,业务挺熟啊!"

吕瀚海揉了揉肚子,故作不舒服。"您还真得快点,回头我还要去趟医院,这万一刀片把肠子给划了,麻烦的不还是你们?我这人一人做事一人当,绝对不给政府添麻烦,毕竟花的都是纳税人的钱嘛!"

值班民警被他气得吹胡子瞪眼,但又不好说什么,只得乖乖地拿着体检单去找领导汇报。

按照看守所的收押程序,嫌疑人在被抓获后,24小时内就要投送到看守所。投送前,还要对嫌疑人的身体状况进行检查,对于一些重大疾病或不适宜关押的情况，看守所在确诊后，会出具一个不适宜关押的证明。

办案人拿着这个证明回到单位，则会变更强制措施。[1]

在实际的办案中，有些犯罪分子为了逃避打击，不想被限制人身自由，选择吞食异物来躲避拘留的不在少数。

目前一些经济发达地区，为了彻底解决这个问题，纷纷出资建立公安医院。不过遗憾的是，TS市并没有建立配套机构，吕瀚海最终还是需要由办案单位带回。

因为他无犯罪前科，且有看守所的证明，符合取保候审条件，经反扒大队大队长冯磊审批，吕瀚海在交纳了5000元保证金后，被立刻释放。

十三

临近深夜，位于市郊的德馨茶楼依旧灯火通明。门口候车的出租车司机，把唯一一条用来进出的水泥小道围堵得水泄不通。大厅内的木质舞台上，一位民间艺人正在表演京东大鼓《罗成算卦》，台下三三两两的年轻人嗑着瓜子、品着大碗茶，听得津津有味。

茶楼老板名叫刘天昊，眼下已是年过花甲，因为性格凶狠好斗，年轻时被人戳瞎了右眼，后得了一个"独眼"的绰号。德馨茶楼是他从父辈手中接掌，通体木质结构，真正的百年老店。

茶馆分三层，一楼为戏台，供客人品茶看戏。二楼为包间，正对戏台，视线开阔，早前用来接待达官贵人，现如今则成了男女青年幽会的最佳场所，虽然包间的最低消费水涨船高，可这里仍旧是一屋难求。三层是客房，始建

---

[1]《刑事诉讼法》中规定的强制措施有五种，分别是拘传、取保候审、监视居住、拘留、逮捕。拘传，是指侦查机关对未被羁押的犯罪嫌疑人强制到案接受讯问的一种强制措施；取保候审，是指侦查机关责令犯罪嫌疑人提供担保人或交纳保证金后，保证他不逃避或妨碍侦查，并随传随到的一种强制措施；监视居住，是指侦查机关责令犯罪嫌疑人不得擅自离开指定的住所，并对其行动加以监视的一种强制措施；逮捕，需证据确凿，经人民检察院批准方可执行。在某些影视剧中，办案人动不动就要逮捕谁谁谁，绝对是一种错误的说法。对于查实的现行犯罪，首用的刑事强制措施就是拘留，而当犯罪嫌疑人不适合关押时，办案机关会根据情况变更取保候审或监视居住。因为取保候审期限为一年，而监视居住只有六个月，所以前者使用的频率较高。

之初是给江湖艺人歇脚之用，并不对外营业。独眼接手后，规矩保留至今，只要前来的客人，能对上几句春点就可上三楼议事，其他闲杂人等一律不给入内。

茶馆每天都会网罗江湖艺人在这里献艺，相声、评书、大鼓、木偶戏、皮影之类，只要有人捧，德馨楼会毫不吝啬地给艺人提供平台。早年，茶馆、戏园那都是江湖艺人最为密集的地方，就好比现如今的明星剧院，能张罗这种场所的，无一不是江湖中人。

独眼的祖辈出生柳门，从事的是曲艺、戏曲行当。漂泊大半辈子才积攒了德馨楼这份家业。到了独眼这一代，依旧把江湖规矩奉为做人之根本，可独眼的下一代，几乎没人再关心什么规矩、章法了。

往前推个十年，德馨楼的生意用惨不忍睹形容也不为过。要不是父亲临终前有过交代，独眼真想舍掉这份家业干点别的。从蚀本经营到盆满钵溢，独眼万分感激一个团体——德云社。可以说，是这个相声团体让全国的年轻人重新接受传统艺术。那些十年前等米下锅的名角儿、名腕儿，如今又在德馨楼找回了当年的风采。戏台上的艺人通常只有上台钟，并无下台点，要是观众捧，老艺人可以返场十余次。独眼喜欢热闹，只要观众不散，后厨的茶壶会始终冒着烟。

今儿周五，独眼特意请了团（相声）、平（评书）、柳（戏曲）的三大名角儿镇场子，有好些人驱车几百公里，就是为了听几句原汁原味的老腔调。照今儿这情况发展下去，估计又是凌晨才会打烊。

独眼命伙计在炉里又加了几块煤糊，自己则坐在门口惬意地哼着《穆桂英挂帅》。

老烟枪带着吕瀚海摸黑走了过来。"今儿生意不错啊！"

独眼寻声望去，见是老烟枪，他满脸堆笑。"还行，凑合吃饭！"

老烟枪形容诡谲。"豹头到了没？"

独眼指了指三楼亮灯的房间。

就在这时，默不作声的吕瀚海也走出了黑暗，茶楼门口的灯箱照清了他的脸。

独眼见了陌生人有些警惕。"他是谁?"

老烟枪冷哼一声:"圈(juàn)外的绺子,借瓢饮水。"

独眼知道老烟枪是荣行中人,按理说,做正经生意的正八门,和这些捞偏门的外八门应该不会有什么交集,然而事实绝非如此。试想,你经营一家茶馆,前来光顾的客人三天两头被偷,生意能不能经营下去?要想避免这种情况,不管是正八门还是外八门,都要寻一个相处之道。这就是独眼明知老烟枪做的是荣行,还要以礼相待的原因。

自古以来,偏门议事从来都是闹中取静,茶馆、戏园都为上选,要是遇到官府查办,嘈杂的人群可谓天然的屏障。德馨茶楼的三层,每天都有人群上上下下,和荣行打交道时间长了,独眼也听得懂几句行春。

"圈外"代表外地,"借瓢饮水"则是来找口饭吃。老烟枪大致的意思是,吕瀚海是外地荣行的帮众,想在这里寻条谋生的路子。

正八门和外八门不同,前者干的是正当生意,天下之大全凭本事吃饭。而后者则对地域界限划分相当明确。一个地方有一个地方的讲究,虽说都是荣行,但里头规矩仍有差异。只要越了界,这口饭也不是谁想吃就能吃得上的。往深了说,要是吕瀚海是警方派来的卧底,一旦出现纰漏,整个荣行都要受牵连。所以,一般圈外的绺子,几乎融不进当地的荣行。

独眼也是个善于察言观色的人,要是没的商量,老烟枪不会把人带到茶楼,从他愤恨的表情不难看出,这事定有别的隐情。

豹头是这一片荣行的瓢把子,除老烟枪这种老绺可以相见,一般人还真难请得动他。荣行内部的事,他从不多问,但没搞清楚吕瀚海是何方神圣之前,他也不敢轻易得罪。见老烟枪掐着烟卷拂袖登楼,独眼走到吕瀚海跟前,微微欠身。"爷,要不里面雅座喝口茶?我请您!"

吕瀚海从小就跟着养父行走江湖,这规矩自然是烂熟于胸,只见他左手搭于右手之上,掌心向内,掌面横立,右脚后撤,行了一个拜礼。别看这细微的动作,却让独眼很是受用。早年,江湖中人两两相迎都会行礼。普通照面,行拱手礼,表示尊重,行作揖礼;只有晚辈遇见长辈或德高望重者,才会行拜礼。

吕瀚海今年三十出头，独眼六十有二，虽说从年纪上独眼足以称得上长辈，但在江湖中并不是年纪大就一定辈分长。独眼师从的柳门，在生意八门中，也只是个小行当，相比之下，荣行要比他们吃得开。举个例子，荣行有个规矩，得拖儿后，三日内不能出手。要是被盗者为达官贵人或商户宗亲，只要托中间人找来，绺子都要把财物如数奉还。因为这个，当地有头有脸的人物，都会给荣行三分薄面。

放在早前，不管独眼年纪多大，见到吕瀚海这种荣行的绺子，他其实都要绕道而行。现如今对方竟给他行此大礼，独眼当然受宠若惊。

"哎呀，礼重了，礼重了！"独眼慌忙把吕瀚海搀起，"兄弟要是不嫌弃，到我屋里，我给你泡一杯上好的碧螺春。"

吕瀚海一改往日的玩世不恭，客气地回了句："谢您了！"

德馨楼虽是木质结构，但木头跟木头还是有较大的差别的。别看茶楼外表有些破败，仿似山中禅庙，可它里面用的却是地地道道的红木。

红木作为家具首选材质，具有纹理细、香味浓、韧性好、油性高、保存时间长的特点。生意不景气的那几年，就有不少人找到独眼，想把这里买回去拆珠串儿卖，给出的价格也是令人咂舌，可他愣是熬住了没下手。

老烟枪上楼时的步子有些急切，但脚掌挤压布鞋底传来的敦实感，让他觉得，登楼的木梯竟比水泥台阶还要坚固。

一层、二层不时有伙计来来往往，可到了三层上头，周围就突然没了喧嚣。茶楼的建筑式样呈塔状，底层面积最大，到了顶层，只有四个包间。为了区分，独眼在每间房门口，分别悬挂了"东""南""西""北"四个木牌。

长期受尼古丁的残害，老烟枪蹬了几十级台阶，就累得气喘吁吁，他抱着楼梯拐角的球形扶手歇了好一会儿，才朝北间走去。

推门一看，屋里头一名四十余岁的中年男子正坐在八仙椅前沿边溜唇品着花盖大碗茶，可能是茶水温度过高，那人品茶时嘴里不停地发出"呲溜，呲溜"的声响。男人身穿一套颇具中国风的蓝灰色亚麻唐装,左手两颗品相上好的"狮子头"[1],如卫星绕轨道般毫无阻力地交替旋转。

老烟枪习惯性地把头伸向门外,左右望了望。

"四哥,不用那么小心,快把茶给饮了,都凉了。"男人撸起袖子,把茶碗推到八仙桌的正北角。

老烟枪瞥了一眼那人手腕上的豹子文身,顿了几秒后,他又把茶碗挪到了正南的位置。"好汉不提当年勇,江湖再无聂老四,你还是跟其他人一样,喊我老烟枪吧。"

豹头似乎极不喜欢他这种说话态度,但也只是微微皱眉,就很快恢复了亲切。"四哥,到底怎么个情况?说说看?"

老烟枪把一碗茶灌个通透,抹了一把嘴角的水渍。"十多天前咱们那片来了个三十多岁的男的,绰号道九,圈外荣行中人。他在我眼皮子底下取了拖儿。都是出生于绺子门,我也知道他这么做是在叫拖[2],于是我就上前打探了下情况。他说他原本是HN市荣行的片儿隼,这些年城市发展迅速,当地公安局在全市范围安装了人脸识别监控,反扒大队还花高价购进了无人机进行巡查。荣行的老荣、大执事、堂主们年事已高,毫无威望,底下的瓢把子各自为政,他们那里的荣行早已名存实亡,所以就想着来我们这四线城市寻条出路。"

豹头闻言长叹一声:"咱这行也算是夕阳产业,别的不说,现在老人小孩都会用微信、支付宝。搞来搞去弄的都是手机,更要命的,现在手机还都带定位系统,稍有不慎就会被追踪,咱们本行的兄弟都快没得饭吃了,万一咱放了这个口,圈外的绺子都来投奔,又怎么办?"

老烟枪也很发愁。"我也是出于这个考虑,当时就没答应。可让我没想到的是,他竟然加了锁[3]。"

---

[1] 极品文玩核桃。

[2] 外地绺子到本地行窃,先偷一件东西,等本地的荣行上前询问,名叫"叫拖"。

[3] "加了锁"是近代荣行的一句行春。根据《刑事诉讼法》的相关规定,办理过取保候审的犯罪嫌疑人,未经执行机关批准不得离开所居住的市、县。取保候审的期限为一年,也就是说,在这一年内,只要没有征得反扒大队同意,吕瀚海都要留在TS市,不得离开半步。

豹头把茶碗狠狠地往桌子上一拍，动了杀念。"什么意思？是吃定我们了?!"

老烟枪摇了摇头。"不一定，我倒是觉得，他似乎真是走投无路。"

"哦？何以见得。"

老烟枪把头往前凑了凑，压低声音说："你知不知道他是用什么方式加的锁？"

"什么方式？"

老烟枪咂舌："他吞了个刀片！现在还没排出来呢！"

豹头一听，也是眉心一紧。"这么有牙口？"

"可不是！所以我觉得他这么做，并不是对我们荣行不敬，应是到了山穷水尽的地步。"

豹头在屋里绕了两圈。"不过仔细想想也有可能，现在大城市的荣行灭的灭、散的散，也只有四五线城市还勉强有条活路，别的不说，就咱们行也是岌岌可危。"

"是啊，年轻的绺子太浮躁，根本静不下来心，有的连六铃的功夫都没有，就开始想着靠这行发财。"

豹头停下来看着老烟枪道："四哥，那你是什么意思？"

"以冯大眼儿的作风，这人能离开我们市的可能性不大，我看他有两把刷子，不就想把他喊上来，咱们实测一下到底功夫怎么样，再做决定？"

豹头考虑片刻。"也好，再怎么说，都干一个行当，要是真有两把刷子，当朋友总比当敌人要强。"

老烟枪手指下面。"人就在楼下，要不现在就带上来？"

豹头道了句"可以"，接着从包中取出一副仿真硅胶面具贴于脸部，前后不到一分钟，他已换了一副模样。

这是早年江湖中人惯用的伎俩，名叫易容。江湖中精于此道的为疲门，美其名曰，专为脸部有胎记、烧伤、烫伤的病人定制，以修整其容貌。实际上，作为从事正行的疲门已把它当成了吸金的手段。正所谓，名门正派也不保有伪君子，邪魔外道也并不是都为恶人。

据坊间传闻，人皮面具并不是真用人皮，而是选自未出栏的猪崽取皮制坯，然后再根据定制人的肤色染色，最终再依脸形轮廓剪裁成模，一副易容面具，需要经几十道工序方可完成，绝不是普通老百姓可以消费的物件。

如今电商飞速发展，影视、医疗、娱乐行业对易容面具的需求量很大，这也催生了相关产业的发展。普通人花个千把元，就能网购到一副极为逼真的硅胶面具，只要不近距离观察，绝对可以做到以假乱真。

几分钟后，门外传来了杂乱的脚步声，豹头把茶碗挪到正北，坐上了主位。推开厚重的木门，老烟枪迈着大步走了进去，吕瀚海则主动立于门前，微微欠身，并没有挪动半步。豹头上下打量了他一番，觉得对方有些江湖风范，现在的年轻人，还能如此懂规矩，并不多见，这一点，也让豹头颇感欣慰。

豹头开口道："你叫道九？"

吕瀚海回答得字正腔圆："正是！"

豹头又问："师从何门？"

吕瀚海冲天一抱拳。"恩师乃荣行大执事，绰号'千手佛'，十七响、五十一铃。"

豹头有些诧异。"你恩师居然有五十一铃？此话当真？"

老烟枪对吕瀚海的真实情况并不了解，他只是听冯磊说，对方对荣行的情况了如指掌，具体"指掌"到什么程度，他并没细问。

他和吕瀚海只是私下里见了一面，对了几句行春，他自称可以达到六铃的级别。

老烟枪也觉得，能找到熟悉规矩的人已着实不易，如果再要求苛刻些，这活儿就没人再能胜任，所以他也就没在意太多。上楼前，老烟枪曾叮嘱过吕瀚海，让他该说的说，不该说的就不要说，只要他的盗术能勉强达到六铃，这关就能顺顺利利地闯过去。可让他始料未及的是，吕瀚海竟然张口就来了个十七响、五十一铃。什么概念？比传说中的燕子李三也就低一个级别，这牛吹的，老烟枪都不知道该怎么圆。

说出去的话，就像泼出去的水，豹头听得是真真切切，而且从他的表情看，豹头已把兴趣点放在了这个上面。老烟枪气得牙根紧咬，盯着吕瀚海暗自埋怨："一颗老鼠屎坏了一锅汤。"

吕瀚海没时间关心老烟枪心中到底有何想法，他把头略微抬起，直视豹头的双目，很肯定地回了一个字："是！"

在语言表达中，越是简洁，越有杀伤力，在这一瞬间，就连老烟枪似乎都觉得吕瀚海绝没有打什么诳语。他心头泛起了嘀咕道："莫非还真有两把刷子？"

豹头客气了许多。"那，敢问小兄弟，你是什么级别？"

吕瀚海不假思索回道："十珠！"

老烟枪被惊得手一哆嗦。在荣行，绺子们行窃常用的工具就是镊子，为了训练夹功，除拿铃外，荣行还有另一种考核，名叫"取珠"。做法是把20颗直径2毫米的圆珠放在一个平盘中，随着平盘的匀速摇晃，圆珠会顺着盘边滚落，训练者要在圆珠全部滚落之前，用镊子在空中尽可能多地把珠子夹住。如果说，把传统的拿铃比作高考，那么取珠就相当于考研。前者类似于海选，后者更偏向专业。要想练好取珠，拿铃是基础，只有手法快而稳，才可以在取珠时做到精而准。

如果只有六铃的基础，别说十珠，就是连一珠都很难办到。以此类推，若吕瀚海所言非虚，那他最少也是三十铃以上。能在三十多岁练到三十铃，就好比上了清华少年班，绝非一般人可以做到。这要是放在师承极严的早年，兴许会有那么一个两个可以办到，但放到现在，绝没有年轻人吃得了这个苦。别说是老烟枪了，就算换成任何一个稍微懂行的人，都不可能相信。

老烟枪点了一支烟，稍微定了定心神，他望着吕瀚海，语气严厉："十珠！你能达到十珠？兄弟，你可想好了再说！"

吕瀚海面露谦逊。"发挥不好是十珠。"

"咳咳咳！"豹头被刚喝进的一口茶水呛得半天缓不过劲来，"你，你，你说什么？发挥不好是十珠，那你发挥好是多少？"

吕瀚海腼腆一笑。"最好成绩，十六珠！"

老烟枪已有些听不下去了，要不是看在冯磊的面子上，他早就没有了耐心："喂，小伙子，饭可以乱吃，话可不能乱说。"

别人不知情，作为在荣行待了几十年的老绺，老烟枪自然晓得里头的利害关系。豹头虽只是片区瓢把子，但他跟狗五是拜把兄弟，也是大执事的嫡系。当下老荣卧病在床，整个行都是大执事在掌管，这也是老烟枪把豹头请来的原因，只要他拍板，吕瀚海打入荣行这事基本上是铁板钉钉。可江湖中人有个忌讳：你可以没有能力，但绝不能乱打诳语！按照老烟枪的构想，只要吕瀚海能勉强到六铃，豹头这边他再游说游说，任务就可圆满完成。他哪里料到，吕瀚海这么节外生枝，整出一大堆有的没的。因为之前两人并没有对过头，所以接下来怎么演，他也一下子没了章法。

其实吕瀚海这么做，绝不是什么疯狂之举。临来前，他跟展峰曾私下里密谋过，当展峰告诉他来龙去脉后，吕瀚海觉得不能只单单做个底层的绺子，否则工作会很被动。

荣行的层级跟层级间都是单线联系，想要面对面见到高层，入伙前的考验，是唯一一次机会，如果这次把握不住，就算他后期再怎么努力，也只是个跟在片儿隼后面行窃、按月交贡数的绺子。作为卧底，必须要把握正邪之间的平衡，虽说展峰给他安排了数十个生面孔，作为他行窃的对象，可万一目标用完依旧没能吸引高层的注意，接下来的戏又该怎么演？

所以吕瀚海这次只能破釜沉舟，必须抓住机会，一鸣惊人。

吕瀚海不是荣行之人，可他打小并没有少听关于荣行的种种，尤其是拿铃和取珠两种考核方法，他也是颇感新奇。因为拿铃需要木人桩，道具极为复杂，所以他闲来无事时，曾悄悄尝试过取珠。

他的养父师从惊门，靠云游算命、为人指点迷津谋生。他打小就跟在养父身后，举旗行脚（卖脚力）。惊门作为正八门之首，规矩相当讲究，无论室外风力怎样，举旗时绝不能有任何偏斜。

这是一件极为考验腕力的活儿，尤其是开张做买卖时，吕瀚海要站在一旁，举旗到收摊。潜移默化中，他其实已掌握了取珠里头的一门技法——控力。

手稳、力匀，是取珠的基础，而此法要想成功，最难的一点就是细微观察及反应速度。

惊门中人在指点迷津前，第一步就要通体打量对方的衣着、长相、言谈、举止，在相面时，甚至连对方脸上的一颗麻点，都要瞧得清清楚楚、明明白白。可以说，细微观察是惊门谋生的重要手段，吕瀚海打小就精通于此。而说起反应速度，这还要归因于他养父卧病的那几十年……

年少时的吕瀚海，经常是饥一顿饱一顿，为了能填饱肚子，给养父攒钱买药，他是什么苦活累活都做过。眼看正道混不下去，他脑子里打起了歪主意。每当养父睡下，他就悄悄用筷子、绿豆当道具，在隔壁练习取珠。他深知养父是个刚正不阿之人，所以这事只能背着他悄悄进行。夜晚，他不敢开灯，只借着窗外的月光勉强练习。他没见过荣行的人怎么取珠，只是在照葫芦画瓢，殊不知，简陋的环境，已把取珠的难度呈几何式增加。

当他的成绩稳定在十珠时，吕瀚海觉得时机成熟，就在他满心欢喜，想着要出去捞偏门时，这事被他养父知晓，养父以死相逼并命他发下毒誓，才使得他没走上歪路。

后来逐渐长大的吕瀚海，回忆起这件事时，仍心有余悸。如果年少时，他真的去行窃，就等于上了一条永不靠岸的贼船，锋芒正露的他，最终下场无外乎两种：被荣行的人清理，或被公安局请去吃牢饭。

无论是哪一种结果，这都不是他所能承受的。

打消了念头的吕瀚海，后来只是把取珠当成一种消遣的把戏，一个人无聊时就拿出来戏玩一会儿，解解闷。正是有了这个筹码，他在展峰那儿又多混了2万元佣金。俗话说，重赏之下必有勇夫，要想赚到钱，这活儿必须要干得漂漂亮亮。

为了防止被人看出破绽，吕瀚海故意把这事隐瞒，以求达到逼真的效果，老烟枪的震怒以及豹头的惊讶，其实都在他的意料之中。其实里面的利害关系，他也是一清二楚。

面对老烟枪的质疑，他丝毫没有退让，语气强硬地说："要是二位不信，可当场测试。"

豹头等的就是这句话，他立马加重了语气："行，你说怎么测。"

"取筷子、绿豆即可。"

面具下的豹头，早已激动得无以复加。"什么？你要用绿豆？"

吕瀚海点头道："正是。"

豹头之所以吃惊，是因为荣行在训练取珠时，用的都是打磨过的珍珠球，这种球无论是质量、体积几乎都大差不差。

当盘子匀速转动时，珍珠球抛出的时间间隔、落地速度也有一定的规律可循。如果把球换成不规整的绿豆，谁都无法预测，绿豆是何时坠落，一次抛出几颗。如此一来，难度又将增加。然而豹头不知道的是，吕瀚海从小玩取珠时，就没按套路出过牌。他是把铁盘钻孔，粘在一个电池马达上完成的道具。机器跟人工不同，它会因为电量的多少改变旋转速度，所以他早就习惯了这种非常规状态。

当年豹头未出师时，也曾在功夫堂练过取珠，遗憾的是就连行走堂的堂主都在五珠以下，他教的学员也不可能好到哪里去。90%的绺子出师时也未能拿到一珠。吕瀚海自诩可以拿十珠，豹头怎能不惊讶，他慌忙招呼老烟枪到后厨取筷子、绿豆。为了真切地感受吕瀚海到底有几把刷子，豹头今晚亲自上阵托盘，老烟枪则在一旁盯珠。

取珠的过程很简单，只要在圆珠飞出盘边时，用筷子夹住再快速松开即可。待盘中圆珠全部飞离，共夹住几颗，就是几珠。来时，展峰给吕瀚海做过测试，平均成绩都在十二珠上下。所以面对豹头的考验，吕瀚海显得相当从容不迫。

准备就绪后，豹头把绿豆放入盘中，五指托举盘底，大喊一声"来了"，他手中的平盘开始很有规律地转动起来。

吕瀚海集中精力，把目光对准盘中蓄势待发的绿豆，很快，在离心力的作用下，第一颗绿豆快速飞出。

说时迟、那时快，他反转手腕，第一颗被他稳稳夹住。间隔大约五秒，第二颗受力飞出，依旧没有逃脱。

在这个过程中，托盘者和取珠者会随着时间的推移存在体力上的消耗，所以越往后，难度越大。不过好在吕瀚海事先灌了一打红牛，当晚发挥稳定，取珠成绩最后定位在了十三颗。

十四

吕瀚海的剑走偏锋，成功吸引了荣行高层的注意。离开德馨茶楼没几日，老烟枪就接到传话，让他带着吕瀚海到菩提庙参拜。

菩提庙只是建筑结构跟庙相似，并不是真正的庙宇，它是荣行在牛家山的一处秘密据点。面积不大，只有 200 多平方米，高达 3 米的院墙，把三间嵌有琉璃瓦的挑高建筑包围在里头。红色铁门的两侧，一左一右分别用黑色草书写着"菩""提"二字。菩提庙藏于竹林深处，只有一条狭窄的石板路可以通行，倘若对牛家山不够熟悉，要想摸到这里还要费些工夫。要不是当年狗五失踪，荣行很多人压根儿就不知道菩提庙的存在。老烟枪来过这里两次，都是由大执事召集，讨论怎么找寻狗五等六人的下落。这回前来，他只能猜到是和吕瀚海有关，但具体商议什么事，他心里也没个谱。

牛家山地处偏僻，位于两市交界处，山阴的部分属 TS 市，再翻个山头就到了别市的地盘。沿着人工石阶上到第四层盘山公路，竹林深处的小道就探出头来。两人一前一后，刚踩到第三级石板，一位手持扫把的老者就自上而下迎了过来。

老者问："脚力何方？"

老烟枪答："面菩提。"

老者又问："谁跟之言？"

老烟枪答："亲普堂。"

两人对的是行春，吕瀚海大致明白里头的意思，翻译成白话就是说："准备去哪里？""准备去菩提庙。""谁让你们上来的？""荣行的堂主邀我们前来。"老者见老烟枪答上了暗语，就拿着扫把站在一边让出了大半石板路。

来到庙门，跨过半米高的青石门槛，院里三人早已等候多时了。里头的一人，吕瀚海前两日已交过手，他正是老烟枪的顶头上司，片区瓢把子豹头。另外两人他不熟悉，但从豹头颇为恭敬的态度分析，他们应该是行走堂跟功夫堂的堂主。来到几人面前，不等说话，里头一位五十多岁的男子，面带笑容地说："老四来了。"

老烟枪微微点头站到一边。"人我带过来了。"

吕瀚海先是对几人行了拜礼，接着开始用余光上下打量。刚才开口的那位，身高不到一米七，说话时脸部僵硬，明显也没有以真面目示人，他右手的拇指跟食指可见多处泛黄老茧，这是长时间持镊子所留下的职业特征。

绺子门里，身材越是高大越容易被人盯梢，相反那些身材矮小身手灵活者，却容易得手，因为这个，他推断这人应该是功夫堂的堂主。而站在此人身边的另一名男子，从他进门时就一直用那双深邃的眼睛紧盯他不放，想要把他看穿一般。带人外出行窃，最重要的就是眼观六路、耳听八方，不用猜，这人应是出自行走堂。

吕瀚海礼毕，三人也抱拳回礼。

站在主位的男子客气地开了口道："你的情况我已听说，自我介绍下，我叫金手，身边这位绰号双鹰，我们的身份想必你已知晓。目前有几个问题，还希望九兄弟解答。"

当对方称呼他为"九兄弟"时，吕瀚海就有种不祥的预感，江湖之中，越是客气，就越暗藏杀机。好在吕瀚海也是见过大世面的人，他面不改色微微欠身。"请堂主明示。"

"你是用什么方法加的锁（取保候审）？"

吕瀚海一笑。"刀片。"

"什么刀片？"

吕瀚海道："特制刀片。"

贼帮秘密据点菩提庙现场示意图

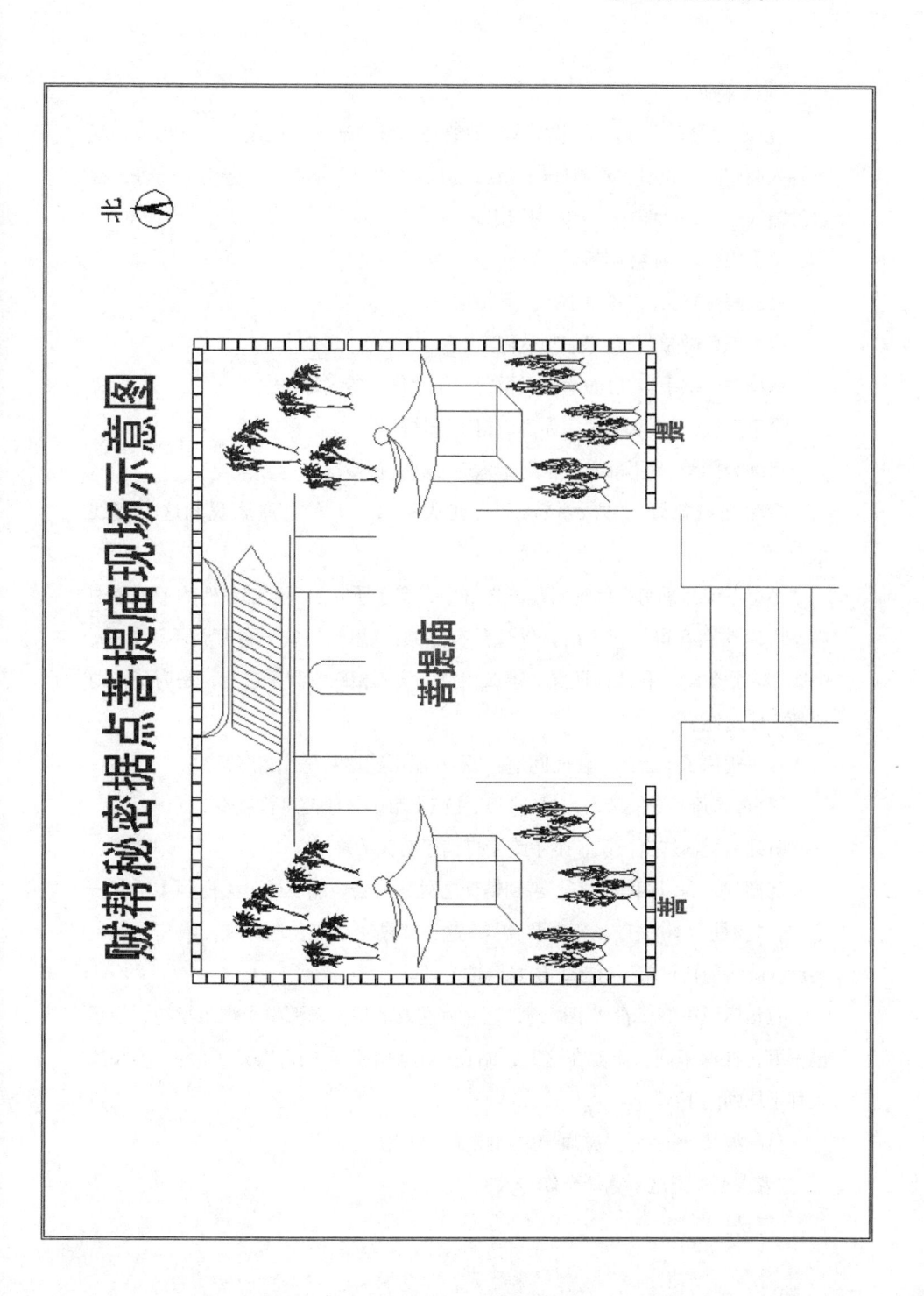

北

菩提庙

"怎么特制？"

"以蜡为原料，加入几味特殊药剂熬制成液，把刀片放入，静置化膜，就可吞入腹中。X光机看不出任何异常，但刀片封口，不会对胃肠造成伤害，吞进后嚼入韭菜，就能在一天之内排出来。"

金手挑眉。"你会熬制？"

吕瀚海点点头。"雕虫小技，不足挂齿。"

金手神色微微严肃。"你师从何人？"

吕瀚海一拱手。"已仙逝，只留得'千手佛'的名号在世。"

金手又说："听豹头说，你可取得十三珠。"

吕瀚海摇头。"不准确，十到十六珠之间，视情况而定。"

金手面露狐疑。"既然技法如此炉火纯青，为什么屈居我们这个四线城市？"

不得不说吕瀚海押题绝对是一把好手，金手所问的问题都在他的考虑范围内，所以他回答得从容不迫，丝毫没有停顿："恩师虽曾一再叮嘱不可外传，但既然来到贵地，我认为还是要坦诚相待，实不相瞒，我来这儿，是为了帮助恩师完成遗愿。"

金手犹豫了一会儿，转而问道："不知能不能透露是什么遗愿？"

"是帮恩师寻一位亲人，目前只知住在本市，其他信息暂且不详。"

听到吕瀚海这么一说，金手终于打消了心头的疑虑。

江湖中人多以四海为家，若到情深之处，总会控制不住。影视剧中常有一个梗，"我是××失散多年的骨肉"，这在江湖中确实普遍存在，绝非一句玩笑话。临终前托付弟子寻亲，也是合情合理。

有句话说得好，看透不说透，还是好朋友。见吕瀚海说半句留半句，金手也不好再往深了问。而就在这时，站在一旁默不作声的双鹰开了口："不知几人拜于恩师门下？"

吕瀚海又一拱手。"恩师一生共收徒十余人。"

"老人家只把这事嘱托于你一人？"

"正是！"

双鹰眼前一亮。"难道说九兄弟别有过人之处？"

吕瀚海又一抱拳。"既然话已说开，我也不瞒各位，恩师仙逝前，我曾是行内法堂的堂主！"

众人面面相觑。"你们行还设有法堂？"

几人如此惊讶也在吕瀚海意料之中，按照普通荣行的架构，通常不会分设法堂。

因为法堂主要职责有两个：一是研究相关法律，为帮众规避风险；二是监督帮众，看是不是存在违反帮规的行为。前者需要学识，后者需要胆识。法堂的堂主，必须能文能武，且刚正不阿。

法堂在正八门，其实是普遍存在的堂口，然而在外八门，却是一个争议的存在。凡是靠捞偏门过活的人，没有几个能真正守得住规矩。如果设立法堂，就等于制造了一个矛盾机构。所以，绝大多数荣行并不设立此堂。但只要哪地的荣行设立了法堂，足以说明一点，该行在当地一定颇具实力。如果说，这次行动中，吕瀚海是一名实力派演员，那么在他幕后的展峰，就是一个神机妙算的编剧，其实这些天他所表演的一切，全都在按展峰构想的剧本进行，能把如此大的一盘棋下得滴水不漏，就连吕瀚海都觉得他着实有点深不可测。

关于法堂的故事，展峰也早已编好，面对疑问，吕瀚海解释说："我们HN市临江，地理环境复杂，旧社会时，有几位瓢把子就在局子里当差，为了方便对接，就加设法堂，一直保留到今。"

金手竖起大拇指，羡慕道："贵行真是齐聚能人异士，竟把买卖做到了衙门里，佩服，佩服！"

吕瀚海苦笑："再精明的老鼠，也斗不过猫，不，确切地说，是机器猫。我们HN市所有闹市区，都安装了人脸识别摄像头，挂上号的兄弟只要进入视线范围就会报警，根本没办法下手。就算带上面具也没用，街边到处是警察，只要发现可疑人员就会上前盘查，内外夹击，简直把我们逼上了绝路。"

金手长叹一口气："是啊，咱们这夕阳行业，也只能在夹缝里求生存。"

吕瀚海借此机会，连续三次抱拳。"二位堂主，今日在下已把全部实情相告，为了完成恩师遗愿，还请列位容我逗留此地，我会按本行的规矩行事。"

金手表示理解地扶他一把。"我这儿没有问题，豹头、双鹰、老四，你们呢？"

豹头点头道："既然堂主都已发话，那就留在我的盘口。"

老烟枪笑道："我没话语权，但我有个要求，让道九跟着我，说不定还能学上两招。"

豹头收了一员猛将，心中自然欢喜，笑着应了下来："也好，四哥是老江湖，你俩搭档，肯定把冯大眼儿给逼疯！"

气氛好不容易有些活跃，不苟言笑的双鹰又问了句题外话："道九，你告诉我，进门前你有没有发现什么不对？"

这一点展峰的剧本并没有进行设计，但处处留心的吕瀚海却早就看了个真切。"门口房梁上设有机关，如果我猜得没错的话，应是三把弓弩！"

双鹰大惊。"自打进门我就一直盯着你，你没有抬头是怎么发现暗器的？"

吕瀚海微微侧身，45°指向地面，三个反光点刚好钉在门前。"是光线让你露出了破绽！"

十五

吕瀚海这步棋，走得是有惊无险。一天后，在TS市的安全屋里，他跟展峰碰了面。他的身上藏了一颗高清米粒摄像头，因为内存有限，隔一段时间就要备份一次。展峰在拷贝视频时，吕瀚海又习惯性地抱怨起来。

"这活儿真没法干，你回头看看在菩提庙的那段，一进门就有三把弓弩对着我，要不是九爷我脑子灵光，估计这回真是肉包子打狗——有去无回。"

展峰微微一笑。"怎么，又想加钱？"

吕瀚海觍着脸说："这么危险的活儿，我觉得加点钱，一点也不过分。"

展峰也不拒绝："你想加多少？"

吕瀚海眼珠一转："我觉得，怎么也要2万吧。"

展峰白了他一眼，没有说话。

吕瀚海自知理亏："得得得，看在长期合作的分儿上，给你打个对折，1万，1万怎么样？"

展峰只顾摆弄电脑，依旧沉默不语。

吕瀚海绕到他面前蹲下："你堂堂的专案组组长，不会这么小气吧，1万元都拿不出来？那这么的，整个吉利数，6000，6000总该行了吧！"

见视频已拷贝100%，展峰把内存空间格式化后道："看过《水浒传》吗？"

吕瀚海不解，"单田芳的评书倒是听完了。"

展峰看看他，"梁山一百单八将，上山前都能称霸一方，你可见谁敢反宋江？"

吕瀚海醒悟过来，叫道："哎，我说展护卫，你什么意思？准备过河拆桥了是不是？"

展峰把米粒摄像机交还到他手中，"再加2000，我私人掏腰包，权当给九爷一点精神损失费行吗？"

吕瀚海大翻白眼，"去你的吧，给公家办事，你自己掏钱算怎么回事，得得得，算老子倒霉，我不要了！"

展峰平静地说："其实我也就这么一说。"

吕瀚海一愣，旋即大怒："哎，你妹的，撩我呢是吧！"

"不扯别的了，你觉得双鹰最后问你那句话是什么意思？"

吕瀚海随手拿起一个苹果，瘫坐在沙发上，"还能什么意思，试探我呗！"

展峰盯着显示屏，"没有那么简单。从视频上能看出，双鹰极具观察力，当你说出凭反光看到暗器时，他的眼神突然一惊，显然他也没有想到。"

吕瀚海把苹果啃出一个iPhone的logo，慢悠悠说："那又怎么样？"

"贼帮帮主卧床，手握大权的是大执事，豹头是大执事的嫡系，你刚一出现豹头就把金手、双鹰两位堂主请出，显然，他们应该站在同一条权力链上。从两名堂主的言谈举止分析，金手是理论派，而双鹰更像是实践派。现实情况，实践派可以给贼帮带来收益，想必双鹰的话，在帮里更有分量。能看出他对你很有兴趣，我觉得接下来的故事会按照B计划进行！"

吕瀚海边听边琢磨细节，遇到切合之处，他还不由自主地点点头，"哎，我说展护卫，有一点我还是想不通。"

"哪一点？"

"为什么咱干的事，不能向那个冯队长公开，他可是报案者，连他也要防着？"

展峰想了想，解释说："这是上面的决定，我们作为执行者，还是知道的越少越好！"

十六

二人分开之后，展峰马不停蹄赶回了专案组中心，吕瀚海提供的视频，必须进行更多的处理。展峰要做的是把视频中的声纹抽离，给视频中的帮派成员建立声纹样本。人的容貌再怎么遮盖，他的声纹也会始终保持不变。

在未来的抓捕中，只要比对声纹就可以把每个人对号入座，做到绝对不冤枉一个好人，也不会放过一个坏人。而隗国安要做的，是把视频放大，观察面部特征，用他的话来说，这些人虽都戴着面具，但并不怎么影响他画像。

第一，识别长相靠的是五官，就算对方戴着面具，他耳朵、眼睛、鼻子、嘴巴，都裸露在外。

第二，他们的面具，都是依照自己的脸形定制，不可能国字脸用一个瓜子脸的面具。所以面具的轮廓，实际上就是他们脸形的轮廓。

第三，人在对话、做出神态、拟出表情时，需要整个面部肌肉共同协调才可完成，只要视频足够清晰，把人像放大仔细观察，足可以找到肌肉发力点，尤其是眉毛的位置最显而易见。

综上所述，知道了脸的轮廓、五官的位置，要画出大致容貌，对隗国安来说并没有什么难度。

等画像定稿后，会录入人脸识别系统。接下来就是嬴亮要做的——找出跟画像相似度较高的常住人口逐一分析。对于那些没有正经工作，又不乏收入来源的人重点跟进。如果可以直接锁定目标，则由展峰调度，指派异地公安暗中前往调查。

司徒蓝嫣作为犯罪心理行为分析专家，她的任务就是通过观察神态、动作、语气，来分门别类地给每人做一个心理行为侧写。例如豹头，他喜欢文玩，不管跟谁说话时，都惯用赐教、奉陪、劳驾、高见等客套用语。性格温和，不毛不躁。符合长期经商者的特征。

豹头在整个交谈中，左手的两颗核桃一直在不停交替旋转，不难看出，他已养成了这种习惯，也就是说，他所做的生意不需要他亲力亲为。

几段视频中，他的衣着未变，皮鞋跟裤脚上尘土并不明显。说明他的经商地不在人流密集区。老烟枪给他打电话不久，豹头就赶到了德馨茶楼，而且没有驾车。

所以，司徒蓝嫣给出的结论是，豹头可能在距离茶楼不远的郊区开了一家商铺做掩护。

十七

接下来的几天里，剧情并没有按照展峰料想的那样发展，吕瀚海每天不是跟在老烟枪身后干活，就是偶尔走个街、串个巷，寻找一下恩师的后裔。眼看提前准备的群演（被盗目标）就要被洗劫一空，主演开始有些坐不住了。不过编剧倒是稳坐钓鱼台，一副胸有成竹的模样，当六十名群演消耗掉五十二人时，吕瀚海果真收到了豹头的传话。

这次约见的地方名叫孔宗祠。早前是某村孔姓家族的宗族祠堂，后来因为政府规划，村子集体搬迁，这里就被废弃了。再建工程则因为相关领导落马，也烂了尾。村子的主干道，是一条残破不堪的石渣路，汽车底盘不高到一定程度，都不敢轻易在这里行驶，老烟枪跟吕瀚海是被一辆柴油三轮车接到村里的。

祠堂面积看上去比普提庙大上一圈，整体结构类似于《破冰行动》中的林氏祠堂。一路上，老烟枪介绍起这个烂尾村，这里就是功夫堂训练学员的地方。

来到祠堂门前,豹头已在门口等候。吕瀚海用询问的目光望去,豹头会意地说了一句"大执事要见你",随后就做了一个"请"的手势。

吕瀚海先是有些兴奋,而后又有些恐慌。他兴奋的是,这一切竟然都没有逃过展峰的预测。可转念一想,这么大一盘棋,都被展峰下得稳稳当当,要是他那点隐秘被展峰看出些破绽的话,也不知道自己会是什么下场。他虽嘴上不厌,可心里跟明镜似的,论破案能力,专案组四人是各有千秋,可论城府,最没脑子的是嬴亮,接着是他的师姐司徒蓝嫣,隗国安看似整天无所事事,但吕瀚海并没有因为这个而小瞧他,把这个很有经验的老鬼头排在了第二。不过这些人在展峰面前,那简直是小巫见大巫。别的不说,就拿案件分析来举例,有好多次,吕瀚海都发现展峰其实心里早就有了答案,但他就是闷不出声,很有耐心地等其他人说完。这说明什么?说明就算他已经知道结果的事情,他还要再求证一遍,争取做到细节上无任何瑕疵。吕瀚海在这样的人眼皮底下捞食吃,不恐慌就见了鬼了。

老烟枪见他神态有些不自然,用手拍了拍吕瀚海的肩膀。"不用担心,大执事找你有其他的事。"

吕瀚海回过神来,假装轻松。"我还以为我坏了行里的规矩,大执事要拿我是问呢。"

豹头搭腔:"你一个星期,完成了普通绺子三个月的贡数,这效率不得不服。"

吕瀚海说:"瓢把子,实不相瞒,我那是为了早点完成任务,好腾出时间去找恩师的亲人。"

豹头笑道:"四哥跟我说了,理解,理解。"

吕瀚海有些歉意。"是不是因为我频繁得拖儿,报案的太多,大执事这次要怪罪下来?"

豹头思索了一会儿,摇头说:"我们区最近报案的是不少,但九兄弟每次得拖儿,选的位置都不错,基本上没给冯大眼儿留下什么证据,你放心,大执事不会因为这个而怪罪。"

三人正说着,一位身穿工装服的男子从祠堂的石碑后走出,那人也戴着一副面具,发质乌黑油光,身高不足一米七五,但行步如风,一看就是练家子。那人一抱拳道:"刚干完活儿,还没来得及换身行头,请九兄弟见谅。"

按照江湖规矩,在不知对方名号前,只需以礼还礼。四人中,老烟枪职位最低,待吕瀚海行礼结束后他介绍道:"这位是我们行的大执事,江湖雅号'浪得龙'。"

吕瀚海再次抱拳。"小弟道九,见过大执事。"

"不用这么客气,我是个不拘小节之人,九兄弟的情况,我也听他们说了,尤其是行走堂的堂主双鹰,对你是赞赏有加啊。"

"各位荣行的兄弟过奖了。"

"听说九兄弟是受恩师之托,来我市寻亲?"

吕瀚海连忙正色道:"正是!"

浪得龙不客气地问:"按理说这种小事,跟我们言语一声,我们一般不会拒绝,干吗要去局子里加了个锁(取保候审)?"

吕瀚海叹了口气:"回大执事,我也是没有办法的办法,线索有限也不知要在贵地耽搁多久,我又行踪不定,找不了固定工作谋生,只能借瓢饮水。为了不跟贵行引起不必要的麻烦,我才出此下策。"

浪得龙了然地点点头。"可你加了锁,在局子里就等于上了榜,说不定哪天就会收进号子,这事你怎么解决?"

吕瀚海早就对这个问题胸有成竹。"不打紧,我事先已考虑周全,我那天取的拖儿,是一部老款华为手机,就算送到物价局估价也不会超过500元,达不到量刑标准。另外我没有犯罪前科,正常情况下案子走不到检法部门。最多一年后脱了锁(解除取保候审),就不再有人追究。"

俗话说不怕流氓胆子大,就怕流氓有文化,扒窃作为盗窃罪的一种,在定罪量刑上,仍是以物品价值为准。除有价证券外,被盗物品的价值高低,都要参照物价局给出的价格认定报告。别说老款手机,就算是刚出的新款,只要使用过,就会存在折旧费。正如买车的人都喜欢说这样一句话"新车开出4S店,总价就要少一半",一部旧手机的估值会远低于市场价。要是估出的价值,达不到量刑的标准,取保候审到期解除后,案件的刑事程序就圆满结束了。

　　浪得龙作为荣行的大执事，相关法律自然也懂一些，不过用这招下套，他也是想都未曾想过，见吕瀚海能如此从容应对，浪得龙心里对他又增加了几分信任。"不愧是法堂堂主，能想到这种方法，在下也是佩服。"

　　吕瀚海连称不敢。"大执事言重了，我是逼不得已使出的小手段。"

　　浪得龙捋着下巴上的短须，正纠结着该怎么开口，吕瀚海主动迎了句："不知大执事今日召我来所为何事？"

　　浪得龙喜得无可不可，连忙说："哦，是这样的，九兄弟初来乍到，可能对我们行的情况尚不了解，我想劳烦兄弟帮个忙，事成之后，必重金酬谢。"

　　吕瀚海脸色微变。"能劳烦大执事出面，怕不是什么简单的活儿吧？"

　　浪得龙重重地一声叹息："鄙人膝下有一独子，名叫狗五，于多年前失踪，至今杳无音信，跟他一同失踪的，还有行里的另外五名绺子，我想劳请九兄弟帮个忙，找寻一下他们的下落。"

　　吕瀚海沉默良久，然后问："失踪了多久？"

　　"2000年前后，算起来，已十九年有余。"

　　"这么久没有下落，难不成是得罪了什么人？"

　　浪得龙面色沉痛。"实不相瞒，二十多年前我刚当大执事那会儿，行里有一男一女两个绺子不守规矩，被我执行了行规，里头叫小白的女绺子被失手打死，另外一个叫串子的绺子逃了。听行里的其他兄弟说，串子走时留下一句话，要报复我们整个荣行。起先我也没当一回事，直到狗五和其他五人失踪，我们才感觉串子可能真的回来了。"

　　"最后一个人失踪，是在什么时候？"

　　浪得龙想了想。"2003年前后。"

　　吕瀚海皱起眉来。"那也过去了将近十六年，如果是报复，串子为什么这些年都没有再动手？"

　　"自从接连几人出事，行里也多次强调了行规，兴许是跟这个有关。"

　　吕瀚海又问："咱们行，有没有人在局子里当差？"

　　"没有。"

"就是说，这么久也没有公家介入？"

"不是没有，据老烟枪说，市局反扒大队的大队长冯磊这些年都在调查这事，可至今也没有什么头绪。"

"他们都没办法，你们为什么要找我？"

浪得龙目露无奈。"一来，考虑到串子是荣行出身，行事方法多少还会依照些江湖规矩，让不懂规矩的差官（警察）去查，可能一辈子都查不到头绪。这二来，九兄弟是生面孔，又是荣行不可多得的青年英杰，查起来不会引起别人的注意。所以，我思来想去，九兄弟是当之无二的人选。"

吕瀚海又抱了拳。"大执事，您真是高看我了，事隔这么久，我怕是难以胜任啊！"

浪得龙貌似早就料到他会拒绝，一再解释："我也知道这事的难处，我不求九兄弟能查个水落石出，我只求能把我儿的尸骨找回，待我老死之年把我爷俩葬在一起，了却我一个心愿。"

"大执事，我……"

浪得龙举手打断。"九兄弟，你不用这么早拒绝我，你回去仔细想想，如果想通了，就告诉老烟枪，我不勉强。"

吕瀚海抱拳目送浪得龙离开了祠堂。

临走前，豹头补了一句话："劳烦九兄弟，一定要好好考虑这事。"

也不知是错觉还是怎的，吕瀚海竟在他的话语中听出了一些威胁的味道。

…………

回到住处，憋了半天的吕瀚海急忙问："老烟枪，豹头刚才说那话是什么意思？"

老烟枪龇牙说："九爷，你可能不知道大执事的手段。"

吕瀚海眉毛一挑。"哦？怎么说？"

"熟悉他的人都知道，他是笑面虎，只要你想在本地混，这件事你必须答应，没有商量的余地。"

吕瀚海眯着眼说："假如我不答应，他们能拿我怎么样？"

老烟枪笑得很有深意道:"九爷,姜还是老的辣,聊个题外话,你知道我们行养了多少要死不活的病绺吗?"

"这是行内机密,我怎么可能知道?"

老烟枪伸出一把手。"不下五十个!"

吕瀚海大惊小怪地叫起来:"我去,你们是做荣行的,还是开慈善会的!"

老烟枪感慨:"人为财死鸟为食亡。行里白养这么多病绺,就是为了在关键时刻拿出去当炮灰的。如果荣行想除掉谁,会直接派出病绺,就算是被警察抓到,病绺也不敢把荣行给供出来,只能独自扛包,这就是咱们行病绺的最终归宿!"

吕瀚海一惊。"难不成,我不答应,还会性命不保?"

老烟枪摇头。"也不一定,不管怎么说,病绺也是咱行里的人,谁还没个老弱病残的那一天,如果总拿病绺开刀,会引起行里人的不满。不过死罪可免活罪难逃,你最近干活干这么勤,我敢打赌,你得的拖儿估计全在大执事那里,只要你不答应,靠这些赃物把你送进局子蹲个十年八年的,不费吹灰之力!"

吕瀚海心里一惊,老子可真是百密一疏了。还好老烟枪并不知道,他偷的那些人,都是展峰事先安排好的群演,不过回头想想,这招釜底抽薪确实狠,难怪他的养父说,偏门是条不归路,一旦着了道,不死也残废。

吕瀚海庆幸当年迷途知返,否则自个儿能不能安安稳稳地活到现在都很难说。

见他不说话,老烟枪掐灭烟卷。"瞧你那担心的样儿,别以为我不知道,你本来就在欲拒还迎,既然大执事已上了钩,是时候做个顺水人情了!"

吕瀚海表情严肃地说:"还不行!"

"还不行?你可别挑战他们的耐心!否则,他们什么事都能做得出来!"

"你误会了,我不是不答应,是还需要谈个条件!"

"条件?什么条件?"

"你给我带个话,我要50坎(坎是数词,代表万的意思。50万元)!"

"50坎,会不会太多了?"

"你就说这些钱不用直接给我,待我找到恩师亲人下落,荣行出面,把钱转到亲人账面上就行!"

"果然是老江湖,打得一手重情重义的好牌。这样大执事肯定会对你更加放心!"

十八

按照展峰的计划,本案一共分为四个阶段。

万事开头难,这第一个阶段,也是最难的一个阶段,稍有差池,就会满盘皆输。为此,展峰以不变应万变,共准备了A、B、C三套方案。A方案是失败后怎么撤回,C方案是遇到意外后怎么应急,只有B方案,才是最顺的剧本大纲。好在有惊无险,故事暂时还没有偏离轨道。

迈过第一道坎,就等于彻底地拉开了这出戏的序幕,算上被打死的小白,已知剧情中就涉及了七条人命,至于贼帮里还藏着什么妖魔鬼怪,展峰是铁了心要一竿子捅到底。阶段性的胜利让展峰有了一丝喘息的机会,在吕瀚海准备介入狗五失踪案期间,他应高天宇的要求,回了一趟罗湖市为他增补物资。算一算,自从上次那顿晚饭后,展峰已有很长时间未跟唐紫倩碰面了。安顿好高天宇,他就有些迫不及待地驱车前往古城街。

下午3点,头顶的日头像个高瓦数的灯泡,烤得行人四处躲藏,他坐在车中,望着对面那副LED拼成的招牌。受内外光线的影响,他只能勉强看到紧靠玻璃幕墙的方桌上,依旧摆放着那张预定三角牌。展峰下意识地打开手机,他又一次意识到,他并没有唐紫倩的号码,这种错觉,在他的脑海里,已不知出现了多少次。明明感觉一见如故,却硬处成了最熟悉的陌生人。他打定主意,这次就算是被印上撩妹的标签,他也必须要留个联系方式了。

把吉姆尼熄了火,展峰径直朝咖啡屋走了过去。虽说他一再放慢脚步,可不到10米的距离,并没有给他足够的时间想出索要号码的理由。

"不行就一边喝咖啡一边找机会。"他在心里嘀咕起来。

咖啡屋的进口，是一扇配有球形锁的玻璃门，因为玻璃上贴了许多卡通图案的贴纸，所以展峰并没有注意到屋内的情况。直到他试图转动门锁，锁舌发出咔咔咔的响声时，他才意识到咖啡屋今天打烊了。他后退一步，看到门锁上挂了一个长方形小黑板，上面写着：今日暂停营业。6月13日。

展峰一眼就认出了唐紫倩的字体，然而让他疑惑的是，今天是6月20日，也就是说，咖啡屋已停业了八天。

不知为什么，他突然有些担心，本能地拿起手机，拨通了嬴亮的电话。

嬴亮道："展队，什么情况？"

直到听到嬴亮的声音，他才觉得这个电话打得有些唐突，"我想……"

私查公民个人信息，是违反原则的事，展峰"我想"了半天，也没说出个所以然。

嬴亮是个急性子。"你想啥，你倒是说啊！"

短短一句话工夫，展峰已经恢复了以往的镇定。"没什么，就这样吧！"

挂断电话，他恋恋不舍地朝屋内又望了望，确定没人后，他略带遗憾地朝吉姆尼走去。然而展峰并不知晓，就在他转身的那一瞬间，屋后的摄像头突然改变了方向。跟此连接的线路一直通到咖啡屋的二楼。

唐紫倩坐在几块大屏幕前，仔细观察着展峰的一举一动。她身旁一副萝莉装扮的年轻女子，正叼着棒棒糖不停地敲击键盘。在输入了几段执行代码后，萝莉把口中的糖取出，半开玩笑地说道："唐总，你的男朋友终于来找你了！我还以为他把你给忘了呢！"

唐紫倩微微一笑："我很了解他，他不是那样的人！"

萝莉连连点头。"确实，我们唐总看上的人，怎么可能是一般人。"

不得不说，这个马屁拍得唐紫倩心里相当舒坦。"就冲你这句话，这个月给你加10万元奖金。"

萝莉比画了一个"耶"的手势。"最近刚好看中了一套Gothic Lolita（哥特萝莉，某少女装品牌），9.8万。"

唐紫倩敲了一下电脑屏。"别整天想着买买买，坐标分析出来了吗？"

萝莉看了一眼屏幕上的执行结果,"3553,2877,6645",数字代码又被复制粘贴到另外一个软件中,敲击回车,"康安家园"四个字,显示在了结果栏中。

十九

三日后,吕瀚海总算接受委托,开始介入绺子失踪事件的调查。

大执事为此还专门召集全市的瓢把子、片儿隼在一起开了个会,要求无论吕瀚海到哪个片区,都要全力配合。如此大的阵势,吕瀚海当然不能放过,他很谦卑地走到每位瓢把子跟前,一一抱拳行礼。之后这段视频,又被他加价2000,传给了展峰。

打进荣行内部后,调查起来就顺畅了很多。六人具体的失踪时间和地点在极短的时间内有了反馈。

"狗五"大名闪阳成,于2000年3月7日晚7点左右,在塔山区人民公园附近失踪。

"卡子门"大名陈果,于2000年10月4日晚8点左右,在塔山区洞泉美食街附近失踪。

"二蛤蟆"大名文雨泽,于2001年4月5日晚7点左右,在果山区第三人民医院附近失踪。

"水猴子"大名刁学民,于2001年11月3日晚10点左右,在牛家山区步行街附近失踪。

"丑娃"大名贺超,于2002年8月5日晚8点左右,在田边区坡子街附近失踪。

"癫麻"大名达伟,于2003年4月8日晚7点左右,在塔山区体育馆附近失踪。

中心会议室里,专案组成员正在仔细地浏览吕瀚海拍回的现场视频。展峰在投影上把TS市的地图放大,六个不停闪烁的红色光点被标注在地图上。

"TS市共有九区三县，六人失踪的地点都位于市中心的四个行政区。"说着，他用激光笔把四块区域沿着土地界限框在一起，画出的图形，刚好是一个不规整的田字！论面积，这四块地方的总和还不足该市的一个县。

赢亮把几人的信息输入系统进行检索，他发现除了狗五和水猴子，其他四人都有盗窃前科，有的甚至是多次进宫。

司徒蓝嫣端详了一会儿，接着开口说："田字区域的左上角是塔山区，右上角是果山区，左下角是牛家山区，右下角是田边区。一般来说凶手通常会选择自己熟悉的区域作案，那么可以间接说明，他可能就生活在这一片。我们按时间顺序再捋一下。2000年，在塔山区作案两次，接着在果山区、牛家山区、田边区各作案一次，最后2003年又回到塔山区作案一次。连起来，刚好是一个顺时针的路线。六次作案，三次都在塔山区，看来，他对这个区最为熟悉。我怀疑，凶手落脚点会不会就在这个区。"

展峰肯定她的猜想。"确实存在可能性。"

司徒蓝嫣又说："失踪者都是贼帮的底层帮众，平时并没有跟人结怨，凶手在选择作案目标时，具有随机性。贼帮的帮众众多，他能准确地认出，说明相互间有一定的熟识度。尤其是狗五，他是大执事的儿子，通常不出来行窃，凶手把他作为第一个目标，可能跟猜测的一样，是内部人作案。还有，作案时间。他基本是选在晚7点到8点下手，挑选的路段还都在闹市区，该时段的人流最为密集，也是贼最忙碌的时刻。当一个人高度集中干某事时，就会不自主地忽略外部环境。正所谓，螳螂捕蝉黄雀在后，最危险的地方，恰巧也是最安全的地方。"

赢亮若有所思。"师姐，这么看，凶手是串子无疑了！"

"我个人偏向这个结论。"

展峰追问："还有没有？"

她摇了摇头算作回答，展峰又望向赢亮跟隗国安，得到的答案依旧是没办法下手。

展峰沉吟了一会儿，"看完视频后，我觉得本案还有几处疑点。"

赢亮有些迷惑，"什么疑点？"

"我们都有些先入为主。我认可蓝嫣的部分推断，凶手居住在塔山区的可能性较大。然而疑点就此产生。我看过反扒大队从2000年至今的打击战果。其中有80%的扒手，都是在这四个区内被抓。作为主城区所在地，贼帮的帮众较为集中。如果串子一直生活在塔山区，为什么这么久没被发现。"

嬴亮觉得他考虑得过分细致，反驳道："这帮人都会易容，戴个面具不就完事了。"

一旁的隗国安却摇摇头。"正是因为贼帮有戴面具的习惯，所以串子才不可能戴，否则一定会被识破。况且认出一个人，不一定要看面相，身高、体态、声音、走路姿势，都能作为甄别的依据。"

嬴亮挑眉道："展队，那您的意思，不是串子作的案？"

"暂不能排除他的嫌疑，可能还有同伙也说不定。"

"对对对，同谋在明，他在暗，一样可以把案子做了！"

展峰继续说："按贼帮的规矩，不管在何时行窃，都有片儿隼在外围把风，稍有风吹草动，都会被发现，凶手是怎么在众目睽睽之下，把一个活人带离现场的？"

众人并没有明白他的意思，只有司徒蓝嫣意识到了什么。"在扒手行窃时，片儿隼的主要职责就是在第一时间转移赃物，所以每个扒手的所在位置、是不是得手，其实都在片儿隼的严密监控之下，凶手就算是行内之人，也不可能傻到在这个时候下手。要是扒窃结束则另当别论。"

展峰说："在复杂的外界环境中，要不被人发觉，除非自投罗网！"

司徒蓝嫣道："如果凶手真是在守株待兔，那被害人的失踪时间也很值得探讨。"

展峰点点头。"没错，六人的失踪时间，分别是2000年3月7日晚7点左右、2000年10月4日晚8点左右、2001年4月5日晚7点左右、2001年11月3日晚10点左右、2002年8月5日晚8点左右、2003年4月8日晚7点左右。按照季节划分，春季、冬季都在晚7点案发，夏季是在8点，只有秋季那天是10点。我认为，那天应该是个特例。"

二十

孔宗祠议事厅内，吕瀚海把六名失踪者的顶头片儿隼全部召集了过来。老烟枪按照他的指示，还专门抱了一块黑板，用来解析案情。

跟专案组寥寥几人相比，祠堂里可就热闹了许多。坐于首位的是大执事浪得龙，紧挨在他身边的则是行走堂堂主双鹰、功夫堂堂主金手。位于第二排的是瓢把子豹头，第三排则是各辖区的总区瓢把子和片儿隼，围在一边没有位置的，还有前来看热闹的片区瓢把子。吕瀚海粗略地数了一下，有近20人围观他今晚的表演。

等大执事发话后，祠堂内终于安静下来。吕瀚海命老烟枪站于黑板旁，他自己则按照展峰发来的会议纪要侃侃而谈。要知道，荣行这帮人可都是没有文化的大老粗，当听到什么犯罪心理、作案动机这些高大上的名词时，一个个都快把耳朵给竖直了！

"高人！"

"牛×！"

"这他妈是狄仁杰转世啊！"

类似的赞誉声时不时地传入他的耳朵，吕瀚海心里那叫一个美。不过他并没有得意忘形，作为一名实力派演员，接下来的故事还要跟着剧本走。

老烟枪按照指示，打开了城市地图。吕瀚海则用红色粉笔，把四块区域画在了黑板上。当分析到塔山区可能是串子的落脚点时，浪得龙把当区的瓢把子喊了出来。

吕瀚海问："你是不是知道串子长什么样？"

瓢把子大叫："我知道！"

"那这些年，你有没有见过串子？"

"我们区每个角落都有行里的兄弟，串子要是在我们区落脚，不可能没有发现。"

吕瀚海想了想："那只有一种可能，串子有同伙。"

此言一出，祠堂中顿时骚乱起来："这家伙还有同伙？"

吕瀚海甩开剧本，自作主张地发散了一下："你们想，串子在荣行待这么长时间，认识他的人有多少？他怎么可能自己出来作案？再者，要是案子都是他干的，那为什么只做六起？显而易见，估计是他同伙出事了。"

这话一出，祠堂里又是一阵骚乱。

"太对了！"

"九兄弟分析得在理！"

"高，实在是高！"

当祠堂重新安静下来后，吕瀚海又对展峰比较关心的问题做了提问。

"六人中，有三人在7点失踪、两人8点失踪，一人在10点失踪，咱们行交头（交接班）的时间是不是在七八点钟？"

里头有人回答："没错。春冬时是在晚7点，夏秋是在晚8点。"

吕瀚海追问："能不能说得具体一些？"

"还是我来说吧！"豹头自告奋勇，"咱们市是一个劳务输出型城市，主要的经济来源，就是靠各种代工。因为很多工厂中午不下班，工人为了解决一天所需，一定会带些现金在身上。荣行做活儿的最佳时间，就是在工人上下班的路上。所以，在工厂区取拖儿的绺子，都分早晚班。早班是在6点到8点之间；晚班则在下午5点到7点。因为工厂会根据季节调整上下班时间。夏秋季，白天较长，容易犯困，中午就会推迟一小时上班，咱们行也会与时俱进，跟着推迟一小时。只要到了点，不管今晚得不得拖儿，都会收工。"

"那贵行跟我们行还有些区别，我们是不得拖儿，不撒手。"

"要细水长流啊，不能杀鸡取卵。"

吕瀚海奉承了几句，然后又问："咱们行的绺子收工后都是怎么离开？有没有统一的脚力（交通工具）？"

豹头哈哈一笑："原地解散，各回各家，各找各妈呗！"

吕瀚海只得把目光扫向人群："水猴子是2001年11月3日晚10点左右，在牛家山区步行街附近失踪的，这个消息是谁提供的？"

一个片儿隼举起手。"是我！"

"时间是不是准的？"

"我最后一次见到他，就是这个点，至于他什么时候失踪的，我不清楚。"

"你把当时的情况说一下。"

片儿隼回忆道："当年我和水猴子是兄弟档。那天晚上，我俩取了一个大拖儿，那人的皮夹子里足足有八个槽（槽是数词，代表千的意思），上了贡数，我俩每人分得两槽。水猴子好酒，有了钱就要往酒吧里钻。我俩在步行街MIX酒吧从晚上七点半一直喝到半夜。因为我不胜酒力，被陪酒小姐抬到包间里睡着了，起来时她还非说我干了她，让我掏200元，才让我走的人。我以为是水猴子安排的，就没当回事。付完钱，我问小姐我兄弟去哪儿了。她说，水猴子晚上10点就走了，具体去哪里没说。只是让她陪好我，钱不会少她一分。"

吕瀚海问："水猴子是怎么走的？和谁一起走的？"

片儿隼想了想，"当晚去喝酒时，就我和水猴子。他是怎么走的，和谁一起走的，我不知情。"

吕瀚海又问："陪酒小姐现在还能联系得到吗？"

片儿隼左右看看，干笑道："这么久了，早他妈回家找老实人接盘去了。"

这句调侃惹得众贼哄堂大笑，却又断了线索。

接下来的两个小时，吕瀚海又遵照展峰的要求，对每一位提供线索的帮众进行单独询问，这场跟贼同聚的案情分析会一直进行到后半夜，帮众才纷纷散去。

二十一

深夜，相关视频通过加密的方式传回了专案中心。

专案组成员浏览完毕，展峰说："跟我们的猜测差不多。除水猴子外，其他五人都是在收工后失踪的。我认为，就算是脱离了片儿隼的视线，要想在闹市区把一个活人神不知鬼不觉地弄走，也是难度很大的一件事。"

嬴亮边翻看上次的会议纪要边小声琢磨："被害人自投罗网，凶手守株待兔。怎么能做到呢？"

隗国安心里跟明镜似的。"这还用琢磨，小偷下班也要回家啊！"

嬴亮终于转过了弯。"出租车，鬼叔，你是说凶手是出租车驾驶员？"

隗国安心思多，他不想喧宾夺主，转脸看向了展峰。展峰会意地从电脑中调出了一份 2000 年的《市场星报》电子版："狗五失踪时，TS 市的出租车行业并不发达，拼车现象严重。你们说，一个贼会不会选择跟几个人拼车？万一被认出，岂不是难逃一劫？"

嬴亮怪道："不是出租车，那还能是什么？"

展峰把报纸上的黑白照片放大，一辆用三轮摩托车改造的出行工具隐约露出，报纸的标题赫然写着："城市地鳖虫[1]肇事逃逸，致一死两伤！"

展峰道："我咨询过冯大队，从 1996 年到 2005 年，这种不挂牌照的地鳖虫，是市民出行的主要交通工具。一车只拉一到两个人，按距离长短喊价，到地付钱。因为造价较低，又可以在街头巷尾穿梭，在很长一段时间，它几乎抢走了市内短途的全部客源。而出租车大多聚集在火车站、汽车站，靠拉长途赚钱。两者间分工明确，互不干涉。六名失踪者的住处离他们行窃的地方都在 5 公里之内，选择地鳖虫出行的可能性很大。"

司徒蓝嫣补充说："我小时候也坐过这种地鳖虫，我们那儿叫拐的（dī），它的随意性很强，有些司机遇到老人不拉，遇到拿重物的不拉，遇到三人以上的不拉。凶手要是可以认出荣行帮众，那么他对作案目标就有主观选择权。"

"没错。先解决这个问题，我们再剖析作案手段。"展峰把六人的常住地用蓝色光点标注在地图上。随后，他又用线条把失踪地跟居住地相连。

画出六根黄线后，他说："贼帮有个规矩，在扒窃结束后，一定要返回住处换身行头，再出门消费。多数帮众，都是按帮规行事，只有少数人不以为意。水猴子就是个代表。我怀疑，除水猴子外，其他五人可能都是在回家的途中遭遇不测。

---

[1] 地鳖虫，是在三轮摩托车上焊上金属厢体，改造而成，有的地方也叫三蹦子。

"我用专业版的 Google Earth（谷歌地图），调出了 2000 年到 2003 年期间四个行政区的卫星地图。作为主城区，从 20 世纪 90 年代开始，这里就非常繁华。去掉水猴子这个特例，其他人回家的线路都要经过闹市，途中作案的可能性不大。那么，留给凶手唯一的作案机会，就是在他们下车付款时。

"无独有偶，几人都住在城中村的出租屋内。夜晚，伸手不见五指的巷道，是最佳的作案地。而付钱的过程不会超过一分钟，凶手究竟使用了什么方法，可以把被害人瞬间制服？锐器的话，会在现场留下大量血迹，增加报案的风险。钝器击打不准，会遭到剧烈反抗。都不是上上之选，究竟他使用的是什么工具，还有待咱们进一步查明。"

"这桩案子凶手是为了复仇，选择目标存在随机性质。由于个体差异，在作案难度上也会有高低之分。所以，他不可能每一次都会成功，必定有失手的时候。"司徒蓝嫣说，"我看，可以试着让道九召集帮众，让他们回忆一下，是不是存在类似的情况。"

二十二

孔宗祠内，贼帮的第二次内部分析会，依旧是人山人海，甚至因为吕瀚海的"专业"，这次比上次来的人又多了不少。

吕瀚海拿着十几张《市场星报》装模作样地开始分析。当说到"得拖儿后，要回去换身行头"这条帮规时，就有不少人当场应和。

甚至有人还以身献法，说自己当年就是没有注意，让被害人认出衣着，后来老就（便衣警察）在拉面馆把他抓了个正着。好在他及时把拖儿给转移了，否则当天准要进宫喝凉茶。

吕瀚海随口哇啦了些"行走江湖，讲的就是规矩，无规矩不成方圆"之类的场面话。见大执事频频点头，他又连忙顺便奉承了一番。

插曲之后，就是本晚的压轴戏了。

吕瀚海先是在脑子里把专案组的推论形成了画面，然后再声情并茂地用江湖粗语描述出来。毕竟这帮捞偏门的，都是大老粗，三句不离生殖器，要是跟他们咬文嚼字，反而会引起猜忌。和刚才不同的是，当他把凶手的作案时间、地点、大致手段说出来时，祠堂内居然鸦雀无声，没有一人搭腔。

出现这种情况，也在吕瀚海意料之中。毕竟出来混的，都讲究个面子，谁都不会主动承认自己栽过跟头。不过这都不是最主要的。要知道失踪的帮众里，还有一位是大执事的独子。稍微对狗五有所了解的人，心里都清楚，他就是一个活脱脱的帮二代。这位从行走堂毕业时，只勉强到五铃。狗五平时虽然极少行窃，但他却有一个爱好，每当绺子们收工时，他就会随机选一个片区，找片儿隼敲诈些钱财，片儿隼看在大执事的面子上，还不能不给。

这钱来得容易，花得也比较随意。狗五好赌，平时在街边玩个掷硬币的老虎机都能输掉上千块。只要哪个片儿隼被他盯上，少则大几百，多则上千。如果碰上当天出活不景气，片儿隼和绺子们白忙活不说，还要自掏腰包驱走瘟神。

当得知狗五失踪时，其实贼帮的大多数人，心里都在暗自庆幸，甚至有几个长期被敲诈、敢怒不敢言的绺子还去酒店包了个包厢，庆祝了一番。现在大执事寻了个高人重新调查狗五失踪之事，就算有人知道些情况，也不敢在众目睽睽下坦言相告，也有可能压根儿就不想相告。

浪得龙作为贼帮最高的权力领袖，他当然知道手下的弟兄在想什么，狗五平时的所作所为，他也不是不清楚。当初狗五失踪时，他就曾怀疑是不是帮内起了内鬼。好在经过一番调查，基本排除了这种可能。狗五是他行走江湖时，跟一名风月女子所生，当年孩子呱呱坠地时，他还没有抚养能力，于是他就把孩子托付给了一位亲友。再次把狗五领回时，他已年满6周岁。他虽知狗五生性顽劣，但出于父亲对儿子的愧疚，他也只能睁只眼闭只眼。可他哪儿会料到，现在是生不见人，死不见尸。

大约过了半炷香的工夫，祠堂内依旧肃然无声。浪得龙把手中折扇置于一边，接着缓缓起身面朝众贼。他长叹一口气，目光从右到左，从左到右扫视一圈，见人群中有几位不敢正视，他心里已有了答案。

浪得龙突然双手一抱拳，朝诸位深鞠一躬。此举惹得身旁的两位堂主唰地起了身。"大执事，您这是？"

浪得龙压了压手，示意众人不要慌乱，待两位堂主重新坐下后，浪得龙才道:"这些年,我也知道我这个儿子是个什么货色,不管出于什么原因,总归一句话,是我浪得龙教子无方。至于那些年被他敲诈过的兄弟,我深表歉意。你们背地里的议论,其实我多少都有听说,但我并不怪罪各位,毕竟那都是狗五咎由自取。

"只是犬子失踪这么多年,生还的可能性几乎是没有了。我呢,也到了入土的年纪。不瞒各位,鄙人后半生只有一个心愿,就是找到狗五的尸骨,好让我们爷俩在下面团聚。我知道大家有些担心,但念在人已失踪近二十年的分儿上,请大家不计前嫌帮我一把,浪得龙在这里给大家鞠躬致谢了。"

见了这一幕,就算再铁石心肠,也会被父子情深所感化。

就在浪得龙鞠躬礼毕,还要再次鞠躬时,人群中有人大喊:"我知道些情况!"

浪得龙一眼就认出了对方,他就是刚才那位眼神飘忽不定,现如今塔山区的瓢把子,绰号"鬼挠人"。

浪得龙冲他一抱拳:"谢谢兄弟,还要劳请兄弟把当时的具体情况仔细回忆回忆。"

鬼挠人抱拳回礼:"大执事放心,我知道的一定一个字不落地说出来。"

浪得龙侧目看了一眼吕瀚海,示意把鬼挠人请出人群,来到吕瀚海跟前坐了下来。

吕瀚海看着多少有些不自在的鬼挠人,问道:"你先笼统地把情况说一遍如何,我之后再问细节。"

鬼挠人点头道:"你不说地鳖虫,其实我还想不起这事。我之所以对此记忆犹新,是因为那名司机在巷子里给我下了套。"

"哦?什么时候?"

鬼挠人伸出手指数了数:"2000年的夏天,具体几月份我记不清了。我记得那天我在袜厂附近的美食街取拖儿,八点钟收工时,附近只有一辆地鳖虫在等活儿……"

…………

2000年的袜厂美食街，晚8点15分。鬼挠人把最后一件拖儿交给片儿隼后，来到一辆红色地鳖虫前，准备上车走人。

TS市位于南方，气候炎热，夏季可从5月份一直持续到11月底，要是哪年老天爷耍耍性子，12月穿短褂，也不足为奇。然而让鬼挠人有些警惕的是，在气候如此炎热之际，看来不到30岁的男司机竟还穿着长袖长裤，戴着口罩。

"您这是，有病？"鬼挠人上下一打眼，嘴里问道。

那司机倒也没什么犹豫地回答："穿长衫是为了防晒，戴口罩防风沙。跑活儿，伤不起。"

鬼挠人靠捞偏门吃饭，这些说辞虽能勉强说过去，但他还是起了疑心。不过想想他本人就住在闹市区，这一路人来人往，就算对方是个走邪道的，也未必拿自己下手。

他上了车，谈好4元把他送到6公里外的耙子巷。

耙子巷是TS市有名的城中村，由一条主巷带九条岔巷构成，因为它形状像猪八戒的九齿钉耙，所以得名耙子巷。这里之所以出名，是因为它是本市最大的古玩跳蚤市场，每天下午3点到6点，这里都聚集着大量前来捡漏的市民。6点以后，巷里头就如同清空后的大肠，瞬间疏通起来。

本着兔子不吃窝边草的态度，鬼挠人从不在自家门口行窃，这里认识他的人也不多。那天夜里鬼挠人本想在巷口下车，然而"热心"的司机却把人一直送到了巷子中段。

那时候没有微信、支付宝，买卖交易还都靠现金，临下车前，鬼挠人从车厢通风孔递过去10元纸币，司机在兜里不停地翻零钱找补。

他不是第一次坐地鳖虫，这种车市里叫价基本都在4元左右，司机们为了赶时间，都会提前备好零钱，手脚麻利的人找零只要几秒。今晚的司机却前后磨叽了一分多钟还没找出钱来。

一路上鬼挠人多次试探过司机，比如，聊一些他之前是做什么的、现在住在哪儿、家里有几个孩子之类的家常。可是这个司机却对此很是反感，要么不说，要么就随口应付两句。

特殊罪案调查组2　　220

耙子巷麻醉抢劫案现场示意图

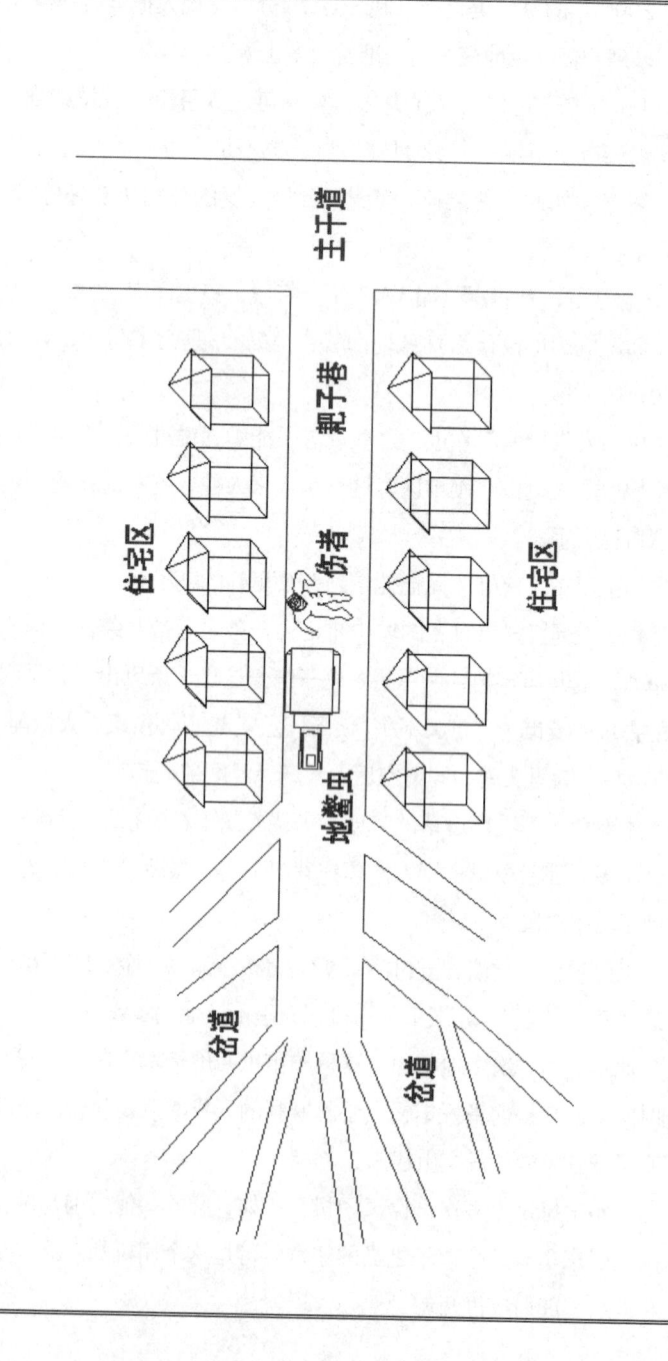

鬼挠人见巷内乌漆麻黑又没几个人影，心里自然越发起疑，但他仗着胆大心细，却没有撒腿就跑。就在这时，他突然闻到了一股刺鼻的气味，再抬头时对方已捂住了他的口鼻。鬼挠人奋力反抗，引得路人跑了过来。

对方见事不妙上车就逃，鬼挠人本想追，可扶墙走了没几步，就瘫软在地不省人事了。

等路人照顾着他清醒过来，鬼挠人很肯定自己是遭了麻抢（麻醉抢劫），因为是荣行中人，中了别人的招会令人耻笑，所以他一直没有对任何人提及此事。

在鬼挠人说完后，还有两人跳出来说有类似的遭遇。

俗话说，"三个臭皮匠，顶个诸葛亮"，得到几人的回忆，交叉对比之后，吕瀚海捋清了对方的一些信息。

凶手是个男人，作案时应该不到30岁，本地口音、短发、习惯穿长袖、长裤，带一副白色棉纱口罩。麻抢时手上还戴一副很厚的乳胶手套，颜色不详。他驾驶的地鳖虫通体红色，跟大多数地鳖虫造型无异，看不出什么区别。

二十三

"带有刺激性气味""能在瞬间把人迷晕"，在常见的吸入式迷药中，只有乙醚可以办到。也正是因为乙醚的麻醉性较强，所以无论何时，使用上都受国家严格管控。

乙醚是无色透明的液体，有特殊刺激气味，极易挥发，它的蒸气重于空气，在空气的作用下，能氧化成过氧化物、醛和乙酸。一旦暴露于光线下，氧化速度会急剧增加。

通过三名亲历者的说辞，不难推断出凶手作案时，必然随身带着乙醚。但是在高温条件下就算把盖子拧死，乙醚也会快速散失。如果他手里头没有大量的乙醚，是不可能选择这种作案方式的。

可是新的问题又来了，在 2000 年到 2003 年这四年间，凶手又是通过什么方式搞到了如此巨量的乙醚的呢？

很多人都看过一部关于小偷的电影，叫《天下无贼》。剧中有一句经典台词："我最烦你们这些打劫的，一点技术含量都没有。"

虽说有些五十步笑百步，但事实情况的确是这样。不管是正八门还是外八门，都以明目劫财为不齿。什么是明目劫财？也就是常见的抢夺、拦路抢劫、持械抢劫、灌药抢劫之类的犯罪。这些方式被列为江湖下三烂，过街老鼠人人喊打，所以就算在乱世，也很难自成体系，更不会有师传。顶多就是几个臭味相投的人结为团伙占个山头，也没啥规矩可言。

既然抢劫者没有固定组织，那就不可能有相应的行当为他提供资源。吕瀚海把乙醚来源之事讲给浪得龙后，这位就几乎倾尽了全行之力，在市内打探起来。

瘦死的骆驼比马大，贼帮作为本地偏门最大的帮派，其实力不容小觑，平时那些跟贼帮井水不犯河水的抢劫团伙只要被贼帮撞见，免不了一顿严刑拷打。就连经常在厕所门板上张贴出售枪支、迷药广告的小瘪三也被抓得干干净净。由于贼帮倾巢出动，一时间竟搞得全市治安环境一片大好起来。

穷尽一切办法，吕瀚海总算收到了大执事的反馈。

首先，乙醚这个玩意儿是违禁品，一般的化工店都是订单式销售，没有购买资质，没人敢卖。

其次，市场上也有人用冒用他人资质的方法购买，但价格很高，通常都被一些私立医院买去做麻药。尤其是一些专门靠堕胎发家的妇产科医院，用量很大。不过但凡懂点医学常识的人都知道，乙醚的麻醉性强，万一流出，后果不堪设想。那些本身就踩红线的私立医院不敢再生是非，他们对乙醚的监管甚至比公立医院还要严格。

再次，车站码头张贴的小广告，80%为诈骗电话，只要打过去对方会以先打保证金，再打邮寄费的方式逐步给你下套，直到你发觉被骗为止。被害人本身买的就是违禁品，所以只能自认倒霉。

这帮人玩的就是一招黑吃黑。还有20%确实可以搞到迷药，但只是三唑仑这种饮入式迷药。乙醚这类具有刺激性气味，又不好保存的吸入式迷药，几乎没有销售渠道。

源头无法查清，专案组一时间也不知该怎么下手。不过每到关键时刻，展峰总能找到常人无法发现的突破口。在详细分析受害人的资料时，他发现六人中有三人是在塔山区直接失踪，另外三人在塔山区有扒窃前科。无独有偶，那三名幸免于难者也都是在塔山区被抢。九人都跟塔山区有关，怎么会有这么巧合的事情？或许凶手选择的目标看似随机，其实不然。

吕瀚海带着展峰的问题，来到塔山区总瓢把子跟前。

据瓢把子介绍，为了避免常在一个地区扒窃被人认出，每隔一段时间各片区的帮众会交换扒窃场所，这个事由片儿隼和区瓢把子自行商议决定，只要按时上交每月的贡数，上层很少会去在意这些细节。因为塔山、果山、田边、牛家山四个区挨在一起，所以帮众间经常"交流"。失踪的那六人，除狗五外，其他几人最早都是塔山区的绺子。

展峰的猜测得到了证实，可是贼帮那么大，他为什么只选择塔山区的帮众下手呢？只有一种可能，凶手只对塔山区的绺子面熟。也就是说，凶手的活动范围其实就在塔山区之内。

有人难免要问，这一点之前早有推测了不是吗？然而"推测"和"确定"在办案中，是两个截然不同的概念。没有切实的证据前的一切推论都只是推论，不能作为着手调查的依据。尤其本案还比较特殊，稍有差池就会满盘皆输，所以就算是展峰，也不得不小心行事。

那么定下塔山区的意义又在哪儿？

塔山区并不是 TS 市的商业中心，甚至说它是个次中心都很勉强。行政区的经济来源，其实都是靠厂区贡献的税收。和其他城市一样，2010 年后，塔山区的全称被更改为经济技术开发区，简称经开区。因为该区只是多数人的工作地，并不是生活起居地，所以医院、学校这种配套设施并不完善。

搞清这一点，专案组有了一个猜想。既然乙醚无法购买，凶手会不会通过非常规手段取得，比如说盗窃？

嬴亮翻阅了从 1990 年到 2000 年十年内的报警记录，尤其是医院、化工企业这种可能接触到乙醚的单位。吕瀚海这边也把重心放在了塔山区。为了鼓励帮众勇于提供线索，大执事还开出了 20 万的悬红。有首歌唱得好："都说钱是王八蛋，可它长得是真好看。"没有悬红时，多数帮众也只是例行去下祠堂，装装样子走走过场，可一听有 20 万，有不少人私下里联系吕瀚海提供情报。可让他感到头疼的是，很多情报都带上了听说、传言之类的模糊字眼，这么一来 99% 的情报要么查而不实，要么就没办法可查。

一轮"海选"，吕瀚海这边并没有什么实质性的进展。而嬴亮那边也是同样的结果，别说是塔山区，就是全市十年时间里也没有任何关于乙醚失窃的报案。

就在所有人都认为展峰的判断可能有所失误时，他依旧固执地把目标对准了塔山区唯一一家公立医院——塔山第二人民医院。

2000 年前后，乙醚作为吸入式麻醉剂，仍被广泛地运用在医学手术上。而吸入式麻醉剂，是针对学龄前儿童使用的一种辅助小、风险低的麻醉方式。除配有专业麻醉师的公立医院外，社区诊所可不敢轻易尝试。谈到公立，就不得不说到另外一个名词——内部消化。因为公立医院存在编制体系、主要责任、次要责任、领导责任等一系列奖惩措施，所以，出了事情只要没造成严重后果，个别领导会极力消除影响，大事化小、小事化了，进行内部消化。

这种情况是不是存在？展峰看来这个可能性很大，而他又为什么可以这么确定呢？因为他调阅了该医院在 1998 年到 2003 年，院长郝振兴执政时的医闹卷宗。这位郝院长的处事理念就是"控制事态、规避责任、消除影响"。在那段时间发生在医院的四起医闹事件中，明明有一起过错并不在医院，可他最终还是选择赔钱了事。

"我看可以把医院的资料档案调取，核对乙醚的用量。"得知展峰的看法，嬴亮迅速提出了方案。

"不成，这是无用功。"隗国安反对道，"医院属卫生局管辖，内部设有专门对医院监管的执法大队。就算乙醚当真是从医院流出，该销毁的证据，绝对不会保留。往小了说，这是关乎医院声誉，往大了说，这可是直接决定了领导的乌纱帽还能不能戴下去。"

"那要怎么办？"嬴亮有些暴躁地反问，"就这么算了？"

"倒也未必，医院这条路走不通，可以从供货商那里找找突破口。要是医院乙醚的平均用量是每月十瓶，某段时间用量突然增加的话，这就很能说明问题。"

隗国安的思路虽然没错，但嬴亮还是担心："事情过去了近二十年，这些资料是不是保存，我看很难吧！"

隗国安鸡贼一笑，信心满满："只要医院分管后勤的领导还健在，这些资料就一定能找得到。"

二十四

展峰这边暂时断了线，吕瀚海那边却是一刻都不能停。在没有剧本的前提下，他只能顺着自己的思路边走边看了。既然专案组已笃定问题就出在塔山区第二人民医院，那他也只能把宝全部押在这里。

在展峰着手调查的日子里，他跟老烟枪没事就在医院溜达。不知大家发现没有，在中国凡是带个"二"字的，好像实力都不尽如人意。比如教育系统，"××第一中学"可能就要比"××第二中学"更受人待见，中国人骨子里，似乎有凡事都要争第一的情结。当然，也会有例外的情况。然而，塔山区第二人民医院并不是这个例外。别的不说，光那几栋年久失修的大楼就能看出些端倪。

据常在那里扒窃的绺子说，平时来这里治病的多是周边郊区的农民，真有了大病还要转到第一人民医院救治。从乡下来的病人一般身上都没多少钱财，平时能整个千儿八百的就是运气很好了。

吕瀚海貌似随口问起，有没有谁破过纪录时，其中一名年纪稍大的绺子，满脸自豪地说他曾在一天晚上扒过足足一坎（一万元）。吕瀚海是打心眼里恶心这些医院的扒手，他们偷的都是救命钱，干的也是伤天害理的事。通过这些天的接触他看清了一个现实，狗永远改不了吃屎，这些满口仁义道德的绺子用江湖侠士包装自己，其实私下里干的都是一些生儿子没屁眼的缺德事。不过，作为一名优秀的实力派演员,心里头反感也不能表现出来。

吕瀚海故作兴趣盎然地起哄:"快,给我们说说。"

绺子也不避讳,张口就来:"说起来,这还是一九九几年的事。"

吕瀚海惊道:"一九九几年?那时候的钱可是钱!"

绺子一脸自傲。"那可不,那时候的一万元,都能买一套像样的三居室了。"

见对方如此絮叨,吕瀚海没有了耐心,他敷衍了一句:"对对对,您快说说。"

绺子突然一拍大腿,着实把吕瀚海惊了一跳。

"我想起来了,是澳门回归,1999年底的事。"

绺子点了支烟,猛嘬一口:"我记得那是一个月黑风高的夜晚,我当月的贡数还没交够,于是我就跟片儿隼商量晚上出来干几次夜活。片儿隼想都没想就答应了。

"我本想着去住院部溜几个包,把钱填平就得了,可没承想住院大楼太小,哪儿哪儿睡的都是人,根本没法下手。折腾了好几天没得一个拖儿。

"就在我心灰意冷之际,一天夜里药房门口排起了长龙,我假装病人问怎么回事,排队的人告诉我,拿药的大夫溜号了联系不到人。病人嘴里说的那个大夫我认识,常年上晚班酒鬼一个。每天清早交班后,都会去门口的馆子干掉半斤二锅头,然后晕晕乎乎地骑车离开。他能溜号我一点都不稀奇。我还知道他犯过很多错误,光拿错药就不知道多少次,不过听说院长是他亲戚,只要没闹出人命人家都能捂得下来。

"我在药房大厅转悠了二十分钟,里面的人也越挤越多。就在这时,一哥们儿夹着皮包走了进来,我见他胳膊挤得通红就知道包里有货。在医院跟了他半天,终于让我得了一把拖儿,牛皮纸里头可是严严实实包了整整一万元。"

吕瀚海对绺子的"丰功伟绩"丝毫不感兴趣,他更加关心那名值夜班的药房大夫。

"您刚才说的那名大夫,现在还在医院吗?"

"早不在了。我还打听过,听人说值班离岗是原则性问题,没人敢保他就给开了。"

"现在药房的值班大夫是谁？"

"一个老女人，我曾被她逮过一次，不过有惊无险，对方没有报案！"

说者无心听者有意，吕瀚海茅塞顿开，他想既然医院曾经有一名如此不靠谱的药房大夫，那么乙醚会不会是从他手里弄丢的呢？这问题吕瀚海找了大执事，在贼帮，只有底层的绺子才会去盗窃，熬出头的高层，都有各自的职业伪装，对大执事来说，动用人际关系打听一个人，不是多大难事。就在当天下午，那名被辞退的医生信息就有了着落。与此同时，专案组成员也联系上了至今还给医院供货的医药代表，巧合的是，两拨人都把矛头对准了一个人，郝院长的小舅子，绺子们口中的酒鬼医生——翟国庆。

翟国庆生于1970年10月1日，被医院辞退后在牛家山区开了一家药房，靠着他姐夫这棵大树，生意做得是如鱼得水。

虽说案件有了新的进展，但一个问题却摆在了专案组面前。翟国庆到底是吕瀚海出面询问，还是通过警方途径来解决。在这个问题上，专案组成员的态度又产生了分歧。嬴亮坚持依法办事，但是这样吕瀚海必定暴露。可让贼帮出面，难免会做一些出格的行为。思来想去，猴精的隗国安给了一条折中策略，他让吕瀚海派贼帮成员轮番到翟国庆经营的药房购买药品，然后随便找个理由进行举报。

出了事，翟国庆一定会找他姐夫商议对策，以他姐夫的性格，肯定又是大事化小、小事化了。这时让吕瀚海出面跟他谈条件，只要不说出乙醚的事就继续举报，直到对方认怂为止。

二十五

要不吕瀚海怎么把隗国安排在专案组城府榜第二位呢？这种阴招，就连自诩一肚子坏水的他，也是一时半会儿琢磨不出来的。

不得不说，在法治逐步健全的中国，这招有奇效，接连投诉了几次，翟国庆也隐约感觉到有人在做他的结子。生意人讲究和气生财，翟国庆是个直性子，喜欢开门见山。他托人带话给吕瀚海，如果是恶意竞争，怕是找错了对手。如果只是求财，那就开个价。吕瀚海觉得时机已成熟，就在茶楼摆了龙门阵，等着翟国庆上钩。然而让他没想到的是，翟国庆如此够种，居然单刀赴会。相比之下，他带了四个"保镖"，倒是显得有些太小心翼翼了。

翟国庆一米八五左右，光头，戴一副椭圆形金丝眼镜，浑身上下都是一线品牌，尤其是他那条硕大的 LV 皮带，晃得吕瀚海差点睁不开眼。再看看吕瀚海等人身上的地摊货，没等开口，从气势上就已输了一半。

翟国庆把他鼓鼓囊囊的 LV 手包往茶桌上一拍，跷起二郎腿，饶有兴趣地打量起吕瀚海。

"这都是跟着你混的？"

吕瀚海微微一笑，也不回答。社会上流行一句顺口溜，叫"软的怕硬的，硬的怕穷的，穷的怕横的，横的怕愣的，愣的怕不要命的，不要命的怕不要脸的，不要脸的怕不要钱的"。而吕瀚海素来是既不要脸也不要钱，翟国庆自然不知道自己遇到了一个硬骨头。

翟国庆是个急性子，见吕瀚海皮笑肉不笑，直接从包里取出 2 万元现金，扔在桌子上道："瞧哥几个也不像是同行，只要你们觉得这事可以到此为止，我也不废话，钱你们收下，咱们井水不犯河水。"

吕瀚海双手压着桌角，俯身探过头去威胁道："翟老板，要是放在旧社会，你最多是个疲门的伙计，按行规，你连和我平起平坐的资格都没有。"

翟国庆眼角猛地一抽，能道出"疲门"，足以说明对方并不是为钱而来。他做药品生意这么多年，时常也跟一些老中医唠唠家常，关于江湖八大门的传言他也没少听说。再次扫视对方时，他居然从吕瀚海身上察觉到了一丝杀气。

"你，你，你们什么意思？"

吕瀚海直起身子。"没有什么意思！"

翟国庆眼珠子转了转，突然认了怂："我翟某开门做的是正经生意，并没有得罪各位的地方吧？"

吕瀚海眼睛微闭，优哉游哉地也跷起二郎腿："你是没有，可你二十年前干的一件事，可是让我们损失惨重啊！"

此言一出，翟国庆傻了眼："二十年前？什么事？我怎么没有印象？"

吕瀚海拿起锉刀，漫不经心地磨着指甲盖："哎呀，翟老板真是贵人多忘事，那好，在下就给翟总提个醒，当年你在塔山区第二人民医院当大夫时，是不是弄丢了几大瓶乙醚啊！"

听到"乙醚"俩字，翟国庆竟吓得浑身颤抖，当年要不是他疏忽大意，绝对不可能犯下这么要命的错误。乙醚是什么东西他比谁都清楚，拿走这个，除了作奸犯科别无他用。虽说他姐夫当年为了自保把他开除了事，但这么多年过去了，这事在他这里可是一直如鲠在喉。

吕瀚海的一番话，就像是引线点燃了他心中那颗定时炸弹，要是他到今天还是一事无成，也不会表现得这么害怕。可现在的他已身价千万，他姐夫也当上了第一人民医院的院长。要是因为他的闪失造成严重后果，不光他要吃不完兜着走，就连他姐夫也难辞其咎。

到这会儿翟国庆再也没有了之前的架子，他起身抱拳连连作揖，哀求道："各位好汉，你们要多少钱尽管开口，只要不把这件事捅出去，我翟某都认了！"

吕瀚海摆摆手，故作大度："翟老板多虑了，我们江湖中人有江湖中人的规矩，冤有头，债有主，我们绝对不会为难翟老板。"

翟国庆突然愣了几秒，在确定自己没听错后，他的腰完全弓成了90°："谢谢各位好汉，谢谢各位好汉！"

吕瀚海把刚沏好的茶推到他的面前："你的疏忽我们可以既往不咎，但那几瓶乙醚被谁拿了去，我想翟老板不会完全不知情吧。"

翟国庆盯着面前的茶水，半天没有动静。他也是个明白人，只要端起这茶碗，就等于默认了这事，可他担心的是一旦说出来，多半会拔出萝卜带出什么别的泥。纠结之中，吕瀚海却给他吃了颗定心丸："翟老板把心放在肚子里，我今儿收了你这2万元，就当交个朋友，只要你肯说，我保证你和你姐夫没有后顾之忧。"

一听对方要收钱，翟国庆心里立马顺畅了很多。拿人钱财替人消灾，只要收了钱，其实就等于给他递了个话把子，彼此都能安心。其实他也明白，今天这阵势，说也要说，不说也要说，对方拿了钱，就是给自己一个台阶下，当然他也不敢保证对方不会出尔反尔，不过也算有个心理安慰了。

翟国庆终于端起水杯，一饮而尽："我不敢保证，只是怀疑，可除了他没有第二个人了。"

吕瀚海来了精神。"谁？"

"我以前在县医院认识的保安，吴培根。"

"为什么觉得是他？"

"我刚参加工作时，是在华强县人民医院，吴培根在医院当保安，因为投缘，我俩关系处得一直不错。他当年还是我们医院的明星保安。"

"明星保安？"

"对。他抓贼不要命，有一次在抓贼的时候还把对方给砸死了，公安局经调查，发现他是正当防卫，他也因为这个名声大噪，还上了报纸的头版头条。不过成也萧何，败也萧何，后来也正是因为抓贼，他吃了两年牢饭。"

"这又是为什么？"

"捉贼要捉赃。他只是怀疑对方是贼，并没有搜到东西，结果还把人打伤了，对方反咬一口，警察就把他给抓了。"

"后来呢？"

"再后来，他出狱后来找我，我那时通过姐夫的关系，调到了市里的塔山区二院。因为他有案底也不好找工作，于是我就建议他买个地鳖虫糊个口，等手头宽裕了再想想办法。那时他兜里没钱，还是我给他拿的车钱。吴培根打小从农村出来，很能吃苦，出狱后没到一年的时间，就把我的账给还清了，他还在塔山区买了间老房子落脚。

"二院就诊病人不多，一到晚上十一二点，吴培根收班时，就会到我那儿喝两口。他没事就跟我唠唠今天发生的趣事，我没事就跟他讲讲医院里发生的种种。反正就是在一起吹吹牛。我印象最深刻的一次是，医院有位病人从住院部大楼跳了下来，当场摔成了烂泥。警察调查，说是因为救命钱被小偷给摸了去。

"我和吴培根聊到这事时，他情绪相当激动，当场就把酒菜桌给掀了，还说什么这些小偷都该死！我知道他的过去，只当是戳到了他的痛处借酒发疯。好在第二天，他就跟个没事人似的，该吃吃该喝喝，我也就没在意。

"约莫过了半个月，我发现药房的乙醚少了四大瓶。我想来想去，只有可能是吴培根干的。我的酒量没他好，喝多了喜欢躺一会儿，每回都是他把餐桌收拾干净悄悄离开。除了他，我实在想不出还有谁会干这事。乙醚是违禁药，丢了可是大事故，发现东西没了，我跑到他家里询问，可不管我怎么逼问他就是不承认，而且他还对天发誓不是他偷的。

"我一想也对，他偷这玩意儿干吗，一不能吃二不能喝的。从他家回来时，我就把这事告诉了姐夫，姐夫大发雷霆，担心迟早有一天纸包不住火，于是找了个理由把我开了，就算以后有人找后手，也不能算他不作为。

"从我被辞退后，我和吴培根就几乎断了联系，其间我还去他家找过他几次，可他就是找各种理由不想跟我见面。事后我越想越不对劲，如果这事不是他干的，那他干啥躲着我？可本就是死无对证的事，我也只能自认倒霉了。"

吕瀚海听完，心中可谓五味杂陈，他身后的绺子表情也是相当精彩，大约了解了情况，他又追问："吴培根住在哪里？"

"塔山区明祥街山猫胡同8号。"

二十六

如果今天来的就只有吕瀚海一人，剩下的事倒是好办，可闹心的是，他后头还有四个跟屁虫，刚才翟国庆所说的一切，他们几人也听了个一字不落。

吕瀚海并没有想到翟国庆能交代得这么彻底，他本想第一次先拿下对方的态度，第二次攻他心计。可现在完全跟预料不一样了。浪得龙思子心切，有了吴培根这条线索，他一定会紧咬不放。况且翟国庆交代的都比较重要。

首先，吴培根曾因为贼坐过牢，对贼有恨。其次，他就是一个地鳖虫司机。

不难看出，吴培根跟狗五等人的失踪绝脱不了干系。可是现在必须要搞清楚一点，吴培根到底是自己单干，还是跟串子暗中勾结作案。可不管是前者还是后者，以贼帮一贯的做事手段，只要抓到了吴培根，他不死也会被搞成残废。如果说展峰订制的剧本演的是《无间道》，那么再这样发展下去，很快就要变成《古惑仔之只手遮天》了。

吕瀚海借着尿遁的机会给展峰拨了个电话。电话那边，展峰也有些进退两难。

从开始就是一道命题作文，不管是冯磊还是贼帮，都提前设定了一个串子复仇的情景。而调查中，展峰也在反复推敲该假设是不是成立。他原本的计划只要确定凶手是串子，冯磊就以吕瀚海在取保候审期间需要询问为由，把他传唤到反扒大队，来个金蝉脱壳，可意想不到的是半路又杀出了个吴培根。情急之下展峰决定走一步险棋。由吕瀚海先拖住大执事，最好能游说报案处理这事；而他则带着专案组成员，用最快的速度赶到吴培根住处，看是不是能找到有价值的线索。

在旧社会，要是江湖之事让官差插手，绝对会让人笑掉大牙，可现在跟以往不同，借力打力的事，贼帮也干过不止一次，用举报的方法逼出翟国庆，就是一个最好的例子。所以展峰让吕瀚海去游说，倒也并不算有多离谱。

…………

当天夜里，大执事浪得龙，金手、双鹰两位堂主，以及各行政区的总瓢把子，都因为这事坐在了一起。在此之前，老烟枪和吕瀚海已悄没声儿地去打探了一头，明祥街山猫胡同8号并无人居住，越过墙头，只有一辆锈迹斑斑的地鳖虫停于院中，墙角的杂草已一人多高，完全一副破败模样。狗五失踪这么多年，这是浪得龙第一次锁定凶手，为了替儿报仇，他每走一步都必须小心谨慎，他心里清楚成败在此一举。议事开始之前，吕瀚海以退为进，并没对接下来怎么查发表任何观点。虽说在本案上，他立下了"汗马功劳"，但他并不是贼帮中人。按江湖规矩，涉及他帮内部重大决策，外人最好不要指手画脚。

为了避嫌，吕瀚海很识趣地蹲在院中，惬意地抽着老烟枪自己卷的无嘴纸烟。在外人看来，他的好心情可能是得益于给大执事挖出了凶手，只有他本人知道，这份愉悦，其实是来自他预测的会议结果。这段日子相处，吕瀚海切身体会到，贼帮成员看似众多，其实就是一盘散沙。尤其是在大规模去寻找乙醚源头之后，吕瀚海顺便听到了许多风言风语。

贼取的是不义之财，花起来肆无忌惮，尤其是年轻帮众最讲究及时行乐，他们心里清楚，就算有再多的存款，万一哪天进了号子也得全部充公。所以绝大多数的贼都是吃了今天，不讲明天。浪得龙为了他儿子的事，多次动用全帮的力量，很多人长时间没有开工。别的片区不说，就连吕瀚海自己的片区，都有不少人带话过来，让他做做表面工作得了，别耽误他们养家糊口。现如今狗五的事已有了眉目，接下来无外两条路：第一，再次动用贼帮的力量，去寻吴培根的下落；第二，特事特办，交给专门的人去做。

以40岁为分水岭，40岁以上的人比较重视江湖规矩，40岁以下的后辈，则以利字当先。祠堂里的两拨人一定会因为这个吵得不可开交。鹬蚌相争必有一伤，贼帮讲规矩的那些老古董都是靠年轻人养活，之所以两拨人还能坐在一起，其实就因为抹不开面儿。

吕瀚海觉得，就算展峰不把贼帮一锅端了，他们也撑不了几年。据说，现在就有总瓢把子不按时交贡、独占山头的情况。总之，吕瀚海觉得年轻的帮众一定会胜出。浪得龙要想不把矛盾激化，最终也会选择妥协。

报警，就是眼下要抓到凶手的唯一出路。

二十七

第六支烟抽完，老烟枪从祠堂中走了出来，吕瀚海把剩下的两支往兜里一揣，起身迎了上去。他关切地问道："商议出结果没有？"

老烟枪情绪低落地摇摇头。"没有。"

从他的反应，吕瀚海马上看出他绝对也是守旧的江湖派。

"哎呀，这可就难办了，眼下要确定是不是串子在捣鬼，就必须找到吴培根。"

"是这么个理。对了，大执事让我请你进去。"老烟枪抬起头。

吕瀚海佯装不解。"让我进去做什么？"

"吴培根这条线索，是你查出来的，大伙还是想听听你的意见。"

吕瀚海摆摆手："这可使不得。你们行内部讨论半天也没个结果，我一外人说什么都容易得罪人，你这不是把我往火坑里推吗？"说话时他故意提高嗓门，祠堂内的众人只要耳不聋，应该都听到了这头的动静。

老烟枪被说得哑口无言，里边的大执事浪得龙也觉得有些不好意思。

按理说，吕瀚海已帮了大忙，再把黑锅甩给他未免有些太不讲究。不过理虽是这么个理，可浪得龙还是想听听他的建议。为了打消顾虑，浪得龙干脆走出来，把他带进了隔壁的空房。

刚一踏进门，浪得龙就双手抱拳致歉："道九兄弟，对不住，实在对不住，因为思儿心切，刚才是我没有考虑周全。"

吕瀚海也不敢端着，连忙抱拳还礼："我理解大执事的心情，只不过有些事我确实不适合掺和。"

浪得龙眼中失望之情一闪而过："道九兄弟说得对，只不过行里都是些粗人，接下来该怎么办都没个准信，我还是想听听兄弟的意见，你放心，一定不让你难做。"

话说开了，吕瀚海不能再欲擒故纵，他在屋内来回踱步，一副摇摆不定的模样。

浪得龙看出些端倪来。"道九兄弟，是有什么难言之隐？"

吕瀚海时而点头，时而又摇头。

浪得龙看不明白了。"你这是？"

吕瀚海清咳一声："就是不知道当讲不当讲。"

"就你我二人，什么都当讲，但说无妨。"

吕瀚海咬牙跺脚。"行，既然大执事没拿我当外人，那我就实话实说了。说句掏心窝子的话，我还是不想掺和到这件事里来。"

浪得龙有些不悦，"都到这个份儿上了，道九兄弟还瞒着就不对了吧！"

吕瀚海解释："其实是说出来我怕伤了和气，但眼下大执事都这么说了，我也只好不吐不快。实不相瞒，我在调查狗五这件事时，就有不少行内的兄弟带话给我，意思是让我消停消停。"

浪得龙闻言并没如何诧异，显然他一定也知道了些什么。他拍了拍吕瀚海的肩膀说："我理解兄弟的难处，是我做事不周了。"

吕瀚海不以为意地摇头道："大执事，现在吴培根这条线已经摸出，我怀疑他可能就是串子的帮手，只要能找到他一切问题就都解决了。"

"不管付出多大的代价，也要把吴培根给找出来。"

吕瀚海却说："大执事，事可不能这么做。"

"怎么，难不成到嘴边的肉，还要让他给飞了？"

"作为父亲替儿寻仇，当然是天经地义。可您作为一行之主，也要照顾到兄弟们的利益。我觉得，用最小的代价获取最大的利益，才是上上之选。"

浪得龙想了想，却想不出什么两全其美的点子，连忙问："道九兄弟，有何高见？"

吕瀚海摸摸下巴道："我听老烟枪说，市局反扒大队的冯大眼儿这些年也在查这事？"

"没错。不过他就是个废物，这么多年也没查出一点头绪。"

吕瀚海神秘一笑："有时候……废物也是可以利用的。"

"兄弟，你的意思？"

"我们可以报警！"

浪得龙一下瞪大了眼。"你说什么？报警？"

"对。现在警察的破案手段很先进，我们完全可以把接下来的烂摊子甩给警察。如果是吴培根和串子把行里的六个兄弟灭了口，那他们两个绝对够枪毙一百回的。反正他俩横竖都是死，为什么要脏了咱们的手？"

浪得龙有些犹豫，吕瀚海继续说："我知道大执事在顾忌什么，你完全不必担心有损荣行的声誉。这件事可以由我去操作。"

浪得龙又是一惊。"你去？你并不是我行的人，为什么要这么做？"

吕瀚海微微一笑。"走报警这条路，其实是一石二鸟，不光是荣行，最重要的是，还可以帮我自己解个围。"

浪得龙迷惑了。"帮你解围？此话怎讲？"

"大执事您还真是贵人多忘事，小弟现在可不是清白之身，我把这条线索检举给冯大眼儿，好歹立个头功，也能换个将功赎罪的机会吧！"

听吕瀚海这么说，浪得龙一下醒悟过来，释怀地大笑："哈哈哈，道九兄弟所言极是啊，那咱们客套话也不必多说，就麻烦兄弟你亲自走一趟，事成之后，鄙人必定会有重谢！"

二十八

老烟枪得知大执事同意报警时，着实一惊，这位大执事到底有多固执，老烟枪可是深有体会，要不是当年他执意要对小白和串子执行行规，也不可能出现串子寻仇这档子糟心事了。老烟枪当然知道，把锅甩给警察是最省时省力的结果，可之前任凭帮里百十号弟兄出言相劝，大执事就是执意不从。没想到僵局居然被吕瀚海给打破了。

老烟枪自然是询问了详细经过，吕瀚海也一五一十坦诚相告，为了显摆自己的能耐，他还把欲擒故纵的一套想法和盘托出。老烟枪听后佩服得那叫一个五体投地再加三叩首。

展峰等人刚准备摸黑上吴培根住处探查一番，吕瀚海那边就带着线索前来报案了。在一番假模假样的受理后，专案组换上了刑警队的制服，光明正大地出勘到了现场。

吴培根的住处，是一座坐南朝北的小型四合院。面积不大，拢共也就百十平方米。院子呈长方形，用红砖围砌而成。

一条30厘米宽的砖石小路把院子一分为二，左边打有水泥地平，专供停车用。右边则种植少许青椒、茄子，俨然一个小型菜园。不过长时间无人打理，园地里早已经是杂草丛生。砖石路正对着一间瓦房。屋内被砖墙分成三个区域，中间是待客的堂屋，左手边是卧室，而右手边则堆砌着少量杂物。烧锅做饭的厨房建在菜园东侧。拉屎撒尿的茅房则在停车位的西方。

嬴亮对吴培根做了详细的研判，关于他的最后一条记录还是出狱后的落户（上户口）信息。换言之，其间有十多年他都是处于人间蒸发的状态。带着疑

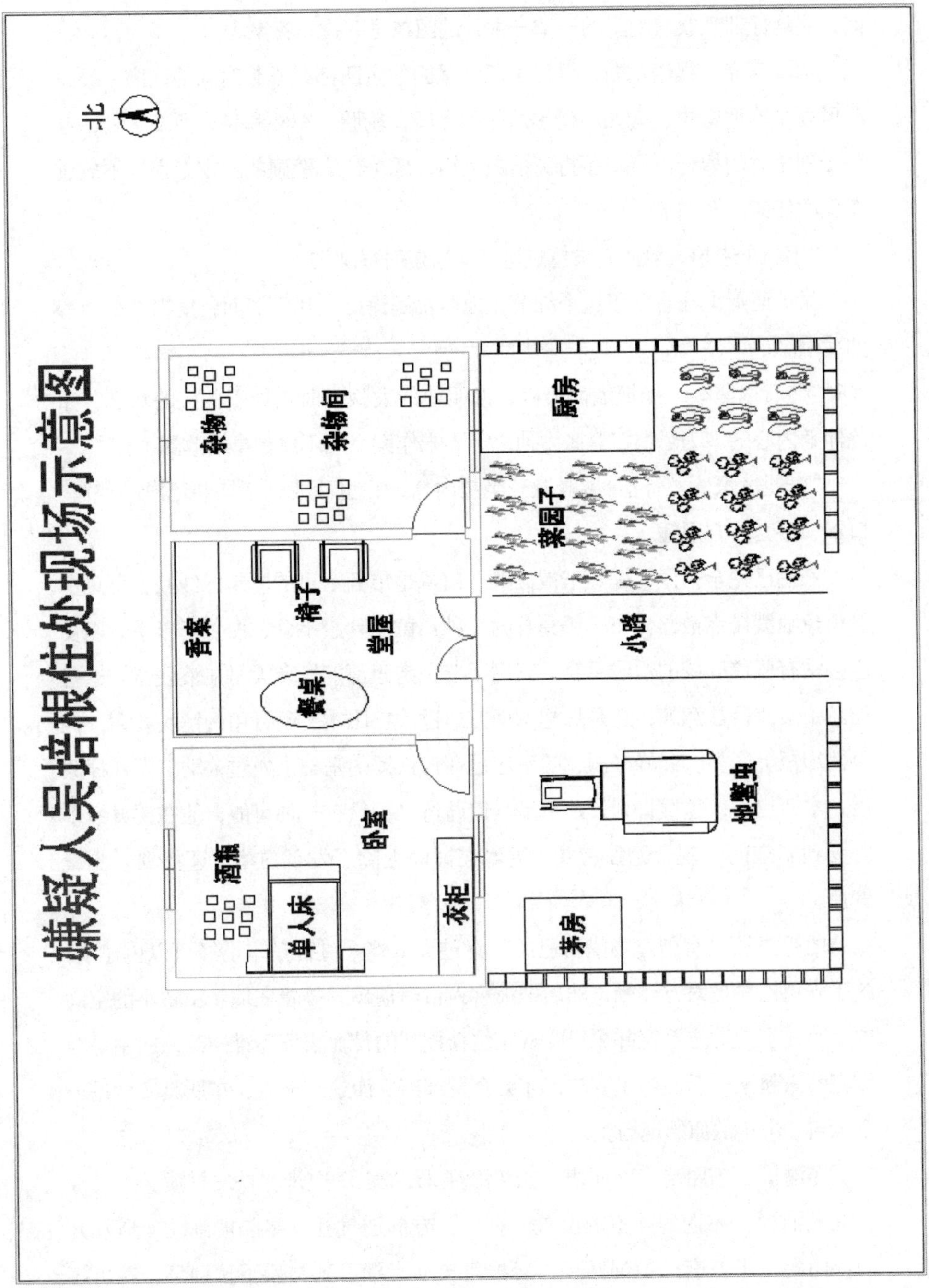

第二案 灭顶贼帮 237

嫌疑人吴培根住处现场示意图

北

杂物 | 杂物间
香案 椅子 堂屋
餐桌
酒瓶 单人床 卧室
衣柜

厨房
菜园子
小路
地窨虫
茅房

问,展峰仔细观察着院里的一草一木,试图在里面找到答案。

水滴石穿,绳锯木断,世界上任何坚固的东西都经不起时间的磋磨。暴露在风雨中的地鳖虫,就如同受热熔化的泥塑,轮胎、车斗和目光所及之处,都是一副垂死的模样。展峰手持高倍放大镜,像个研究壁画的考古专家,不放过车上的任何一个细节。

"手刹车未拉,墙面有被撞痕迹,看来走时很匆忙。"

司徒蓝嫣也注意到了这个细节,她用金属锤敲了几下墙面,发出当啷当啷的脆响。

"砖石很坚硬,能把墙面撞碎,说明他的人脑当时正处于失控的状态,如此伴随内心的多为恐惧、紧张。他之后再未作案,难不成是事情败露了?"

"可能性很大。"说着展峰掀开坐垫内仓,在里面找到了盛装乙醚的空瓶、口罩、手套、方形锤。

乙醚已完全挥发,标签纸被撕毁。口罩是市面常见的厚制棉纱款,可见少量褐色喷溅血点散落分布。手套分为三种:黄色乳胶手套、白色棉布手套以及掌心粘有蓝色硅胶的粗线手套。三副手套上肉眼都能发现大量血液残留。这些物品中最值得注意的,还是那把木柄方形锤。它比木工砸钉用的锤头要大,但手柄却短上许多。展峰推测,凶手应是在打铁锤的基础上做过改动。据杠杆原理,木柄越长,越发省力,凶手反其道而行之,只有一种可能,他在挥舞锤子时受到了空间限制。无独有偶,展峰在锤面上除了发现血痕,还找到了少量骨片。

凶手显然没有刻意隐瞒自己的作案过程,整个过程基本已经可以重建了:凶手先用乙醚把对方迷晕,然后把被害人带离现场,接着在地鳖虫狭小的空间内,用锤子把对方杀害并抛尸。从座位仓找到的带血物证不难推测,凶手是在作完第六起案子后发生了变故,才会仓皇逃离。而这么一来,车厢其实就是一个尘封二十年的原始现场。

经测量,车厢高122厘米,长143厘米,宽97厘米,铁皮材质,外表涂有红色油漆,靠近驾驶室的位置,有一正方形透气孔,尾部被割成一道双开门,门的正上方有一拉绳暗锁,轻推可自动上锁,到站后下拉锁环,就可打开。车厢左右两边安装有两块供人乘坐的木板，为了提高舒适度，每块木板上都包有软包。因为地鳖虫是自掏腰包改装而成，所以并没有统一的规格。吴培根这辆车，明显属低配版。所谓的软包，只不过是一块裁剪而成的海绵而已。因为长时间被人乘坐，海绵上布满了黑乎乎的污垢。用刀沿海绵层横向切断，红褐色的血液浸染霍然现出原形。

专案组用了四个小时才把现场清理完毕，接下来展峰还要对所提物证进行分类检验。在确定嫌疑人之前，吕瀚海这位实力派影帝也只能先回贼帮等待消息了。

二十九

本案目前已经处在半公开的阶段，市局抽调不少精兵强将，好协助展峰完成物证检验工作。

案件碰头会在24小时后就开始了，除了914专案组成员，展峰没有邀请任何人参加。展峰习惯先听取他人意见，而第一个发言的大多是赢亮。

"我在屋内找到了吴培根的身份证，到期时间为2008年，也就是说，在他作案期间，该身份证仍在有效期范围。查询关于此证的所有轨迹，并没有发现他曾跟谁结伴住过酒店或乘坐过火车。如果他真和串子结伙作案，为什么两人无一点交集？"

司徒蓝嫣本对此也有疑问，既然赢亮开了个头，她就顺带发表了自己的观点："我观察了吴培根的日常家居摆设。厨房落满油污，只有一人的碗筷；室内物品摆放凌乱；杂物间墙根下，堆砌有近百个白酒瓶；尤其是卧室床头前，还有半箱未打开的瓶装白酒。种种细节可以看出，他是长期处在一个靠酒精麻痹自己的颓废状态。颓废是一种意志消沉、精神萎靡的内心反映。形成条件因人而异。心理学上做过一项调查，男性颓废的根源多来自婚姻家庭和生存压力。前者暂且不说，我们重点来分析后者。

"常见的生存压力多表现为生理疾病压力、经济压力、精神状态压力。在面对压力时，能够自我控制，有条不紊，即所谓的因势利导，只有少数人可以做到，绝大多数人面对突如其来的压力，并不能做到合理调整心态。

"我看了吴培根的资料，他只有小学文化，应聘到县医院当保安，因为跟窃贼殊死搏斗，上了报纸的头版头条，所以才被医院评为明星保安。在众人的关注下，他的内心得到了极大的满足，从而在认知上会本能地给自己套上一层光环效应。他内心情感也会因为这个达到一个顶点。为了使光环永远保持亮度，那他唯一能做的，就是不停地抓贼。

"在没有正确引导的情况下，他其实是进入了一个急功近利的阶段。不巧的是，悲剧突然发生，他因为故意伤害罪被判入狱两年。因为抓贼这同一件事，走了两个极端，这种心理落差是造成他颓废、逃避现实的主要原因。吴培根刑满释放后，好友翟国庆慷慨解囊，他找到了一丝慰藉，这也是他不管多晚收工，都要去医院找翟国庆喝两杯的缘由。

"事实上他内心的主导情绪还是悲观跟落寞。离开翟国庆回到家中，他还是只能靠酒精才能睡着。友情作为调和剂在很长一段时间内起到了安抚作用。但随后发生的医院坠楼事件，是他情绪突然爆发的诱因。这种情况，对他来说是极大的心理刺激，以至于他可以放弃友情，去药房偷乙醚。

"在翟国庆发现乙醚失窃后，两人因为这个闹僵，悲观情绪唯一的调和剂也荡然无存。在心理暗示逐渐加重后，他把所有的消极情绪全部施加在了窃贼身上，以致发展到需要杀死对方才可以解恨的程度。从以上心理活动看，吴培根有充足的作案动机和作案条件。那么我们再接着分析下本案的作案人到底有几个。串子是贼，而吴培根的杀人动机，是源于对贼的恨！两人水火不容，我看他俩不可能在一起合作。"

嬴亮假设说："如果串子隐瞒自己的身份呢？"

司徒蓝嫣道："任何合作都是建立在信任的基础上。如果吴培根对串子不了解，他怎么敢跟对方联合起来干杀人的勾当？串子是江湖中人，必定会保留一些江湖人的作风，接触时间长了，吴培根不会发现不了猫腻。我认为这是一个矛盾命题，假设并不成立。另外，吴培根的作案诱因就是心理落差跟负面情绪无法宣泄，如果他有一个能要好到'一起杀人'的朋友，那么他作案的可能性反而会大大降低。所以我认为，本案是吴培根一人作案，串子并没有参与。"

展峰连连点头。"凶手驾车随机等候目标，然后用乙醚迷晕，在车厢内把对方杀死，最后抛尸。整个过程一人足以完成。另外，我在杂物间内发现了一把铁锹，锹面附着大量泥土，锹把残留血痕。吴培根作完案后，应该是把尸体掩埋在了某个地方。这种处理方式，需要大量体力，要是有帮手他不可能一人完成。所以，我也认为本案没有第二人参与。"

嬴亮为难地说："本以为串子和狗五是一起案子，没想到到头来，还八竿子打不到一边！"

展峰却说："也不能就这么肯定。"

嬴亮有些好奇，"哦？难道真有关系？"

"暂时还不清楚，但我始终感觉事有蹊跷。"

"什么蹊跷，展队你快说说看。"嬴亮急不可耐地问。

展峰把铁锹的照片打到投影上："这是一把专门用来挖坑的尖头铁锹，锹柄加锹面总长 155 厘米，比地鳖虫的厢体还要长 12 厘米；为了不让铁锹露出，在携带时，只能把铁锹沿长方体对角线斜放，车厢要处于空厢状态。也就是说，凶手在把目标迷晕后，会先回趟家，带走挖坑工具，然后再进行埋尸。既然要回家，那在院中杀人要比在室外稳妥，因为这个，再次重建作案过程就是：等候目标——迷晕——带回家中杀死——取铁锹埋尸。从院子中留下的物证不难看出，他是在做完最后一起案子后，仓皇而逃。问题可能是出在了埋尸环节。"

司徒蓝嫣秀眉一挑："难道说，凶手埋尸时被发现了？"

"对！而且发现尸体的并不是警察，否则他会直接弃车逃逸。他敢把车骑回家，说明他清楚，就算被发现，仍有一段缓冲时间。可让我感到奇怪的是，2003 年以来，本市无一起命案积案，也就是说，那个人并没有报案。

"还有，在检验铁锹上的泥土样本时，我发现了大量草木灰成分。巧合的是，最后一案发生在 2003 年 4 月 8 日，是清明节过后的第三天。清明祭祖焚烧的黄纸，是草木灰主要的来源方式。我怀疑，凶手把尸体埋在了墓地附近。

"2003 年，本市墓地还没什么规划，只要是个山头，都能葬人。但考虑到地鳖虫的最大行驶公里数，主城区范围内牛家山是凶手的唯一选择。牛家山位于塔山区的正南方，处在两市的交界处，距吴培根住处直线距离约50公里。地鳖虫满速前进四十分钟才能到达。墓地白天都看不见几个人影，到了晚上更是人迹罕至。

"那么我们的问题就来了。凶手在夜晚埋尸的时候，会被什么样的人发现？退一万步说，在能见度极低的情况下，就算是凶手被发现，他的反应也未免太强烈了些，不是吗？"

司徒蓝嫣表示赞同，"展队说得没错。凶手杀人时戴了口罩，那他在埋尸时不会不戴。就算被发现，对方也不可能看清凶手的长相。另外，他驾驶的地鳖虫并没有特殊标记，属于扎进人堆就无法辨认的那种。他应该完全不用担心自己会暴露。凶手仓皇逃离的恐惧并不是源于警方，否则他首先要做的是清理作案工具，逃避打击。如果把警方排除，那么能威胁他生命的，就只剩下贼帮了！"

三十

随着专案会的深入，本案的细节也逐渐清晰起来。

展峰又陆续出示了几份DNA报告。经比对，在吴培根家中提取的生物样本，跟贼帮最后一名被害人癫麻完全吻合。这至少证明了狗五等六人的失踪，跟他绝对脱不了干系。有了实质性的证据，抓捕吴培根就显得迫在眉睫。可让嬴亮头疼的是，吴培根这人已销声匿迹十六年，要想找到下落何其困难。让所有人都没有想到的是，打破僵局的却是会上一直没有开口的隗国安。在现场勘查时，就他没有什么实际的工作，出于好奇，他从里屋跑到外屋来回看了看，这让他注意到一个细节：堂屋里，有一张长约一米五的长条桌紧靠北墙。本来这种摆设并没有什么稀奇，可是受吕瀚海影响，每当遇到老式家具，隗国安都习惯近距离观察观察，倒不是为了查案，纯粹就是看看是不是红木或黄花梨。

有心栽花花不开，无心插柳柳成荫。在研究木料材质的过程中，他竟无意间发现桌面上有星星点点火烧痕迹，痕迹附近散落有一小撮稻米。再往白墙上看，又能发现泛黄的烟痕。痕迹呈大写的 V 字形，中间有大片留白。从留白的面积可以判断，这里明显曾悬挂过一个相框。按照当地风俗，只有拜祭有养育之恩的长辈才会在香炉中放入稻米。凶手在万分紧急的情况下还不忘带走香炉和遗照，那么这个人到底和凶手是什么关系？

为了搞清这一点，展峰找到了吴培根曾经的好友，那位弄丢乙醚的药房老板翟国庆。据他的说法，吴培根很少提及他的家世，从认识他那天起他就一个人。吴培根的住处他曾去过几次，也留意到了堂屋的香炉。他只能回忆起照片上是位老妇，但他并没有询问吴培根跟逝者的关系。他隐约记得，有一次在上香时，吴培根喃喃自语，称逝者为"陶奶"。

"他在逃跑时，没有带走身份证，说明证件对他的用处不大。虽说那时候火车、汽车还没有实名制，但外出务工，必须出示证件。既然不带，表明他有一个可以给他提供生活来源的地方。"司徒蓝嫣说道。

"20 世纪初，跑路的人有两种选择：要么去大城市，要么就选择偏远农村。吴培根自知大城市贼帮活跃，选择前者的可能性几乎为零。而农村多为同姓宗族关系，外人很难长住，除非有亲戚投靠。"隗国安也补充了自己的看法。

为了溯源，专案组干脆把吴培根的户籍档案全部找了出来，在翻阅纸质档案时，司徒蓝嫣发现了一张手写的火化证。该证是吴培根迁户时提供的，内容为证实原户主已死亡，无法到派出所办理分户手续。火化证上的逝者信息，终于让专案组发现了端倪。

死者名叫陶华芝，1929 年 8 月 1 日生，病逝，火化日期为 1993 年 3 月 6 日，享年 65 岁，在落款的位置，隐约可以看到一行小字：大桥县殡仪馆。

…………

TS 市九区三县，这个面积较小的大桥县最为偏僻，被一条柳平河隔绝，早年县里的居民进趟城，要摆渡四十分钟，时至今日，那里车辆通行还要依靠渡船运载过河。因为出行不就，为了方便居民，县里麻雀虽小五脏俱全，医院、学校、火葬场等公共基础设施十分完善。

1993 年陶华芝去世时，计算机还没普及，对于早年销户的居民，户籍系统查不到任何信息。好在大桥县殡仪馆每年火化的逝者并不多，档案室内保存着建馆以来的所有资料，专案组从这里得到了一个模糊的地址——大桥县陶圩村。

一波三折后，该村的老村长陶士德总算给专案组提供了些线索。

陶士德说："陶华芝和我平辈，比我大10岁。她丈夫死得早，两人一直没有孩子。当年有人劝她改嫁，可她就是不肯，守了大半辈子寡。培根是从十里开外的吴家庄讨来的。据说，孩子生父从外地拐了个女子当媳妇，女子给她生下一子后，卷了家里所有的钱跑了。孩子生父因为这个犯了神经，把孩子一丢也跑了。那个年代没有计划生育，家家户户都五六个，负担都不轻。这个孩子只能先寄住在村长家里。当年，我去乡里开会时，村长见人就问有没有合适的人家，好给孩子讨条生路。我回村后就找了陶华芝，她满口答应要养这个孩子。抱回来时孩子已上了户口，所以名字这些年就没有改，一直叫吴培根。"

展峰问道："陶华芝去世后，吴培根有没有回过村子？尤其是在2003年前后。"

陶士德想了想，说："回来过，还住了一段时间，后来就再没见过。"

赢亮问："去哪里了知不知道？"

"不是很清楚。"

"他外地还有没有亲戚可以投奔？"

"他哪儿来的亲戚……哦，对了，我想起一件事。"

赢亮忙问："什么事？"

陶士德回忆说："俺们村有一位跟培根差不多年纪的小伙，出车祸去世了，户口一直没注销。他们家跟陶华芝是亲戚，按辈分培根跟小伙还是表兄弟，培根临走时，说他准备外出打工，可他的身份证弄丢了，补办需要很长时间，就拿走了小伙的身份证。我是听人闲聊时说的，我当时还怀疑培根会不会犯事了。"

赢亮心中一紧，"小伙叫什么？"

"陶鑫，他父亲叫陶启运，按辈分还得管我叫叔。"

结束问话，赢亮迅速核实了陶鑫的身份信息，不出他们所料，直到上个月,这个"已死之人"竟然还能查到相关物流信息。

"这下可算找到你了。"赢亮一乐——地址俱在,这家伙就是瓮中之鳖。

三十一

冒用身份的吴培根在睡梦中被带回了刑警支队。他生于1975年,虽说只有四十多岁,但看上去比药房老板翟国庆还苍老许多。据说这些年,他全靠在建筑工地出苦力谋生。因为酗酒的恶习,他有钱就买酒,无钱才出工,过着三天打鱼两天晒网的日子。当民警冲进他的住所,把他抓获时,他还在醉生梦死,稍微清醒后才恍然若失起来,明显知道警察找他是为了什么事。

这桩案子的线索明面上是由反扒大队挖出,实际却是914专案组掌握的。跟刑警支队办理好交接手续之后,第一次审讯由专案组进行。这些年展峰可谓阅人无数,对吴培根这种作案手法并不高明的嫌疑人,根本不用大费周章,只需要开门见山就可攻破他的心理防线。

在出示了相关物证后,吴培根基本默认了这事。

展峰看着低头不语的吴培根道:"跑了这么多年,你也算是够本了,那就说说吧。"

吴培根挺了挺佝偻的身子,冷笑道:"没想到啊没想到,这帮贼这么没出息,折腾了十多年,到头来居然选择了报警。"

"果然是你,"展峰道,"你当年仓皇逃回老家,是不是因为贼帮的人发现了你?"

"我怀疑是,但也不敢确定。"

"为什么是怀疑?"

"因为那人见着面生。"

"你对贼帮的了解有多少?"

吴培根呵呵一笑:"自从陶奶的救命钱被偷后,我这辈子就跟贼杠上了,这些年他们折这么多人在我手里,你说呢?"

"好好回答,你说的救命钱的事情,到底发生在哪一年?"

吴培根想都没想便答："1993年3月。"

说完他就面露恨色，显然对他来说，这件事的发生，在他的人生中占据了相当重要的位置。

展峰让他缓了口气，这才问："仔细说说具体情况。"

回忆起当年，吴培根仍有些无法压抑哀伤："你们去找过村长，从他那里应该了解到了我的身世。我从小就是没人要的野孩子，要不是陶奶收养我，说不定我根本就活不到现在。

"陶奶为人和善，从不跟人争执，可是这年头好人没好报啊。陶奶五十多岁时，就隐约感觉身体不舒服，可那时我还小，带着我这个拖油瓶，她只能吃点廉价的药片死撑。每回陶奶捂着肚子疼得死去活来时，我都会请乡里的赤脚医生，可医生问起她的病情时，她老是敷衍了事。最后一次给陶奶医治时，医生丢下一句话，我到现在也忘不了。医生说，有病不瞒医，瞒医害自己。医生早就看出了陶奶病情在加重，可她自己又何尝不知。她要是在医院住下，我这张嘴要去哪儿吃饭？

"1993年2月底，我刚满18岁，当天我正在喂猪，陶奶的老毛病又犯了，我见她这回有些不对劲，就坚持带她去县医院。她怕花钱执意不去，可那时我长大了，她拗不过我，就只好去了。那天，冰天雪地，河面结了厚冰，没有渡船，我推着架子车从河上硬是蹚了过去。经华强县医院诊断，陶奶患的是慢性胰腺炎，不过因为久拖不治病情加重，必须抓紧凑钱做手术，没有钱就只能保守治疗，那就是等死。

"我从小和陶奶相依为命，粮食只够糊口，在我16岁时，我们祖孙俩才咬着牙，用多年的存款买了两头猪崽。陶奶还盼着猪生猪、崽生崽，等我到了娶妻的年纪把它们给卖了，给我成个家。陶奶在病床上疼得快说不出话，我临走前还拉着我的手叮嘱我说，她救不过来就不救了，让我一定不要把猪崽卖了。

"陶奶对我有养育之恩，做人要知恩图报，我怎么可能眼睁睁地看着她受罪，我嘴上答应了她，回村里，就把猪全卖给了邻村的屠夫。因为等钱救命，几头猪才卖了1500元，刚够手术费。

"得了钱后，我就急忙往医院跑，可紧赶慢赶还是晚上才到。我是直奔收费窗口，收费处的人告诉我，需要医生开单据才可以收费。于是我又掉头去找医生。跑到医务室，医生又告诉我值班主任正在上手术，让我等一等。就这样，我从上到下把医院跑了个遍，后来实在跑不动了，我干脆就坐在手术室门前硬等。

"这时，一位十六七岁的女孩，走到我跟前问这问那，我本就是个热心肠，没怎么多考虑，就帮她一一解答。可能是我说话太投入，等我回过神来，一位跟她年纪相仿的男孩，从我身边走了过去。这男孩刚走不久，跟我搭话的女孩也借故离开了。

"起先我并没想那么多，就盼着医生从手术室里赶快出来，可后来一琢磨有些不对劲。手术室在三楼，一楼大厅就有坐班医生，这个女孩为什么要在手术室门口问这问那？想到这儿，我突然感觉全身的寒毛都乍开了。一股不祥的预感涌上心头，我一摸口袋，果不其然，装钱的信封没了。那可是陶奶的救命钱，我跟疯子似的满大楼找那一男一女，可嗓子喊哑了眼泪哭干了，也没见到对方的人影。没钱手术，陶奶被我接回家保守治疗，半个多月她就咽了气。

"把陶奶安葬后，我心里实在过不去这个坎，于是那段时间我跟着了魔一样，天天在华强县医院门口守着，我心里暗自发誓，只要让我发现那两个小偷，我一定要把他俩碎尸万段。蹲了有个把星期，医院里有位年纪大的领导注意到了我，就上前问我是干什么的。我说我在抓小偷。那人觉得新鲜，就问了我缘故，我一个农村娃没经历过社会，那人问什么我就说什么。聊完后，他问我愿不愿意留在医院当保安，包吃住，一个月100。这样就能天天留在医院里抓贼。我起先以为他在开玩笑，后来那人告诉我，他是医院里的领导，注意我很长时间了，只要我愿意就能留下来。

"那时我已做好跟小偷死磕的准备，就算不给钱我也愿意干，何况还有工资。就这样，我成了县医院的一名保安。医院里算上我，只有三名保安，我年纪最小，其他两人都已五十多岁，他俩平时只负责巡巡逻，抓贼的事，就基本落在了我头上。在医院上班不到一个月，我抓了五个小偷，到后来发展到只要我当班，就没有小偷敢在医院行窃的地步。"

展峰听完这些，又问："你和翟国庆是怎么认识的？"

吴培根抬起的头有些颤抖，明显是长期酗酒引起的中毒症状："我在医院当保安时，他也在医院上班，我当年还救过他的命。"

展峰讶异道："救过他的命？"

吴培根肯定地说："对！这事也跟一个小偷有关。我记得那时他刚分到县医院不久，他母亲来医院看病，钱被扒手给扒了，他发现了那个扒手，紧跟着就追了出去。翟国庆年轻气盛，把小偷逼进了一个死胡同。就在这时，对方掏出了一把刀要跟翟国庆死磕，还好我及时赶到，否则他可能就性命不保了。

"我们当时手无寸铁，虽然占了上风，我也只能先放对方一马，在小偷跑出巷子后，我从路边抓了一块砖头，又追了上去。对方体力不支，没跑几步就停了下来。我告诉他只要把钱留下，我不会为难他，可他死活不同意，拿刀就朝我捅了过来。

"既然对方要跟我玩命，我当然不能心软了，我就把手里的砖头扔了过去，正好砸中了他的脑前门。看他跟跟跄跄还没倒，我又搬了块更大的石头。我从小干农活，手劲本身就大，那个小偷就被我当场砸死了。附近的围观群众看见杀人，就报了警，警察经调查，判我是正当防卫，没有追究我的责任。医院知道这事后奖励了我1000元。事情传开来，我还上了报纸。从那以后，我和翟国庆就成了铁哥们儿。"吴培根说到这里，似乎有些向往当时的春风得意，咧嘴露出了笑容。

"后来你因为故意伤害罪入狱，又是怎么回事？"

"唉！"吴培根闻言长叹一声，"因为那次受关注后，我有些膨胀，抓起贼来更不要命。那天，我在医院值班，看见有个人在大楼里鬼鬼祟祟。此人我很面熟，他绝对来过不止一次。我一眼就判定，他是个扒手。于是在他准备下手时，我喝止住了他。他见到我拔腿就跑，我跟在后面追，跑出医院后，对方被我逼得停了下来。我让他把东西交出来，他却矢口否认，说自己没有行窃。我觉得他在我值班时偷东西是完全不给我面子，一拳就抡了过去。对方毫无防备，结结实实地挨了一拳，两颗门牙被我打掉了。那小偷疼得在地上打滚，我也没管这么多，上去搜了身，确实也没搜到东西。见他那怂样，我就又给了他一拳，好让他长长记性。可我没料到，晚上辖区派出所的刘所长就让我去配合调查。

"因为抓贼的事，我跟刘所长有些交情，到了所里我才知道那小偷把我给告了，说我是故意伤害。捉贼捉赃，我抓他时他还没有下手，从法律上讲不构成犯罪。倒霉的是我打他时，有不少人在场。所长说牙齿打掉构成轻伤害。要是对方不同意调解，我只能进去吃牢饭。

"我是华强县的反扒之星，就算让我牢底坐穿，我也不会跟一个贼和解。刘所长苦口婆心劝我半天，他甚至都说到要自掏腰包赔给对方去解决这事了，我还是油盐不进，死活不同意调解。再说了，对方的态度也很坚决，不管给多少钱这事都没完，除非我进去吃牢饭。我起初觉得，小毛贼还挺有骨气，后来刘所长告诉我，这可能就是扒手专门给我下的套。我仔细一琢磨也后悔了，要不是太冲动，也不会这样被人揪住把柄。刘所长对我是仁至义尽了，他也得按法律程序办事，我不怪他。后来那小偷被鉴定为轻伤二级，我因为故意伤害罪，被判了两年有期徒刑。

"在监狱服刑期间，我遇到了好几个扒手，他们都是被我亲手送进来的。好不容易逮到个机会，他们怎么可能放过我，我在牢里的日子可不好过啊！出狱后这帮人还扬言要报复我，说实话，我不进号子还不知道，我们市的扒手远比我想得多太多，而且他们组织严密，就凭我一个人，抓到老死也只是治标不治本。

"出狱后，我是真怕了这帮贼人对我打击报复，所以我也就不敢在华强县再待下去了。走投无路，我只能去投奔翟国庆，他当时调到了塔山区第二人民医院，他的姐夫还是那个医院的院长。我想着能不能托他的关系，在医院当一名保安。可塔山二院是公立医院，我有犯罪前科不符合规定。实在没有办法，翟国庆借给我些钱，改了个地鳖虫在市区载客。

"虽说华强县跟塔山区有近百公里的距离，但我也不敢保证，那边的贼和这边的贼不是属于同一个团伙。于是不管是白天黑夜，我都戴着口罩，生怕被那些贼认出来。在监狱那两年，贼帮的人合伙折磨我，不让我睡觉，只要狱警不在就对我拳脚相加，确实把我给搞怕了，甚至都有了心理阴影。我为什么爱喝酒？一到了晚上不喝醉根本睡不着。好在每天晚上收车后，我都能和翟国庆喝几盅、聊两句，否则我感觉撑不了多久就会崩溃的。

"这样的日子约莫过了一年。一天晚上，我像往常一样去找翟国庆喝酒，喝酒时，我看到有几位警察提着箱子在医院大楼里上上下下。我问翟国庆发生了什么事，他告诉我，白天有一名病人，因为救命钱被扒手给扒了去，想不开从楼上跳下来摔死了。死的是个女人，膝下还有两个嗷嗷待哺的孩子。据说这笔钱也是东拼西凑才借到的，现在钱没了，她也不想再拖累家人，就选择了轻生。

"听翟国庆说完，我就像是发了疯一样。陶奶的遭遇、那两年在监狱受过的虐待，还有出狱后饱受的折磨，一股脑地都涌了上来。我再也控制不住自己，无论翟国庆怎么劝我都听不进去，回家后我只有一个念头，与其这么苟且偷生，倒不如跟这群贼鱼死网破算了。杀念挥之不去，我琢磨过很多杀贼的方法，我还知道药房中存有乙醚。后来我趁翟国庆酒醉时把乙醚全给偷了去。我清楚这样做会给他带来很大的麻烦，可我没有回头路。后来听说，翟国庆因为这事被单位开除，我也很自责，但我只能把这份愧疚转化为我杀贼的力量。

"在塔山区的这段时间，我在各种场合见过不少扒手，凭我暗中观察，他们行窃有一定的规律。夏天只要到晚上8点，扒手们就会收工，冬天提前一个小时。摸清门道，我就开着车守株待兔，只要有扒手上钩我就先用乙醚把他们迷晕，然后回家里用锤子砸死他们，最后拿着铁锹去牛家山山沟里埋尸。

"杀第一个人时，我还很紧张，之后隔了很长一段时间都没有下手。我也在观察这帮贼会不会报案。可前后等了大半年，他们一点动静都没有，我的胆子也就大了起来。我用了两年多的时间连杀了五个贼，可就在处理最后一具尸体时，我被发现了。那天夜里我把人敲死后，像往常一样把尸体运到牛家山，刚把土封上时，我突然听到树林里有动静。动静虽小，但我100%可以确定那是人的脚步声。"

展峰有些好奇，"你是依据什么判断的？"

吴培根说:"还不是在监狱服刑时,被那帮贼给逼出来的毛病,要想不被打,耳朵就要灵光。尤其是脚步声,我分得最清楚。"

吴培根又说:"我当时假装没听见,悄悄地在树林里躲了起来。过了大约一个小时,我看见一个男人扛着锹在挖尸体。我被吓得毛骨悚然,那么黑的天我连他的长相都看不清,他却能准确地找到埋尸位置,这人绝对在暗中观察了我很久。我憋着气不敢发出动静,直到那人把尸体扛走后,我慌忙用锹挖开了另外五处埋尸点,这不挖不要紧,一挖我的心瞬间掉进了冰窟窿,之前我埋的所有尸体都不翼而飞了。事情败露,我知道塔山区不能再待了,在不确定对方是不是跟踪我的前提下,我用最快的速度赶回家,取了些钱先逃回老家避难。我还以为贼帮这么多年没找我,这事就算过去了,没想到这帮孙子居然会报警抓人。"

吴培根说到这里,抬起脸目光炯炯地看向展峰。

"我知道我死定了,为了报仇干了这种事,法律不会放过我的,可是警官你知道吗?我现在一点都不后悔。"

说完,吴培根低下头,手脚继续轻轻地颤抖起来。

"反正没有陶奶……我早就死了……"

他的声音变得很轻,彻底融在了空气里。

三十二

审讯结束了,但仍然有几个问题需要专案组尽快搞清楚:一、当年在华强县医院,偷走吴培根财物那一男一女俩小偷是谁?二、被吴培根打死的小偷跟贼帮有无关联?三、贼帮里到底有没有人去挖过狗五等人的尸体?

孔氏宗祠里,吕瀚海受命把疑问扔给了大执事和贼帮的所有帮众。

得知杀人凶手被抓获,浪得龙的态度却有些诡异起来。他双手插兜,背对吕瀚海。"先回答你第一个问题,当年在华强县医院扒窃吴培根救命钱的,正是我们行的小白和串子。第二个问题,吴培根打死的扒手,并不是我行中人。第三个问题,我现在已不奢求找到我儿的尸体。所以是谁挖走的,我也不想再追究。我这么说，你满不满意，吕警官？"

当听到"警官"二字，吕瀚海的心都跳到了嗓子眼，他故作镇定道："大执事，我们之间是不是有什么误会？什么吕警官？大家把话说开好不好？"

浪得龙回头一笑，摆手道："来人呀，把他的衣服给我扒开！"

几人上前把吕瀚海给控制住，从吕瀚海靠里背心中搜出了微摄装置。看见这个玩意儿，浪得龙怒不可遏，一巴掌甩在吕瀚海的脸上，打得他嘴角渗出血水："妈拉个巴子的，还好我们都戴着面具，不然这次真要被你们警察给一锅端了。"

见大执事动了手，旁边的帮众也不客气地朝着吕瀚海就招呼过去。吕瀚海被打得无力反击，他只能趴在地上蜷缩着，用力吸出了早就藏在牙缝中的玻璃管。

"啪嗒"一声，玻璃管被咬碎，几十公里外，展峰面前的信号器发出刺耳的轰鸣声。

…………

一个半月前，专案中心内。

展峰用手掌筋脉网打开了那扇赢亮一直好奇的玻璃门。此时，戴着头套的吕瀚海在展峰"直行""左拐""直行"的指令下，走到了尽头。"咚"的一声撞到了金属板后，他才往后退了几步。因为事先约定不能发出任何声响，他揉了揉脑门，心里把展峰的祖宗十八代都问候了一遍。伴着嘀嘀嘀密码输入声，金属门吐着气压，缓缓打开了来。

吕瀚海早有灵性地判断出，这里绝不是一般人可以进入的区域。摘掉头套，还未来得及观察周围，他身边那个身穿白大褂的工作人员就已做好了准备。吕瀚海有些慌张："你们这是要干什么？"

"接下来，我们要在你的牙齿中钻孔，并植入一个微型玻璃管，一旦有生命危险，把玻璃管咬碎，我们就能收到你发出的消息。"

吕瀚海一听要在牙齿中打洞，脑海中瞬间浮现了"以后会不会蛀牙""老了能不能啃骨头"之类的疑问。就在他想趁机再敲展峰一笔时，工作人员已经麻溜地把针头刺入了他的颈动脉。

吕瀚海只来得及说了句"你……大……爷……的……"，就一头栽倒在地。

麻药瞬间就起了作用，在展峰的帮助下，工作人员只用了半个小时就把事情搞定了。

吕瀚海醒来时生米已煮成熟饭，他就是再想敲竹杠也没什么筹码，这个救命装置，也就成了他俩不对外公开的秘密。

三十三

这些天的辛苦，专案组总算是取得了阶段性的胜利，可找到杀人凶手吴培根后，他们还有一个更为艰巨的任务——铲除贼帮。

展峰让隗国安把贼帮画像交给冯磊，由他联系刑警支队，利用天眼监控系统进行布控，只要确定某人跟贼帮有联络就马上记录在案。赢亮和司徒蓝嫣则根据刑警支队反馈的信息，对疑似人员展开更为细致的分析研判，划分人员层级，为最后全盘收网做准备。

要不是跟吴培根周旋了一天一夜，展峰此时一定会跟联合专案组奋战在一起，可他刚回到宾馆准备休息，就收到了吕瀚海的求救信号。展峰先是拨打了对方的手机，响了几次却无人接听。当他准备再次拨打时，电话回了过来。说话的不是吕瀚海，而是冯磊的线人，老烟枪。

电话中老烟枪告诉他，吕瀚海并无大碍，只是和别人拌了几句嘴，现在正在孔宗祠里发飙。

展峰对老烟枪的话并没有怀疑。当展峰提出是不是方便跟吕瀚海见面时，老烟枪却说宗祠附近眼线多，要见面等回到住处再说。如果说老烟枪顺口就答应了展峰的要求，他或许会觉得事有蹊跷，但老烟枪所说的似乎跟平时无异，他也就放下了心来。

吴培根虽被抓获，但挖走尸体的是谁？串子又在哪里？这些事情都还没有着落，也就是说，吕瀚海目前暂时还不可以轻易暴露。

在安装求救信号器时，工作人员就曾告诉过吕瀚海，绝对不能用左边的后槽牙咀嚼硬物，否则很容易触发报警。在还没有判明是不是意外触发前，展峰决定先见到人再说。他跟老烟枪约定，半个小时后和吕瀚海在住处见。

宗祠里头，吕瀚海被绑在柱子上，从额头滴下的血液把他的视线染成一片殷红。他努力睁开双眼，看向平时跟他嬉笑怒骂的老烟枪，他无论如何也没想到，这位警方线人会把他往死里整。

老烟枪跟展峰的对话，吕瀚海听得一清二楚，他试图喊出声音，可他伤势太重，用尽全身力气也只能发出粗重的呼吸声。

老烟枪挂断电话，跟大执事耳语几句。堂主双鹰冲祠堂内黑压压的人群使了个眼色，几名精壮男子立马走出人群。老烟枪回头看了一眼吕瀚海，语气冰冷地说："别着急，我们马上就把你的主子给带过来。"

三十四

展峰赶到吕瀚海的住处时，屋里头亮着灯，见老烟枪在门口，展峰连忙问："道九呢？"

老烟枪指指屋内。"跟人拌了几句嘴，晚上不痛快，喝大了，躺着呢！"

展峰一晚上没睡，但他的警觉性比普通人还是强许多，他微微眯眼反问："道九晚上喝酒了？"

老烟枪也是老江湖，意识到展峰必然察觉了什么，他不给展峰反应机会，从兜里掏出高压电枪就朝他戳了过去。展峰被瞬间击倒，埋伏在院中的帮众一股脑上前摁住了他。

再次清醒时，展峰发现自己被绑在了祠堂的一根木桩上。浪得龙使了个眼色，帮众举起一盆冷水朝他泼了过去。水里加有冰块，激得展峰打了个哆嗦。他看见绑在对面的吕瀚海已被打得奄奄一息，身上加装的高清微摄装置被踩得稀烂，扔在脚边。明明已经身在危境，展峰的头脑却冷静得可怕。他历来如此，越是危险的时候越是镇定……

高天宇曾经说过，倘若展峰像他一样想要杀人的话，必然能够因为这种镇定而不留下丝毫痕迹。当时展峰只觉得是无稽之谈，然而现在，道九和他的生命正在遭遇最大危机，他才意识到，或许高天宇的看法，从来都是对的。

数十名帮众齐刷刷地看着他，眼神中充满了杀意。展峰却视若无睹，目光都集中在气息奄奄的吕瀚海身上。"道九！"他冷不丁地大喊了一声。

吕瀚海的胸腔被勒得太紧，只能吃力地回了句："展……护……卫，咱俩……今天……算是……栽……在……这儿了。"

几年前，吕瀚海因为惹怒了当地的社会大哥被多人围殴，还好展峰路过帮他解围，才保住了一条小命。事后，展峰打算把他送到大医院医治，但为了省钱，吕瀚海坚持要去小诊所。就在展峰怀疑伤势严重的他能不能保住一命时，他居然在一星期不到的时间里又变得活蹦乱跳起来。原来，吕瀚海在混社会时经常受伤，因为没钱医治只能硬扛，长年累月反复，他的自我恢复能力早已变得有些异于常人。看吕瀚海还能开口说话，展峰也就稍稍地放下了心。

浪得龙把老烟枪喊到一边，指着展峰问："搜身了没有？"

"里外全都翻遍了，只有三部手机。"

浪得龙挥挥手，老烟枪识趣地退到一边。"你就是这次行动的指挥？怎么的，还想把我们荣一网打尽？"

展峰没有接腔，而是突然蹦出了一句谁也听不懂的密语。

就在浪得龙纳闷之际，展峰竟然双目微闭，低头不语。

"这家伙是不是被吓傻了啊？"一位帮众的调侃顿时引来哄堂大笑。

然而，谁也不知道，展峰的耳蜗里还放置了一个需要声纹才能开启的通话设备，他说的那句密语，就是开启通话的声纹解锁码。

这个装置只能定向接听，电话那头不是别人，就是一直寄宿在他家中的高天宇。

高天宇这个人，有着出色的电脑技术，而两人虽说是不折不扣的死对头，恨不得对方马上在自己面前咽气，可与此同时，在某个时间节点到来之前，他们也不得不保证对方能够好好活下去，所以彼此身上都有某种装置，专门用来作为彼此生命危急时的最后一道防线。身陷桎梏，展峰也只能把生的希望押在这位"房客"的身上了。

出于谨慎，高天宇有个习惯，在接听电话时，只要对方不开口，他会永远保持沉默。当展峰听到了"嘀"的一声响，就知道那边高天宇已按下了接听键。

就在众贼商量着下一步该怎么处置二人时，展峰突然抬头，大声说："你们把我关在宗祠里头，就不怕市局反扒大队的冯磊大队长找过来吗？"

众贼一听，笑得更是前仰后合。

堂主双鹰一脸不屑地说："你放心，把你们两个处理掉，就轮到冯大眼儿的死期了。"

听到这里，展峰耳中"嘀"的一声，高天宇终止了通话。展峰外出办案期间，回过康安家园两次，对于案件细节展峰没有吐露半个字，但对高天宇这种高智商的人而言，刚才展峰那句话的信息已经足够了。

一分钟后，高天宇已经用网络电话联系上了冯磊匿名报案。得知展峰被绑架，冯磊难以置信，就在他想联系老烟枪询问情况时，司徒蓝嫣一把将他拦了下来。来不及跟冯磊解释太多，司徒蓝嫣让赢亮先打头阵迅速展开追踪，她随后联系市局调集特警前去增援，反扒大队民警全部留在楼里不准参加这次行动……

此时的展峰已做好了最坏的打算，他望向浪得龙，淡定地说："这位，能不能做个交易？"

浪得龙轻蔑地看了展峰一眼。"都死到临头了，还要跟我谈条件？"

展峰凝视着他，"十分钟前，我已查出了一些关于你的信息，你要不要听听？"

浪得龙目露寒光，意识到这个警察是在指他的社会身份："你在威胁我？"

展峰笑了笑，笑容看起来很自信："我现在是一条死鱼，能有什么威胁？"

浪得龙双手一拍："那好，我倒要听听，你想跟我做什么交易！"

"放了吕瀚海，我的命留在这里。他不是警察，只是我花钱雇来的外人，念在他跟你们同道，又帮你找到了杀害狗五凶手的分儿上，放他一条生路。"

浪得龙看看吕瀚海，皱眉道："这就是你的条件？"

展峰点点头。"对！"

浪得龙眯起眼睛："也不是不行，但你拿什么来跟我交换？"

展峰凝视这人的双眼，不忙不乱地说："这次行动是异地用警，我在这里有一个安全屋，里面放置了本案的所有资料，现在这份资料还没有上交，只要你放了吕瀚海，我就把地址告诉你们，资料拿走，我死了，再也没有人会知道你的真面目。如果你不放了他，你猜这个安全屋里的东西，警方会不会拿到手。"

浪得龙闻言眼角一抽，"我凭什么相信你？"

展峰看向老烟枪，"有他在，他知道得最清楚。"

浪得龙目光一聚，瞪得老烟枪打了个冷战："聂老四，有安全屋这事，你怎么没说？"

老烟枪慌忙解释："我就听冯大眼儿提过一次，没有确定的事，我也不能随便说啊。"

浪得龙转过身看向展峰："都这个时候，还不忘保护手下，我很欣赏你的为人。要不是你是警，我是贼，我觉得咱俩兴许还能成为朋友，不过很遗憾，你偏偏给自己寻了条死路。你说得没错，道九确实帮了我们很大的忙，但身为江湖中人不讲江湖道义，死罪可免，活罪却是难逃。我可以答应你不伤他性命，但为了防止他日后乱说，我要留下他的双手和舌头。"

展峰见最后一个筹码也没能起到效果，只能歉意地看向吕瀚海，"道九，对不住了！这次，是我害了你！"

其实展峰能说出刚才那些话，吕瀚海很是感激涕零，他也知道展峰尽了力，甚至都打算替他一死，更知道今天这个坎自己很难迈得过去。彻底的绝望，却让吕瀚海有些轻松起来，他勉强扯出个似哭非哭的笑容："展护卫，我道九浑浑噩噩过了一辈子，也没干过啥惊天地泣鬼神的事，今儿命数到这儿，怪不得任何人。你也犯不着替我求情，这帮人嘴里说什么江湖道义，实际上都是些不择手段的虎豹豺狼。浪得龙，有种就给我个痛快，等到了下面，我兄弟也好有个伴。"

浪得龙冷哼一声："没看出来，你还是个硬骨头。道九，你以为这是在拍电视剧？行，既然你嘴不尽，那我今天谁的面子都不给，保证让你死个痛快！"

"吕瀚海！"展峰终于有些生气了，"都这个时候了，你还犯什么浑！"

吕瀚海也不理他，闭上眼睛挺起胸膛："来啊老烟枪，看在相处的情分上，往心脏上扎，千万别来第二刀，老子怕疼！"

浪得龙把半臂长的三棱刺刀递给老烟枪："今儿这两个人就交给你了！"

可能是因为吕瀚海刚才那句话对老烟枪有些触动，他看看吕瀚海，却手握刺刀，走到了展峰面前。

祠堂外院落寂静无声，沉默带着某种死亡的意味。

"或许，终于可以就此解脱了……"这样想着，展峰嘴角竟然有了一抹笑意。

老烟枪的刺刀高高举起，望着展峰诡异的笑容，他手一哆嗦，刀尖竟从心脏滑向下方。

"噗！"刀柄刺入腹部的那一刻发出了一声闷响。

身后的吕瀚海挣扎着嘶喊："展峰！展峰！展峰！"

老烟枪微微一惊，拔出刺刀，帮众们屏息凝视，等待着老烟枪那致命的第二刀。

生死存亡之时，房檐上射出的一发子弹，穿透了老烟枪持刀的右手。刺刀应声落地，老烟枪抱着手大叫着缩成了一团。功夫堂的金手反应最为迅速，手持双刀刹那间挡在了浪得龙身前。

见展峰的腹部血流如注，房檐上的嬴亮已然红了眼，他手握微冲对着祠堂地面就是一顿扫射，子弹溅起的火花，逼得众人连连后退。

依照《中华人民共和国人民警察使用警械和武器条例》，在嫌疑人没有武力升级的情况下，嬴亮不得持枪伤害对方性命。我国对枪械管理非常严格，帮众使用的是冷兵器，因为这个，就算嬴亮恨不得杀死这些人，他也不能违反原则。所幸在火力完全压制住的情况下，帮众本着好汉不吃眼前亏的态度，开始抱头鼠窜起来。

嬴亮端着枪，朝展峰和吕瀚海的方向快速移动，众帮众跟嬴亮就像是磁极相斥，他走到哪里，这帮人就反方向退到哪里。大部队没有赶来前，嬴亮必须时刻保持警惕，确定人群中无人持械，他掏出匕首割开了捆绑吕瀚海的绳索。挣脱后的吕瀚海连滚带爬地跑到展峰身边，嬴亮端着枪给他打起掩护，展峰脱离束缚的一瞬间，便直挺挺地栽倒在地，这猛烈的撞击让他腹部的伤口又喷出了一股鲜血。

吕瀚海使劲打了他两耳光："展峰，你醒醒，千万不能睡！展峰！"

嬴亮的目光始终不离准心缺口，大喊道："道九，这里有我，你快把展队带走！快点！再迟展队就没命了！"

吕瀚海长这么大，从没这么惊慌，他神经质地重复道："不会没命的，不会的！绝对不会的！"

嬴亮的额头渗出了汗珠，他现在手里只有一个弹夹，刚才那一通扫射已用光了大半子弹，这个祠堂中有上百号人，万一对方以死相搏，只怕还没等大部队赶来，他们三个就要交待在这里。

嬴亮怒吼："道九，你听我说。"

吕瀚海猛地看向他，醒过神来："听，听你说，我在听你说，你说，你快说！"

"你先给展队止血，然后把他平着抱出去！快点！"

吕瀚海连忙把上衣撕扯成条绑在展峰的伤口上，接着他抱起展峰，吃力地往院外走去。

"展护卫，你听我说，你可不能睡！"吕瀚海喃喃地说着。

因为失血过多，展峰面色苍白，他只能强忍着不适挤出一丝笑容。

"王八蛋，还有脸笑，今天九死一生，你他妈得给我加钱！"吕瀚海气得恨不得咬他一口。

看吕瀚海快要走出院子，嬴亮放下枪口，转身就朝门口的方向跑去。宗祠建在破旧村庄里头，只有一条狭窄的泥巴路供人进出，就算大部队赶来，所有车辆也只能停在一公里外的"村村通"上。此时已是深夜，没有路灯，四周伸手不见五指。宗祠作为贼帮议事地，众贼进这里不带枪械理所应当，可出了祠堂，谁也不敢保证他们不会拿出什么凶器来。虽说制式枪支不好买，可仿制枪在国内也有它自己的销路。村子里横七竖八地停放着多辆摩托车，这些车上有没有枪，嬴亮完全不能预测。这种敌暗我明的危机情况下，只要对方有一把枪，他们三个人就是必死无疑之局。

吕瀚海早就受了重伤，喘气时都带着一股血腥味。他双手死命地拽着展峰的衣物，奋力抱着他往前挪。可是泥巴路足足有一公里远，就算是不负重的情况下，普通人也要走上十多分钟。

在排除危险之前，嬴亮也不敢把枪交给吕瀚海，万一交接的一瞬间被灵活的贼帮人偷袭，结果不堪设想，所以只能是吕瀚海往前挪一步，嬴亮持枪往后退一步。

从踏出祠堂到现在，已过去了五分多钟，除了微弱的呼吸声，吕瀚海已感觉不到展峰的任何反应。他的手腕一直顶着展峰腹部的伤口，时不时涌出的一股温热告诉他，展峰的五脏六腑可能都已被戳穿流血，他能不能活下来，就得看他的命到底硬不硬了。

"展护卫，你大爷的，瞧把你舒服的，不能睡，给老子醒过来！"

从战术上讲，嬴亮希望吕瀚海赶紧闭嘴，可望着看不到头的泥巴路，他知道再这么磨蹭下去，展峰必死无疑。嬴亮顾不上这么多，终于把微冲递给吕瀚海："展队给我，你来断后！"

吕瀚海接过枪。"肌肉亮，不管咱们平时有什么恩怨，今天一定要把展峰从鬼门关给拉回来！我求你了！"

嬴亮双眼微红地说："放心吧！包在我身上！"

吕瀚海看过一部叫《战狼2》的电影，他记得里面有这么一段独白：在战场上，一旦战友把枪交给你，那就意味着他们把身家性命全押在了你的身上。

在贼帮潜伏了这么长时间，吕瀚海心里清楚，瓢把子身上都有枪。在祠堂中无人反击，是因为浪得龙规定议事时不得携带枪支。毕竟荣行都是些不守规矩的贼人，万一擦枪走火后果不堪设想。现在众贼早就出了祠堂，要是有人伏击，他们三个人没有一个能走出这个村子。吕瀚海不懂战术，但舍生忘死的江湖故事他倒听说过不少。为了给展峰争取活命的机会，他只能视死若归，把自已变成肉盾遮住二人了。

见赢亮已抱起展峰朝前方跑去，他站在原地扣动扳机，打出了第一梭子弹。

"砰砰砰"，身后三声短促的回击，惊出赢亮一身冷汗。他从声音就可以听出，对方使用的是仿五四式手枪，他不知道吕瀚海有没有中弹，此时的他只能抱起展峰拼命地离吕瀚海远一些，再远一些。

"笃笃笃笃笃……"没过多久，吕瀚海又开枪了。

他刚刚暴露位置不久，又来一波无疑是在玩命了。跟赢亮推测的一样，吕瀚海第二次开枪后，反击的枪声明显比之前密集了许多。泥巴路上没有掩体，要想躲避子弹，就只能趴在田埂上。从贼帮的火力判断，他们是想限制吕瀚海的行动，等众贼把吕瀚海团团围住时，再一举拿下。这也就是说，如果在这之前大部队还没赶来，吕瀚海必死无疑！

虽说专案组属公安部直属，但调用大批警力仍然需要层层汇报，在得到指令后，还要集结调度。这也是司徒蓝嫣要让赢亮先赶过来的缘故。赢亮受过严格的特战训练，反应迅速身手敏捷。他从市局出发到把展峰救出，只花了不到二十分钟。要知道这是单兵作战的极限时间，等群体集结不知要慢上多久。

司徒蓝嫣和隗国安都经历过大场面，赢亮刚走没多久，他们就第一时间把值班特警拉上了车，为了预防有人受伤，隗国安未雨绸缪，在出发前还拨打了急救电话。

就在赢亮还差50米就要到达村村通主干道时，他的耳机里传来嘈杂的响声。

"喂，赢亮！喂，赢亮！"

赢亮顿时大喜："师姐，沿着水泥路往前开，你马上就能看到我！"

"情况怎么样！"

"展队快不行了，吕瀚海在后面，有人持枪围他！"

通话内容，隗国安听得是清清楚楚，情急之中坐在副驾驶的他对着司机骂道："还磨叽什么，快加油门！快加油门啊！"

特警司机反应迅速，油门踏板被一脚踩死，轮胎快速摩擦地面发出刺耳声响。

"师姐，师姐！"

"我在！"

"我还有20米，你们加快点速度，展队快撑不住了！"

司徒蓝嫣难得地骂道："说什么破嘴话，一定能撑得住！"

四周一片黑暗，隗国安的脸快贴在了挡风玻璃上，用他灵敏的视觉观察着周遭。

"笃笃笃笃笃……"

"前面有枪声！"隗国安大叫起来。

特警把近光改成了远光，高瓦数的汽车大灯，把水泥路照成了一片白昼。

嬴亮终于跑到了路边，隗国安第一时间发现了他："快停车！"

刺耳的刹车声打破了深夜的寂静，嬴亮来不及解释，拉开车门把展峰塞了进去："师姐，鬼叔，听我说，快把展队送到医院，吕瀚海还在里面，给我一把枪我要回去救他！"

特警从车上拿了一把微冲扔过去："兄弟快去，增援马上就到！"

嬴亮单手接过："兄弟，这里危险，你们赶紧掉头，救人要紧，这里交给我！"嬴亮说完不管其他人有什么反应，转身冲进了村庄！

此时子弹已经打完，吕瀚海现在唯一能做的就是趴在地上等死。他耳朵贴近地面，听到了逐渐清晰的脚步声。孤立无援的他，已经做好了最坏的打算——被贼帮的子弹射死。

"笃笃笃笃笃……"

突然射来一梭子弹，让形成包围之势的众贼慌乱起来。

嬴亮大喊："贼帮的人你们听着，我们是特警支队，你们已经被包围了，赶紧缴械投降！"

"笃笃笃笃笃……"说完又是一梭子弹。

嬴亮说话时虽故意改变了嗓音，但吕瀚海还是能听出来他是在唱空城计。本来只有一把微冲，现在又多出一把，此刻众贼不得不考虑起一个哲学问题：

"是生存，还是毁灭！"

嬴亮打完第一枪，又快速地闪到另一边，开了第二枪。因为两次开枪之间间隔较短，这样很容易给人造成一种集体开火的假象。不得不说这招有奇效，原本距离吕瀚海不到 10 米的众贼在听到多次枪响后，发动摩托车四处逃窜起来——毕竟谁也不敢挑战还有子弹的微冲和特警。

展峰被抬上了救护车，大部队终于在这一刻集结，因为抓捕条件不成熟，90% 的贼帮帮众，还是在当晚逃脱了追捕。

不过值得欣慰的是，老烟枪那一刀并没捅到要害，经过近十个小时的手术，展峰总算挺过了这一关。而吕瀚海果真是个打不死的小强，才住院三天就满血复活了。公安部直属专案组组长差点被江湖帮派捅死，这不管放在哪里都不是一件小事。刑侦局局长亲自下发密电，要求不惜一切代价把贼帮连根铲除。

在时机成熟的前提下，省厅联合市局异地调用千余名警力，对贼帮成员展开地毯式的抓捕。冯磊的线人，一手造成这个结果的老烟枪被定为头号人物，列在了抓捕名单首位。

三十五

针对贼帮，当地市局也开展过大大小小十余次行动，但每回都是雷声大雨点小，效果不佳。况且贼帮高层从不以真面目示人，他们也从不担心自己会暴露。

狼来了的故事听多了，贼帮成员早已麻木。他们并不知道，这次警方做了充分的准备，多数贼帮高层都在这次行动中落网……

当得知老烟枪也一起被抓获，冯磊再也抑制不住情绪，直接跑到了办案区。

"告诉我，为什么这么做？告诉我！"

他的咆哮声引来了不少民警围观，愤怒中他一脚踢在审讯室的木门上，发出"砰"的一声巨响。房门被他从里面反锁，任凭支队长怎么拍打他就是不开门。

审讯室里，只剩下冯磊跟老烟枪两个人。

"说话！你他妈的给我说话，为什么要这么做？"冯磊双眼充血地盯紧了老烟枪。

老烟枪猛地一抬头。"好，既然你想知道，那我就告诉你，为了救你一命！"

冯磊抓起他的衣领。"动手杀人是为了救我？我看你是救你自己还差不多！"

老烟枪呵呵一笑："有些话，我不说，你永远不会明白！"

冯磊把他往后一推，用手指着他。"好，我今天给你机会，你要不给我说清楚，我冯磊做鬼都不会放过你！"

老烟枪眼神中掠过一丝悲哀。"小白是我杀的！"

冯磊不可置信地瞪大眼睛。"你说什么？你再说一遍？"

老烟枪一字一顿："我说，当年，小白是我杀的！"

冯磊惊讶道："你杀的？那这些年你……"

"没错，这些年我骗了你，也骗了贼帮！"

"骗了贼帮？你到底在说什么？"

"现在荣行被一锅端，总算也了却了我一个心愿，这些话憋在我心里大半辈子了，今天就是你不问我也会告诉你。"

冯磊不知该怎么接话，只得站在他面前，沉默地听他把话说完。

"我姓聂，江湖绰号聂老四。年轻时是老荣手下的绺子，行里功夫堂的金手、行走堂的双鹰，都是我的晚辈。

"我们行的老荣和大执事是师兄弟，他们是从师父手里接掌的荣行。两人同处一门，但面和心不合。老荣讲究江湖道义，而大执事不择手段。双方明争暗斗多年后，老荣突发疾病卧床不起。明眼人都知道，肯定是大执事搞的鬼，可顾忌大执事的身份，没人敢指手画脚，包括我在内。

"就在大执事独揽大权的关键时刻，小白和串子两个绺子坏了规矩，大执事为了立威，要对两个人执行行规。他知道我是老荣的嫡系，为了拖我下水，就命我把二人打死埋在牛家山。大执事一向心狠手辣，我胆敢不从，下一个死的肯定就是我！我没的选，只能照做。那天夜里，我在后山挖好土坑，四个绺子把小白和串子带了过来，在众目睽睽之下，我用铁锹打死了小白。

"串子见小白已死，拼命反抗，情急之下我一锹铲向了他的脚掌。当天陪我去的，都是些刚入行的绺子，没见过这种血腥场面。当我抡起铁锹准备把串子拍死时，四个绺子因为害怕躲到了一边。就在这时，串子突然挣脱，跑进了山林中。围观绺子不敢去追，我也就放弃了赶尽杀绝的念头，毕竟在我眼里他们都是晚辈，我多少有些于心不忍，于是我对着山林喊了一句：'跑了就别再回来，能跑多远就跑多远！'

"回来后，大执事也没怪罪，毕竟跑了一个绺子对贼帮也构不成威胁。况且他的目的就是握住我一个把柄，好让我乖乖给他当条狗。那天以后，我整日做噩梦，只要一闭上眼，就能看到小白披头散发过来索命。为了寻一丝安宁，我悄悄上山给小白修了座坟，只要有空，我都会给她烧些元宝纸钱。

"大执事上任后，把我从瓢把子贬成了绺子。墙倒众人推，当年行里处得不错的兄弟都开始疏远我。巨大的心理落差，加上小白的死，让我染上了毒品。很长一段时间里，只有吸毒才可以让我忘掉那些烦心事。我先是口服，后来发展到注射，因为吸毒，我的身体一天不如一天。但为了交足贡数，我还要继续行窃，在夹包时经常手抖，后来才会被你抓了好几次。

"我知道这样下去不是个办法，所以我就有了另外一个打算。荣行有个规矩，只要查出绝症，就可以成为病绺，不需要按月交贡。为了苟且偷生，我决定作贱自己，加大毒品剂量。也就在那天晚上，犯了毒瘾的我在路边的角落给自己来了一针。我并不知道增加剂量会带来什么后果，当毒品注入血管的那一刻，我感觉我的心脏都要爆开了。当时我身旁还有几个行里的绺子在看热闹，不管我怎么呼救，他们就是对我不闻不问，甚至还有人说风凉话。好在你那天发现了我，把我送到医院，还垫付了几千元的医药费，才把我从鬼门关拉了回来。

"荣行的绺子最恨的就是你，我也一样。可我千算万算也没想到，能把我当个人看的，也只有你冯大眼儿。江湖人，讲究滴水之恩涌泉相报，何况你救了我的命。虽然后来出院后，你把我送到了强戒所，可那也是为了我好。戒毒期间，你来看过我六回，当然，我也知道你带有目的，可不管怎么说也是真心实意，总比行里的那些伪君子强上百倍。在出所前的一个月，你说要发展我当线人，我想都没想就答应了，毕竟我也盼着有一天，荣行能彻底完蛋。

"接着没过多久，狗五失踪，大执事为了找到儿子的下落，把荣行搅得鸡犬不宁，然而更为严重的是，荣行几年里又接连失踪了五个绺子。这时有人传言，是串子前来复仇，大执事听了风言风语后本想干掉我。可我告诉他，小白是我打死的，串子真来复仇我刚好可以当个诱饵。大执事一听有道理，就放了我一马。

"死里逃生，我对荣行厌恶到了极致，我开始疯狂给你提供消息，行里经常出去干活的绺子，那段时间被你抓了个光。很多瓢把子对你产生了极度的不满，有的人甚至提出找个病绺把你杀了，以绝后患。事实上，他们也付诸了行动，要不是你命大压根儿活不到现在。

"我感觉照这么下去，绝对不是个办法，大执事做事不择手段，要是我不做点什么，哪天他脑子一热，绝对会有一帮人把你撕成碎片。所以我就设计让你把我抓进去蹲两天，出来后我就跑去找大执事，说你们反扒大队正在调查狗五失踪的事，而且还将其列为市局一号案。没过多久，你也在绺子最多的地方贴出了告示，悬赏一万元征求线索。大执事信以为真，就下令不准动你。

"后来，你告诉了我关于凤娟那些事，我见缝插针地又转到了大执事耳朵里。在得知你找串子也是掺杂私情时，大执事就如同吃了颗定心丸，很有耐心地等你这边的消息。其实只有你我知道，要想找到串子何其困难。

"大执事年事已高，也逐渐没了耐心。你不知道，他已放出话，要是在今年年底，你还没有查到关于狗五的消息，那么他们就会选一名病绺把你除掉。而这个被选出的病绺就是我！只剩下最后一年，到时候要么你死，要么咱俩一起死。正是因为这样，我才苦口婆心逼着你去找公安部的专案组，希望他们能够介入调查。

"也是百费周折,你终于把专案组给请了来。不得不说,他们确实有两把刷子,前后也就一两个月,就把这个案子查得水落石出。杀害狗五的凶手被找到,尸体下落不明。大执事虽有不甘,但考虑到荣行的发展,他也不得不就此作罢。

"这时金三儿提出要把你干掉,斩草除根。这个提议所有人都赞成,大执事命我在这个月的月底,找机会把你杀了,如果我搞不定他就派别人前往。虽说到现在也没查清串子到底在哪儿,不过就算他活着,也不可能对你造成什么威胁。眼看只有二十天的时间,要想把贼帮给灭了,保住你的命,我只能把专案组拖下水,把事情闹大!我的想法很简单,杀掉展峰和吕瀚海,这样公安部一定会把板子打在荣行身上,有了公安部的力度,就算荣行不死也得残废。到时他们自顾不暇,就不会有人再找你的麻烦。我知道这件事要追查起来,我肯定难免一死,不过,要是能用我的命换你的命,我没有怨言!你是个警察,但这世上也只有你是真心对我!就算再来一次,我还会这么做!"

彻底说完,老烟枪笑着靠在椅子上,眯着眼看着怅然若失的冯磊。"大眼儿,我很高兴能让你继续活下去,还有,看到贼帮彻底完蛋。"他说,"别纠结,以后就让你信奉的法律来收拾我吧!"

三十六

TS 市第一人民医院单人病房内。公安部刑侦局局长周礼前脚刚离开,冯磊就蹑手蹑脚地推开了房门。

见来的人是他,第一个跳脚的就是恢复没多久的吕瀚海:"冯大眼儿,你他妈还好意思来!就是因为你,我和展护卫差点死在那里!"

冯磊被这么一骂,提着的水果篮放下也不是,不放也不是。

躺在病床上的展峰连忙给了冯磊一个台阶下。"道九!这事不全怪冯大队!"

吕瀚海怒道:"怎么能不怪他?我问你,冯大眼儿,你是不是眼瞎,找了个白眼狼当线人!"

冯磊本就不善言辞,他也不知该怎么解释,只能一个劲儿给人鞠躬道歉。

就连一向善解人意的隗国安对这事也颇有看法,不过看着冯磊如此低声下气,他又有些于心不忍,他起身把吕瀚海拉到一边劝道:"行了,道九,少说两句,只要大家都没事就好!"

吕瀚海还想多骂几声,展峰制止了他,还让其他人一起退出了病房。

展峰的气色恢复了不少,他拍了拍床边的板凳让冯磊坐下。"冯大队,你不用太自责,这件事跟你无关。"

展峰越是这么说,冯磊越是感觉有些无地自容。

展峰笑笑。"实不相瞒,其实我们早就看出老烟枪有问题了。"

冯磊大吃一惊:"什么?早就看出来了?我怎么没有发现?"

展峰说:"我们专案组的司徒蓝嫣是心理行为侧写的专家,从道九拍摄的第一条视频中她就分析出,老烟枪看人的眼神有问题,她怀疑老烟枪会倒戈。我也同意她的看法,不过我认为,贼帮的最终目的是找到串子,在发现这个人之前,老烟枪应该不会有太大的动作。可人算不如天算,这次的事情是我判断失误,用道九的话来说,可能我命中该有此劫,怪不得别人。"

冯磊充满愧疚地搓着大手:"我也是刚知道,老烟枪这么做,实际上是为了保我一命!"

展峰奇怪道:"哦?这又从何说起?"

冯磊从包里取出笔录递给他道:"你看完就知道了!"

展峰双手接过笔录迅速地看了一遍,然后抬眼看向冯磊:"凤娟?串子?私事?这些是……"

冯磊局促地说:"对不起展队,关于串子,我还向你隐瞒了一件事。"

展峰放下笔录,已猜到了大概。"冯队,你至今未婚,难不成凤娟是你的……"

冯磊点头。"没错,她是我的未婚妻!"

"她跟串子有什么关系?"

冯磊沉默片刻,选择了又一次揭开心底的伤疤。病房里,冯磊轻声说:

"凤娟住在我隔壁村。我俩从小一起长大，算得上青梅竹马。在懵懂的年纪，我们就私订了终身。我俩都出生在农村，经济条件并不是很好，长大以后我父亲托熟人送我去参了军，凤娟则跟着她表姐去城里打工。我俩约定等我退伍回来，就娶她过门。

"我参军的地方在新疆建设兵团，因为距离太远，参军的那几年，我就没回过家。那几年发生的事情，直到凤娟死后，我才知道。凤娟的表姐叫祁美玉，在城里最大的星光饭店当领班。她为人八面玲珑，很会来事儿，凤娟的很多亲戚都是靠她在城里找到了活计。为了能在城里找份工作，凤娟在父母的劝说下，去城里投奔了她。祁美玉见凤娟有些姿色，就把她留在饭店里当了个服务员。

"当年，星光饭店是我们市消费最高的场所，能去那里吃饭的都是些有头有脸的人物，很多客人，就算是饭店老板也得罪不起。为了能留住回头客，饭店老板会选一些年轻漂亮的服务员站包间。凤娟就是其中之一。别说以前，就算是现在，客人喝多了调戏服务员的事也屡见不鲜。凤娟被一名叫刘鹏喜的煤老板看中，只要来饭店吃饭他都会点名让凤娟在一旁伺候……"

说着，冯磊眼中浮起一层雾气……

三十七

1990年，星光饭店，888包间。

"来来来，都给我满上！"

"我说刘总，今儿什么事这么高兴，说出来让大伙也沾沾喜气！"

刘鹏喜举起手中的茅台，给自己斟了一杯："刚拿了一个矿，今晚准备见见血光！"说话间，他还时不时地朝正在换骨碟的凤娟瞟上几眼。刚踏入社会的凤娟不知刘鹏喜什么意思，她还在饭桌前傻傻地忙活着布菜。聚餐的人却都看懂了里头的深意，一个个发出淫邪的笑声。

20世纪90年代初，挖矿还都要依靠人力，当时科技并不发达，大小矿难时有发生，那时的煤老板都迷信一件事，在开矿前破个处见见血光，就能消灾避难。明眼人都已看出，刘鹏喜今晚的目标就是这位包间里的小服务员，凤娟。

　　酒足饭饱后，聚餐的食客们很识趣地离开，整个包间就只剩下刘鹏喜和凤娟两人。按照规定，只要包间里还有人，不管等到什么时候，都不能撤台。凤娟住的是员工宿舍，就在饭店的楼后，所以只要刘鹏喜不吱声，她绝不会主动催促。已经喝得五迷三道的刘鹏喜动了邪念。他趁凤娟不注意，起身把包间门反锁，接着一把把凤娟推进了厕所。她哪里会想到，对方敢在饭店里做出这种事情，当她想反抗时裤子已被扒了下来。

　　"救命，救命！"凤娟绝望呼喊，可无论她怎么挣扎，力量的悬殊让她没有一点还手的余地。得手后的刘鹏喜，从兜里掏出1000元甩在了凤娟脸上："钱你拿着，不要耍花招，否则让你吃不了兜着走！"刘鹏喜提上裤子，在水池边冲了冲手，哼着小曲儿惬意地拉开了包间门。

　　随着门"砰"的一声被关上，魂不附体的凤娟才回过神来。惊惧、愤怒在这一刻突然爆发，她再也抑制不住内心的屈辱，"啊"的一声尖叫起来！刺耳的喊叫，惊动了在走廊中迎来送往的祁美玉。她快步冲向包间，看见表妹凤娟衣不遮体，坐在卫生间的地面上。祁美玉一看就知道发生了什么，她也不是第一次看到这种事情了。她镇定地反手把包间门锁好，假装关心地问道："凤娟，这是……"

　　受尽委屈的凤娟一下扑进了她怀里："姐，我刚才被刘鹏喜那个王八蛋给糟蹋了！"

　　刘鹏喜是什么人，市长的亲外甥，当地有名的煤老板，腰缠万贯。别说祁美玉一个小小的领班，就是饭店老板来了，也要对他点头哈腰。从星光饭店开业至今，他就是这里的常客，当然，被他糟蹋的服务员也不在少数。当刘鹏喜点名要凤娟站包时，祁美玉就感觉迟早会出事，可她人微言轻只能任他乱来。事情已出，后悔也无济于事，目前解决的办法只有两个，一是报警，二是私了。报警刘鹏喜免不了牢狱之灾，到时候不光她要下岗，就连这饭店也得关门大吉。思来想去，祁美玉还是觉得与其跟他鱼死网破，还不如去给表妹争取些实惠的好。她知道表妹的软肋就是远在新疆当兵的未婚夫冯磊，于是祁美玉把凤娟的衣服整理干净，开始了一场宫心计式的说服。

"凤娟，表姐给你做主，你觉得这件事该怎么处理你才满意！"

凤娟吓得浑身哆嗦，她显然还没有从刚才发生的可怕经历中走出来。

祁美玉主动把她搂入怀中，安抚了几句。"不用担心，一会儿表姐就带你去派出所，报警抓这个王八蛋！"

听表姐这么说，凤娟反而有些担忧起来。"去派出所？"

祁美玉假装咬牙切齿。"对，敢欺负我表妹咱们必须报警！"

凤娟更犹豫了，"表姐，我……"

祁美玉说："你不用担心，有我在，姐给你做主！就算守一辈子寡，咱也要跟这个王八蛋死磕到底，你放心，没男人要你，姐养你！"说完就要拉着凤娟往门外走。

祁美玉说得痛快，可落在凤娟心里却是字字诛心，她跟冯磊已私订终身，假如报了警让冯磊知道这事，到时又该怎么收场。想到这儿，凤娟打起了退堂鼓。

祁美玉佯装用力拉了几下，凤娟坐在板凳上就是纹丝不动。"坐着干吗，走，姐带你去派出所！"

凤娟已不知该怎么是好，哀哀道："表姐，我……"

"你是不是在担心，如果报警了，冯磊会知道这件事？"

凤娟点了点头。

祁美玉皱起眉头，在房间内来回踱步："如果报警，就会有人来饭店调查，到时候肯定会有很多人知道，派出所那边也会有案底。看热闹的人都不嫌事大，万一传出个风言风语，确实不好办！"

此言一出，凤娟彻底心灰意冷。

"要么这么的吧，考虑到你和冯磊还有婚约，这警我们就暂时不报了，不过你放心，姐一定给你讨个说法。"

来城里打工，表姐就是她的主心骨，既然表姐拿了主意，凤娟也只能忍气吞声了。

三十八

下班后，祁美玉直奔刘鹏喜的住处——集美花园小区8栋3单元102室。她之所以能摸得这么清楚，主要还是因为她已不止一次为这种事讨要说法了。

刘鹏喜打开房门，见来的是她，喊了一声，没好气地让祁美玉进来。"怎么又是你！"

祁美玉双手掐腰。"刘总，你这次过分了，凤娟可是我亲表妹，她还不到20岁，你就这么把她糟蹋了？"

祁美玉是星光饭店的领班，这些年她也没少帮刘鹏喜在类似的事上擦屁股。刘鹏喜多少也念她些情分，见她这次动了真怒，刘鹏喜也觉得事情做得有些过了。"美玉，你可别骗我，凤娟真是你的表妹？"

祁美玉怒气横生："我要是骗人，我他妈出门被车撞死！我是带她来城里打工的，你这么搞，我怎么向她家里人交代！"

酒醒了七七八八，刘鹏喜把祁美玉请进客厅，自己点了支烟抽了起来。"那你说怎么办？难不成要报警抓我？"

"这点你放心，有我在，绝对不会让她去报警。我现在头疼的是，怎么向我未来的妹夫交代！"

"凤娟结婚了？"

"还没有，但有了婚约。"

刘鹏喜有些担心地说："你妹夫也在城里？"

"那倒没有，他在外地当兵。"

"那不就结了，你不说，我不说，她不说，谁知道这事！"

"你不知道，我那个妹夫脾气大得很，万一要让他知道，他绝对会跟你拼命！"

刘鹏喜脸一横。"当我是吓大的，跟我拼命？我倒看看他有没有这个种！"

"有没有种，这都是后话，现在要从根本上把这个问题给解决了！"

"那你说说看，该怎么解决？"

祁美玉翘起兰花指，往刘鹏喜身边坐了坐："刘总，我问你，你觉得我表妹怎么样?"

刘鹏喜淫笑了一声:"不错,是我喜欢的类型!"

祁美玉柔声说道:"既然你喜欢,我做个主,你就把她给包了呗!反正你这么大的房子,空着也是空着!"

刘鹏喜嘿嘿一笑:"你这个表姐真有意思,把自己表妹往火坑里推!"

"我这活儿当然不能白干,我亲弟弟现在还没个正经事儿干,刘总能不能托托关系,给他找份像样的工作。你可不知道,现在年轻女孩都势利眼,男的要没有一份好工作,连个对象都找不到!"

刘鹏喜左手不停地在祁美玉身上游走:"那,你想给你弟弟找一份什么样的工作?"

祁美玉把头靠在了对方肩膀上,"刘总出马,那怎么也得是国企正式工吧!"

祁美玉的长相并不出众,可深更半夜、孤男寡女,刘鹏喜那颗放荡的心又开始蠢蠢欲动。"这样,我给他安排到矿务局怎么样?我哥在那里当局长,暗箱操作个编制也不是什么难事!"

祁美玉喜悦之情溢于言表。"矿务局是个好单位,那就麻烦刘总了。"

刘鹏喜起身把门锁死,猴急地搓了搓手,"你看这天也不早了,不如你就别回去了!"

祁美玉心领神会,抛了个媚眼,走向洗手间。"等着,我先去洗个澡!"

三十九

当天夜里,凤娟把自己闷在被窝中哭成了泪人,她哪里会料到,她最信赖的表姐竟然把她当成了交换的筹码。

第二天一早,彻夜未眠的她,被祁美玉喊到了办公室。

"表姐,我接下来该怎么办?

祁美玉见她双眼红肿,从包里拿出了2000元。"这是我找那个王八蛋给你要的,你拿着!"

凤娟双手缩进怀中。"不,我不要钱!"

不管她怎么抗拒，祁美玉还是执意把钱塞进了她的口袋："你是不是傻！你一不报警，二不要钱，难不成就白便宜那个王八蛋了？你听姐一句劝！等冯磊当兵回来，你俩还要回到那鸟不拉屎的农村？你不为自己考虑，也要为你俩将来的孩子考虑考虑。现在受点委屈，那是为将来打基础。这年头，只要有了钱腰杆就能挺得直直的！孩子就不会重蹈咱们的覆辙。"

祁美玉这番话，不光是就事论事，还有些有感而发。想起多年前，独自一人背井离乡，到现如今在城里站稳脚跟，很难想象没权势、没背景、没长相的她经历了多少磨难。前来投奔她的亲戚，开窍的都在城里谋了份不错的差事，不开窍的骂骂咧咧打道回府，又过着面朝黄土背朝天的日子。凤娟跟祁美玉是没出五服的亲戚，逢年过节都要坐在一个桌子上吃饭，有这份亲缘关系在，凤娟自然不会对表姐有任何戒心，见她真情流露，凤娟似乎也认可了这番话。

人穷志短，马瘦毛长。大人物有大人物的烦恼，小人物也有小人物的活法。风波过后，凤娟依旧在表姐的安排下穿梭于各个包间。刘鹏喜则隔三岔五带些狐朋狗友前来消遣。跟以往不同的是，刘鹏喜对凤娟的态度有了极大的改观，他不像以前那样趁着凤娟倒酒的机会动手动脚，也不会当着众人说那些不堪入耳的荤段子。反而要是有食客出言不逊，刘鹏喜还会当众制止，完全一副正人君子的模样。

这些日子，祁美玉只要有空，就会带着凤娟穿梭于各大商场，甚至还会见机行事给她灌输金钱至上的价值观。没有经受过物质诱惑的凤娟，在心态上，比刚出村时有了很大的改观。随着刘鹏喜点包次数的增加，凤娟对他的恨意，也在每月攀升的奖金中逐渐冲淡。

刘鹏喜之前习惯了霸王硬上弓，当他首次尝试姜太公钓鱼时，竟尝到了另一番风味。

见时机成熟，祁美玉在凤娟生日那天，让刘鹏喜订下包房，买了99朵玫瑰花给她一个惊喜。凤娟不是一个物质的女孩，或者说，还没有成为一个物质的女孩，一个别人吃饭，她站桌角的农村丫头，从未想过会有哪个人能花如此重金，给自己办一场生日晚宴。

突如其来的一幕让凤娟不知所措，就在她准备夺门而出时，被恰好赶来的祁美玉一把又推了进去。

祁美玉说："不开心的事，咱就不提了。刘总那天酒喝多了，做了些出格的事情，他也认识到了自己的错误，这两个月刘总的变化，你也看在眼里。今晚，趁着你过生日，刘总专门腾出时间给你赔个不是，你今晚无论怎么，也不能驳了人家的面子。"

凤娟涨红着脸，不知该怎么搭话："表姐，我……"

"你什么你，我要是跟你一样年轻漂亮，我还天天钻包间，陪这个陪那个？别的不说，刘总能如此用心，也是给足了咱姐俩的面子，你可不能不懂事！"

这段时间，凤娟可没少听表姐吹嘘刘总，尤其是当听到他有军方的人脉时，凤娟竟暗自庆幸当时没有跟他闹翻，否则冯磊转业都会是个问题。话都说到了这份儿上，凤娟没有退路，只得按照表姐的要求，战战兢兢地坐在了位子上。

见表妹落座，祁美玉像煞有介事地坐在两人中间当起了红娘，她端起酒杯，先是敬刘鹏喜一杯，接着又和凤娟一饮而尽。

凤娟虽不胜酒力，可她架不住表姐一句又一句的客套话，什么"不会喝酒，前途没有，一喝九两，重点培养"，什么"酒逢知己千杯少，能喝多少是多少"，什么"相聚都是知心友，必须喝俩舒心酒"。

来星光饭店这么久，凤娟还是第一次见表姐这么放得开，为了不扫她的兴，三人推杯换盏，两斤白酒被喝得七七八八。不省人事的凤娟终于羊入虎口，和上次在饭店不同的是，这次的战场转移到了刘鹏喜的住处。

凤娟醒来后的歇斯底里，也完全在祁美玉的意料之中。按照计划，她早早地准备好了一套说辞。她制胜的砝码是：冯磊和人民币。祁美玉拍着胸脯向凤娟保证，只要冯磊退伍，她跟刘鹏喜的关系就一刀两断，而在这期间，刘鹏喜每月会给她 3000 元作为补偿。在那个鸡蛋只卖两分钱的年代，3000 元足够普通家庭一年的开销。况且刘鹏喜整日奔波于大小矿井之间，也并不是天天在家。凤娟经不起表姐的蛊惑，也就半推半就应了下来。

那天之后，凤娟就搬出宿舍住进了集美花园，祁美玉的弟弟也如愿进入了矿务局工作。费了九牛二虎之力把凤娟搞到手后，刘鹏喜很快就没有了新鲜感，每每从矿上回来他都要在凤娟身上使劲发泄一番，那种心态，就像是要把花出去的钱再挣回来一样。

起初的几个月，刘鹏喜还比较信守承诺，到了月底就把3000元现金交到凤娟手上。可没过多久，他就换了一种方式，他给凤娟办了张存折，以工作忙没时间取款为由，把钱直接转到存折中。这看起来似乎没有什么问题，可当凤娟取款时才知道，这张存折必须刘鹏喜到场确认，才可以把钱提走。凤娟有些担心，只得求表姐帮忙。在解决了弟弟的大事后，祁美玉似乎对表妹已没有了热情，当听说了表妹的担忧后，祁美玉竟觉得她有些小肚鸡肠："刘总每年花在星光饭店里的钱最少有十来万，他怎么会克扣你那点小钱，这要是传出去他的脸往哪里搁，你就把心放在肚子里吧，他要是敢赖账姐去帮你要！"听表姐这么一说，凤娟也只能作罢。

就这样，日子一天天过，直到两年后的一封来信终于在水面上掀起了波澜。信是冯磊所寄，内容很短，除了表达思念还传递了一个信息，半年后他就要转业回家。回想着这些年经受的种种，凤娟对冯磊除了愧疚还是愧疚，她虽在肉体上背叛了冯磊，但在情感上她始终如一。她做好了打算，只要冯磊转业，她就带着钱和冯磊远走高飞，永远不再回这个伤心地。可计划永远赶不上变化，连她自己都不会想到，几月后她就要跟冯磊彻底阴阳相隔。

1993年，元宵节刚过没一个月，凤娟拿着存折要求刘鹏喜取钱，并约定双方从此一刀两断。要是一千两千，刘鹏喜连眼都不会眨一下，可这积少成多，一下拿出6万元，他多少还是有些肉疼。

那段日子，刘鹏喜不是借故去矿井，就是想方设法出差，凤娟看出对方想要耍赖，就以死相逼，写下诉状用报警威胁。刘鹏喜没想到凤娟如此难缠，只得作罢，乖乖地把钱取出，放在了家中的保险箱内。平时习惯了大额现金交易的他，并没有想到会被贼给盯上。当他大摇大摆地把一摞现金拎在手上时，一男一女两个小偷悄悄尾随，来到了集美花园的住处。现金锁入保险箱后，刘鹏喜驱车赶到星光饭店，他把余额为零的存折及保险箱钥匙交到凤娟手上，并要求凤娟在三天内搬离集美花园，两人从此分道扬镳。

凤娟本想立刻把钱取出，可不巧的是那晚饭店被人包了一场喜宴，没有同事可以替她。她只能耐着性子等客人散去，才急匆匆往回赶。

打开房门时，屋内的场景让她彻底傻了眼：卧室的保险柜被撬开，各种文件、合同散落一地，客厅的防盗窗也被剪断了两根，窗沿下的几滴血迹一直延伸到小区的水泥路上。她的第一个反应并不是家中被盗，她觉得这是刘鹏喜为了不给钱设下的一个局。

凤娟一气之下冲到刘鹏喜另一个情人家中，把正在鱼水之欢的他拽回住处。见各种重要文件被撕扯一地，恼羞成怒的刘鹏喜非但没有同情，反而把凤娟按在屋内暴打了一顿。在撕扯中，刘鹏喜未满足的兽欲瞬间燃起，像第一次一样，他又把凤娟拖进卫生间，强行跟她发生了关系。

辖区派出所赶到集美花园时，现场已被完全破坏，因为条件限制，负责勘查的技术员，除了提取到残缺的指纹、鞋印和血迹外，并没有其他发现。

失窃的几万元，对刘鹏喜来说并不算什么，可那却是凤娟最后的希望。在刘鹏喜逼迫她搬离的最后一天，凤娟写了一份报案材料交到派出所，绝望的她则带着屈辱、懊悔跟不甘，选择在刘鹏喜的住处上吊自杀。

一星期后，刘鹏喜因为涉嫌强奸罪，被依法刑事拘留。然而，刘鹏喜的伏法，并没办法让凤娟再回到这个人世间。

四十

男儿有泪不轻弹，只是未到伤心处。病房中，冯磊拿出那张跟凤娟的合影，泪如泉涌。

展峰不知该怎么安慰他，他坐在病床上看着冯磊，却突然想起了林婉，那个他做梦都想见到的姑娘。十几年过去，他却连对方是死是活都不知道。如果她死了，自己也会像现在的冯磊一样吗？会哭得如此伤心欲绝吗？或者会，又或者不会。在见到林婉之前，一切都只有假设，没有答案。

良久之后，冯磊终于停止了哭泣，展峰也从回忆中醒来。冯磊继续说："我刚转业回来，就得知了凤娟的死讯，我无论如何都没有办法接受这个现实，我发疯似的去找寻真相，在我的逼问下，祁美玉告诉了我实情。刘鹏喜虽然可恨，但要不是那个小偷，凤娟绝对不会白白葬送性命。我不能让她含冤而死，我一定要亲手抓到那个窃贼。转业时我本可以去工厂上班，但我毅然决然去派出所当了一名协警，后来通过考试我顺利进入了反扒大队。我在凤娟的坟前发过誓，只要那个贼一天没有抓到，我冯磊这辈子就要和所有的贼死磕到底。

"当年，我拿着现场的那半枚指纹跑遍了大半个中国，没有一枚可以比中[1]，送到公安部的血液样本，过去多年，也没有任何信息。直到我发展老烟枪为我的线人后，我才得知，去集美花园盗窃的是一男一女两个窃贼，女的叫小白，男的叫串子。他们都是贼帮帮众，因为触犯了帮规，小白被打死，串子在逃。要不是因为凤娟，狗五失不失踪我压根儿不会关心，把你害成这样都是我的私心，我也想开了，串子找不找到对我来说不重要，只要展队你能没事，让我死也愿意。"

冯磊说着就要双膝跪地，展峰慌忙从床上起身，一把把他搀起来："冯大队，言重了，我真的受不起！"

冯磊红了眼眶道："要不是嬴亮反应快，后果真的不堪设想。展队，您宰相肚里能撑船，可我心里始终过不去这个坎。"

展峰笑道："可能吉人自有天相，要不是命硬我都死好几回了，冯大队，您真不用太过自责。"

冯磊被重新扶到座位上坐稳，他双手来回搓着膝盖，仍显得有些局促不安。

展峰考虑片刻后说："冯队，这些天我躺在病床上，一直在考虑这个案子，我觉得事还没有完。"

---

[1] 早年还没有指纹比对系统，嫌疑人到派出所后，只会用指纹卡采集油墨指纹档案。要是发生重大案件，需要比对指纹，警方只能拿着现场指纹胶片，到各个地市的指纹档案库，一张一张地用肉眼比对。

冯磊知道展峰想说什么。半夜偷走尸体的到底是谁,至今还没有着落,可事情过去这么久,一没现场,二没旁证,要查清难比登天。因为这起案子差点搭进去半个专案组,别说没有线索,就算是有,也不可能再让展峰参与了。

"展队!你身体都这样了,可千万不能再跟进了,你要信得过我,剩下的事我来查!"冯磊紧张道。

展峰微微一笑:"你的身体也不比我好到哪里去,从我们专案组确定接手此案那天,我就下定决心一定要查个水落石出!"

四十一

离展峰拆线还剩下不到一星期。专案组在病房内开了个小型会议,主要还是围绕老烟枪的口供,解决本案的最后几个疑问。

首先,小白是怎么被打死的,还需开棺验尸,确定致伤位置,看是不是跟老烟枪描述得一致;其次,找到当年在场的帮众,取得口供,完成整条证据链;最后,对贼帮成员彻底摸排,确定挖出六具尸体的是不是内部人员。

为防止现场被破坏,展峰再三叮嘱他未出院前,小白的坟墓暂时不得挖掘。另外两条线索,要在四天内见底。

贼帮覆灭后,唯一得空的就是吕瀚海,闲来无事的他和展峰请了几天假,他本想找个合适的借口,但展峰居然没有追问他的去向。要是放在以前,他绝对会率先选择小巴车,辗转多次,去到目的地。可这回他没了这个心思,一张机票直飞友邦家和医院。跟上回的飞扬跋扈相比,吕瀚海这次低调了许多,在办理会见手续时,病房的专属护士认出了他。因为曾经被吕瀚海骂出了病房,护士至今心有余悸。

见对方表情十分不自然,吕瀚海想起了数月前的那一幕。

"不好意思啊!上次!"

护士并没有想到吕瀚海的态度会如此谦逊,她撩起耳边的头发,礼貌性地回了一句:"没关系!"

吕瀚海长吁短叹,不舍地看向四周。护士也不知道,这位财大气粗的家属情绪为什么如此低落,手续办妥后,护士微微欠身,做了个"请"的手势。

病房的木门被推开,那张贴着"高护"标签的病床上,一位老者正呼吸均匀地躺在那里。吕瀚海怔怔地站在原地,熟悉他的人都知道,他不是个优柔寡断的人,相反,他无论做什么,都拿得起,放得下。可此时此刻,他却变得那样犹豫不决。望着病床上日渐苍老的养父,他再次陷入了痛苦的回忆里。

吕瀚海打小不知道父母是谁,1 岁到 4 岁间,他跟在一群乞丐身后到处讨饭,乞丐头子说,是他们从黄鼠狼嘴里把他救下,否则他早就被黄大仙拖进坟里,啃得连骨头都不剩。乞丐头子还说他的父母真是心狠,把一个孩子活生生地扔进桥洞,要不是听到哭声估计撑不了两天。乞丐头子每说一句,周围的乞丐就跟着附和一句。以至于很长一段时间,他都天真地认为,这帮乞丐就是他的再生父母。直到四年后,乞丐头子说大家都要吃不上饭了,必须选一个人出来卖惨,否则都要饿死。其他人明白他的意思,自打四年前,他们把吕瀚海从别家院子里偷出来,就做好了这个打算。

那天晚上,众乞丐把吕瀚海拖进巷子,准备敲断手脚,算命收摊的吕良白刚好从此路过。师从惊门的他,上前对了几句春点。了解到这些人是要门的下三流,专门打着乞丐的旗号,干些坑蒙拐骗的勾当,吕良白心里清楚,今天要是走开,年幼的吕瀚海绝对躲不过此劫。经过一番讨价还价,他拿出全部家底,把吕瀚海给买了下来。

吕良白本想把孩子送回家,可那帮乞丐也忘了吕瀚海是从哪儿拐带来的,没得办法,他只能把孩子留在身边,保他有口饭吃。吕良白给孩子算了一卦,命中五行缺水,于是给他取名瀚海,平时唤作大海。因为受了惊,大海对吕良白始终保持警惕,直到一年后,他才改口叫他白爹。大海从 5 岁起正式拜入惊门,随养父摆摊算卦。吕良白的算卦跟街上半仙儿有着本质的区别。惊门作为八大门之首,要是只干些骗人的勾当,绝对坐不上老大的位置。现在那些推命理、测吉凶的算命人，完全是仗着惊门骗吃骗喝。这就和某企业产品畅销后，跟着就会出现一堆仿品的道理相同。像吕良白这种正统的惊门中人，其实就干两样事：帮活人解惑，让死人安眠。什么是解惑？何为安眠？要从头说起。

在旧社会，人们的受教育水平极低，很多人遇事后常不知所措，要是在街口、集市遇到摆摊算卦的，就会上前询问旦夕祸福。真正的惊门中人要上知天文、下知地理，会察言观色，懂指点迷津。不需对方开口，只观他面相、看他状态，心中就知他为什么人、为什么事而来。有人会怀疑哪儿有这么神，可里头的道道也不难理解。有两把刷子的惊门中人，就是个大侦探福尔摩斯，他可以根据人的长相、气质、衣着、细节特征，推断出你的职业、身份、经济条件之类的信息。

比如铁匠，他们在打铁时，高温铁珠会迸溅一身，那么在衣服上就会留下麻点状灼烧痕迹。再比如车夫，平时靠脚力吃饭，他们的小腿肌肉发达且虎口有较厚的老茧。达官贵人、庄稼汉，不同的身份，有不同的特征；不同的阶级，也有不同的烦恼。寻常老百姓，多关心一天三餐、家庭琐事；有头有脸的人则喜欢追逐名利、询问前程。吕良白要做的，就是解决疑惑，疏导内心，使其精神愉悦，防止这些人误入歧途。

中国人，最看重的就是"生死"二字。解决了"生"的疑惑，还要让"死"的安眠。

古人认为，祖先要是葬在风水福地，可让子孙后代财丁两旺，世代昌盛。相反，若风水不佳，则会影响后人运势，断送子孙前程。所以自古以来，葬礼跟婚礼等同，被很多人视为人生大事。书中记载的风水术也叫堪舆术，它是对宅地、墓地的地脉、山形、水流、坐向的统称。术家认为，不论阳宅阴宅，风水的好坏，都关乎生人的吉凶休咎。

最早出现"风水"一词的文献，为旧题晋郭璞撰的《葬书》："气乘风则散，界水则止。古人聚之使不散，行之使有止，故谓之风水。风水之法，得水为上，藏风次之。"后世术家兼作"堪舆"的代称。

早期的相地术，以观察地形为主，占卜吉凶为辅，到了汉代，受盛行的阴阳五行学说影响，把兴工动土的人事跟天体运行相联系，产生了黄道、太岁、月建等宜忌。中国古人很重视丧葬，从商王大墓就可窥视端倪，既然帝王将相都深信不疑，那普通百姓自然也照猫画虎。经几千年的传承，丧葬风水就形成了完整的理论体系。风水是不是就等于迷信，其实也不能一棍子打死。传统流传下来的东西，有很多都带有一定的唯心主义，风水有部分是迷信，但不能说全是迷信，仍要区别对待。

其实针对风水一说，近代科学家已给出了准确的定论。所谓风水，是人们认识自然、利用自然、顺乎自然、研究人跟自然间关系的一门学问。它的理论体系，实际上是追求人跟自然的和谐、融洽。往小了说，它是一门触类旁通的学问；往大了说，则可以上升到哲学层面。要想把这门手艺完全掌握，不下一番苦功夫，绝不会有什么成效。单从以上两点不难看出，惊门所研究的，其实就是生死轮回之道，它可排在八门之首。不过，林子大了，什么鸟都有；水若深了，乌龟王八俱全。惊门中也有不择手段，坑蒙拐骗之辈。像吕良白这种出淤泥而不染、濯清涟而不妖的老顽固，比大熊猫还要金贵。殊不知，他的正直却差点给他带来杀身之祸。

事情发生在吕瀚海8岁那年，当天爷俩刚把摊子支上，就来了一位老者，他们想让吕良白给寻一块墓地。在付了订金后，爷俩跟随老者来到了一片荒无人烟的地界。吕良白拿出罗盘，开始分金定穴，老者却在一旁指指点点，时不时还提醒两句：哪儿哪儿在几百年前曾经有河，又哪儿哪儿在几百年前曾经有山。吕良白一听，就知此人动机不纯。就在他准备把订金退还，取消交易时，四名壮年男子，不知打哪儿蹿出来，把爷俩围了起来。吕良白一看几人打扮，就知道是江湖中人，对上春点后，他才晓得，这几人知道他精通堪舆之术，想让他帮忙寻个古墓。

挖坟掘墓，是极损阴德的一件事，吕良白曾在师父面前发过毒誓一辈子不会沾手偏门，否则以他的本事，随便倒个斗也吃穿不尽、享受不完。得知对方目的，吕良白自然是严词拒绝，几人见敬酒不吃就上了罚酒。他们当着吕瀚海的面，先是对吕良白拳脚相加，见他宁死不从后，有一人从路边的田埂上取出了洛阳铲。

在最后一次逼问遭到拒绝后，几人怒不可遏，举起洛阳铲，对着吕良白的后腰就是一顿猛铲。要不是吕瀚海哭喊着扑倒在养父身上，估计吕良白会被当场戳死。

那天下午，吕瀚海用他幼小的身躯，把奄奄一息的养父在地上拖行了好几公里，可能是命不该绝，有人顺着血迹发现了爷俩，在路人的帮助下吕良白才得以送医救治。医生告诉吕瀚海，他的养父腰椎受伤严重，不及时手术可能会终身瘫痪。虽知道事态的严重性，可让一个8岁的孩子到哪里去弄几千元手术费。爷俩摆摊算卦，时常青黄不接，吃了上顿没下顿，手头的余钱也就够买几粒药片。要不是医生可怜他们爷俩，吕良白连条裹伤口的纱布都用不起。了解了吕瀚海的情况，几位医生凑钱给吕良白做了保守治疗，脱离了生命危险之后，吕瀚海只得把养父拉回家中慢慢调养。

俗话说，穷人的孩子早当家，吕瀚海虽只有8岁，但人情冷暖、世态炎凉他早已看得清清楚楚、明明白白。为了凑到手术费，他多次要求养父交出那本视如珍宝的《古藏经》。这本书之所以珍贵，是因为上面记载了大量失传已久的奇门秘要，尤其是分金定穴、闻山辨龙之术，只要窥视一二就可断墓穴、寻龙脉。然而让他没有想到的是，养父非但不给，反而以死相逼，强迫他发下毒誓，永远不得步入偏门。

长时间以来，吕瀚海每每想起当年之事，就会心生怨恨，他觉得只要养父稍微开窍，日子也不至于落到这番田地。可话又说回来，若非养父一身浩然正气，他也不可能活到今天。吕瀚海觉得这辈子最难以释怀的，就是面对养父的病情无能为力。看着养父一天天命数将近，他心急如焚，所以只要有一丝希望能让养父重新站起，他都会不计后果不择手段。这也是他钻窟窿打洞，非得进入专案组的原因。然而多日前的一幕，又把他推向了抉择的深渊，和养父一样，他也是个重情重义的人，展峰的舍命相救让他无以为报。面对两个愿为他豁出性命的人，他不愿背负忘恩负义的骂名。在后果没有来临前，他知道自己必须做出选择。

伫立许久，吕良白从睡梦中醒来，当看清面前的人是吕瀚海时，他面带微笑，言语中透着慈爱："大海来了。"

见养父正吃力地把自己撑起来，他慌忙上前阻止。"白爹，你别动，躺着就好。"

可能是吕瀚海很久没有这么称呼他，当听到"白爹"时，老人既惊又喜："大海，你刚才喊我什么？"

"白爹，我这次来，想和你商量件事。"

"咱爷俩还商量啥，有什么你就直说。"

吕瀚海沉默片刻，开口道："假如有一天，我把你从这里接出去，你会不会怪我？"

吕良白紧紧拉着他的手，"我在哪儿并不重要，要是没我儿的地方，对我来说，都不叫家。"

四十二

三天后，在展峰的一再要求下，主治医师同意为他办理出院手续。而在这段时间里，展峰提出的问题已经解决了两个。

因为大执事浪得龙的粗暴掌权，贼帮上下都以他马首是瞻，没有人也不会有人敢背地里做偷尸藏尸的勾当，否则小白和串子就是前车之鉴。在老烟枪的帮助下，赢亮找到打死小白时在场的其他帮众，基本还原了当时的情况，过程跟老烟枪的描述完全一致。

按照《刑事诉讼法》的规定，只有口供并不能作为定案的依据，还必须要找到相关物证形成证据链。

刑事拘留有期限限制，老烟枪被关进看守所已有大半月，展峰要在提请逮捕前办完第三件事——开棺验尸[1]。据老烟枪交代，小白的坟就在牛家山一个

---

[1] 警对犯罪嫌疑人可采取刑事拘留的强制措施。刑事拘留的适用有严格的期限限制，但是对于一些特殊的案件，可以延长刑事拘留期限。刑事拘留一般都是3天，当案件需要继续侦查时可以申请延迟1~4日，当案情调查特殊或者重大嫌疑的还可以延长到30日。也就是说刑事拘留的最长期限为30日，期限一到就要报请同级人民检察院提请逮捕，而逮捕时要有充足的证据，否则会直接影响后期诉讼。

不起眼的角落里，他没有立碑，只是在土堆前放了个黄盆。头几年的初一、十五，他还去烧烧黄纸，祭拜祭拜，可近些年因为时常进看守所、戒毒所，他也就忘了这事。不过好在坟包附近有棵歪脖子松，找到地方并不是难事。在办理了派出所指认手续后，老烟枪带着专案组来到了后山。然而让所有人始料未及的是，他口中描述的土堆，现在竟被彻头彻尾地修缮过，坟包前不光立了无字碑，周边还建起了一圈水泥矮墙。

嬴亮有些疑惑。"是不是这里？会不会你记错了？"

被这么一问，老烟枪也有些拿捏不准，他径直走到那棵盘旋而生的松树前，看到当年刻下的标记还在时，他十分肯定地回答："没错，就是这里。不过……奇了怪了，是谁来修的坟？"

嬴亮不懂丧葬风俗，随口道："立的是无字碑，说明对方也不知道里面埋的是谁，会不会是护林员干的？"

吕瀚海摇头。"绝不可能。"

鉴于两人在村庄里并肩玩命，嬴亮对他的态度也客气了许多："道九，你为什么这么肯定？"

"首先，从经济角度上说，立个碑，修一圈矮墙，最少要花大几千元，除非有财政拨款，否则不会有人干这事。其次，这里可是埋人的坟包，活人本身就忌讳，不是熟人，可能连来都不会来。第三，你刚才有一点说得恰恰相反，立无字碑的人，绝对知道坟包里埋的是谁。"

吕瀚海在专案组待久了，说话都感染上了专案组的风格，遇到什么推断就上一二三。

喜欢野史的隗国安抢着问："道九，快说说，你是怎么知道的。"

"咱们中国历史上有一位女皇帝叫武则天，她死后立的就是无字碑。民间有些人得知这事后争相效仿，时至今日有些地方的女子去世后还会立无字碑。所以我推断，立碑的人，至少知道坟包里埋的是名女子。"

老烟枪心里一沉："难不成串子真回来了？"

嬴亮却是一乐："最好是他，也省得我们跟没头苍蝇似的到处乱找。"

…………

再三确认后，展峰指挥专案组成员开始了今天的重头戏——挖坟。他之所以不让当地警方帮忙，主要是因为开棺验尸跟刨坟还是有着本质的区别。

土埋，是一种常见的抛尸方式，过程可分解为挖坑、放尸、掩埋三个步骤。因为需要耗费大量的体力，所以通常用此方式抛尸的以男性居多。

其实从三个步骤中，我们可以获得很多讯息。挖坑的深度，取决于作案时间的长短及嫌疑人对周围环境的熟悉程度。如果凶手对埋尸地很陌生，作案时又很匆忙，那么势必会出现浅坑浅埋的情况。反之又会是另外一种情形。再则根据尸体放置的方式，有时可推断出是不是熟人作案。比如，凶手跟死者若有情感关联，那么在摆放尸体时就不会那么随意，甚至有些人，还会在坑中撒些元宝纸钱等陪葬品。最后再说说掩埋。有的人就要问了，掩埋不就是用土给盖上，这有什么好分析的？其实不然，因为埋尸的主要目的，还是为了防止别人发现，埋得越平整，越不起眼，实为最佳。而在这个过程中会有很多附加动作，如拍土、踩坑等。被翻上来的软土，一旦经过踩踏，很容易留下脚印。那些不讲究的嫌疑人，甚至有一边干活一边吐唾沫的习惯，如果观察足够仔细，类似现场还能提取到 DNA 样本。所以在展峰这位物证鉴定高级工程师面前，开棺验尸是一项细致、耐心的工作，尤其是这种经历了十多年风吹日晒的现场，更要谨慎对待。

在他的指挥下，嬴亮、隗国安、吕瀚海三人配合度极高，要是换成旁人还真不能保证可以准确理解他的意思。

就在土堆刚刚清理一半时，专案组就有了重大发现。

在坟包的一圈，竟埋有六个陶罐。从陶罐的颜色、器型、釉面可判断为现代工艺，并不是陪葬。老烟枪也很迷惑，这些陶罐从何而来，为什么要埋在坟里，他也是一概不知。

展峰命专案组把陶罐取出，当他打开里头一个封盖时，多根未粉碎完全的指骨及长骨，让他眉头一紧。随后另外五个罐子也被全部打开，经确认，六个陶罐中盛装的，是未燃烧完全的人骨骨灰。每一罐内，都有个体特征较为明显的舌骨、尾椎骨、骶骨，甚至头盖骨。也就是说，每个陶罐，实际上装的是一个人的完整骨灰，六个陶罐，就是六条人命。

一波未平一波又起，展峰把骨灰样本固定后，继续指挥挖掘工作，直到一副完整的人体骨架被取出，开棺验尸才算是告一段落。经老烟枪对死者衣着的辨认，确定这就是当年被他杀死的小白。"一具白骨，六个骨灰罐"，这种诡异的丧葬方式实属罕见。

吕瀚海在仔细观察了陶罐的埋藏方位后，给出了解释："早在殷商时期，古人有一种相当残忍的丧葬制度，叫人殉人祭。西汉中期以后，人殉人祭作为一种社会制度被废除。但'奴仆殉主、妻妾殉夫'被视为最高美德而长期残存，表彰烈女殉夫的事迹也是史不绝书。明代皇室甚至公开推行人殉制。尤其是少数民族，如汉时的匈奴、唐时的吐蕃，及入主中原前后的女真、蒙古族、满族之类。

"这种事情一直持续到康熙年间才得以彻底禁止。为什么这种愚昧的制度，会持续这么长时间？主要原因是各个阶层对人殉制度都有不同的理解。权高位重者希望死后仍能富贵荣华，所以需要大量奴仆随他而去。寻常百姓虽没人殉的条件，但也有自己的期望，由此演变出了杀鸡、宰羊等用牲畜陪葬的方法。在流传至今的各种说法中，有一种主流的迷信，认为有人含冤而死，魂魄不能转世投胎，如此一来，就需要用特殊方法镇魂，防止他魂飞魄散。这些方法千奇百怪，有配阴婚的，有用黑狗殉葬的，还有用胎死腹中的婴灵合葬的。我怀疑把陶罐埋进坟里的主要目的，可能就是镇魂。"

司徒蓝嫣频频点头："道九的推测是正确的话，那么这个人完全知道小白的死因。当年在场的所有人，除了串子我们都取了口供。贼帮对这事也是严格保密。狗五等六人尸体被盗后，至今没有下落。我们刚好又发现了六人的骨灰，哪儿会有这么巧合的事？"

"师姐你是说，这一切都是串子干的？"

"不排除这个可能。"

四十三

为了不打草惊蛇，展峰把尸骨连同骨灰取出，又命专案组把坟包复原。接下来就是紧张的检验分析工作。

首先要做的，就是验明小白的正身。在判断出尸骨的年龄、性别、身高、死因等种种结论后，小白被杀案，基本可以判断是老烟枪当年所为。重头戏则是要对六个陶罐中未焚烧完全的尸骨做DNA检验。在实际的案例研究中，如火灾、爆炸、焚尸、交通事故、空难等现场，都会出现骨头被焚烧的情况，所以它一直是国内外法医学专家研究的重要课题。骨骼是组成脊椎动物内骨骼的坚硬器官，功能是运动、支撑和保护身体，它有良好的抗腐蚀作用，除非是经过高温煅烧导致完全炭化，否则仍可以检出DNA结构。

而一旦尸体经过焚烧，高温会使得骨骼中的天然蛋白质受到影响，分子内部原有的特定构象发生改变，导致其性质和功能发生部分或全部丧失，从而导致DNA的变性及大量聚合酶反应，进而影响到DNA检验。骨骼被焚烧的程度越重，DNA降解越加剧，大片段等位基因会因焚烧产生断裂，极易出现因为大片段等位基因丢失所造成的假纯合子[1]现象。而在对焚烧后的骨骼进行检验之前，首先要了解其物理和化学特性。骨骼的主要成分是矿物质化的骨骼组织，其内部是坚硬的蜂巢状立体结构，有大量的钙盐沉积于细胞外基质，多以羟基磷灰石形式存在。

人体骨骼在经高温焚烧后，骨骼中的碳酸钙物质和磷酸钙物质会转化为氧化钙。此过程会使骨骼颜色发生改变。经法医学专家证实，骨骼的颜色与焚烧温度有一定的关联。一般情况下，当焚烧温度从100℃增加至700℃时，骨骼会由褐色逐渐变为深褐色、灰白色以及白色。

而随着焚烧温度的升高，骨细胞逐渐失去原有的多边形直到消失；在外界温度为400℃时，细胞急剧减少，仅见少量细胞残骸；600℃～1000℃时，完全观察不到细胞结构。当温度升高到1000℃～1200℃时，骨骼会出现瓷化现象。

在检验骨灰样本前，展峰要先通过观察烧骨的外观颜色，判断灼烧温度，

---

[1] 纯合子又称纯合体、同型结合体。指二倍体中同源染色体上相同位点等位基因，为相同点等位基因相同的基因型个体。由于二倍体携带的每个基因都有两因型的个拷贝，如果它们携带的同一个基因的两个等位基因相同，这样的二倍体生物或细胞就是纯合子。纯合子不会因为自交而分离出具有不同遗传因子的个体，因此，育种材料总是纯合的，保持其性状不变。杂合子自交可以得到纯合子。纯合子分为两类：显性纯合子和隐性纯合子。

把那些受热不均匀，有可能残留骨细胞的样本取出，供 DNA 检验之用。通过骨细胞 DNA 检验证实了专案组的猜想，陶罐中被焚烧的六具尸体，正是失踪的狗五等六人。在检验的过程中，展峰还发现了一个奇怪的现象。六具尸骨受热不均，有的骨骼出现了瓷化特征，而有的却只是略微变了些颜色。也就是说，这些尸体曾被分段焚烧。

什么是分段焚烧？也就是字面意思。殡仪馆在火化时，会把整具尸体推进焚尸炉中。这样尸骨受热均匀，骨灰的外观颜色接近。而不能一次性把尸体装入，需要多次加热的，被称为分段焚烧，过程多伴有分尸行为。

展峰判断，嫌疑人先是把死者的头部及四肢全部砍下，在火势最旺时，把最难处理的躯干塞入炉中，待内脏完全炭化后，再把剩余部位进行焚烧。样本中躯干骨都出现了瓷化及无机质熔化的情况。由此分析炉内最高温，接近1600℃。一般殡仪馆火化尸体，仅需要八九百摄氏度即可，嫌疑人为什么要多此一举，把温度提高一倍呢？要知道，能达到如此高温，可不是光加燃料这么简单，必须要有相应的设备。到底是什么设备？展峰在检验陶罐前，并无准确答案。

接下来，就得说说第三件物证——陶罐。

陶罐是由土壤烧制形成。而土壤是地面岩石长期分化形成的产物，是一种复杂的微粒混合物，包括矿物质和有机质，具有一定的形态和理化生物性质。土壤的矿物质占土壤固体物质重量的95%～99%，以氧、硅、铝、铁、钙、镁、钠、钾、钛、碳等十几种元素为主。土壤中的有机物主要来源于动植物残体和分解物。这些有机物中碳、氧、氢占92%，而另外8%则是由硼、氮、硅、铝、磷、铜、锌、锰、钾、钙、镁等元素组成。因为每个地方的环境不同、动植物生长种类不同，所以土壤中所含元素的成分也明显不同。陶罐的主要成分为黏土，它是由长类岩石，经长期风化跟地质作用所形成的，一般取自土壤的心土层。心土层是指表土层以下50厘米深度的土层。含有的物质多来自表层土的淋溶跟淀积，矿物质和有机质含量相对稳定。在选取黏土后，陶罐要经过制坯、速烧、上釉、烧制等一系列工艺流程。在这个过程中，因为火窑的高温灼烧，水分和有机质会迅速分解，各组成部分发生化合、结晶、扩散、熔融等一系列的转变，最后成为具有一定颜色、致密坚硬、机械强度较高的陶罐。因为焙烧过程发生的主要是物理化学转变，黏土中的矿物质含量不会因为这个而发生变化。所以，只要把陶罐取样检验，就可得出矿物质含量表，以此为参照找当地地质部门协助，不难判断取土位置。

在取样时展峰发现，六个陶罐的抗压度极强，查阅资料后他才知道，在焙烧的过程中，1000℃下，陶罐的抗压强度会比900℃高出50%，也就是说温度跟抗压度呈正比。展峰买来市面上常见的陶罐做对比实验，经压力测试，他发现现场陶罐的焙烧温度要远远高于1200℃。温度跟焚尸温度接近，展峰很自然地把两者联系在了一起。

"难道装骨灰的陶罐，是嫌疑人自己烧制的？"

带着这个疑问，他在比对显微镜上仔细观察罐底痕迹，不出所料，六个陶罐在制坯过程中，使用的是同一种模具。

要是咸菜坛，某人一次性买六个还好解释，骨灰坛批量购买的可能性较小。结合骨灰的焚烧特征，展峰断定嫌疑人有烧制骨灰坛的手艺，并可能以此为生。

四十四

专案组在地质部门的帮助下，发现取土位置在市郊的平顶山上。此地距市区百十公里，地理位置偏僻。偏到什么程度？早些年你要是拿着电话来回走动，一不小心就有可能是长途加漫游。

平顶山的得名，完全是因为当地人对石材的过度开采，要不是十多年前政府紧急干预，这山恐怕要不了多久就要改名叫凹顶山了。山下有个小镇，因为谢姓家族在这里比较集中，所以名叫谢家集。集镇不大，常住户不足五万，外来人口较少，相对封闭。这里在工商部门备案的殡葬品经营户只有20家，且都分布在镇医院北侧的巷子内。

专案组几人分别冒充买家，从商户手中购得近十个骨灰坛，经罐底痕迹的比对，跟小白坟包内所埋的六个，出自同一模具。在购买的过程中，专案组还问到了一个细节，如今丧葬多使用骨灰盒，陶制的骨灰坛几乎没有什么市场，所以他们备货不多，每家商户最多一两个，还有部分商户压根儿连卖都不卖。在询问购货渠道时，众商户都说出了一个名：拐子六。

拐子六身高不到一米七，四十岁出头，左脚残疾，走路时一瘸一拐，又住六号巷，所以熟悉他的人都称他拐子六。很快，在当地警方的帮助下，拐子六在家中被警方擒获。通过DNA比对，确定他就是十几年前集美花园入室盗窃案的嫌犯，死去小白的搭档，贼帮多年寻找的仇敌——串子。

…………

冯磊得知串子落网后，他执意要参加审讯，展峰也很理解他的心情，就没有反对他加入。

这么大的专案，串子一直是个神秘的存在。在抓捕之前，每个人对他都有神化的一面。让众人大跌眼镜的是，眼前的串子狼狈得像个刚出煤窑的矿工，蓬头垢面衣不遮体，站在大街上，绝对会被误认是拾荒者。

串子没落户口，认了一个叫谢公磊的当地人为干爹，这些年，串子一直跟在干爹身后扎纸人、烧陶罐，靠吃死人饭过活。对于自己被抓，他好像早就有了心理准备，当展峰把证据一一拿出之后，串子相当爽快地承认了自己的所作所为。甚至爽快到冯磊想要发难，都找不到任何理由。

"不绕弯子，你仔细说一下事情经过？"

串子端起水杯，猛灌了一大口："我打小无父无母，从我记事起，我就在荣行，他们供我吃供我穿，到了年纪就开始训练盗术，学得差不多就要上街偷窃，按月上交贡钱。我和小白因为身世相同，就被分到了一起。按照荣行的规矩，不出意外小白以后就是我的媳妇，所以我们俩很快也就有了感情。

"到现在我都觉得，荣行的活儿，就算经过系统训练也不是谁想干就能干的。我和小白就属于绺子中最拖后腿的那一对。因为技术不精，我俩时常交不上贡数，而且小白心肠太软，老的不偷小的不偷，慈眉善目的不偷，生活不易的不偷。时间一长，带我们的片儿隼意见很大。他说如果再交不齐贡数，就报到上面行规处置。我们这种情况会被剁去手指，逐出荣行。没有退路，我们只能硬着头皮不择手段。

"我记得，刚过完年不久，片儿隼带我们来医院行窃，是他给我们寻的目标。对方是一位十八九岁的青年，看起来应是家人患了重病，很着急。我和小白是打心眼里不想对他下手，可片儿隼一直盯着我俩，我们是偷也得偷，不偷也得偷。后来我们硬着头皮，在手术室门口得了拖儿。钱装在牛皮纸信封里，一共1500元。青年在发现救命钱被盗后，哭得伤心欲绝。我和小白于心不忍，就想着把钱给还回去。就在小白揣着钱准备返回手术室时，我们行的另一位绺子从小白身上把钱给盗了去。片儿隼知道这事后大发雷霆，说我们坏了规矩必须报告上面。我和小白苦苦哀求，希望能放我们一马，并发誓一定在一个月内，交齐所有贡数。说一千道一万，片儿隼看中的还是钱，我们交不齐他就要自掏腰包，在保证多交30%的贡数后，片儿隼暂且饶了我们一次。荣行底层的绺子，出门行窃都有各自的片区，要是越过界，也是违反行规。可片儿隼给我们下了最后通牒，我琢磨着只要能把钱弄到手，高层也不会说什么。可我哪里会想到，因为这事会把小白的命给送了。"

有人说，时间是最好的疗伤药，可过了这么久，仍能感觉到串子的那份悲伤，只不过他把这份情感隐藏得恰到好处，外人无法窥探罢了。

他很快又点了一支烟，辛辣的尼古丁被带入肺中，串子继续开口道："接下来的一段时间，我和小白躲在储蓄银行门口物色目标。发现有人取钱后，就跟在身后伺机下手。可接连蹲了好几天，也没有找到合适的对象。在我心灰意冷之时，一中年男子进入了我们的视线。我记得很清楚，那人手里拿着大哥大，胳肢窝夹着一捆钱，而且他就住在储蓄所不远的小区里。我们跟上去后发现，那人把钱放在家里后，直接出了门。确定屋内没人，我让小白望风，我进屋行窃。我记得房门是阴阳两道，外面是加明锁的栏杆门，内侧是一扇铁板防盗门。

"要想从门进去必须花些工夫，为了抓紧得拖儿，我绕到后窗，用小型液压钳把防盗网剪断，翻窗入室。在屋内找了一圈，我在衣柜中发现了一个老式保险柜。这种柜子看起来敦实，其实并不难打开。只要能透开第一道锁眼，剩下的只要一根铁丝。在行里我学过开锁，虽学艺不精，但开一般的锁还是绰绰有余。让我惊喜的是，那人只是随手把柜门关上，压根儿就没用钥匙上锁。我没费多大力气就给打开了。

"可就在我刚把钱取出时，小白就吹了求救口哨。听到哨声，我赶忙从窗子钻了出去，慌乱中我的右手被划伤，流了一地血。见到小白后，我才知道，抓我们的不是别人，是自己行里的绺子。这个区的片儿隼说我坏了规矩，盗的是他们的拖儿，而且还在现场留下了物证，到时候警察追查下来，他们担当不起，所以必须上报。

"大执事知道此事后，把我们的片儿隼也给叫了去，这时候没人再敢保我们，大执事给我们列了四宗罪名：一罪，不按时交贡数；二罪，得拖儿后反悔；三罪，跨片区行窃；四罪，给警察留了尾巴。大执事见我俩说不出个所以然来，就命聂老四几人，把我俩带到后山。大执事当场并没有说怎么处置我们，我以为最多就打断胳膊腿儿，可让我始料未及的是，聂老四上来一锹，就把小白给活活打死了。

"见小白满头是血躺在地上一动不动，我直接被吓得尿了裤子，当我还在浑身哆嗦时，聂老四一锹铲在了我的脚面上。钻心的疼痛让我回过神来，我知道如果不跑，也会命丧黄泉，于是我忍着剧痛，跑进了山林。

"没跑几步，我就没有了行动能力，我本以为聂老四会追来，可出乎意料的是，他冲山林里喊了句话，让我能跑多远就跑多远，永远不要再回来。听他这么说，我知道他想放我一马，疼得快要昏厥的我，只好趴在地上一动不动，看着他们埋小白的尸体。聂老四走后，我在小白的坟前跪了一夜，我恨透了荣行，可凭我一个人的力量，根本无力回天。为了活下去，我只能远离城区，最后在谢家集遇到了干爹，跟在他身后讨口饭吃。"

冯磊听到这儿，主动起身给串子点了支烟卷。他跟串子的多年恩怨，也在这一刻完全化解。说白了，归根结底，一切的源头都在贼帮。要不是贼帮，串子和小白不会被迫跨区行窃，凤娟也不会想不开。

冯磊没有了凤娟，串子没有了小白。一正一邪的两位中年人，在这一刻竟是同命相怜。已然解开心结的冯磊默默走出审讯室，隗国安被换进来以后，讯问才继续进行了下去。

展峰问："小白坟里埋的六个陶罐是怎么回事？"

串子说："我干爹做的是死人生意，因为买卖，我经常半夜去牛家山偷偷帮人土葬。山里的哪块地风水好，哪块地适合埋人，我都摸得一清二楚。我是在一个十分偶然的机会，发现有人在后山预挖了个土坑。

"我以为是荣行又要执行行规，于是我猫在土坑附近想一探究竟。左等右等，一直等到晚上九十点钟，才发现有一男子把一具尸体扔进了土坑。尸体满头是血，一看就是被人害死的。男子看起来很面生，不像是贼帮中人，出于好奇，等那人走后，我就扒开了土堆。

"我这一看不要紧，没想到冤家路窄，坑里埋的竟是大执事的儿子狗五。我当时那叫一个痛快，要不是那人走得快，我真想给他磕几个响头以示谢意。不过高兴之余，我也发现了一个问题。土坑挖得太浅，一旦尸体腐败就很容易被发现。我寻思，既然那人帮我出了口恶气，那我也帮他一把。所以我把狗五的尸体挖出，带到了干爹的火窑。

"丧葬用的骨灰坛、灯油碗、过门盆[1]都要烧制，干爹有这门手艺，就打了个火窑。我心里认为毁尸灭迹最好的方法，就是一把火烧成灰。为了帮人帮到底，我把狗五的尸体塞进了火窑，烧成的骨灰被我装到坛子中藏了起来。

"我原以为，这事会画上一个圆满的句号，可让我没想到的是，当我再次去牛家山时，又在后山闻到了一股腐臭味。我上前查看，好家伙，那人又干死一个，还是贼帮的人。这时我可算明白了，那人是跟贼帮杠上了。我本着帮人帮到底，送佛送到西的态度，把这具尸体也给烧了。

"从那天以后，我隔三岔五就会去牛家山看看，那人用了不到三年时间连杀六人，都是我帮着处理的尸体。不过后来不知怎的，很长时间那人都没有再

---

[1] 人去世后，要在家内停尸三天，这三天里，要在泥制的黄盆中烧黄纸，待出殡时，家人要把黄盆在门口摔碎，棺材才能抬出大门，此盆叫作过门盆。

第二案　灭顶贼帮　295

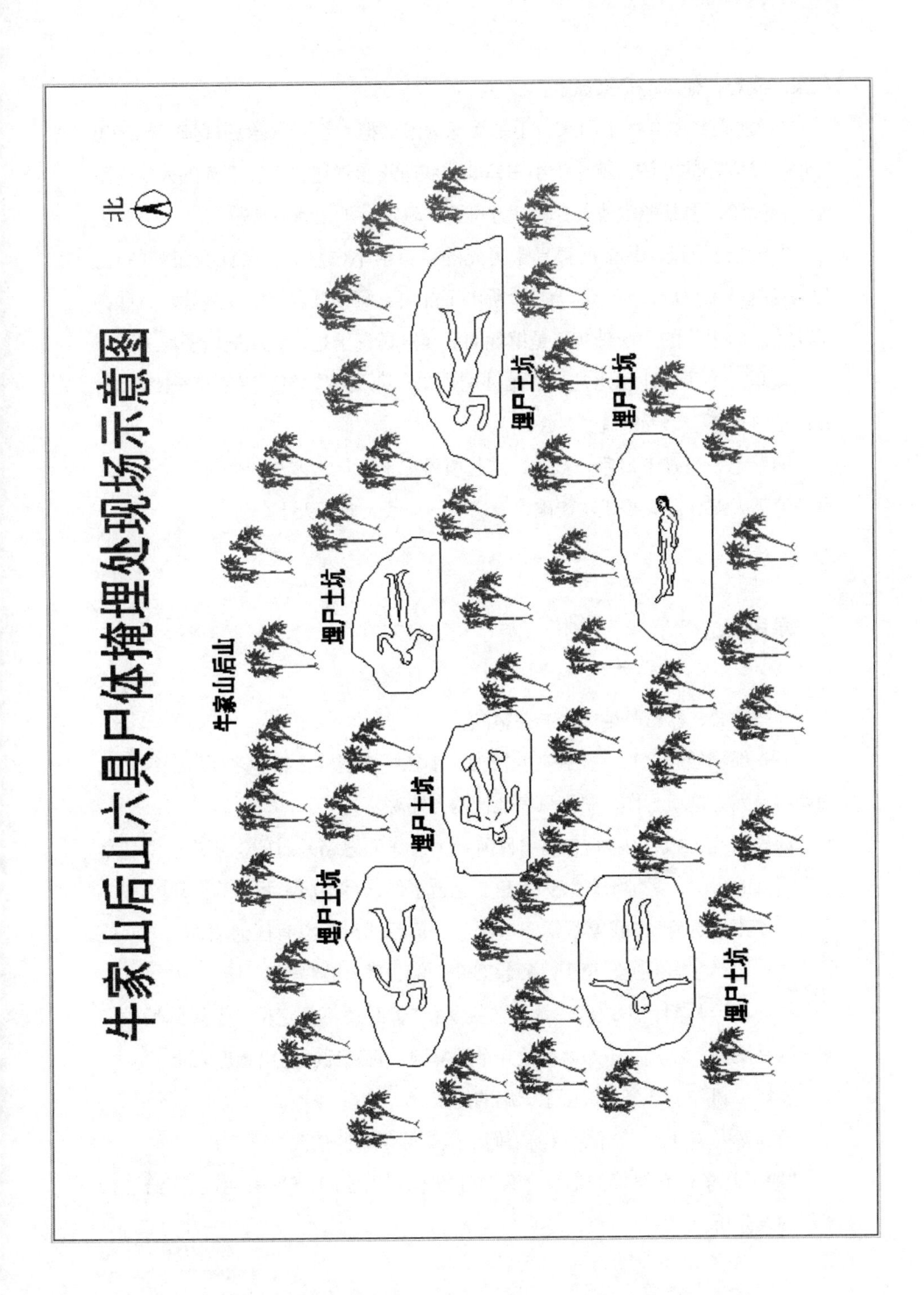

犯案。我想，他可能是被抓了。

"我担心警察会找上门来，于是就琢磨怎么把六坛骨灰给处理掉，想来想去最一箭双雕的办法，就是给小白镇魂。我听干爹说过，含冤而死的人魂魄不能转世投胎，要是能跟他人合葬，方可镇住魂魄，防止魂飞魄散。

"我也曾想过，从诊所弄具未见光的婴灵给小白陪葬，可让我犯难的是，我本身就是个黑户，万一不小心诊所出了纰漏，警察顺藤摸瓜找到我，有些得不偿失。而手头的六坛骨灰，是镇魂的最佳器具，于是，我就把坛子埋进了小白的坟里。为了防止雨水把坛子给冲刷出来，我又在坟包周围修了一圈矮墙，并给小白立了一个无字碑。"

随着记录员敲下最后一行字，这起横跨二十余年，涉及一个帮派、七条人命的惊天大案，总算是成功告破，一切隐秘彻底大白于天下。

尾声

专案中心，秘密基地一号办公室内。

公安部刑侦局局长周礼坐在沙发上，单独听取展峰汇报。之所以搞得如此神秘，是因为这项工作，眼下只有他们两人知晓。

周局听完汇报，频频点头。"目前看来，你的思路是对的，要想搞清楚幕后那帮人的目的，必须放长线钓大鱼。也苦了你，足足演了两年的厨师。"

展峰不以为意。"我停薪留职这两年，幕后那帮人没有任何动作，说明他的关注点始终在案件上。至于是哪起案件，您心里有数吗？"

周局沉吟片刻，不敢确信地摇了摇头："暂时还不好定论，不过既然他们关心的是案件，那我们不妨就多放几个烟雾弹，直到狐狸露出尾巴为止。"

展峰"嗯"了一声，认可了周局的提议。

周局看向展峰，"对了，目前咱们手里掌握了哪些情况？"

"除了几条带有链接的信息，暂时还没有其他证据。短信，我已交给了技术部的人分析。"

周局问:"你家里的那位,目前怎样了?"

展峰想起高天宇,露出一点莫名笑意:"屋内安装了热力感应系统,只要他走出屋子,我们就能收到消息。他很狡猾,直到目前我也没找到能定他罪的证据。"

周局靠进沙发,"我也真是没想到,他居然会主动找上你的门。"

展峰微垂下眼眸,"这就是他的高明之处,最危险的地方就是最安全的地方。高天宇是唯一接触过幕后那只手的人,或许从他身上,我们真能找到突破口。"

周局叹道:"虽说这人心狠手辣,这次却得亏有了他,否则你小子真是性命难保。我警告你,下次行动可长点心!"

展峰一笑:"知道了周局。"

"加密电脑给他了?"

"按照您的指示,早就给了。"

"有没有监测到什么结果?"

"暂时还没有反馈。"

"千万小心,他可是把双刃剑,用不好就会伤到自己,你跟他往来,不能有片刻大意。"

"明白了!周局。"

只是不知为何,他又想起了嬴亮的说法。

警察与罪犯,真的会有相似之处吗……

与此同时,罗湖市,康安家园,展峰自建房内。

高天宇躲在屋子拐角,双手不停地敲击着电脑键盘,当全屏被他写满密密麻麻的代码后,他舔着有些干裂的嘴唇,用小指轻触了一下回车键。

收到执行指令后的电脑突然黑屏,当主机发出"嘀"的一声响,屏幕又再次亮起。蓝色背景下,一行一行代码在飞速运行,高天宇摇晃着手中的红酒杯,惬意地品尝着从自己静脉血管放出的鲜血。

几分钟后代码执行完毕,"Disengagement of defence(防御解除)"在屏幕正中不停闪烁。

高天宇仰头把杯中鲜血一口吞下,在他那宛若雕刻一般俊美的脸上,刺入骨髓般冰冷的微笑再次缓缓浮现……

(全书完)

© 民主与建设出版社，2020

图书在版编目（CIP）数据

特殊罪案调查组 . 2 / 九滴水著 . -- 北京：民主与建设出版社，2020.12
 ISBN 978-7-5139-3097-0

Ⅰ . ①特… Ⅱ . ①九… Ⅲ . ①推理小说—中国—当代 Ⅳ . ① I247.5

中国版本图书馆 CIP 数据核字（2020）第 103520 号

© 中南博集天卷文化传媒有限公司。本书版权受法律保护。未经权利人许可，任何人不得以任何方式使用本书包括正文、插图、封面、版式等任何部分内容，违者将受到法律制裁。

上架建议：推理小说

特殊罪案调查组 . 2
TESHU ZUI'AN DIAOCHAZU. 2

著　　者	九滴水
责任编辑	程　旭　周　艺
监　　制	毛闽峰　李　娜
特约策划	张园园
特约编辑	周子琦
特约营销	刘　珣　焦亚楠
版式设计	李　洁
封面设计	梁秋晨
出　　版	民主与建设出版社有限责任公司
社　　址	北京市海淀区西三环中路 10 号望海楼 E 座 7 层
电　　话	（010）59419778　59417747
邮　　编	100142
印　　刷	三河市天润建兴印务有限公司
字　　数	289 千字
版　　次	2020 年 12 月第 1 版
印　　次	2020 年 12 月第 1 次印刷
经　　销	新华书店
开　　本	680mm×995mm　1/16
印　　张	19
书　　号	ISBN 978-7-5139-3097-0
定　　价	48.00 元

注：如有印、装质量问题，请与出版社联系。